正史 영웅 三國志

강영원

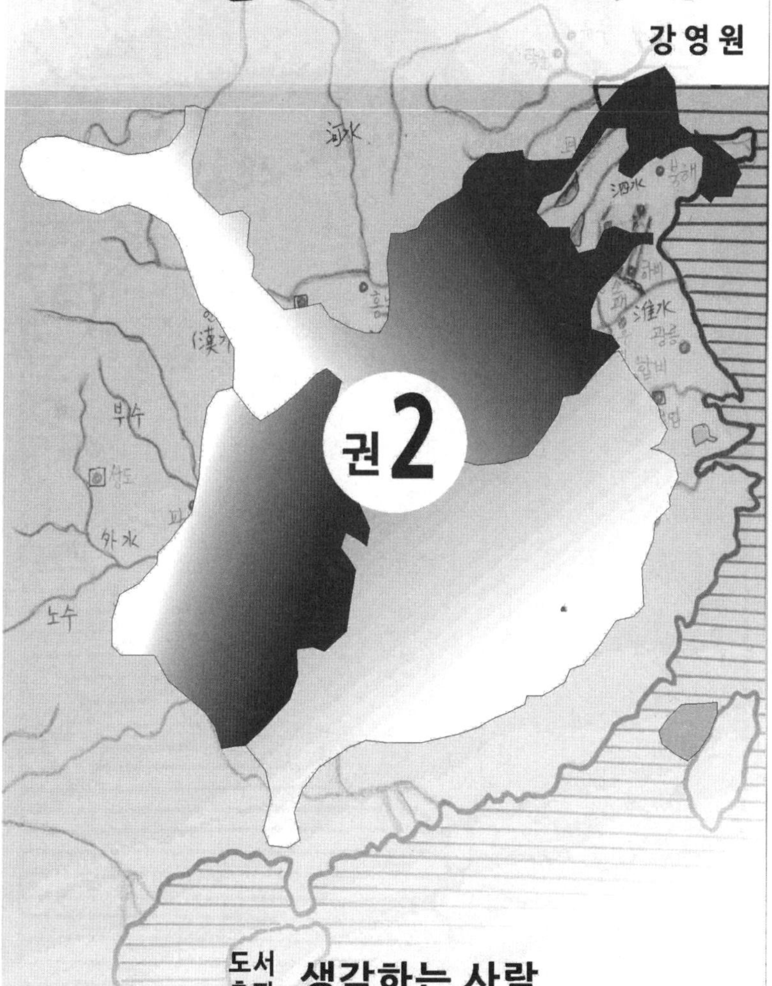

권2

도서출판 생각하는 사람

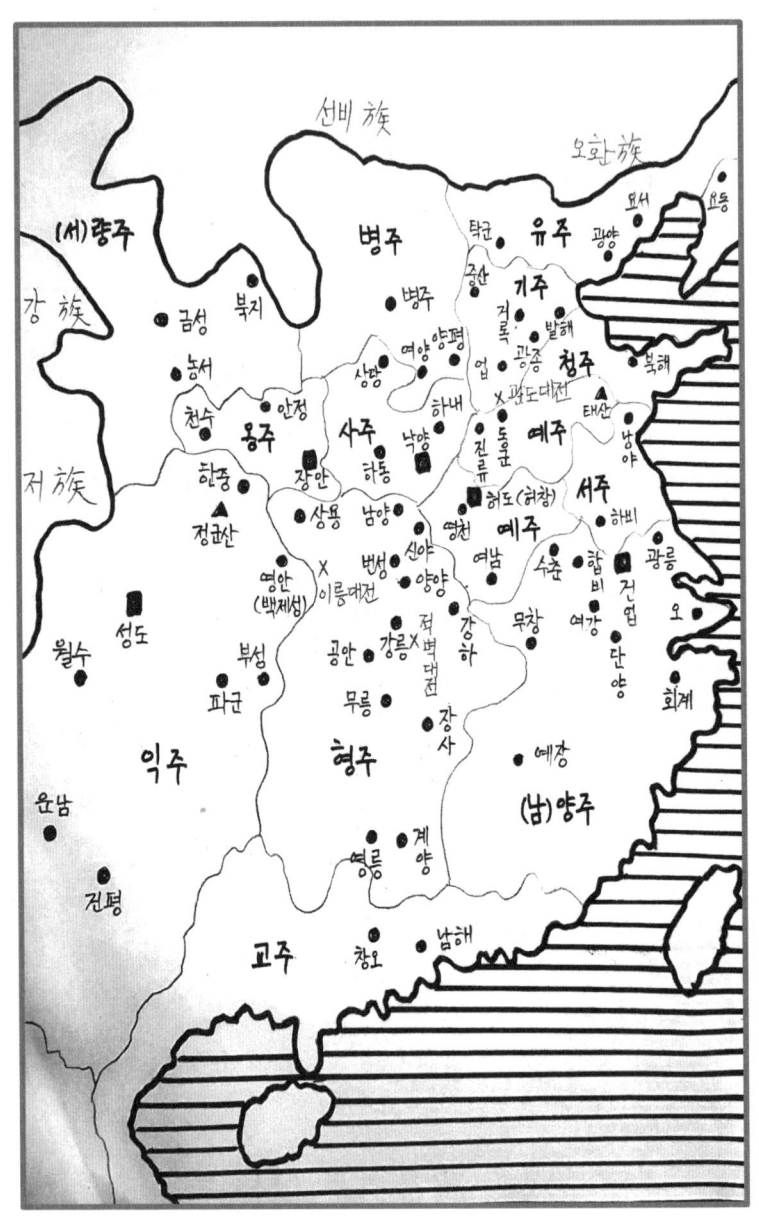

한 제국 13개주 지적도

강 영 원 (姜榮元)
서울 마포 출생

　성균관 대학교에서 경제학을 전공하고, 同대학원에서 교통행정학 석사학위를 수여를 받은 후, 서울시립대학교 대학원에서 도시정책학 박사과정을 마치고, 도시의 신생, 성장, 성숙, 쇠퇴. 소멸 등 도시의 생(生)·멸(滅)을 한껏 그렸다가 지우고, 지웠다가 다시 그리기를 거듭하던 어느 날, 전원의 조용한 침묵에 매료되어 아름다운 전원생활을 구가하던 중, 어린 시절 어머니의 사랑을 가슴 깊이 간직하다가 어머니를 추모하고자 어머니의 어린 시절을 착안하여 갈뫼回想을 집필했다.
　이후, '갈등의 自畵像' 등을 구상하면서 아버지를 추도하는 습작을 접하다가, 나관중 모태의 기존 삼국지 소설이 보이는 모순을 접하면서, 새로운 시대의 개념에 맞는 正史를 토대로 하여 영웅의 삶을 새로이 조명하고자, 현대사회의 시각과 관점으로 '正史 영웅 三國志'를 집필하기에 이른다.

저 자 소 개

필자의 전공은 역사학이 아니었지만, 한국 역사와 동양 사학에 깊은 관심을 가지고 전공보다도 역사를 더욱 탐닉했던 적도 있었습니다.

삼국지와의 인연은 어린 시절에 만화로 출간된 삼국지, 코주부 삼국지 등을 읽으면서 흥미와 재미에 빠져 밤잠을 설쳐가며 책을 읽었고, 중학생 시절에는 박종화 선생님의 삼국지를 몇 번이고 읽으면서, 관우와 장비, 조자룡, 여포 등의 무용담에 흠뻑 빠지기도 했습니다. 그 후, 세월이 흘러 30대에 이르러서 다시 새로이 국내에서 출간된 나관중 本 삼국지 번역본 또는 편역본을 수없이 찾아 읽었는데, 그때에는 어린 시절에 느꼈던 감흥이 일어나기보다는 장수끼리 일기토를 벌이면서 승패가 결정되는 장면에서부터 의문점이 생기고, 여기저기에서 납득하기 어려운 새로운 의구심들이 마구 일어나는 것을 느끼게 되고, 그때부터 소설 삼국지에서 전개되는 의구심을 해소하기 위해 정사를 찾아 진수의 '정사 삼국지', 상지의 '화양국지', 진서, 촉서, 인물전 등을 읽게 되었습니다.

그렇게 정사를 접하게 되면서, 청대 역사학자 장학성 선생이 말한 "나관중의 삼국지연의는 열 중 일곱이 사실이고, 셋이 허위"라고 평한 자체도 과한 평가라는 사실을 알게 되었습니다.

그런데도 나관중 本 삼국지 번역본 또는 편역본을 정사로 오인한 일반 독자들이 일상생활에서 이를 마치 역사적 사실인 양 여과가 없이 인용하는 것을 보고, 삼국지연의를 사실로 잘못 인지하고 있는 독자들에게 바로 된 정사를 알리면서도 현대의 감각에 맞는 새로운 개념의 삼국지 소설을 집필해야겠다는 생각을 하게 되었습니다.

동시에 삼국지를 사랑하는 독자 여러분에게 흥미도 제공하고, 잘못된 역사뿐만 아니라 만들어진 역사적 인물에 대해 바른 정보를 드림으로써, 실제로 있었던 역사를 통해 현실의 세계에서 인간이 행하는 처신과 세상을 사는 지혜를 얻게 하는 데 도움을 드리고자 하는 바람을 가지게 되었습니다.

2014년 9월부터 6년간 정사를 추적하면서 오랜 집필에 몰입한 결과, 드디어 2020년 3월 31일에 95% 역사적 사실을 근간한 소설의 집필을 끝내고(특히 등장인물에 대해서는 99% 정사에 입각한 인물상을 구현), 그 바탕 위에 작가의 독창성, 창의성을 가미하여 기존 삼국지 소설과는 전혀 다른 관점에서 접근한 신작을 완료하게 됩니다.

차 례

1. 강동 호랑이 손견의 어이없는 최후　　9
2. 공포의 화신 동탁의 최후　　35
3. 사도 왕윤의 의미있는 죽음　　63
4. 천하 패권의 지각 변동　　89
5. 서주 정벌의 원정길에 오르는 조조　　157
6. 장막과 여포, 진궁의 연주 3인 연립정권　　181
7. 천하를 두고 암중모색하는 군웅　　225
8. 유비와 여포의 동상이몽　　257
9. 이각 4인 연립정부가 분쟁하는 삼보의 난　　265
10. 협천자의 길을 선택하는 조조　　287
11. 손책, 강동 정벌안으로 독자적 길을 모색하다　　305
12. 지방 군웅의 각축장이 된 천하　　347
13. 조조의 남양 정벌전 - 완성전투　　385
14. 손책의 단양전투 이후 강동의 정세　　399
15. 뿌리도 없이 가지만 무성한 원술의 몰락　　413
16. 조조의 남양 정벌전 - 양성전투　　451
17. 거대 군웅의 천하를 향한 발걸음　　479

1.
강동 호랑이 손견의 어이없는 최후

1. 강동 호랑이 손견의 어이없는 최후

하북에서 군웅들이 영토 확장전을 벌이는 시절, 강동 호랑이 손견은 유표를 공격할 준비를 끝내고, 마침내 장사성에서 양양을 향해 진군하기 시작한다.

손견이 본거지로 삼은 장사군은 양자강 지류의 유역에 있는데, 장사성의 시가는 바다처럼 넓은 태호(太湖) 가까이에 있어서, 수로를 통한 관세수입과 활발한 물물교류, 그리고 남북 간의 문화접촉으로 모든 물자가 풍족했다. 풍부한 물자 덕분에 오랜 시간 준비를 철저히 할 수 있었던 손견은 큰 어려움이 없이 형주를 공략할 계획을 착착 진행할 수 있었다.

손견은 정보를 선봉장으로 삼고, 한당을 좌군장으로, 주무는 우군장을, 황개는 병기와 군량미, 군마, 마초(馬草)책임자로 임명한 후, 수백 척의 배로 수만의 병사를 이끌고 번성을 향해 벌떼같이 진군한다. 병기와 군량미, 군마, 마초를 안전하게 전장까지 이동해야 하는 중대한 책임을 맡은 황개는 추호의 차질 없이 물품을 배에 옮겨 싣는다.

이때 손견의 장남 손책이 삼촌 손정을 따라 나와서 손견에게 참전을 간절히 원하고, 손견은 열정적인 손책의 기개에 감탄하여 참전을 허락한다. 출정식의 뜨거운 열기를 그대로 간직한 채로 모든 병사들이 배에 오르고, 손견은 장수와 군사들의 사기를 올리기 위해 강하고 힘찬 어조로 명령한다.

"모든 장수와 병사들은 들어라. 형주의 병사들은 강동의 용병대 용사들과 달리 실전 경험이 적다. 이들은 막상 실전에서는 두려움이 앞서 전면전을 피하려고 사정거리를 멀리 펼쳐 화살을 마구 쏘아 댈 것이다. 우리 함선들이 한수(漢水)를 오르내릴 때, 우리 용사들은 공격에 대응하는 대신에 함선의 구석진 곳에 몸을 숨겨 피해를 최소화하였다가, 상륙전을 펼치게 되면 신속히 배에서 내릴 채비를 갖추도록 하라. 함선에 있는 동안은 작전상 응전을 하지 않을 것이니, 제군들은 적군의 집중적이며 일방적 공격에 절대로 겁을 먹지 말라. 어느 지점에서의 저항이 가장 격렬한가를 파악하여 상륙전에 활용하도록 하고, 적병의 화살이 비 오듯 쏟아질 것을 대비하여, 안전하게 몸을 숨길 곳을 구축하라."

손견이 대군을 일으켜 한수(漢水)를 따라 올라오자, 유표는 황급히 책사와 제장을 불러 모아 전투에 대비하여 대책을 묻는다. 이때 군사 괴량이 자신의 생각을 제시한다.

"손견이 비록 용맹하나 전략과 전술이 일천합니다. 강하태수 황조를 선봉으로 삼아 강하의 군사들을 이끌게 하여 형주의 탁월한 궁노수를 잘 활용하면, 한수(漢水)를 거스르고 호수를 건너려고 크게 지친 손견의 군사들은 상륙전을 펼치기 어려울 것입니다. 비록 육지에 오르더라도 강하의 수군들로 앞을 막고, 주공께서 친히 양양성과 양양 인근의 형주 병사들로 후방을 지킨다면 능히 물리칠 수 있을 것입니다."

남양태수 채모 또한 같은 의견을 내어놓는다.

"강하에 있는 황조에게 한수로 올라가서 방어진을 형성하게 하면, 손견은 도강을 포기하고 돌아갈 것입니다."

이때 장릉태수 괴월은 비판적 견해를 밝힌다.

"강하태수 황조가 비록 지모는 있으나, 육전에서는 실전경험이 부족합니다. 만일 장사에서 수로를 따라 북상하는 손견의 수군에게 패해 수전(水戰)에서 방어가 뚫린다면, 적군은 장사에서 강하를 통해 양양까지 아무런 저항도 없이 내달을 것입니다. 강하태수 황조는 수전에 대비를 시키고, 양양 인근의 상륙전에는 육전에 능한 장수를 배치해서 손견의 상륙을 막아야 합니다. 손견이 비록 지모는 모자라지만, 측근에는 정보, 한당, 황개, 주무 등 충신 4인방과 지난 반동탁연합군 당시, 양인전투의 주역인 주치와 같은 모사가 있습니다. 주치는 모자라는 손견의 머리 역할을 충분히 수행하고도 남음이 있습니다. 육전에 능한 장수가 이들을 대적하게 하여야, 상륙전에서 이들이 성공적으로 육지에 오르더라도 곧바로 지치게 되어 전력을 다해 싸우지 못할 것입니다. 이때를 노려 기습하여야 승산이 있습니다. 이들이 일단 육지에서 기력을 회복하게 되면, 결코 전투가 쉽지 않을 것입니다."

괴량과 괴월은 같은 집안 일족으로 형주 남군 중려현 사람이다. 괴량은 성품이 온화하고 유교적 소양이 풍부하여 충의를 중시하는 인사인데, 천문 지리까지 능하여 유표의 신임을 받고 있었으나, 현실적 정세분석에는 다소 미흡한 점이 있었다. 괴월은 상황변화에 대한 대처가 빠르고, 현실을 정확하게 직시하여 변화하는 상황에 적합한 계책을 잘 끌어낸다.

지난 반동탁연합군 시절인 190년(초평 원년) 형주자사 왕예가 손견에게 살해되고 형주가 무주공산이 되자, 동탁이 유표를 형주자사로 임명하여, 유표는 형주자사의 치소가 있는 무릉으로 가려고 했었다. 유표가 우여곡절 끝에 노양까지 왔으나, 노양을 점거하고 있는 손견의 견제를 받아 더 이상 나아가지 못하고, 유표는 단기필마로 양양에 머무르고 있었다. 유표는 형주에 지지기반이 없는 탓에, 지방호족인 채모, 괴량, 괴월 등과 긴밀히 연대하여 형주를 장악할 계책을 강구했다. 이들은 양양에 형주자사 치소를 차리게 하고, 형주를 안정시킬 방안으로는 제일 먼저, 원술을 조정에 상주하여 남양태수로 임명되게 하는 등 원술을 자극하지 않는 쪽으로 근신하도록 조언을 해주었다. 그 다음 반동탁연합군에 형식적으로라도 이름을 올려놓아 연합군에게 공공의 적이 되지 않도록 조언하고, 그를 통해 주변을 정리하도록 한 후에 가장 중요한 세력장악을 위한 계책을 논의했다.

그동안 형주는 손견이 벌인 하극상으로 형주자사 왕예가 죽으니, 중앙정권에 대한 정통성이 부인되고 형주를 통치하는 권력이 붕괴되어, 고을의 유력가문들은 자신을 보호하기 위해 각자 자경대를 조직하고 있었다.

이들은 자경대의 힘이 강해지자, 단기필마 유표라는 형주자사의 통제를 받는 것을 거부했고, 이때 유표는 지방호족들을 형주자사의 통제 하에 규합하는 대책을 마련하는데, 이 문제를 접근하는 괴량과 괴월의 방안이 확연히 달랐다.

괴량은 '인의로써 행한다면, 자사의 명망 속으로 저절로 백성들이 몰려들 것이다.'라고 하였고, 괴월은 '상황에 따라 치자(治者)의 도가 바뀌어야 하는데, 치세에는 인의, 난세에는 권모를 앞세워야 한다. 각 지방의 호족들에게 미끼를 던져 양양으로 불러들여 치소로 유인한 다음, 회유가 도저히 어려운 호족은 목을 치고, 호의적인 호족에게는 즉각 보직을 주어 중용하고, 중도적 인사는 위무하여 끌어 앉는다면, 널리 자사의 권위와 위엄을 알리는 동시에 덕망을 두루 전파하게 되어, 가히 형주를 평정할 수 있을 것이다.'라고 했다.

유표는 '괴량의 계책은 옹계(雍季)의 장기계책이고, 괴월의 계책은 구범(舅犯)의 꾀로 단기계책이라, 두 가지 모두 장기, 단기대책으로 좋은 정책이다.'라고 하면서도, 곧바로 단기로 문제를 해결하기 위해 괴월의 계책을 받아들여 55명의 지방호족을 연회에 초대했었다.

유표는 양양을 차지하고 있던 도적출신 호족인 진생과 장호 등 중간적 입장에 있던 인사는 괴월과 방계를 보내 설득하고, 끝까지 반대하는 반대파를 채모의 군사력으로 모두 제거함으로써 형주를 평정할 수 있었다.

먼 훗날, 조조는 유표가 죽은 후 유종으로부터 형주를 인수하게 될 때, 측근들에게 말하기를 '형주를 얻은 것보다 괴월을 얻은 것이 더욱 가치가 있는 일이다'라고 할 정도로 괴월은 난세에 뛰어난 역량을 발휘한 인사였다.

황조는 유표가 자신의 조아(爪牙:발톱과 어금니)같이 신임하고 아끼는 심복이어서인지, 유표는 괴량의 계책을 존중하여 황조를 선봉장으로 중용하는 용병을 구사한다. 유표는 황조를 선봉장으로 삼아 손견을 방어하도록 명하면서 구체적으로 전술을 제시한다.

"장군은 강하의 군사를 이끌어 육지에 진형을 구축하고, 손견이 상륙전을 펼치면 궁노수를 활용하여 뭍에 오르지 못하도록 맹공을 펼치시오. 장군이 상륙전을 펼치는 손견을 전력을 다해 방어하여 적병이 지치게 되면, 고(孤)는 이일대로(以逸待勞)전략을 펼쳐 후방에서 군사들을 편히 쉬게 한 후, 상륙전에서 지친 손견을 기습적으로 공격하여 적병을 단숨에 쓸어버리는 전략을 펼치겠소."

황조가 다소 의외라는 듯이 유표에게 되묻는다.

"수군으로 강하의 주변을 지켜, 적병이 아예 양양의 근처에 접근하지 못하도록 하는 것이 더욱 효과적이지 않겠습니까?"

"이번 기회에 손견이 다시는 엉뚱한 발상을 하지 못하게 하려면, 손견을 육지로 끌어들여 적병을 완전히 섬멸시키는 것이 가장 확실한 필승전략이 될 것이오."

황조는 다소 내키지 않는 마음으로 유표의 명을 받아 수군으로 수전을 벌이려던 전략을 수정하고, 손견이 상륙전을 펼칠 것으로 여겨지는 강변의 곳곳에 궁노수를 매복시켜, 손견의 전선이 나타나면 화살과 쇠뇌를 쏘아 격렬하게 상륙을 막도록 지시한다.

이틀 후, 손견의 함선이 강을 거슬러 올라오자, 형주의 군사들은 상륙을 막기 위해 마구잡이로 화살과 쇠뇌를 날린다. 그러나 손견의 수군은 아무런 대항도 하지 않고 유유자적하게 강을 오르내리기만 하더니, 해가 질 무렵이 되면 조용히 사라지곤 한다. 그리고 함선은 다음날 아침 해가 뜨기가 무섭게 다시 강을 거슬러 올라온다.

그런데, 기이하게도 손견의 수군은 육지로 상륙할 생각은 않고 고함과 함성만을 지르면서 강의 상류로 거슬러 올라갔다가, 황조의 군사들이 쏜 화살의 무게로 함선의 오른쪽이 기울어지면, 다시 하류로 내려오면서 이번에는 왼쪽에도 황조의 군사들이 쏜 화살이 함선에 박히도록 유도하여, 배에 수만의 화살이 박히기를 여러 차례 계속한다.

황조의 군사들은 자신들이 소나기 퍼붓듯이 쏘아대는 화살과 쇠뇌 때문에 손견의 수군들이 감히 상륙전을 펼치지 못하고, 배에만 쳐박혀 있는 것으로 착각하여 더욱 신이 나서 잠시도 쉴 사이 없이 화살을 쏘아댄다. 이렇게 사나흘이 지나고 나서 손견은 배에 박힌 화살을 거두어들이게 하여, 힘들이지 않고 수만 촉의 화살을 얻어 화살이 풍족해진다.

반면, 황조의 군사들은 손견의 강동군사들에게 대책 없이 화살을 쏘아댄 탓에 화살이 부족해져서, 급기야는 강변을 오르내리는 손견의 전선을 향해 쏘아대던 화살 공세가 현저히 줄어들게 된다. 이때를 놓치지 않고 손견이 부장들에게 신속히 명령을 내린다.

"이제 모든 함선은 그동안 파악했던 적병의 취약지역을 찾아 정박하라. 그리고 배 안에 떨어진 모든 화살과 쇠뇌를 모아, 거꾸로 강변에 매복해 있는 황조의 군사들을 향해 소나기 퍼붓듯이 쏘아붙이면서 상륙전을 감행하라."

손견은 각 함선에 상륙명령을 내리고 도강하기에 적합한 취약지역을 찾아보다가, 양양과 번성 근처의 하반이 경계가 허술하다는 것을 발견한다. 손견의 수군들이 하반에서 상륙전을 감행하려 할 때, 황조의 궁노수들은 손견이 취약지대를 택해 상륙전을 벌일 것을 대비하여 숲속에 매복해 있다가, 남아있는 화살을 소나기 퍼붓듯이 쏘아대며 상륙을 저지한다.

손견은 황조의 군사들이 닥치는 대로 궁노를 날리며 완강히 저항하자 병사들에게 긴급명령을 내린다.

"황조의 궁노수들이 화살을 모두 소진하여 더 이상 쏠 화살이 없어질 때까지 병사들은 방패를 최대한 펼치고, 방패가 없는 병사들은 끌어온 작은 어선을 뒤집어쓰고, 적병의 방어진을 향해 서서히 포복으로 접근하면서 물러서지 말고 끝까지 버티도록 하라."

손견의 병사들이 손견의 지시대로 최대한 몸을 엄폐하고 버티던 중, 마침내 황조의 궁노수들이 거세게 쏘아대던 화살 공세가 멎자, 손견은 즉각적으로 전술의 변화를 지시한다.

"자랑스러운 나의 남양용병대 용사들은 즉시 은폐와 엄폐에서 몸을 일으켜 적병을 향해 돌진하라. 강노수들은 신속히 진형을 구축하여 황조의 궁노수들로부터 획득한 화살을 다시 강하의 군사들에게 되돌려주면서 반격해 들어가라. 적진이 무너지고 적병이 도주하기 시작하면, 용맹한 나의 보병들은 퇴각하는 적병의 후미를 추격하여 인정사정없이 격파하라."

손견은 드디어 치열한 상륙전을 펼쳐 성공적으로 끝내고 하반을 점거하는 데 성공한다. 손견은 상륙전의 승세를 몰아 지상전을 성공적으로 이끌기 위해 측근 4인방을 불러들인다.

"공복(황개)는 곧바로 번성으로 가서 성 앞에 진형을 구축하여 대치하고, 덕모(정보)는 등성으로 가서 황조의 부장과 대치하여, 황조와 주변의 장수들이 번성과 연결되지 못하도록 포위망을 구축하시오. 나와 의공(한당)은 후진으로 유표가 있는 양양성을 공략할 것이오. 대영(조무)은 퇴각하는 강하의 궁노수를 끝까지 뒤쫓아 섬멸시켜, 이들이 형주의 본영에 합류하지 못하도록 하시오. 강하의 군사가 어느 정도 궤멸이 되면 곧바로 양양성으로 와서 나와 함께 유표를 공략하는 일에 합류하시오."

조무가 잠시도 쉬지 않고 도주하는 황조를 맹렬히 추격하여 황조는 번성을 향해 달아나다가, 황개가 번성 앞에 진형을 세운 것을 보고는 쉽게 돌파하기 어렵다는 것을 느끼고, 등성으로 피해 들어가서 간신히 군을 수습한다.

황개가 황조의 부장이 지키는 번성을 공략하기 시작하자, 황조는 부장을 보내 황개의 공략을 저지하도록 명하고, 부장은 황개를 대적하기 위해 군사를 이끌고 성문을 나와 진형을 세우고 황개를 공격하지만, 황조의 부장은 황개의 상대가 되지 못했다. 황개는 단숨에 황조의 부장을 격파하여 그가 지키는 번성을 함락시키고, 곧바로 번성 안에서 강동으로 타고 돌아갈 선박을 정비하기 시작한다.

이때 파로장군 손견은 번성 인근의 등성에 당도하여 황조와 대적하기 위해 진형을 펼치는데, 강하태수 황조가 이를 지켜보더니 유리한 지형을 선점하고 등성 앞 들판에 새로이 진형을 구축한다. 손견이 전투대형을 벌리고 진형 앞으로 나아가자, 화려한 장식으로 치장된 갑옷을 입고 반짝이는 투구를 쓴 손책이 창을 들고 옆에서 손견을 보좌하여 따라붙는다.

황조도 좌측에 강하의 장수 장호를, 우측에 양양의 장수 진좌를 대동하여 진형 앞으로 나와서 손견을 향해 일갈한다.

"어찌 공은 한황실 종친의 땅을 넘보는가? 형주를 공략하는 것은 역모일 뿐이다."

손견 또한 지지 않고 응대한다.

"유표는 반동탁연합시절 기회주의로 임하다가, 연합이 깨진 후 내가 강동으로 돌아갈 때, 아무런 원한도 없는 나를 비난하여 곤경에 빠뜨렸다. 이런 행각을 벌이는 것이 과연 강하팔준(江夏八俊)중에서도 최고의 선비라고 평가받는 형주자사 유표가 할 일인가? 내 이를 도저히 용서할 수가 없도다."

황조는 손견의 말이 다 끝나기도 전에 장호를 내보내 공격을 펼치도록 한다. 장호가 칼을 높이 들고 한당의 군사를 향해 돌진하자, 큰 칼을 잘 다루는 한당이 수하의 병사를 독려하며 앞장서서 출진한다.

양측 군사들이 어우러지는 가운데 서로 마주친 두 장수의 격렬한 칼부림이 30여 합에 이르면서 불꽃이 튀는 혈투를 벌이다가 어느 순간에 이르러 장호의 칼놀림이 둔해진다. 황조가 진좌에게 장호를 도우려 내보내는데, 이때 손책이 멀리서 장호를 지원하기 위해 군사를 이끌고 선두에서 말을 힘껏 달리는 진좌를 발견하고 그를 향해 화살을 날린다. 손책이 쏜 화살은 '쌩' 소리를 내며 날아가더니 진좌의 이마 한가운데에 꽂혀, 진좌는 비명도 질러보지 못하고 말에서 떨어진다.

장호는 자신을 도우러 군사를 이끌고 오던 진좌가 화살에 맞아 죽는 것을 보고 갑자기 얼이 빠진다. 이때를 놓치지 않고, 한당이 우렁차게 고함을 지르면서 큰칼로 장호를 내리치자, 장호는 머리에서 뇌수를 쏟으며 말 아래로 떨어진다.

때를 놓치지 않고 손견의 군사들이 황조의 진형으로 쳐들어가자, 사기가 땅에 떨어진 황조의 군사들은 혼비백산하여 도망치기에 바빠진다. 승리의 여세를 몰아 정보가 황조를 맹추격하자, 황조는 장군을 상징하는 투구를 벗어버리고, 말에서 내려 병졸 틈에 숨어 행적을 감추고 사라진다.

손견은 황조의 군사를 닥치는 대로 격파하며 황조가 대피한 한수(漢水)의 강가에까지 당도한다. 그러나 손견은 등성의 가까운 곳에 유표의 대군이 주둔해 있다는 것을 알고 있어 독자적으로는 군사를 가벼이 움직일 처지가 되지 못하자, 번성에 있는 황개에게 사람을 보내 모든 전함과 군사를 이끌고 양양으로 총출동하도록 주문한다. 전투에서 대패하고 군졸들 속에 끼어 양양성으로 입성한 황조는 유표에게 죄를 청한다.

"소장이 용렬하여 많은 병마를 잃었습니다. 자사께 죄를 청합니다."

비록 자신의 잘못만은 아닐지라도, 대범하게 모든 책임을 떠안는 자세는 모든 장수들의 덕목이요 자세인 것이다. 유표는 강하팔준(江夏八俊)을 대표하는 어진 사람이다.

"일패는 병가에 늘상 있는 일(一敗 兵家之常事)이라 했소. 다시 한번 힘을 모아 손견을 물리칩시다."

유표가 손을 내밀어 황조를 일으키자, 황조는 크게 감동하여 울먹이며 큰소리로 맹세의 언약을 한다.

"꼭 손견의 목을 베어 자사께 바치고, 자사 어른의 크신 은혜에 보답하겠습니다."

유표는 참모와 장수들을 둘러보며 묻는다.

"황조장군과 같은 용장도 강동의 어린아이에게 당했는데, 어떤 특단의 조치를 마련해야 하지 않겠소?"

괴량이 현실적으로 가장 적합한 대안을 제시한다.

"아군은 첫 전투에서 크게 패해 군사들의 사기가 떨어졌을 것입니다. 이런 때에는 수비 위주로 용병을 하는 것이 좋습니다. 성 주위의 도랑을 깊이 파고 물을 가득히 채운 다음, 보루를 높이 하여 손견의 예봉을 피하고 원소에게 원병을 청하는 것이 어떻겠습니까?"

채모가 격한 말투로 괴량을 비판한다.

"자유(괴량)의 대책은 졸렬하고 비겁한 계책이올시다. 적군이 성 앞에 포진해 있고, 머지않아 황개가 군선을 이끌고 양양으로 내려와 합류하게 될 텐데, 그리되면 우리는 성안에서 숨을 죽이고 저들의 움직임에 소극적으로 대처할 수밖에 없게 됩니다. 이는 결코 형주자사의 위엄에 합당하지 않은 방법입니다. 이 사람 채모, 비록 능력은 모자라지만 손견과 자웅을 결해 보겠습니다."

유표는 황조를 물끄러미 쳐다보는데, 황조는 패전 장수라는 입장에서 아무 말도 꺼내지 못하고 침묵을 지킨다. 참모들의 의견이 엇갈릴 때, 최종적인 판단은 우두머리가 내리게 된다.

이때 우두머리의 종합판단력과 냉철한 이성, 그리고 결단력이 필요되는 것이리라. 결단이 끝나면 모든 책임은 우두머리가 짊어지는 것이 조직사회의 기본적 덕목이다.

유표가 형주의 자존심을 걸고 나서는 채모의 방법을 채택하자, 채모는 손견이 더 이상 현산을 넘지 못하도록, 성 밖의 현산 입구에 군사 1만을 이끌고 손견과 대치하지만, 사기가 오를 대로 오른 손견의 군사가 채모를 무시하고 현산의 어귀에 진형을 펼친다.

채모가 부장을 내보내 손견과 싸움을 유도하자, 손견은 정보를 내보내 채모의 부장과 대적하게 하고, 곧이어 전군에게 돌격명령을 내린다. 현산 양쪽 언덕에는 채모가 매복시킨 강노수들이 손견이 계곡을 지날 때, 높은 지형을 이용해 화살을 날리도록 배치해 놓았다. 채모는 돌격해오는 손견의 군사를 맞아 전투를 벌이다가, 짐짓 패하는 척하면서 현산의 계곡으로 손견의 군사를 유도해 끌어들이려고 한다. 비록 손견이 지모가 모자라고 전방위 전투에만 익숙한 장수라고 하더라도, 기본적 전술은 실전을 통해 이미 통달해 있었다. 현산 어귀에 당도한 손견은 전군에게 정지명령을 내린다.

"전군은 더는 현산의 길목으로 들어가지 말라. 덕모(정보)는 좌측 언덕에 매복한 병사를 향해 불화살로 응징하고, 대영(조무)은 우측 언덕에 있는 복병을 화공으로 공략하라. 이후,

대영과 덕모는 나를 따라 양양으로 진격하여 성을 포위한다."

정보와 조무가 화공으로 형주 매복병의 공세를 막는 틈을 활용해서, 손견은 한당과 함께 전열이 흐트러진 채모 군사의 후방을 휘몰아치니, 채모는 군사의 태반을 잃고 양양성으로 쫓겨 들어간다.

"전공에 눈이 어두워 승산이 없는 전투를 벌인 죄에 대해 벌을 달게 받겠습니다."

유표는 죄를 청하는 채모에게 몹시 실망한 표정을 지으며 힘없이 말한다.

"모든 책임은 나에게 있소. 모든 것은 다른 사람이 아닌 내가 판단한 결과외다. 다시 좋은 대책을 마련하도록 하시오."

채모를 맹추격하여 양양성에 도착한 손견은 성문 근처에 진지를 세웠다가, 한당이 군사를 이끌고 당도하자 증원된 병력으로 양양성을 포위한다.

손견은 성을 함락시키려고 수차례 공성에 임하나, 성벽이 높고 견고하여 쉽게 무너뜨리지 못한다. 게다가 유표의 공덕과 선정에 항상 감사하는 형주의 백성들이 수성에 함께 참여하는데, 아무리 손견의 남양용병대가 용감하다고 해도 쉽게 함락시킬 수는 없는 일이다.

공성과 수성이 계속 이어지면서 이에 임하는 병사들 모두가 어렵기는 마찬가지이다. 유표가 먼저 황조를 불러 명한다.

"장군은 경비가 약한 북문을 통해 성문을 빠져나가, 번성과 등성 인근 군현의 잔여 병사를 모아 양양성과 의각지세를 구축하도록 하시오."

황조가 손견군의 경비가 느슨한 북문을 다소 수월하게 빠져나가, 번성과 등성 인근의 잔여 병사들을 규합하러 떠난 후, 유표는 성안에 있는 측근들과 제장을 불러 모아 원소에게 원병을 청하는 자신의 뜻을 전달하려 한다.

"누가 철통과도 같은 손견의 포위망을 뚫고, 이 전서를 기주목 원소에게 전달하겠소?"

"소인이 목숨을 바쳐 사명을 이루겠습니다."

유표가 말을 마치기도 전에 황조의 아장(亞將) 여공이 자원하자, 괴월은 원병을 청하러 떠나는 여공에게 자신이 고안해낸 계책을 건네며 말한다.

"아장은 활을 잘 쏘는 기병 5백을 이끌고 나가되, 곧바로 기주를 향하지 말고 현산으로 들어가서 기병 1백은 산정에서 바위를 모아 굴릴 준비를 시키고, 기병 1백은 활을 쏘기 적당한 장소에 매복시켜 손견이 나타나면 화살을 집중해서 발사하도록 지시하라. 그리고 아장은 손견이 쫓아오면 천천히 말을 몰아 손견을 복병이 매복한 곳으로 유인하여 집중적으로 공격을 감행하라. 만일 성공하면 연주포를 울리고, 그 신호가 올리면 성안에서는 신호를 기점으로 적진을 공격하겠노라. 손견은 성급한 성정을 지녀서 밀사가 성 밖으로 나왔다고 하면, 반드시 직접 나서서 그대를 추격할 것이다. 만일 손견이 계략에 빠지지 않으면, 곧바로 전속력으로 기주목 원소에게 달려가 전서를 전달하라."

 괴월은 아장 여공에게 주의사항을 머리 속에 깊이 각인하도록 주문하고, 여공은 해가 지고 어둑해질 무렵, 동문 밖으로 나오면서 괴월의 지시를 곱씹는다. 동문을 나온 기병 5백이 일시에 현산을 향해 내달으니, 5백의 군마가 내닫는 발굽소리는 현산 일대를 진동시킨다. 손견의 군영을 지키는 경비병이 이를 발견하고 상황을 손견에게 보고한다.

 "장군, 며칠 전에는 기병 몇이 북문으로 빠져나가더니, 오늘은 기병 수백이 동문을 빠져나와 기주를 향해 북쪽으로 내닫고 있습니다."

 손견은 동문을 빠져 북쪽으로 기병 수백이 내달린다는 보고를 받고, 필시 원소에게 구원병을 요청하는 사자라는 직감이 들자, 급히 갑옷과 투구를 챙겨 입고 서둘러 사자를 잡기 위해 뒤를 추적한다. 자신감은 인간이 나락에 빠져 있을 때 헤쳐 나올 용기를 주기도 하지만, 지나친 자신감은 인간을 무절제하게 만든다.

 손견은 사자를 놓쳐서는 안 되리라는 절박함과 '강동 호랑이 앞에 누가 당하랴' 하는 안이함으로 아무런 대비도 없이 기병 3십여 기를 이끌고 사자를 추격하기 시작한다.

 여공은 황조가 가장 아끼는 아장이다. 여공은 한 치의 오차도 없이 임무를 착착 진행한다. 여공은 전력을 다해 달려오는 손견을 맞아, 천천히 달리면서 손견을 매복병이 숨어있는 곳으로 유인한다. 손견이 여공을 추격하여 매복병이 숨어있는 곳에 접근하자, 홀연히 울리는 징소리를 신호로 좌측의 작은 숲에 숨어있던 병사들이 손견을 향해 화살 소나기를 퍼붓고, 맞은편 벼랑 위에서는 복병들이 바위를 내리굴린다.

손견은 미처 피할 생각도 하기 전에 화살로 고슴도치가 되고, 언덕에서 굴러 떨어진 바위에 깔려 온몸이 바스러진 참혹한 모습으로 변한다. 여공은 손견과 기병 3십여 명을 주살한 후에 곧바로 연주포를 울리고, 연주포를 신호로 선봉대장 황조, 남군태수 채모는 전 병력을 이끌고 성 밖으로 나와 거센 바람을 일으키며 동오의 군사를 급습하자, 연이은 승리로 방심하고 있던 남양용병대 용사들은 큰 혼란에 빠진다.

각개전투 중에 유표의 군사들이 외치는 손견의 사망소식을 들은 남양용병대 용사들이 더욱 혼란에 빠져들자, 황개가 남양용병대 용사들에게 용기를 불어넣기 위해 큰소리로 외친다.

"주군은 죽지 않았다. 적의 속임수에 넘어가지 말라."

황개도 한동안 손견의 안위를 알 수가 없어 불안했지만, 손견의 사망소식을 들은 지금은 무엇보다도 군사의 사기를 살리는 것이 최우선적 과제가 된다.

아무리 황개가 병사들의 용기를 북돋우려 해도 병사들이 싸우려는 투기를 잃자, 황개는 군사들에게 용기를 북돋우기 위해서는 적장 황조를 꺾는 것이 가장 효과적이라는 생각으로 난전 중에 황조를 찾아 곧바로 말을 내달린다.

"황조는 조무래기를 상대하지 말고, 나의 채찍을 받아라."

황개가 눈에 불을 켜고 달려오자, 황조는 황개를 비웃듯이 쳐다보며 말한다.

"그대는 내가 손견을 죽였다고 하니, 복수심에 눈이 가려 눈에 보이는 것이 없는 모양이로구나. 너희 주군도 죽었으니 빨리 정신을 차리고, 항복하여 곱게 고향으로 돌아가거라. 항복하면 목숨만은 살려주마."

황조의 비아냥거리는 소리에 더욱 분노한 황개는

"이놈을 내가 그냥..."

하면서 말도 끝내지 않고, 곧장 황조를 향해 나아가 쇠 채찍을 휘두른다. 황조가 쇠 채찍을 피하며 창을 휘두르는데, 황개가 휘두른 채찍에 황조의 말이 맞아 쓰러지고, 황조는 그대로 말에서 떨어져 땅으로 꼬꾸라진다. 황개는 황조를 사로잡고, 형주의 군사들에게 큰소리로 외친다.

"너희 대장 황조는 생포되었노라. 졸개들은 무기를 버리고 빨리 항복하라. 항복하면 목숨만은 살려줄 것이다."

손견의 죽음을 확인하고 연주포를 올렸던 여공은 '원소에게 지원병을 요청하러 떠나는 것보다는 손견의 군사를 섬멸하는 데 힘을 보태는 것이 더욱 큰 전공이 되리라'는 생각을 하고 말머리를 돌려 전투에 임하고 있었다. 그런데, 직속장군인 황조가 생포되었다는 소리를 듣자, 황조를 구하러 말을 달려오다가 앞을 막아선 정보에게 목숨을 잃는다. 손견의 맹장 4인방이 혼신을 다해 버티지만, 손견이 살해당했다는 말이 사실이든 아니든 간에, 병사들에게 존재 자체만으로도 큰 힘이 되는 손견이 보이지 않자, 손견의 남양용병대는 싸울 의욕을 잃고 점점 한수(漢水)방향으로 밀려 나가기 시작한다.

한편, 형주 군사들은 그들대로 대장 황조가 생포되어 사기가 떨어질 대로 떨어지면서, 채모는 더 이상의 싸움은 무모하리라는 생각에 양양성으로 군사를 돌린다.

다음 날 아침, 양양성에 걸린 손견의 머리를 보고, 손견의 죽음을 확인한 손책은 4인방에게 부탁하여, 현산에 버려진 목이 없는 손견의 시신을 수습해서 손견의 수군과 함선이 있는 한수(漢水)인근의 영채로 일단 물러난다. 손견의 시신을 수습한 후, 손책은 목이 없는 아버지 시신을 보고 목을 놓고 울부짖자, 모든 장수와 병사들이 너무나 참혹한 현실에 함께 눈물을 흘리는 가운데, 손책은 두손을 불끈 쥐고 절규한다.

"부친의 머리가 유표의 양양성에 있는데, 이를 두고 어찌 강동으로 돌아갈 수 있겠습니까? 부디 내게 군마를 지원해 주시기를 바랍니다. 그러면, 반드시 양양성을 함락시키고 부친의 머리를 되찾아 오겠습니다."

비록 손책의 처지와 비애는 이해하지만, 현실은 결코 녹록하지 않은 법이다. 생각과 사려가 깊은 장사 주치가 손책을 달래며 말한다.

"도령의 뜻은 이해하지만 지금 상황은 우리가 복수를 생각하기에는 여건이 너무 맞지 않는다네. 억지로 싸워 패배하여 복수를 이루지 못하는 것보다는 힘을 키워 제대로 복수를 하는 것이 현명하지 않겠나?"

손견의 충신 4인방도 함께 거든다.

"복수할 날은 앞으로도 많네. 다음을 기약하세. 우리는 지금 주군을 잃은 병사들이 두려움을 느끼고 있어, 지금 우리의 힘만으로 복수를 꾀하기는 쉽지 않은 반면, 적군은 사기가 오를 대로 올라 오히려 우리가 궤멸하기 일보 직전이네. 일단 강동으로 돌아간 후, 후장군 원술의 지원을 받아 조만간 다시 유표를 도모하도록 하세."

손견의 충성스러운 장수들의 말이 하나도 이치에 어긋남이 없었고, 손책 자신은 지휘권이 없는 손견의 일개 종군의 신분이기 때문에 별다른 도리가 없어 힘없이 하소연을 할 뿐이다.

"부친의 유체도 제대로 보존하지 못하고, 어떻게 고향으로 돌아가 조상님과 부모 형제, 친지, 그리고 고향의 사람들을 대할 수 있겠습니까?"

황개가 조용히 입을 연다.

"우리가 사자를 유표에게 보내 화평조약을 맺고, 내가 잡은 황조와 주군의 머리를 바꾸자고 제안하면 어떨까?"

그때 옆에 있던 군리 환계가 비장한 표정을 지으며 앞으로 나선다.

"지난날, 소장은 태수에 의해 효렴으로 천거되어 관직을 얻고, 이제까지도 태수의 은덕을 입어왔습니다. 비록 재주는 없으나 목숨을 걸고, 적진에 사자로 가서 화평조약을 맺고, 주군의 머리를 찾아오겠습니다."

결연한 의지를 보이는 환계를 보고, 모두가 깊은 신뢰를 보이며 유표에게 화평조약의 임무를 지닌 사자로 파견한다. 성을 방문한 화평조약 대표 환계를 맞이한 유표가 묻는다.

"이미 손견은 죽었는데, 누가 태수를 대리하여 화평을 청하는 사자를 보낼 수 있나? 화평에 대한 확신이 서지 않으면, 사자의 목숨은 이미 우리 손에 있다는 것을 알고 있겠지?"

환계가 의연히 대답한다.

"소인은 태수 손견님으로부터 많은 은혜를 입은 사람입니다. 이미 사자로 자청한 순간부터 태수께 은혜를 갚기 위해 목숨을 담보한 것입니다. 만일 태수의 머리를 얻지 못하고 화평조약을 이끌지 못한다면, 소인 스스로 목숨을 끊어서라도 반드시 화평조약을 이루겠습니다. 화평에 대한 의지는 태수의 모든 제장과 태수의 장남 손책 모두가 바라는 바입니다."

환계의 비장한 투지에 감동하여, 유표는 화평조약을 긍정적으로 받아들이며 주위를 둘러본다. 이때 괴월은 현실적인 문제를 들어 유표가 화평을 승낙하는 것을 막으려고 급히 앞으로 나선다.

"주공, 화평조약을 허락해서는 아니 됩니다. 지금 손견은 이미 죽었고, 아들들은 아직 어리니 이 기회를 타서 강동을 도모하면, 강동에는 자사의 세력에 대항할 군웅은 없게 됩니다. 손견이 지금은 비록 원술에게 의탁해 있었으나, 독립적 용병의 성향이 매우 강해서 언제라도 독립할 여건이 갖추어져 있었습니다. 지금 손견이 죽었다고 해도 장남 손책 또한 부친인 손견에 못지않은 용맹한 군웅의 자질이 보입니다. 손견의 자식들이 아직 어릴 때 강동을 점거하지 않으면, 저들은 훗날 형주의 큰 골칫거리가 될 것입니다. 원술 또한 손견이 없으면 속빈 강정에 불과하여, 우리가 강동을 공략해도 원술은 원병을 지원할 처지가 못 됩니다. 지금이 강동을 도모할 최적기입니다."

괴월의 뛰어난 현실적 정세분석과 인물에 대한 정확한 품평에 입각한 계책은 어느 누구보다도 탁월했다.

유표는 잠시 생각에 빠지더니 조용히 입을 연다.

"황조는 나를 위해 오랜 세월을 희생하며 봉사해온 명장인데, 죽은 손견의 머리를 보내며 맺는 화평조약과 맞바꾼다고 손해가 되지는 않을 것이오."

유표는 인품이나 학식에서 천하의 최고라고 평가받을 정도로 유학의 인애, 인의, 충효에 조예가 깊은 인물이지만, 난세에는 기기묘묘하게 변하는 흐름을 타지 못하는 한계를 가지고 있었다.

괴량과 괴월 등 명망이 있는 몇몇 가신들이 계속 반대를 표명하지만, 유표는 단호하게 자신의 뜻을 표명한다.

"나에게 황조를 버리라는 것은 인간의 근본인 인의와 인애를 버리라는 것과 같소."

유표는 손견 측에서 제시한 화평조약을 받아들인다.

환계가 화평조약을 맺고 손견의 머리를 찾아오자, 손견의 남은 장수와 군사들은 다른 의견이 없이 강동으로 되돌아간다. 손견이 사망한 후, 손책은 서주 광릉 강도현으로 이주하지만, 서주목 도겸이 손책을 원술의 정탐꾼으로 보고 계속 경계를 하자, 손책은 가족을 양주 오군 곡아로 이주시키고 다시 원술에게로 찾아간다. 부친을 잃고 복수심에 불붙은 손책은 원술에게 눈물을 흘리며 귀의를 간청한다.

"주군! 소인 비록 어리고 용렬하나, 부친의 복수를 위해서라도 유표를 꼭 멸망시키는 데 앞장을 서겠습니다. 아비의 복수를 갚지 않고는 죽어도 눈을 감을 수 없습니다. 부디 소인의 아비와의 옛정을 생각해서라도, 소인을 곁에 거두어 주십시오. 거두어만 주신다면 신명을 다하여 충성하겠습니다."

원술은 손책이 비록 어리지만 부친에 대한 절절한 의지를 기특하게 여겨 손책을 곁에 거두고, 손견의 옛 부곡들을 손책에게 돌려준다. 그러나 양양의 현산전투 이후, 손견이라는 최고의 객장을 잃은 원술은 더 이상 남양의 남쪽 지방 형주를 정벌하는 것이 어렵다는 것을 알고 포기하기에 이른다.

2.
공포의 화신, 동탁의 최후

2. 공포의 화신, 동탁의 최후

1) 동탁은 독재를 강화하려고 일부러 공포정치를 자행하다

192년(초평3년) 1월, 동탁은 자신을 가장 곤혹스럽게 했던 손견이 사망했다는 소문, 원소와 원술, 유표, 공손찬 등 군웅이 서로 반목하여 반동탁연합이 붕괴되었다는 분열 소식을 듣고 긴장이 완전히 풀어지게 된다. 장안으로 천도하면서 관중으로 들어간 이후, 중원과는 담을 쌓고 관중정치에만 철저히 전념하며, 골치가 아픈 관동에 미련을 버린 동탁은 만세오가 완성된 이후에는 아예 가족을 모두 미현 미오성으로 입주시킨다. 청년과 미인 등 8백명을 뽑아 같이 생활하며 정사는 측근에게 맡긴 채, 장안으로 천도하기 이전보다 더욱 주지육림(酒池肉林)과 쾌락에 빠져 즐기느라, 장안성에는 한달에 한두 번 정도만 입성한다. 그러는 와중에도 동탁은 혹여 정국에 변화가 올 것에 대비해서, 장안천도 이전부터 짓기 시작한 장안으로부터 2백5십리 외곽의 미오의 성을 '만세오'라고 이름을 짓고, 자신의 속내를 측근들에게 대대적으로 밝힌다.

"만일 내가 뜻을 이룬다면 천하를 호령할 것이고, 뜻을 이루지 못하면 만세오에서 말년을 평안히 살겠노라."

사실 동탁은 자신의 구상을 실제로 옮기기 위해, 지난해인 초평 2년부터 백성 30만 명을 동원하여 성곽과 궁궐을 짓기 시작했었다. 동탁은 미오의 궁실을 장안성의 금궁(錦宮)보다 더욱 화려하게 꾸리고, 그 안에는 30년 동안 먹을 양곡을 비축하여, 외부의 적이 쳐들어와도 끄떡없이 견디도록 설계했다. 동탁은 반동탁연합군 궐기로 지방의 통제권을 상실하여 천하를 장악하는 것이 어려워짐을 인지하던 중, '만세오'가 완성되자 '만세오'를 지을 당시의 심정으로 돌아가서 천하의 운용보다는 본인의 안위와 쾌락을 추구하는 데 세월을 보내기로 결심한 것이다. 이를 위해서는 자신의 측근에게는 충성에 대한 보답을 최대한 부여하는 동시에, 세력권 안에 있는 장안의 대소 관료들에게는 자신의 권력에 도전하지 못하도록 하고자 철권주의, 공포정치를 자행해야 했다.

이를 실행하는 행동규범으로 동탁은 초평 2년부터 미오성에서 이동하여 장안성으로 입성을 할 때에는 각각 제후들과 공경대신들이 횡문 앞까지 나와서 맞이하게 했다. 그러면 동탁은 주변에 장막을 치고 연회를 베풀어, 마중을 나온 백관들과 잔치를 즐기곤 했는데, 명분으로는 환영에 대한 보답이지만, 실제로는 자신의 권위와 위엄을 세우고, 백관들을 통제하기 위한 공포수단으로 활용한 것이다.

지난 초평2년 초겨울 10월1일 임술(壬戌)일에는 동탁이 백관들을 통제하기 위해 또 하나의 엽기적 사건을 벌였었다.

동탁이 연회를 열고 연회의 분위기가 한창 무르익을 즈음 백관들에게 갑자기 큰소리로 외쳤다.

"공무에 지친 여러분께 노고에 대해 치하도 드릴 겸 좋은 선물을 마련했소. 모두 함께 즐겨주시기를 바라오. 봉선이는 태위 장온을 끌어내려 장형을 집행하라."

연회에 참석한 모두가 어리둥절하고 있는데, 오히려 동탁은 태연히 술잔을 기울이며 잡담을 늘어놓는다. 여포가 장온을 끌고 나간 지 한참 후, 여포는 쟁반 위에 흰 천을 씌운 핏빛이 물든 이상한 물체를 받쳐 들고 와서 동탁의 탁자 가운데에 내려놓는다. 아직도 붉은 피가 '뚝뚝' 떨어지고 있는 것은 다름이 아닌 태위 장온의 목이었다.

그렇지 않아도 장온이 끌려가는 모습에 가슴이 철렁 내려앉았던 백관들은 피범벅이 된 장온의 목을 보고는 소스라치게 놀란다. 백관들의 표정을 지켜보던 동탁은 재미있다는 듯이 파안대소하면서 입을 연다.

"모두들 놀라지 마시오. 태위 장온은 원술과 내통해 역모를 꾸미려고 했기에 내가 저잣거리에서 몰매를 치게 해서 제거한 것이오. 이제 역도 장온의 삼족을 섬멸했으니, 백관들은 장온 일파의 역모에 대해 아무런 걱정을 마시고, 모두 앞에 놓여 있는 잔을 들고 건배를 합시다."

태위 장온의 참혹한 살해에 대해 동탁은 명분을 세우기 위해 역모를 가장했으나, 실제의 내막은 전혀 달랐다. 당시 장안에서 발생한 괴이한 천재지변으로 인해 민심이 동요하자, 태사령이 점괘를 내어놓았는데 '대신 중에서 누군가 희생양이 있어야 민심이 가라앉을 것이라' 하였고, 동탁은 자신이 지난 날 '서량의 난'을 통해 상사로 모시면서 악연을 맺은 후, 한없이 증오를 해 오던 장온을 희생양으로 삼기로 한 것이다.

장온은 형주 남양사람으로 중상시 조등에게 천거되어 상서랑으로 관직을 시작했었다. 몇 해 전인 185년(중평2년) 서량에서 북방이민족 군벌과 한의 지방호족들이 중심이 되어 '서량의 난'을 일으켰을 때, 요동에서는 前중산국상 장순과 장거가 난을 일으켜 조정에서는 장온을 거기장군에 임명하고, 前중산국상 장순을 진압하도록 명하여 장온은 손견과 도겸을 참모로 삼아 동탁과 함께 참전했었다. 그 당시 장온은 동탁이 올리는 자문은 완전히 무시하고, 손견을 끼고돌면서 노골적으로 동탁을 소외시켰었다. 이에 반발하여 동탁이 장온에게 사사건건이 반발하자, 손견은 이 사실을 논점으로 삼아 '동탁이 군령을 위반한 사실을 조정에 알려 처형하라'고 건의했었다. 그러나 장온은 반란의 진원지 서량에서 큰 세력을 지닌 동탁을 징벌할 수가 없어 동탁을 체벌하지는 않았으나, 이때 장온과 손견에게 깊은 원한을 품은 동탁은 '언젠가는 장온과 손견을 반드시 손을 볼 것이다'라고 측근에게 말하곤 했었다.

동탁은 때가 무르익지 않아 기회를 노려오다가, 십상시의 난을 통해 정권과 병권을 장악한 이후, 장온이 원술과 역모를 꾀했다고 위장하여 그동안 참았던 응어리를 야비한 방법으로 해소하려 했던 것이다.

태위 장온을 엽기적 방법으로 처형한 후부터 수개월이 지난 192년(초평3년) 어느 날, 또다시 동탁은 백관들을 불러 모아 잔치를 벌이더니, 뜬금없이 백관들에게 재미있는 잔치를 위해 많은 준비를 했다고 발표한다. 곧이어 동탁은 수하의 병사들에게 북지에서 난을 일으켰다가 생포된 장졸 수백 명을 끌어내도록 명한다. 병사들은 사전에 지시된 그대로 포로들을 끌어내어 어떤 자는 손을 자르고, 어떤 자는 혀를 뽑아내고, 어떤 자는 눈, 코, 입을 베고, 어떤 자는 끓는 물에 삶아 죽이니, 이들이 내지르는 비명소리에 모든 관료들은 소름이 돋고 오금이 저려 전율하는데, 백관들의 표정을 살펴보며 이를 즐기는 동탁을 보면서, 백관들은 너나 할 것 없이 모두가 동탁의 광폭함에 치를 떤다.

이런 엽기적인 학살 사건이 발생한 지 얼마 후, 동탁은 취기에 황궁에 들어서 황제의 시중을 드는 궁녀들을 함부로 겁탈하기도 하며, 공주까지도 희롱하자, 만행을 참지 못한 월기교위 오부가 단독으로 동탁을 살해할 계획을 세운다.

그는 조복 속에 작은 갑옷을 입고, 단검을 감추어 완전히 준비를 마친 다음, 동탁이 틈을 보일 때를 기다리던 어느 날, 동탁이 경호병도 없이 황궁을 들어오자, 동탁을 영접하는 체하면서 동탁에게 접근하여 잽싸게 단검을 들고 달려든다.

비록 동탁이 경호병이 없어도 완력이 강하고 무예에 뛰어난 무장출신이다. 순간적으로 달려오는 오부를 살짝 피하면서 오부가 단검을 든 손을 두 손으로 잡아 내동댕이친다. 비대한 몸으로 오부를 제압한 후, 곧바로 동탁은 여포를 부른다.

"봉선은 빨리 와서 이놈을 포박하라."

여포가 오부의 몸을 꼼짝하지 못하게 포박하고 꿇어앉히자, 동탁이 직접 오부를 취조한다.

"이 무례한 놈, 누구의 지령을 받고 반역행위를 한 것이냐? 감히 혼자서는 저지르지 못했을 것이다. 어서 하나도 숨김없이 이실직고 하렸다."

오부가 전혀 두려워하는 기색이 없이 의연히 말한다.

"반역이라니. 반역이란 신하가 황제의 뜻을 거스르는 것을 말한다. 네놈이 황제가 아니거늘 어찌하여 반역이란 말을 함부로 남용하느냐? 네놈이 바로 역적이 아니냐? 천하의 백성 중에 네놈의 만행을 규탄하지 않는 사람이 없도다. 너를 척살해 종묘와 사직, 그리고 백성들에게 국태민안을 바치려던 계획이 실패하고 처형되게 된 것이 억울할 뿐이다. 이 거사는 오직 나 홀로 감행했으나, 천하 백성들의 마음이 하나같이 나의 마음과 같을 것이다."

동탁은 오부의 의연한 말에 소름이 돋아 오르는 것을 느끼며, 즉시 살수를 불러 명한다.

"오부를 끌어내어 사지를 틀어 죽여라."

오부는 사지가 뜯겨 죽으면서도 동탁의 만행을 규탄한다. 이를 지켜본 많은 인사들이 그의 충절을 높이 기린다.

漢末忠臣說伍孚

한 말엽에 오부라는 충신이 있어

沖天豪氣世間無

일반인이 지니지 못한 씩씩한 기상을 가지고 있었네

朝堂殺賊名猶在

조당에서 역적을 도모하여 이름이 전해지니

萬古堪稱大丈夫

만고에 대장부라고 불려 질 만하도다

이후 동탁은 어디를 가더라도 잠시도 호위병을 떼어놓고 다니는 일이 없게 된다.

2) 사도 왕윤, 여포를 끌어들여 동탁을 암살할 모의를 하다

  수년 동안 동탁의 공포정치와 철권정치에 많은 대신들이 치를 떨면서도, 겉으로는 드러내지 못하고 속으로만 전전긍긍하고 있을 때, 왕윤은 동탁을 제거할 계획을 차분히 추진해 나가고 있었다. 왕윤은 동탁을 제거하기 위해 비밀을 유지하고자 홀로 계획을 구상하면서, 오랫동안 동탁에게 순종하여 많은 신임을 얻어가고 있었다.
  왕윤은 계획을 실행하는 과정에서 발생할 수 있는 여러 가지 경우의 수를 고려했으나, 무엇보다도 경호를 책임지고 있는 여포를 처리하는 것이 가장 큰 골칫거리라는 결론을 도출해낸다. 자신이 그동안 동향의 선배로서 여포에게 많은 관심과 사랑을 기울였으나, 동탁을 제거하기 위해 무작정 여포에게 접근한다는 것은 화약을 지고 불 속으로 뛰어드는 것과 다름없는 일이었다. 그래서 왕윤은 여포의 주변에 밀정을 심어 여포의 일상을 관찰하던 어느 날, 밀정으로부터 최근 여포의 분위기가 이전과 달리 심상치 않다는 보고를 받고 나서 여포를 자택으로 초대한다.
  "장군께서는 요사이 무고하신가? 한동안 장군을 만나보지 못해 근황이 궁금하던 차에 갑자기 고향 들녘이 생각나서, 고향이야기를 나누고 싶어 장군을 초대했네."

왕윤이 동향선배의 포근함으로 여포에게 접근하자, 여포도 평상시와 같이 편안하게 응대한다.

"대장부로 태어나 전장을 누비지 못하고, 상부(尙父)의 중합이나 지키는 파수꾼 노릇이나 하고 있으니, 스스로 생각해도 한심하고 답답할 따름입니다."

왕윤은 여포의 마음을 떠보기 위해, 여포를 한껏 추켜세우는 말을 넌지시 던진다.

"장군은 천하가 인정하는 영걸인데, 설마 상부께서 하찮게 생각해서 자신의 경호를 전담시켰겠소? 지금 상부께서는 경호가 가장 중요하다고 생각하기에 경호책임을 전적으로 장군에게 맡겼을 것이오. 장군은 누가 보더라도 상부에게 가장 신임을 받는 인사가 아니오? 상부가 아침을 맞이해서 밤중 취침에 들 때까지 늘 함께하니, 장군은 얼마나 행복하겠소이까?"

취기가 거나하게 오른 여포는 왕윤의 비아냥에 대해 정색을 하며 퉁명스럽게 대꾸한다.

"아무리 그렇더라도, 천하의 대장부가 남녀가 애정행각을 하는 중합을 지키는 충견 노릇을 한다는 것은 치욕입니다. 그런 치욕을 겪다가 나도 모르게 상부의 애첩과 눈이 맞아 불순한 애정 행각을....."

하더니 황급히 왕윤을 쳐다보고는 말을 접는다. 여포 자신도 자기가 너무 취했다고 생각하는지 겸연쩍어하며 그만 돌아가려고 할 때, 왕윤이 여포를 끌어당기며 다정하게 말한다.

"장군은 나와 동향사람으로 조그만 일이 있어도 상의를 해왔는데, 이같이 큰일로 고민을 하면서 왜 한마디의 상의도 없이 함구하려 하오?"

여포는 머쓱해서 머리를 긁더니 대꾸를 한다.

"사실은 상부의 애첩 초선과 애정행각을 한 것을 상부가 어느 정도 눈치를 차린 것 같습니다. 일전에는 하찮은 일로 나에게 화를 내더니 갑자기 화극을 던진 적이 있었습니다. 소장이 순발력이 있게 피하지 않았다면 맞아 죽을 뻔한 일입니다. 이후에도 상부가 나에게 대하는 태도가 예전과 달라진 것 같아서, 최근에는 항상 조바심하면서 지내고 있습니다."

왕윤은 너무도 놀라운 사실을 알게 되어 크게 기뻤으나, 지금 당장 여포를 회유한다면, 의도를 가진 접근으로 비추어질 여지가 있어 속내를 숨기고, 후일 여포를 다시 불러 회유하기로 마음을 먹는다. 왕윤은 끝까지 여포의 비위를 맞추면서, 주연이 끝날 때까지 여포에게 무한한 관심을 쏟아내기를 마다하지 않는다.

지난 189년 8월25일 발생한 '십상시의 난' 당시, 왕윤은 대장군 하진이 십상시에게 척살되면서, 청류파 젊은 관료들이 혈기를 앞세워 궁중에 난입하여 십상시를 제거하며 자행된 조정의 대혼란으로 기실 조정의 앞날을 걱정했었다. 그러던 중, 북망산에서 황제를 보호하여 성안으로 들어온 동탁이 처음에는 문무백관들의 우려와는 달리 황궁의 혼란을 잠재우고, 불에 탄 궁궐을 보수하고 흩어진 관리들과 군사들을 제자리로 복귀시키는 순발력을 보이자, 왕윤은 동탁에게서 새로운 희망을 보았었다. 동탁이 청류파 젊은 관료들에 의해 붕괴 직전까지 이르렀던 조정의 기강을 다시 세우면서, 왕윤은 동탁이 비록 환관들에게 줄을 대고 성장한 탁류파 관리일지라도, 혈기왕성한 청류파 관리들의 한계성보다는 동탁과 같이 무게가 있는 안정감이 정국안정에 도움이 되리라는 생각을 하게 되었다. 그래서 왕윤은 동탁과 연정을 맺어 동탁에게는 병권을 주고, 자신은 정무를 책임진다면 자신이 국정의 중심이 되어, 청류파의 독주를 막고 국정을 원활히 운용할 수 있겠다고 기대하였다. 마음의 결정을 내린 왕윤은 동탁과의 밀담을 통해, 환관과 하진의 외척세력에 의한 반목으로 방향을 잃고 있던 조정을 바로잡아, 문무 대신들이 정무의 중심이 되는 정치로 복원시키기로 합의하는 데 성공했었다. 왕윤은 동탁에게 조정의 병권을 모두 넘기되, 황실의 법도대로 동탁의 사병들은 낙양성 안에 들어오지 못하고 서량주와 옹주의 지방 문무 관리로만 임명하게 하여, 중앙정치에는 관여하지 못하게 하는 틀을 제공했었다. 동시에 동탁이 벌일 수도 있는 예기치 못한 만일의 사태를 대비하여, 하남윤 정원에게 낙양성 남문에 주둔하도록 하는 안을 관철시킨 결과, 초창기에는 왕윤과 동탁의 연정이 환관과 외척에 의해 등용되었던 세력의 숙청과 군벌의 해체라는 점에 의견이 합치되어, 조정의 정무는 왕윤이 의도하는 대로 이행이 되었고, 동탁은 병권을 장악하고 군무에서 자기 역할에만 관심을 갖게 했었다. 그러나 낙양성 안에서 동탁의 견제역할을 충실히 행하던 정원이 동탁과의 싸움에서 패배하고, 동탁이 정원의 병력까지 흡수하여 낙양성 내에서 군사력을 완전히 장악하는 사태가 발생되자, 왕윤과 동탁 사이에는 힘의 균형이 깨어져 동탁을 견제할만한 수단과 방법이 사라졌다. 관료가 되고자 하는 인사들은 속속들이 동탁의 세력권으로 들어가게 되자, 조정에서 권력의 균형추를 잃은 왕윤은 동탁의 하수인으로 전락하게 되었다. 애초에 기대했던 정권의 중심축에서 조정을 움직이려던 왕윤의 의도는 동탁이 서량의 책사 이유로부터 뛰어난 보좌를 받으면서 무산이 되어버리고, 이제는 꼼짝없이 동탁의 폭정에 동참한 공동정범이 되어버렸다. 동탁은 동탁대로 조정을 이끌기 위해서는 왕윤과 같은 정치적 역량을 가진 인사가 필요하여, 대외적으로는 왕윤이 행정실무를 총괄하는 것처럼 인식시키고자, 왕윤을 사도로 임명하게 했었다. 그러나 실질적으로는 왕윤은 동탁의 하수인으로 전락한 신세에 지나지 않았다. 반동탁연합군이 궐기했을 때, 연합군이 체계적인 연합군 편제를 갖추기 전에 별동대를 지휘하며, 반동탁연합군에게 상당한 타격을 가했던 중랑장 서영이 별동대 임무를 마치고 동탁의 주력군과 공수교대를 하여, 동탁이 자신의 친위세력을 이끌고 출정하고 서영이 낙양수비를 담당하게 되면서, 왕윤은 서영을 자주 접하며 여러 가지 현안의 문제를 논의했었다. 동탁이 낙양을 떠나있는 동안, 불순세력의 움직임을 탐지하고 색출하는 임무를 지녔던 이유는 왕윤과 왕윤이 발탁한 서영이 빈번히 접촉하는 것을 의심하여 동탁에게 보고를 올린 이후, 동탁이 왕윤에게 우회적인 경고를 보내자, 이때 왕윤은 서영과의 접촉을 끊고 향후 새로이 정권을 장악하려는 구도를 혼자서 모색해왔었다. 그러다가 반동탁연합군에게 낙양을 내어주고 난 후, 동탁이 중앙정부의 지방통제권을 포기하고, 서량주와 옹주의 확실한 통치력만을 장악하려고 미오성에 틀어박혀, 장안의 문무백관들과 소통이 약화되고 있는 이때가 동탁을 척결하기 좋은 적기로 보고, 왕윤은 동탁을 제거하기 위한 공작을 구체적으로 벌이기로 한하는 과정이었다.

왕윤은 지속적으로 여포의 심리를 간파하고, 그동안 변덕이 생겨서 심리적 변화가 왔는지를 계속 정탐해 오던 어느 날, 다시 밀정을 불러내어 최종적으로 여포의 근황을 묻는다.

"네가 보기에 요사이 여포의 근황이 어떠하더냐?"

밀정은 마치 자기가 엄청난 가치의 주역인 양, 자부심이 가득 섞인 목소리로 대답한다.

"여포장군은 전보다 더욱 풀이 죽어 있고, 가끔은 긴 탄식을 하는 등 삶에 전혀 만족을 못 느끼는 듯합니다."

밀정의 보고를 들은 왕윤은 여포를 회유할 수 있다는 확신을 가지게 되고 얼마 후, 여포를 다시 자신의 저택으로 초대한다. 몇 순배 술잔이 오가고 왕윤은 한창 흥을 돋운 후, 여포에게 할 수 있는 최대한 애정을 쏟으며 부드럽게 묻는다.

"장군의 표정이 요사이 다소 침울해 보이는데, 대체 신상에 무슨 문제가 있는 것이오?"

여포는 동향선배의 부드러운 위로에 속내를 털어놓는다.

"사도께서 언제나 많은 관심을 기울여 주셔서, 지금의 어려운 상황을 잘 버티고 있습니다. 그러나 작금 태사께서 벌이는 정국의 운용에는 많은 두려움과 불안을 떨칠 수가 없습니다. 이대로 가다가는 천하의 모든 사람들에게 폭정의 하수인으로 낙인이 찍힐까 우려가 됩니다."

여포는 얼마 전까지도 동탁을 지칭하던 상부라는 어휘 대신, 태사라는 말을 사용하며 동탁에 대한 자신의 식은 열정을 드러내자, 여포의 작심한 듯한 발언에 용기를 얻은 왕윤은 기회를 놓치지 않고 여포를 자극한다.

"장군과 같은 당대 영웅이 폭군 동탁의 동조자로 평가되는 것은 아니 될 일이오."

여포는 왕윤의 말에 풀이 죽어 힘없이 대답한다.

"그렇다고 딱히 다른 방법이 있는 것도 아니고, 태사와 부자의 연을 맺었으니 자식의 도리를 저버릴 수도 없어서, 후배는 삶의 보람을 느끼지 못한 채 억지로 살아가고 있습니다."

왕윤은 여포의 마음을 확인하고 그의 사고를 완전히 돌리려는 듯이 강력하게 자신의 의사를 피력한다.

"장군 다시 한번 생각해 보시오. 장군의 성은 여(呂)씨이고, 태사의 성은 동(董)씨이외다. 어찌 진정한 부자지간이겠소? 더구나, 얼마 전에는 조그만 감정을 참지 못해 봉의정에서 장군에게 화극을 던진 일이 있었소이다. 진정으로 태사가 장군을 아들로 생각했다면, 어떻게 자식의 목숨을 앗아갈지도 모르는 위험한 작태를 벌일 수 있었겠소? 태사는 장군을 아들이라고 하면서 아직까지도 장군에게 동 씨의 성을 내리겠다는 의향을 밝힌 적이 없습니다. 서량에서는 누구나 친밀한 관계를 유지하고자 할 경우에는 부자지간의 연을 맺겠다고 맹세합니다. 태사는 장군을 그런 정도의 관계로 유지하면서, 장군의 무용과 지략을 태사를 위해 바치도록 하려는 속셈이오."

왕윤의 반론에 여포는 동감의 뜻을 표한다.

"아! 그렇군요. 제가 미처 그 생각을 못했습니다."

여포가 자신의 말에 적극적으로 동의하자, 왕윤은 여포에게 대의명분을 세워주어 결정적 결심을 굳히게 하려고 유도한다.

"장군이 폭정을 일삼는 태사를 제거하고 한황실을 구제한다면, 장군의 이름은 청사에 길이 남을 것이요, 반대로 이대로 동탁과 함께 하릴없이 동행한다면, 역신으로 만대에까지 더러운 이름을 전하게 될 것이오. 나와 함께 동탁을 척살하고 청사에 충신으로 기록되지 않으려오?"

여포는 벌떡 일어나 왕윤에게 무릎을 꿇고 절을 하며 결심을 밝힌다.

"그러한 계획이 있다면, 이 사람 여포 또한 함께 참여하겠습니다. 여태까지는 세간의 눈치를 보며 살았으나, 이제야 새로운 미래를 보는 것 같아 마음이 홀가분합니다. 나의 진심을 의심하지 말고 거사에 합류시켜 주시기를 바랍니다."

왕윤은 여포를 설득하는 데 성공은 했으나, 여포의 확고한 의지를 확인하고자 다시 한번 묻는다.

"만에 하나라도 이 일이 남에게 누설되거나, 실패하면 장군과 나의 운명은 끝이 나게 되오. 그래도 좋겠소?"

여포는 칼을 뽑아 손가락을 베어 혈서를 쓰면서 변함없는 맹세를 다짐한다.

"이 한목숨을 바쳐 황실을 구하고, 태사의 폭정에서 백관들과 백성을 구할 수 있다면, 이 사람 아낌없이 한목숨을 바치겠습니다."

왕윤은 여포의 결기를 존중하여 무릎을 꿇고 서로 마주보며 맞절을 하더니, 여포의 충의를 한없이 치하한다.

"한황실의 종묘사직이 오직 장군의 손에 달렸소이다. 거사가 성공하면 장군은 조정의 군무를 맡고, 나는 정무를 맡아 함께 한황실을 부활시켜 봅시다. 역대 많은 사람들이 연명서를 작성하고 거행한 거사는 역사를 통틀어 보아도 비밀이 유지된 사례가 없소이다. 이 거사는 우리 둘만이 알고 있기로 하고, 다음 계획이 마련되면 연락을 드리기로 하리다."

연회를 마친 후, 여포가 적토마 위에 올라타고 들뜬 마음으로 사라지자, 성공의 가능성을 본 왕윤은 다음 계획을 생각하며, 한층 비밀스럽게 거사를 추진하기로 마음속 깊이 다짐하고 더욱 행동거지를 조심한다.

3) 사도 왕윤의 일파는 동탁을 제거하다

한동안 왕윤은 만에 하나 일어날 수 있는 여포의 심적 변화를 우려하여 계속 여포의 동향을 관찰하는데, 동탁을 제거하는 거사에 뜻을 같이한 이후 여포의 표정이 밝아지고, 큰 자부심을 얻은 듯이 매사에 적극적으로 행동하고 있다는 밀정의 보고를 받고, 왕윤은 상서복야 사손서와 사례교위 황완, 양찬과 함께 자택으로 여포를 맞이하여 구체적인 계획을 논의하고자 한다.

"이번 거사는 동탁 측근의 호위를 맡은 용장들만 포섭할 수 있으면 됩니다. 많은 사람이 가담하면 비밀만 노출될 뿐입니다. 지금 조정의 분위기는 많은 사람이 가담하지 않아도 동탁만 제거되면, 대부분의 백관들이 우리에게 동조할 분위기입니다. 따라서 우선 거사 날짜와 구체적 거사의 방법, 꼭 필요하게 참여시킬 인사를 선정하도록 합시다."

왕윤이 밝힌 기본 계획에 화답하여 상서복야 사손서가 오랫동안 고심해온 결과를 밝히듯이 입을 연다.

"우선 거사 일을 결정해야 할 것입니다. 제가 주역을 잘 보는 친지에게 길일을 물었더니, 4월 23일 신사일이 국정에 아주 좋은 길일이라고 하니, 이날을 거사 날짜로 택하시면 어떻겠습니까?"

고심한 흔적이 역력한 사손서의 제안에 모두가 동의한다.
"그렇다면 다음으로 어떻게 동탁을 도모했으면 좋겠소?"
왕윤의 말에 사손서가 다시 대답한다.
"천자께서 환우 중에서 쾌차하시어 백관들이 시름을 덜었습니다. 이를 동탁에게 알리고 신사일에 천자의 쾌유를 축하하는 축하연에 동탁의 참석을 바라는 황제의 칙서를 내려 장안으로 불러들입니다. 그리고 동탁이 궐문을 들어설 때 궐문에 배치한 위사들이 주살하도록 하면 되지 않겠습니까?"
왕윤이 이에 대한 세부적 계획을 촉구한다.
"좋은 생각이오만, 동탁을 누가 어떻게 유인하여 황궁으로 불러들이고, 누가 궐문의 위사를 거사에 무리 없이 끌어들일 수 있겠소?"
이때 여포가 앞으로 나선다.
"소장이 동탁을 호위하게 되니, 황궁 궐문 앞까지는 차질 없이 이행할 수 있습니다. 문제는 황궁 궐문 앞에 세우는 위사의 배치인데, 이곳은 기도위 이숙이 맡고 있으니 그를 끌어들여서 거사에 합류시키면 무리 없이 성공할 수 있을 것입니다. 이숙만 끌어들이게 되면, 이숙의 심복을 위사로 배치하여 손쉽게 동탁을 척살할 수 있습니다."
왕윤이 여포에게 묻는다.
"이숙은 어떻게 포섭할 수 있겠소?"
여포가 왕윤의 용단을 바라는 듯이 힘주어 말한다.

"기도위 이숙은 소장과 동향으로 동탁의 옆에서 많은 공훈을 세웠으나, 어떤 연유인지는 몰라도 냉대를 받고 있습니다. 그래서 이숙은 소장에게 가끔 동탁을 원망하곤 했습니다. 제가 이숙을 설득하겠습니다. 다만 사도 어른께서 바쁜 정무 중이시지만, 함께 이숙을 만나 거사가 성공하면 장군의 직위를 준다는 약조를 해주시면, 이숙도 흔쾌히 참여할 것입니다."

"알겠소이다."

왕윤은 여포의 의견에 동의하고 이튿날, 왕윤은 여포를 통해 이숙을 자택으로 초대한다. 왕윤, 사손서, 여포가 이숙을 살갑게 맞이하고 한창 분위기가 무르익을 때, 여포가 이숙에게 넌지시 의향을 묻는다.

"지난날, 위홍(이숙)이 나를 동탁의 막하로 인도했소. 내가 동탁과 함께 생활한 지 올해로 수년이 되었으나, 지금 동탁은 위로는 천자를 능멸하고 아래로는 백성들을 핍박하여, 그 원성이 하늘과 땅에 가득 차 천지인이 모두 그를 경멸하고 있소. 우리가 더 이상 동탁과 함께하면 영락없이 역적의 오명을 쓰고 흑역사에 기록될 것이오. 이에 여기 모이신 뜻있는 권신들이 동탁을 척살하려고 하는데, 위홍의 의중은 어떠하오?"

이숙은 잠시도 머뭇거림이 없이 대답한다.

"나 역시 동탁의 폭정을 눈을 뜨고 볼 수 없어서 울분을 삭이고 있었는데, 이렇게 좋은 거사가 있다는 것을 알게 되니, 이제야 마음 편하게 공직에 종사할 수 있겠소. 그러나 거사를 시행하고자 하는 뜻은 좋은데 어떻게 시행할 계획이오."

왕윤이 어제 계획한 거사 계획을 알려준다. 이숙은 손가락을 칼로 베어 혈서를 써서 결의를 내보인다. 왕윤이 이숙의 결의를 치하하며 이숙에게 말을 던진다.

"기도위의 뜻이 너무도 거룩해서, 내가 함께 거사를 도모한다는 것이 참으로 영광이외다. 거사가 성공하면 한실 재건의 일등공신으로, 이에 부응하는 벼슬과 상을 내리도록 하리다."

이튿날, 왕윤은 황제를 알현하면서 거사에 대한 비밀을 알리며, 동탁을 장안으로 불러들이기 위한 조서를 요청한다. 황제는 비밀이 누설되지 않도록 거듭 당부하며 왕윤에게 비밀리 조서를 내리자, 왕윤은 황제가 내린 조서를 이숙에게 전하며, 철저히 비밀을 유지하여 성공적으로 거사를 수행하도록 당부하자, 이숙은 측근인 기도위의 기병 수십 명을 이끌고 미오성으로 간다.

이숙은 동탁을 만나기 전에 먼저 여포를 만나 서로의 역할에 차질이 없음을 확인하고, 동탁에게 황제의 칙서를 가지고 왔음을 알린다. 동탁은 황제의 칙서를 가지고 기도위 이숙이 방문했다는 전갈을 받고, 이숙을 미오궁의 안으로 불러들여 묻는다.

"황제가 보낸 조서라니 무슨 내용인가?"

동탁은 황제의 조서나 칙서를 받을 때, 궁문 밖으로 나와서 무릎을 꿇고 맞이하는 격식에서 예외적인 신분이다. 이숙이 건네는 칙서를 받은 동탁은 황제의 칙서를 보면서도 무표정하게 대답한다.

"황제의 쾌유를 축하하는 연회에 내가 꼭 가야 할 이유가 있겠는가?"

동탁의 반문에 이숙은 '아차' 하는 생각이 들어, 동탁에게 갖은 아부를 떨면서 동탁을 설득한다.

"모든 백관이 전부 참석하여도 태사께서 오지 않으시면, 이런 연회가 무슨 의미가 있겠습니까? 모든 백관이 없어도 태사 한 분만 참석하시면, 연회가 상징성을 띠게 되는 것이 아니겠는지요?"

이숙이 차원이 높은 아부를 늘어놓자, 동탁은 기분이 좋아졌는지 '껄껄' 웃으며 대답한다.

"알겠노라. 황제에게 신사일 축하연에 참석하겠다는 뜻을 전하라."

미오성에서 돌아온 이숙은 왕윤에게 이 사실을 전하고, 왕윤은 거사에 대비하여 차질 없이 대비하도록 당부한다.

헌제의 병이 쾌유하여 동탁이 그에 대한 하례를 하기 위해 입궐하는 192년(초평3년) 4월23일, 신사일을 거사일로 잡은 왕윤은 거사의 정황을 다시 점검하면서, 추호의 차질도 빚지 않게 하려고 계획을 총괄적으로 지휘 감독한다. 그를 위한 일환으로 여포와 기도위 이숙은 이숙의 심복인 진의, 진위, 이흑 등 10여 명을 궁궐 위의 최측근 위사로 배치시킨다.

이때 미오성을 출성한 동탁은 황궁으로 가던 도중 무언지 모를 음습함이 스쳐오는 것을 느낀다. 동탁은 여포에게 명해 다시 미오성으로 돌아가려 한다.

"봉선아, 내가 꼭 가야만 하겠느냐?"

"아버님께서 무슨 불편하신 일이 있으신가요?"

"특별히 어떤 일이 있는 것은 아니다만, 무언지 냉큼 마음이 내키지를 않는구나."

여포는 움찔해지는 심리를 바로잡고, 동탁에게 할 수 있는 최대한의 찬사를 올리며 동탁의 마음을 다독이고자 한다.

"아버님은 천하의 권세를 움켜쥔 일인자로서, 천하에 둘도 없는 영웅이십니다. 무슨 연유로 갑자기 마음이 심란해지셨습니까?"

동탁은 여포의 소리장도(笑裏藏刀:속에는 비수를 숨기고 겉으로는 극찬하여 경계심을 풀게 함) 계략에 현혹되어, 불편한 심기를 내리누르고 수레에 몸을 맡긴다.

얼마 후, 동탁이 장안으로 들어오는 길목에서 아이들이 부르는 동요가 아련히 들려온다.

千里草何靑靑　천리초가 어찌 푸르르기만 하랴
十日上不得生　십일이 지나면 꽃은 지노라

동탁이 경호 대장인 여포에게 묻는다.

"아이들이 부르는 동요가 무슨 뜻이냐?"

여포가 섬뜩한 마음을 진정시키면서 대답한다.

"오래전부터 장안 주변의 어린아이들 속에서 구전되는 동요인데, 한황실이 다하여 새로이 변화가 올 것을 예고하는 동요라 하옵니다."

동탁은 속으로는 기분이 들떠 흥분하면서도 겉으로는 내색을 않고 담담하게 심경을 토로한다.

"어린아이들의 동요가 참으로 구슬프구나."

하룻밤을 중도성 안에서 숙박하고 새로이 장안을 향하려는데, 뿌연 아침의 안개 속에서 흰 도포를 입은 한 도인이 흰 건을 쓰고, 한 길쯤 되는 장대 끝에는 입구(口) 자를 써서 양손에 들고 서 있다. 여포가 그 양상을 보니 바로 자신을 암시하는 것이라는 생각이 들어 움찔한다. 입구가 둘이면 呂, 베로 기를 만들었으니 布, 흰 도포를 입었으니 상복을 의미하니, 바로 여포를 조심하라는 암시를 준 것이다. 여포는 아찔한 생각에 도인을 행렬에서 멀리 쫓아낸다. 어느덧 행렬이 궁문 앞에 다다르고, 궁문 앞에는 아무것도 모르는 문무백관들이 조복을 입고 줄지어 동탁을 기다리고 있었다.

동탁은 궁궐의 규칙대로 수행한 병사들을 대궐문의 밖에 대령케 하고, 20여 명이 직접 끄는 수레에 올라 궁궐의 내정(內庭)으로 들어간다. 얼마 후, 대궐문을 지나 전문(殿門)을 마주친 동탁은 이전과 전혀 다른 분위기에 섬뜩함을 느끼며 전문(殿門)에 들어서는데, 사도 왕윤과 상서복야 사손서가 칼을 들고 서 있는 모습을 보고 곧바로 여포를 부르려고 한다.

그 순간, 왕윤이 큰소리로 외친다.

"역적 동탁은 어명을 받아라."

왕윤의 외침을 신호로 진의, 진위 등 위사가 동탁의 수레를 끌어온 경호원 20여 명을 주살하고, 그사이 이숙은 동탁을 향해 칼을 내리친다. 동탁은 신변의 안전을 위해 언제나 조복 속에 갑옷을 받쳐 입고 있어, 이숙이 내리친 칼질은 동탁에게 치명상을 입히지를 못한다. 팔에만 상처를 입은 동탁은 곧바로 땅바닥으로 꼬꾸라지며 절규하듯이 여포를 부른다.

"봉선아! 내 아들 봉선이 어디 있느냐?"

수레의 앞에 있던 여포가 달려 나오면서 외친다.

"황제의 칙서이다. 역적 동탁은 어명을 받들어 목숨을 내어 놓아라."

깜짝 놀란 동탁이 여포를 향해 쌍욕을 내뱉는다.

"개새끼, 감히 이럴 수 있느냐(庸狗敢如是邪)?"

라고 말하는 극히 짧은 순간, 여포의 방천화극이 동탁의 목을 찌르고, 옆에 있던 이숙이 칼을 휘둘러 동탁의 목을 벤 후, 동탁의 죽음을 보고 달려온 주부 전경과 경호병들을 모두 주살한다. 그동안 말할 수 없는 폭정과 만행을 일삼던 동탁의 말로는 참으로 어이없었고 한편으로는 비참했다. 동탁의 목이 떨어진 것을 확인한 왕윤은 품속에서 황제의 조서를 꺼내어 큰소리로 읽는다.

"황제의 조칙을 받들어 역적 동탁을 도모했다. 나머지 사람들에게는 죄를 묻지 않을 것이니, 여러분은 동요하지 말고 자신의 임무에 충실하도록 하라."

황궁에 있던 모든 백관들과 궁인들이 동탁의 폭정에서 벗어난 해방감으로 만세를 부른다. 이때 동탁의 나이 54세, 192년(초평3년) 4월23일, 신사일의 일이다.

동탁이 주살된 날, 뿌연 연기로 바로 앞의 가시거리도 막았던 안개가 환히 걷히고 하늘도 축복하듯이 밝은 태양이 내내 비추인다. 백성들은 거리에 내버려진 동탁과 동민, 동승 등의 시신을 마구 짓밟고 분탕질하는데, 장난기 심한 어느 백성이 기름진 동탁의 배꼽 위에 심지를 박아 불을 붙이자, 동탁의 몸통이 등불이 되어 주위를 밝히는데 그 불빛이 3일간 지속되었다고 입에서 입으로 전해져 내려온다.

3.
사도 왕윤의 죽음

3. 사도 왕윤의 죽음

1) 사도 왕윤, 스스로 교만해져 패망의 문을 두드리다

독재자 동탁이 척살되었다는 소식은 궁궐의 대문을 넘어 천하에 알려지고, 이각과 곽사는 동탁이 왕윤과 여포의 배신으로 주살되었다는 소문을 듣는 순간 분격하여 미현의 만세오 및 홍농에 있던 병주출신 관료, 아녀자 수백 명을 척살한다. 이즈음 사도 왕윤은 동탁을 제거한 후, 헌제에게 동탁을 척살하는 데 최고의 공을 세운 여포를 분무장군에 천거하며 가절을 받도록 하고, 동시에 녹상서사 및 의동삼사로 삼사에 준하는 대우를 보장받게 한다.

녹상서사, 의동삼사로 임명된 여포는 왕윤과 함께 조정을 장악하여 군무를 총괄하게 되자, 조정의 대신들에게 인심을 얻기 위해 동탁이 치부한 재물을 공경대신과 공을 세운 장수들에게 나누어 주도록 왕윤에게 건의한다. 동시에 나머지 동탁의 잔당들은 모두 용서해 주기를 건의하지만, 거사를 성공한 왕윤은 여포를 단순한 칼잡이 정도로만 취급하여 정사에 참여하는 것을 꺼려하고, 동탁의 잔여세력에 대한 사면을 절대로 불허가한다는 방침을 밝힌다. 전권을 잡은 왕윤은 황보숭에게 군사 5만을 주어 미오성을 공격하도록 한다.

미오성에서는 이각, 곽사 두 장수가 비웅군 3천을 중심으로 1만여 명의 군사를 이끌고 성을 지키고 있었는데, 황보숭이 대군을 이끌고 만세오로 공격해 들어오자, 이각은 곽사와 함께 서량으로 도주하고, 황보숭은 동탁의 종제 동민, 조카 동황, 생모 지양군 등 동씨 일족을 붙잡아 참살한다.

황보숭은 만세오의 보물창고를 열어 황금 수십만, 백금 수백만, 온갖 비단과 주옥, 보석을 챙기고, 곡창을 열어 양곡의 반은 백성들에게 나누어 주고, 나머지 8백만 섬의 양곡은 궁궐 창고로 옮긴다.

동탁의 잔당을 어느 정도 정리하고, 왕윤은 미앙전에 백관들을 불러 모아 향후의 화합을 위한 연회를 개최하며 백관들이 있는 앞에서 새로운 조정의 방향을 제시한다.

"역적 동탁이 준엄한 역사의 심판을 받아....." 하는데, 바로 옆에 있던 채옹이 긴 탄식을 하자, 채옹의 탄식을 들은 왕윤은 고개를 돌려 채옹을 쳐다보더니 강하게 질타한다.

"고양후께서는 어찌 역적 동탁의 죽음에 대해 기뻐하기는커녕 탄식을 하고 있습니까?"

왕윤이 자신보다 연배인 채옹을 예우하는 듯이 존칭은 썼지만, 그 묻는 말투에는 가시가 돋쳐 있었다.

"그래도 한 때를 풍미했던 사람이 사라지니 다소 애석해서 그렇습니다."

그동안 채옹은 동탁에게 절대적 신임을 받아서 조정의 핵심적 역할을 하고 있었는데, 이를 고깝게 생각해오던 왕윤은 채옹에 대한 앙갚음 때문인지 지나칠 정도로 가혹하게 채옹을 다그친다.

"고양후께서는 아직도 역적 동탁의 하수인으로 있기를 원하십니까?" 어안이 벙벙해진 채옹이 반론을 펼친다.

"내 어찌 대의명분의 소중함을 모르겠습니까? 태사의 죽음을 한탄한 것은 한때의 지우지감(知遇之感:인격이나 학식을 알아주어 후히 대우해 준 점에 대한 고마움)으로 잠시 회상에 빠진 것일 뿐 다른 뜻은 없습니다."

동탁이 척살된 후에 백성들 사이에서 쏟아지는 찬사와 함께, 사태가 발생한 지 불과 며칠 만에 어렵게 인식되던 수습 과정이 순탄하게 전개되자, 왕윤은 전권을 장악한 자신의 능력을 과신하는 자아도취에 취해 걷잡을 수 없는 교만에 빠져 들고 있었다.

선천적으로 고결하고 강직한 성품에 교만이 스며들면, 어떤 누구도 반론을 제기하며 통제할 수 없는 독단으로 변하는 모양이다. 왕윤은 채옹을 향해 고압적으로 외친다.

"고양후께서는 황제의 칙령으로 동탁의 잔여세력은 절대 사면불가(赦免不可)라는 사실을 알고 있지 않습니까? 이제 고양후를 황제의 칙령대로 처결하고자 하니, 이 사람을 원망하지 마십시오." 하더니, 채옹을 옥에 가두도록 명한다.

이때 태위 마일제가 왕윤의 처사에 깜짝 놀라며 왕윤에게 채옹의 면죄를 건의한다.

"백개(伯喈)의 박식함은 천하의 사람들이 모두 인정하고 있습니다. 이런 인재를 버린다면, 이번 사태와 같은 큰일을 수습하는데 해악이 될 것입니다. 지금 백개는 한실의 역사를 쓰고 있습니다. 그가 쓰고 있는 한나라 역사가 완성되면, 춘추시대 이후의 크나큰 역사적 업적이 될 것이니, 백개에게 내린 단죄를 풀어 한나라 역사를 완성시킬 수 있도록 기회를 주시오. 백개를 죽이면 백성들의 민심이 조정을 떠날 것입니다."

왕윤은 고개를 내저으며 반론을 펼친다.

"아니 되오. 지난 역사 속에서 보면, 효무제께서 역사를 중시하여 사마천을 죽이지 않고 사기를 계속 집필하도록 그대로 용인하였더니, 결국은 사마천이 효무제를 비방하는 글을 써서 후세에 대대로 효무제의 악평이 전해지고 있소. 국운은 쇠하고 국정이 어지러운 이때, 역적을 비호하는 난신을 천자 옆에 두어 역사를 집필하게 한다면, 우리도 후세에 효무제와 같은 악평을 받게 될 것이오."

왕윤은 동탁이 '십상시의 난'을 통해 집권하는 과정에서 동탁과 국정을 분담하여, 정무와 군무를 서로 나누기로 밀담했던 것이 채옹에 의해 역사에 남겨질 것을 두려워하여, 채옹을 제거함으로써 동탁에게 남긴 자신의 흔적을 지우려고 한 것이리라. 마일제는 연회장을 빠져나와 깊이 탄식하며 말한다.

"왕윤은 오래가지 못할 것이오. 잘못하면 일족이 화를 입게 될지도 모르오. 선한 사람은 나라의 기강이요, 글을 쓰는 것은 나라의 법전이라 했소. 기강을 멸하여 역사를 뒤집고 법전을 철폐하려 하니, 그런 행위가 과연 오래갈 수 있겠소? 역사는 한두 사람의 눈과 귀를 가린다고 사라지는 것이 결코 아니외다."

왕윤은 마일제의 간절한 충고도 무시하고, 채옹을 옥에 가두더니 얼마 후 채옹의 목숨을 빼앗는다. 이런 소식이 주변에 알려지자, 많은 백성들이 왕윤의 지나친 처사를 탓하며 분노하기 시작한다. 그런 와중에도 왕윤은 조정의 친동탁 세력을 숙청하면서, 동시에 동탁이 거느리던 예전의 장수들에게도 무장을 해제하도록 종용한다.

동탁이 살해되기 1달 전쯤, 주준이 낙양 동쪽의 중모현에서 군사를 모집하여 낙양으로 침공하자, 중랑장 우보는 이각, 곽사, 장제에게 군사 수만 명을 이끌고 주준을 공략하게 하여 주준의 군대를 대파했었다. 이 전투에서 이긴 동탁의 사위 우보는 투항하는 주준의 병사들을 흡수하여 군사를 늘리고, 진류군과 영천군을 초토화시키면서 군사력을 더욱 강화하고 있었는데, 그로부터 한달이 지나고 동탁이 살해되었다는 소문을 들은 후, 장안으로 쳐들어올 준비를 한다.

이에 왕윤은 하동군과 홍농군 일대를 방어하기 위해, 여포에게 섬현에 주둔해 있는 동탁의 사위 우보를 도모하도록 명하고, 여포는 이를 이숙에게 하달하며 우보를 제거하도록 지시한다. 명을 받은 이숙은 섬현의 우보를 포위하고 공성을 시도하여, 한때 섬현이 함락되기 일보 직전까지 몰렸을 때, 토로교위 가후는 중랑장 우보에게 새로운 계책을 내어놓는다.

"이일대로(以逸待勞)전략과 만천과해(瞞天過海:눈에 익은 반복 행위에는 경계를 풀게 됨) 전략으로 이 위기를 극복해야 합니다. 이숙이 무리하게 공성을 몇 차례 벌이면서, 지금은 군사들이 크게 피로에 찌들어있습니다. 이숙에게 몇 차례 더 공성을 기하도록 유도를 하면, 계속된 공성으로 적병은 피로를 가늘 수 없는 지경에 이르게 될 것입니다. 아군은 이때를 대비하여 충분히 휴식을 취하게 하여 힘을 비축해두었다가, 공성을 마치고 돌아가는 적병들이 이번에도 막사로 무사히 돌아가도록 무관심으로 일관하면, 이들은 경계심을 풀고 군영으로 돌아가서 깊은 잠에 빠질 것입니다. 이때를 노려 야음을 통해 급습하면 대승을 거둘 수 있을 것입니다."

우보는 가후의 작전을 받아들여 수성에 임하면서도 일부의 병사들에게 힘을 비축하게 하였다가, 정말로 이숙의 군사들이 피로한 기색을 보이는 것을 포착하고, 그날 밤에 성문을 열고 나아가 이숙의 군영을 급습하여 초토화한다. 승리 일보 직전에 예기치 않은 기습을 받아 대패한 이숙은 본영이 있는 홍농으로 도주하여 여포를 찾아가서 죄를 청한다.

"분무장군, 소장이 용렬하여 장군의 뜻을 지키지 못하고 패주하였소. 소장에게 벌을 내려 주시오."

이숙은 자신이 여포를 성공의 길로 두 차례나 이끌어준 공을 생각하여, 여포가 자신의 패배를 선뜻 용서해 주리라는 안이한 생각에 의례적으로 단죄를 청한다.

"알겠소. 장군이 굳이 패배의 대가로 군법에 의해 처벌을 받고자 한다면, 무장답게 최후를 마감하게 하리다."

여포로부터 전혀 예상하지 못했던 말을 듣자, 이숙은 순간 당황하여 반문한다.

"장군, 어찌 이럴 수가 있다는 말이오?"

"그대가 원하는 바대로 무장답게 최후를 맞게 하려는 것일 뿐이오."

여포는 즉시 살수에게 명하여, 이숙을 군령에 의해 가차 없이 척살하도록 한다. 여포는 자신이 이숙에게 패배의 책임을 묻지 않으면, 궁극적으로는 여포 자신에게 패배에 대한 책임이 돌아올 것을 우려하여 은혜를 악으로 갚은 것이다.

한편, 우보는 이숙을 물리쳤음에도 불구하고, 왕윤이 무장해제를 종용하여 서량의 병사들이 동요하기 시작하자, 지레 겁을 먹고 섬현성에 보관 중이던 금은보화를 챙겨 도주하기에 이른다. 금은보화를 챙겨 도주하는 우보의 뒤를 따르던 수하 장수인 복적호아를 위시한 호인(胡人)무사들이 섬현성을 빠져나온 후, 우보의 주변에서 우보를 돌볼 세력이 없는 상황을 노려, 우보를 주살하여 재물을 탈취하고 우보의 수급을 왕윤에게 보낸다. 이에 고무된 왕윤은 황실의 권위가 살아나서, 역도들이 스스로 투항하는 것으로 착각하기 시작한다.

얼마 후, 동탁의 수하 이각, 곽사, 장제 등이 무장해제를 조건으로 사면을 청하지만, 왕윤은 '사면은 절대 불가'라고 하면서 완강히 거절한다. 주변에서는 혼란을 속히 수습하기 위해, 왕윤에게 이들의 투항을 받아들이도록 건의한다.

"동탁이 사망하여 권력에 비상사태가 발생했으니, 이런 시국에는 군의 동향을 세밀히 파악하여 동탁의 장수들을 장악하거나, 그렇지 않으면 이들을 적대세력이 되지 않도록 황제의 권위 아래로 품어놓아야 합니다. 그렇게 해서 황실의 군사력을 확충하여 이들이 벌일지도 모르는 만일의 사태까지를 대비하십시오. 아니면 황실에 대해 우호적인 제후의 군사적 협조를 끌어들인 연후, 그때 가서 동탁 수하의 장수들을 도모해도 늦지 않습니다." 이에 왕윤은 즉각적으로 반박한다.

"이각과 곽사는 사면이 불가함을 통보받고, 변방으로 도주하려고 한다지 않습니까? 한황실이 조정의 권위를 회복하여 정상으로 돌아가고 있기 때문에, 이들은 감히 조정에 대항하지 못하고 있습니다. 남에게 손을 빌리지 않아도 충분히 국정을 정상화할 수 있습니다."

왕윤의 첩보대로 처음에는 이각과 곽사가 변방으로 도주하려고 했으나, 왕윤의 강공책으로 두려움을 느낀 토로교위 가후가 기발한 계략을 내놓아, 모두가 가후의 의견을 따르면서 여태까지 전개되었던 분위기는 완전히 반전된다.

"지금 비록 중랑장 우보가 살해되었으나, 전력에서 밀려서 패한 것이 아니고 복적호아의 배신으로 살해당한 것인 만큼, 우리가 주변만 단단히 단속하여 협심해서 장안성을 공격하면 얼마든지 승산이 있습니다. 우리가 군사를 일으켜 장안으로 공격하면서 '왕윤은 서량의 사람을 전부 도륙하려고 한다.'라는 헛소문을 확산시키십시오. 위기에 처한 서량의 군사들이 모두 합세하게 될 것입니다. 장안으로 이르는 길목마다 우리에게 합세하는 병사를 모아 장안성을 공략하면, 태사의 원수를 갚을 수도 있습니다. 성공하면 천하를 받들어 조정을 장악하게 되고, 실패한다면 그때 서량으로 도주하더라도 늦지 않습니다. 지금 장군들이 군대를 해산하고 홀로 달아나면, 우리와 운명을 함께 할 병사들이 없어서, 왕윤이 부리는 한 사람의 정장이라도 장군들을 생포할 수 있을 것입니다."

이들은 가후의 말이 옳다고 여겨 가후의 뜻을 따르기로 하고, 비웅군 3천명과 수천의 졸개를 이끌고 장안으로 몰려가기 시작하는데, 가후의 계책은 성공하여 가는 길목마다 서량의 병사들과 장정들이 합류한다.

왕윤은 자신이 발탁한 서영을 신뢰했던 관계로 중앙군의 통솔을 맡기고 출정을 명하자, 서영은 양정과 호진을 부장으로 하여 이각과 곽사를 상대로 신풍에서 대치한다.

이때, 왕윤이 서영에게 중앙군의 통솔을 맡긴 것을 알게 된 가후가 심각한 표정으로 이각을 바라보며 주문하여 말한다.

"지·덕·용을 겸비한 명장 서영을 상대로 한 전면전으로는 승산이 없습니다. 서영의 부장 호진과 양정은 태사의 총애를 받던 장수로서 이번 전투에서 승리하여도, 자신들의 향후 입지가 불안하다고 생각할 것입니다. 이들을 회유하여 우리 편으로만 끌어올 수가 있다면, 우리의 승리는 자명합니다."

교위 이각이 들뜬 마음으로 말한다.

"내가 동 태사 밑에서 정무를 볼 때, 이들과 깊은 교류를 해 왔습니다. 즉시 이들을 회유하는 밀서를 보내, 이들이 우리 품으로 들어오도록 하겠습니다."

이각은 은밀히 양정에게 밀약에 협조하기를 권하는 서신을 보내고, 양정에게 다녀온 밀정이 보내온 답신을 받은 이각은 심히 기뻐한다.

"장군의 밀서를 보고 심히 기뻤습니다. 태사께서 살해를 당하신 후에 별다른 도리가 없어 왕윤의 휘하에 머물기는 했으나, 왕윤의 독단적인 정무의 운용에 대해 심히 불쾌할뿐더러, 서량출신 장수들을 보는 시선이 곱지 않아 고민하고 있었습니다. 언젠가는 토사구팽을 당할 것이라 우려하여 왔는데, 장군의 밀서를 받으면서 구원의 손길이 뻗쳤다고 생각을 하게 되었습니다. 부장 호진과도 합의하여 장군의 공격에 힘을 실어주기로 합의하겠습니다. 내일 전투에서 장군이 중앙의 서영을 선제공격하면, 그것을 신호로 좌군의 호진과 함께 우군을 휘몰아 양쪽에서 서영을 공략하겠습니다. 중앙군의 서영을 장군께서 상대만 할 수 있다면, 우리는 측면을 붕괴시키면서 서영의 중군을 도모하겠습니다."

이각이 곽사와 가후에게 밀서에 대한 답장을 보여 주자, 가후는 신속히 군사적 전술을 세운다.

"우리는 쐐기진을 형성하여 서량철기병으로 신속하게 서영의 중앙을 공격해야만, 서영이 궁수 부대를 후진으로 돌리기 이전에, 호진의 좌군과 양정의 우군이 측면에서 신속하게 치고 들어가서, 다음 공격을 준비하는 서영의 중군을 혼란으로 몰아넣어 궤멸시킬 수 있을 것입니다."

이튿날, 가후의 전술대로 교위 이각이 서영의 중앙을 신속하게 공격하면서 전투가 벌어지게 되자, 호진과 양정이 역으로 서영의 중군을 공격하여 서영의 진형에서는 대혼란이 일어난다. 잠시 후, 호진과 양정이 배반한 것을 알게 된 서영의 군사들이 살길을 찾아 뿔뿔이 흩어져 도망치자, 천하의 명장 서영도 이런 상황에서는 속수무책이었다.

이미 전세는 기울어지고 서영은 서량의 군사들과 처절한 전투를 벌이다가, 삼면에서 포위한 서량군사들의 창에 찔려 전사한다. 호진과 양정의 역격으로 서영의 중앙군이 궤멸하고, 장제의 군사들이 이각에 합류하며 서량에 있던 번조의 세력까지 합류하게 되니, 어느새 장안에는 10만에 달하는 서량의 병력이 집결해 있었다.

2) 왕윤, 이각 4인방에게 패하여 역사 속으로 사라지다.

이각, 곽사, 번조, 장제의 4인방 무리들이 대군을 이끌고 장안성으로 쳐들어오고 있다는 소식이 왕윤 일파에게 전해지자, 왕윤은 황급히 대책회의를 개최하여 여포에게 주문한다.
"장군이 군무의 최고책임자인 만큼, 책임지고 동탁의 잔당을 막을 수 있는 방책을 마련하도록 하시오."
여포는 무용에서는 천하제일의 장수라는 교만으로 가득 찬 인물이다.
"왕 사도께서는 조금도 걱정하지 마십시오. 천하의 여포 앞에서 벌벌 떨던 이각, 곽사의 무리쯤이야 단숨에 척결하여, 동탁의 마지막 남은 무리들을 일거에 휩쓸어 버리겠습니다."
여포는 즉시 경기병과 정예군을 이끌어 장안성으로 들어오는 길목을 막고 이각의 4인방 군대와 대치한다. 여포의 군사 배치를 둘러본 토로교위 가후가 이각과 곽사에게 전략적으로 군사를 배분할 것을 권유한다.
"장군, 여포의 용맹은 전면전으로 대적해서는 어려움이 있습니다. 여포와 직접 대결하기보다는 성동격서(聲東擊西:잡군으로 동을 공격하는 척하면서, 정예병으로 서를 공격)의 병술을 활용했으면 합니다. 이각, 곽사장군이 잡군을 위주로 한 군사 5만을 이끌고, 여포와 전면전을 펼치는 것처럼 가장하여 여포의 진형으로 돌진하면, 여포는 자신의 무용을 뽐내기 위해 전면전으로 공격해 올 것입니다. 두 장군은 싸우다가 짐짓 패하는 척하면서, 풍익 방향의 산 쪽으로 여포를 유인하십시오. 여포가 군사를 이끌고 풍익까지 쫓아오도록 하는 동안, 후방에 숨어있던 번조, 장제장군이 비웅군을 중심으로 서량의 정병 5만을 이끌고 뚫린 장안성 길목으로 쳐들어가서 장안성을 공성하도록 하십시오. 이것만 계획대로 이행된다면, 성안에서 이몽, 왕방과 내통한 장수들이 함께 합류하여 쉽게 장안성의 문을 열고 들어갈 수 있을 것입니다. 장안에 있는 서량 출신 장수들은 지금 왕윤의 고압적이며, 외통수로 행하는 정무에 대해 상당히 불만을 지니고 있다고 합니다. 그래서 이미 부장 이몽, 왕방과 가까이 지내던 병사들이 경조 방면과 부풍 방면에서 우리 군사들이 쳐들어오면, 성문을 열어 우리 군사들을 맞이하기로 되어 있습니다."

가후의 전략은 여태까지 한 차례도 빗나간 적이 없었다. 이각과 곽사, 그리고 번조와 장제는 가후의 전략대로 작전을 수행하기에 동의한다. 이각과 곽사가 여포를 장안성 북쪽 풍익 방면으로 유인하기 위해 잡군을 중심으로 구성된 병사들을 이끌고 여포의 중군을 공략하자, 여포는 난전 중에 곽사에게 접근하여 일기토를 벌인다.

서로 간에 모와 화극이 10여 합을 오가더니, 마침내 곽사가 여포의 방천화극에 찔려 부상을 입고, 곽사의 부장이 급히 말을 달려 곽사를 구하여 달아난다. 여포가 경기병을 중심으로 하여 이각과 곽사의 병사들을 거칠게 공략하자, 이각과 곽사의 군사들은 추풍에 낙엽이 떨어지듯이 쓰러지고, 이각과 곽사는 군사들에게 퇴각 명령을 내린다.

"모든 병사들은 나를 따라 퇴각하라."

이각과 곽사가 앞장서서 병사들을 재촉하여 풍익 방면으로 퇴각하자, 여포는 경기병을 이끌고 신바람이 나서, 이각과 곽사의 잡군들을 주살하며 풍익 방면의 산으로 돌격한다.

이때 번조와 장제는 여포가 틀어막았던 장안성의 길목을 얻어, 각각 부풍 방면과 경조 방면으로 쳐들어간다. 번조와 장제가 부풍 방면과 경조 방면으로 침입하여 성문 앞에 당도한 후, 장안성을 포위하고 남문과 서문을 집중적으로 공략하자, 왕윤은 여포에게 위급을 알리는 연락병을 보낸다.

"장군은 빨리 장안성으로 돌아와서 수성에 임해야겠소. 장제와 번조의 군대들이 남문과 서문을 공격하여, 남문과 서문이 함락될 위기에 빠졌소."

신나게 이각의 잔졸들을 살육하는 재미에 빠져 있던 여포는 그때에야 제정신으로 돌아온다.

'아차! 유인책이었구나.'

서량의 군사들은 5만의 병력으로 장안성의 남문과 서문을 집중적으로 공략했으나, 아직 철벽같은 외성을 뚫지 못하고 있었다. 여포가 군사를 수습하여 풍익 방면에서 북문을 통해 장안성으로 입성할 때는, 서문과 남문 방면을 공성하던 번조, 장제의 군사들이 잠시 공성을 멈추던 시점이었다. 장안성으로 회군하는 여포를 따라 풍익 방면에서 방향을 돌려 장안성 북문으로 여포의 뒤를 따라온 이각과 곽사의 군사들이 북문에 거의 당도하고 있을 때, 여포는 동물적인 감각으로 성이 포위되면 모든 것이 끝장이라는 것을 감지한다.

"왕윤 사도, 서량의 병사들이 장안성을 포위하면 우리는 장안에서 고사하고 맙니다. 지금 빨리 성을 빠져나가서 새로이 대책을 강구하도록 하시지요."

왕윤은 단호히 거절한다.

"나는 최선을 다해서 장안성을 지켜야 하오. 우리가 종묘사직을 구하려고 거사를 벌였는데, 이제 불리해지자 불순한 무리에게 넘기고 도주한다면, 천하의 사람들이 우리를 폄훼하고 비웃을 것이오."

왕윤의 의지가 워낙 강하여 여포는 설득을 포기하고 수성에 전념하기로 한다. 장제와 번조가 남문과 서문을 괴롭히고 있을 때, 이각과 곽사가 장안성 앞에 당도하여 북문과 동문 앞에 진형을 세우고, 이각은 곽사, 장제, 번조를 자신의 군영으로 불러들여 새로이 작전을 지시한다.

"우리 4인방이 각각 성문을 하나씩 맡아 사력을 다해 공성에 임하여 장안성을 위기에 몰아넣으면, 우리와 내응하기로 한 수병들이 기회를 엿보다가 성안에서 내분을 일으키고, 내분이 일어난 그 틈을 노려 성문을 열기로 했다고 하오."

이각 4인방은 전술회의를 마치고 각자의 위치로 돌아가서 장안성을 겹겹이 포위하고, 이각은 4대문을 돌면서 공성을 적극적으로 독려하지만, 장안성은 성고가 워낙 높고, 성벽이 든든하며 해자가 깊어 쉽게 공략하기가 어려웠다. 이렇게 공성과 수성을 힘겹게 펼쳐나간 지 여드레가 되는 날, 가후가 말했던 대로 성안에서는 왕윤의 수성파와 동탁의 잔재인 이몽, 왕방과 내응하기로 한 투항파 간의 성내 싸움이 벌어진다.

양방이 성내에서 혈투를 벌이게 되어 성문을 지키는 병사들까지 성내의 싸움에 말려드는 틈을 이용하여, 남문의 수병(叟兵)이 성문을 열고 번조와 그의 수하인 이몽을 성문 안으로 끌어들인다. 남문이 뚫리고 남문으로 밀려드는 번조의 병사를 막기 위해, 서문에서 장안의 병사들이 남문으로 지원을 떠나는 사이, 장제가 부장 왕방과 함께 군사를 이끌고 서문을 장악한다. 남문과 서문을 지키던 장안성의 군사들이 왕윤과 여포에게 상황에 대해 보고를 올린다.

"성안에서 남문과 서문을 지키던 동탁의 잔재들이 성 밖에 있는 이각의 4인방 군대들과 내통하여, 남문과 서문이 완전히 함락될 위기에 빠졌습니다."

왕윤이 여포에게 황망히 질문을 던진다.

"이제 어떻게 해야 하는가?"

"두 가지 방안이 있습니다. 하나는 끝까지 성안에서 시가전을 벌이다가 장렬히 죽는 길이요, 다른 하나는 성을 버리고 대피하다가, 다른 제후와 연합하여 성을 되찾는 길입니다."

"시가전은 성공의 여지가 얼마나 되오?"

"서량의 병사들이 워낙 대군이어서 승산이 없습니다. 소장의 생각으로는 빨리 성을 빠져나가서, 새로이 대책을 강구하는 것이 최선이라고 생각합니다."

말을 마치고 왕윤에게 잠시 생각할 여유를 주려고 이각의 동태를 주시하던 여포는 얼마 후, 급히 삼공부로 다시 나아가 왕윤을 급히 청한다.

"사도 어른, 형세가 위급합니다. 성문 앞에 말을 끌고 왔습니다. 빨리 성을 빠져나가서 새로이 재기할 대책을 강구하셔야 합니다."

여포의 다급한 청에도 불구하고, 왕윤은 자신의 운명을 감지한 듯 침착하게 대응한다.

"국가를 평안케 하고자 하는 것이 나의 가장 큰 바람이었으나, 이를 이루지 못했으니 몸 바쳐 죽기를 바랄 뿐이오. 장안의 어린 천자가 오직 나를 의지하는데, 황제를 버려두고 혼자 살겠다고 도망치는 것은 신하의 도리가 아닌 것 같소. 장군은 몸을 보존하여 관동의 여러 제후들과 협력하여 한실을 지켜주기 바라오."

여포는 왕윤이 굳이 장안성에 남기를 원하자, 기병 수백을 이끌고 몸을 피해 무관으로 가서 원술에게 피신하기로 한다.

이윽고 장안성을 점령한 이각 4인방은 헌제가 있는 선평문으로 향한다. 왕윤은 헌제 옆에 당당하게 시립해 있다가, 이각 4인방이 헌제에게 왕윤을 내어 줄 것을 청하자, 헌제에게 부담을 주지 않으려고 스스로 이각 4인방 앞으로 나아간다.

"역도들아! 천자를 겁박하지 말라. 왕윤이 여기 있다."

이각이 왕윤에게 맞대응하여 큰소리를 지른다.

"동 태사께서 무슨 죄를 지었기에 네놈들이 작당하여 암살을 자행했느냐?"

"동탁이 지은 죄는 천하가 알고, 하늘이 알고, 땅이 알고, 내가 알고, 네가 알고 있거늘, 어찌 손바닥으로 하늘을 가리려 하느냐?"

"동 태사께서는 그렇다 하더라도 우리가 무슨 죄를 지었기에 우리까지 죄를 물으려 하였느냐?"

왕윤은 조금도 두려워하는 기색이 없이 이각과 곽사에게 냉혹하게 훈계를 가한다.

"너희는 금수같이 동탁의 앞잡이 노릇을 하여, 온 천하의 물을 더럽혀 놓지 않았느냐?"

이각은 아무런 대꾸도 하지 못하고, 병사들에게 왕윤을 끌어내어 포박하도록 명령한다.

3) 이각 4인방, 사태를 수습하고 조정의 전권을 장악하다

 동탁이 죽은 지 50일 정도 지난 192년(초평3년) 6월 7일, 장안성을 완전히 장악한 이각은 옥에 가두었던 왕윤을 끌어내고, 왕윤의 형인 왕굉과 송익을 장안성으로 불러들여 함께 처형하고, 장남인 시중 왕개와 차남 왕경정 등 일족 10여 명을 척살한다. 이때 헌제는 서량인들을 달래고자, 교위 이각을 거기장군 겸 사례교위로 임명하는 동시에 지양후로 봉하여 대원수의 상징인 부절을 제수한다. 곽사는 후장군, 미양후에 봉해지고 부절을 받아, 이각과 함께 정사에 참여할 수 있는 자격을 부여받는다. 번조도 우장군 겸 만년후로 제수되어 이각, 곽사와 함께 조정에 참여하고, 장제는 진동장군 겸 평양후에 봉해져 군사를 이끌고 홍농에 주둔한다.
 가후의 계책으로 이각 4인방이 동탁의 옛 부곡인 이몽, 왕방 등과 내통하여 장안성을 공성한 지 10여 일 만에 장안성을 완전히 함락시키고, 왕윤의 삼족을 멸한 이각은 어느 정도 사태가 수습되자, 헌제에게 가후에 대한 예우를 주청한다.
 "토로교위 가후는 완벽한 계책을 내어 이번 혼란을 잠재우고 조정을 장악하는데 큰 공로를 세웠습니다. 이 점을 인정하여 가후에게 상서복야를 주청 드리고자 합니다."
 그러나 처세에 현명한 가후는 이를 단호히 거절한다.

"상서복야는 관리들의 사장(師長)인데, 신은 명성이 낮아 남에게 위엄을 지니지 못하고 있습니다. 이점을 깊이 가납해 주시기 바랍니다."

가후가 완강히 고사하자, 헌제는 가후를 상서로 제수하여 관리의 선발과 임용을 맡긴다. 이각은 장안성 안에서 4인방들과 내통하기를 사주한 이몽과 왕방 등에게도 교위 등의 관직을 내리도록 주청한다. 장안성을 정복한 사람들에 대한 논공을 마친 이각은 덕망이 높고 대의명분에도 힘이 될 명망가를 찾다가 주준이 적격이라 생각하고 4인방의 모임을 주최하여 주준을 천거한다.

"지금 장안 조정에는 명망있는 명사가 필요한데, 아무리 둘러보아도 왕윤의 일파 외에는 눈에 들어오는 인사가 없소이다. 그래서 왕윤과 관계도 깊지 않고 장안 조정의 명분도 살릴 만한 인사로 주준을 천거하려는데 어떻게들 생각하시오?"

이에 곽사가 다른 의견을 가지고 대답한다.

"지난날, 주준은 우리가 동 태사의 명으로 출정하였을 때, 그는 우리에게 두 차례나 대패한 전력이 있어 우리를 심하게 원망하고 있을 터인데, 그가 우리 밑으로 들어와서 함께 일을 하겠습니까?"

이각이 즉각적으로 반박을 가한다.

"그렇기는 하지만, 지금 장안 조정에는 온통 왕윤의 일파만이 들끓고 있어, 이들만으로는 절대로 정무를 이끌 수가 없소이다. 주준은 가장 오랜 기간을 동 태사와 대적을 해왔기에, 천하의 사람들에게 대의명분을 살리기에도 적합하고, 장안의 조정도 균형이 있게 이끌어가는 정무에 실리적으로도 가장 적합한 인사라고 여겨집니다."

곽사가 다시 대답한다.

"주준은 우리를 경계하고 의심하여 우리의 부름에 따르지 않을 것입니다."

이때 상서 가후가 앞으로 나서며 확신을 심어준다.

"명장은 공연히 명장으로 불리는 것이 아닙니다. 서로 간에 개인적 사심이 없이 전투가 발생하였고, 두 차례나 전투에서 대패를 시킨 장수에 대해서는 물론 원망도 있겠지만 동시에 선망의 마음도 갖게 되어 있습니다. 자신을 두 차례나 대파한 장군들이 중심이 되어 주준을 추대하려고 한다는 진실이 전달되면, 주준은 반드시 장군들과 함께 정무를 이끌고자 할 것입니다. 소신이 주준을 만나 설득해 보겠습니다."

가후는 4인방에게 신과도 같은 인물이다. 가후의 책략은 단 한 차례도 예측에서 벗어난 적이 없었다. 이들은 가후를 통해 주준을 설득시키는 데 동의한다.

"이각과 곽사, 두 장군은 주준장군의 기개와 인망을 선망하고 있습니다. 이들은 장군께서 혼란한 장안의 조정에 오시어 정무를 이끌어주신다면, 천하의 민심도 수습이 될 것이고, 조정의 운용도 탄력을 받게 될 것을 깊이 인지하고 있습니다."

주준을 만난 가후는 성심을 다해 주준을 설득한다. 이때 주준의 식객이 대화에 기어들어 반론을 펼친다.

"장군, 이는 이각이 장래의 위험인물을 제거하기 위한 계략일 수 있습니다. 쉽게 응해서는 아니 될 것입니다."

잠시 생각에 잠기는 주준의 심리를 감지한 가후는 다시 한 번 주준에게 신뢰를 심어준다.

"장군께서도 이미 간파하고 계시겠지만, 장군이 지금까지 명분을 걸고 대적해온 주적인 동 태사가 살해되어 이 세상에는 없습니다. 그리고 장군 또한 지금 당장 병사를 일으킬 여건이 되어있지 못한데, 굳이 대사마가 된 거기장군 이각이 주준장군을 건드려 천하의 공분을 살 이유가 있겠습니까? 대사마의 입장에서는 지금 위험 요소를 지닌 인사들은 왕윤의 심복들일 뿐이며, 이들을 견제하기 위해서도 주준장군이 필요한 것입니다. 그래서 대사마께서는 장군을 태복으로 삼고 조정을 운용하고자 하는 것입니다."

이 무렵 서주자사 도겸은 주준에게 '주준을 맹주로 세워 이각 4인방을 몰아내고, 헌제를 옹립하고자 한다.'라는 계획을 사자를 보내 알려 왔었다. 바로 이런 사명을 띤 도겸의 사자가 신분을 속이고 대화에 다시 끼어든다.

"주준장군과 같은 명망가가 어찌 이각과 같은 조악한 인사의 조정 밑으로 들어가 일을 할 수 있단 말입니까?"

주준은 잠시 깊은 생각에 잠긴다.

'지금의 나는 군사를 일으킬 여건도 되지 못하고, 도겸의 병사를 활용하여 장안을 공략하는 것도 현실성이 없는 하책으로써, 서량의 군사를 상대로 승산이 없는 전투를 일으켜 천하만 혼란으로 몰아넣을 뿐이리다. 천하를 혼란으로 몰아넣어 백성들이 불행하게 되는 것보다는 이각 4인방을 나의 역량으로 통제하여, 황실을 굳건히 하는 것이 최상책이 될 것이다.'

이런 생각에 미치자, 주준은 이각의 제의를 받아들이고, 중모현을 떠나 장안으로 들어가기로 한다. 대사마 이각은 장안으로 들어온 주준을 태복으로 삼아 조정을 운용하도록 한다. 주준을 태복으로 추대한 후, 이각은 자신을 위해 일할 책사가 필요하여 이유를 시중으로 천거하는데, 이때 헌제는 이를 단호히 거절한다.

"이유는 홍농왕의 낭중을 지냈으면서도 홍농왕에게 충성을 하지 않고, 동탁의 명으로 짐의 형님을 겁박하여 죽였으니, 마땅히 벌을 받아야 하는데도 불구하고, 짐이 벌을 내리지 못하고 오히려 시중으로 임명한다는 것은 언어도단이오."

이각은 헌제를 겁박하듯이 말한다.

"이유는 태사의 명을 받아 소제를 살해한 것이지, 본의로 한 것이 아닙니다. 이를 빌미로 시중을 멀리하고 벌을 내릴 수는 없습니다."

헌제는 억지를 부리는 이각의 행위를 보면서, 미래의 동탁을 예견하며 눈을 질끈 감고 현실을 외면한다. 이각 4인방은 한동안 주준과 가후의 권유로 백성들의 민심을 얻으려고 조정의 여론과 백성들의 동향에 귀를 기울이는 듯했으나, 얼마 지나지 않아 이들도 결국은 근본적으로 인격의 수양이 부족한 인간의 한계를 벗어나지 못한다.

군권과 정권을 거머쥔 후, 교만에 빠진 이각 4인방이 정무를 농단하기 시작할 때, 서량에서 마등과 한수가 일단의 군사를 이끌고 장안에 당도한다. 이것은 동탁이 살해되기 불과 몇 달 전에 마등과 한수를 관직으로 회유하여, 서량에서의 동탁의 입지를 확고히 하고, 관동의 반동탁 세력을 대척시키려고 동향의 마등과 한수를 장안에 불러들인 것에 대한 응답이다. 그 당시 이들은 동탁의 부름에 대한 준비가 미비하여 출발이 늦어진 관계로, 이들이 장안에 도착한 때에는 이미 동탁이 살해당하고 정권이 이각 4인방에게 넘어간 이후가 된다.

마등과 한수가 장안 가까이 당도했을 때는 이미 동탁이 사망했으니, 이들은 이러지도 저러지도 못하는 신세가 되었지만, 중도에서 방향을 잃고 헤매느니 차라리 이각과 담판을 짓는 것이 상책이라는 심정으로 무작정 군사를 이끌고 장안성으로 몰려온 것이다.

이각과 곽사는 이들을 회유하려고, 한수를 진서장군으로 임명케 하여 많은 재물과 양곡을 주어 서량으로 돌려보내고, 마등은 정서장군으로 임명케 하여 미현에 주둔시키고, 이각 4인방의 세력을 보호하는 역할을 떠맡긴다.

4.
천하 패권의 지각 변동

4. 천하 패권의 지각 변동

1) 조조, 연주에 기업을 세우자 천하의 인재가 몰려들다

동탁이 살해를 당하고 장안에서 큰 변혁이 일어나기 시작하던 192년(초평3년) 4월 말경, 관동에서는 황건기의(黃巾起義)이후 청주에서 다시 봉기한 황건농민군 1백만 명이 연주로 다시 침입해 들어온다. 이각의 연합정권은 관동지역에서 대두하는 지방의 군웅들을 제어할 힘이 없는 관계로, 서량과 옹주 이외의 지역에서는 정치적, 군사적으로 영향력을 미치지 못하고 있었다. 황건농민군 잔당들이 임성태수 정수를 죽이고 동평국으로 밀고 들어오자, 연주자사 유대는 동탁의 죽음으로 혼란에 빠진 중앙정부에게 어떤 도움도 요청할 수 없어, 자체적으로 예하의 태수와 제장을 불러 긴급회의를 개최한다.

"도적들이 하루도 편할 날이 없이 백성들을 괴롭혀, 동군을 토벌하면 다음 해에는 산양에서 일어나고, 산양을 토벌하면 또다시 제북에서 괴롭히고 하여 정말 골머리를 앓고 있었는데, 이제 전체가 한곳에 몰려 궐기를 했으니, 이제야말로 발본색원할 기회라고 생각되오. 나는 즉각적으로 전면전을 펼쳐 이번 기회에 이들을 몰살시키고자 합니다. 여러분께서는 도적들을 척결시킬 좋은 방안을 만들어 주시기 바라오."

유대의 말이 끝나기 무섭게 제북상 포신이 유대의 주장에 결사적으로 반대를 표명한다.

"자사께서는 재고해 주시기를 바랍니다. 적병이 너무 많아 우리 병사들이 겁을 먹고 있는데, 전투를 벌이게 되면 피해가 너무 클 것으로 여겨집니다. 이들은 비축한 군수품이 없는 탓에, 군수품을 현지에서 약탈해 충당하고 있습니다. 우리는 진화타겁(趁火打劫:적이 약해질 때까지 기다림) 전략을 펼쳐 연주성에서 철저히 수성에 임하면서 전면전을 회피하고 있다가, 이들이 군량의 어려움으로 동요할 때 공략하면 쉽게 격파할 수 있을 것입니다."

평소에는 참모의 말을 경청하던 사람이 일이 잘못되려는지 무엇엔가 홀린 듯 자신감을 가지고 강하게 거부한다.

"적병은 일개 도적일 뿐이외다. 병법도 모르고 진형도 제대로 갖출 줄 모르는데, 우리는 적병을 크게 우려할 바가 없을 것이오. 단번에 적의 기세를 꺾어 항복을 받아내겠소이다."

단순한 농민의 반란이라고 우습게 보고 경기병과 보병 수만의 대군을 이끌고 호기롭게 적진을 향해 돌진하던 유대는 적진에서 날아오는 소나기 화살을 맞고 그 자리에서 즉사한다. 인간의 운명은 이같이 인간이 갑작스럽게 변모를 보일 때, 예기치 않는 사건이 발생하는 것이리라.

위기에 놓인 동평 연주성에서는 긴급회의가 열리고, 제북상 포신이 죽은 연주자사를 대리하여 임시로 회의를 주도한다.

"지금 자사의 사망으로 모든 백성과 군사들의 사기가 땅 아래로 떨어졌습니다. 이 위기를 수습할 사람은 동군태수 조조 이외에는 대안이 없다고 생각합니다."

이에 조조가 난감하다는 듯이 대답한다.

"나는 이 위기를 수습할 만한 능력이 없습니다."

포신은 조조의 겸양을 내리누르며 부탁조로 권유한다.

"예전에도 내가 말한 적이 있듯이, 태수는 기상천외한 지략으로 영웅들을 통솔하여 난을 진압하고 바로 잡을 수 있는 인물입니다. 지금의 이 난국은 태수가 아니면, 강한 황건농민군의 기세를 꺾지 못하여 반드시 패망합니다."

포신의 권유에 대해 주리 만잠, 진궁 등이 함께 호응하여, 동군태수 조조를 임시 연주목으로 추대하여 대행시키고, 조조와 포신은 농민군을 공략할 전술을 논의한다.

"자사께서 황건적에게 죽임을 당하게 된 제일의 원인은 황건적을 잡군으로 여겨 전면전을 구사했기 때문이오. 황건적이 침략해온 초기에는 진화타겁(趁火打劫:적이 약해질 때까지 기다림) 전략을 펼쳐 전면전을 피하고 기다리는 것이 상책이었으나, 이미 자사께서 죽임을 당한 이후에는 농민군의 사기가 오를 대로 올라 장기전으로 임하다가는 아군의 사기가 꺾일 것이오. 지금의 형세에서는 기병전으로 적진을 신속하게 유린하여, 황건적이 대오를 정렬하지 못하게 하고, 적진 안에서 혼란을 유도하면 이들은 오합지졸이 되어 붕괴될 것이오."

조조의 전술에 동감한 포신은 함께 수양에서 제북까지 경기병을 활용한 신속한 공격으로 황건농민군의 항복을 받아내면서 파죽지세로 수장현으로 나아간다.

조조와 포신은 수장현에서 합류한 주리 만잠, 진궁 등과 함께 황건농민군과 마주하여 대치하게 되자, 조조와 포신은 예의 같은 전략으로, 기병을 제대로 보유하지 못한 황건농민군을 경기병의 속도감으로 몰아치면서, 도주하는 황건농민을 골짜기 깊숙이 몰아붙인다.

지휘관과 연락이 끊어져 오합지졸이 된 황건농민군을 우습게 여긴 조조와 포신은 단숨에 섬멸할 욕심으로 계곡 깊숙이까지 추격한다. 이때, 골짜기의 언덕 양측에서 함성과 함께 마른 장작과 짚단이 굴러 떨어뜨리고, 계곡의 앞에는 바위와 통나무로 장애물을 설치하여 가로막은 골짜기에 농민군들이 화약을 던지며 불을 지르자, 황건농민군의 화공 매복에 걸린 조조는 황급히 소리를 지른다.

"전군은 앞으로 나아가지 말고, 뒷길로 돌아 계곡을 빠져 신속히 퇴각하라!"

조조는 급히 병사들에게 골짜기로 진입하지 못하도록 명령하지만, 이미 가속도가 붙은 병사들의 발길은 쉽게 돌려지지 못한다. 군을 수습하는 혼란 중에 포신은 불화살에 맞아 전사하고, 조조는 오른팔에 화상을 입고 말에서 떨어져 위기를 맞는다. 이때 사마 누이가 말에서 떨어진 조조를 발견하고 말을 몰아 내달려온다.

"연주목, 빨리 이 말에 오르십시오. 계곡의 사이 길로 빠지면 좁은 퇴로가 있습니다."

누이가 조조를 부축하여 말에 오르게 한 다음 긴급히 계곡을 빠져나온다. 이후, 연주 군사들은 수장현 전투에서 대패한 후유증으로 사기가 땅바닥에 떨어진다. 조조는 포신의 시신을 찾지 못하자, 통나무로 포신의 형상을 만들어 전시에 준하는 장례를 치르고 구슬피 애도한다. 한참을 슬퍼하던 조조는 모든 제장과 책사들을 불러들여 대책회의를 개최하는데 이때, 진궁은 자신이 구상한 계책을 제안한다.

"아군이 수장현 전투에서 패배한 것은 같은 전략을 계속 사용했기 때문입니다. 우선 병사들의 사기를 올리게 한 다음, 경기병을 이용해 적의 진형을 붕괴시키되 기병들은 적의 후미로 치고 들어가 퇴로를 막고, 궁노수들은 소지한 궁노를 최대한 날려 전방을 유린시킨 후, 중장보병과 경보병을 이용한 보병전으로 전방을 몰아치면, 적병은 독 안에 든 쥐의 형국이 되어 자연히 투항할 것입니다."

조조는 한 번의 실수를 부끄러워하지 않고, 자신의 발전을 위한 토대로 활용할 줄 아는 영걸이다. 조조는 '껄껄' 웃으며 진궁의 계책을 치하한다.

"공은 어쩌면 그렇게도 나와 생각이 똑같을 수가 있소?"

조조는 전 병력을 불러 모아놓고 사기진작책을 발표한다.

"이번 전투에서 전과를 올리는 병사에게는 전과에 따라, 이전보다 몇배 많은 포상을 내리겠다."

조조가 사기진작책을 발표함과 동시에 취악병들이 북과 징을 치고 나각과 고등을 불어대며, 장수들과 부장들이 큰소리로 함성을 지르며 전열을 불태우자, 전 병사들의 사기가 하늘을 찌르고 이에 따라 병사들이 외치는 함성소리는 하늘과 땅을 진동시키고도 모자람이 없었다.

하늘을 찌를 듯이 사기가 진작된 병사들을 이끌고, 조조는 황건농민군의 본영이 있는 수장현 동쪽 벌판으로 나아가 황건농민군과 대치한다. 진궁의 계책대로 기병을 활용해서 황건농민군의 진형을 붕괴시킨 다음, 적의 퇴로를 끊어 후미를 공략하고 전방의 보병들이 몰아쳐 황건농민군을 호구에 가둔 후, 조조는 호구에 갇힌 황건농민군에게 투항을 권유한다.

"너희들은 이미 호구에 갇혀있어, 계속 항전을 하다가는 관군의 피해는 물론 황건에도 막대한 피해가 발생할 것이다. 빨리 투항하여 평범한 농민으로 다시 돌아가기를 바란다. 그대들이 투항을 선택한다면, 이전의 평범한 생활로 돌아가도록 보장하겠다."

"우리 농민들은 여태까지 관리들의 허위와 위선에 속아 여태까지 수탈과 폭정 속에서 살아왔는데, 이제 또 속을 줄 아느냐? 비록 관군에게 패했을지라도 우리는 아직도 관군보다는 3배 이상의 대군이 이곳에 몰려 있다. 잠시 패배의 충격을 잊고 다시 기운을 회복하게 되면, 그때는 관군들이 후회하는 모습을 보게 될 것이다."

황건농민군 우두머리가 끝까지 항전을 외치자, 조조는 책사들과 제장을 불러들여 대책을 강구한다.

"지금 적병들은 사기가 떨어져 전투를 회피하고 있으나 적장이 대군을 이유로 완강히 버티어 투항을 끌어내기 쉽지 않은 형국입니다. 먼저 금적금왕(擒賊擒王:적을 항복시키려면 적장을 굴복시킴) 전략으로 적장을 따로 끌어내 척살하고, 다음으로 투량환주(偸梁換柱:상대에게서 핵심을 뽑아내어 상대를 쉽게 붕괴시킴) 전략을 써서 2인자를 회유하여 투항하게 하는 방법을 구상하시면 어떻겠습니까?"

진궁이 한동안 사색에 잠기더니 새로이 개책을 제시하자, 조조는 진궁의 계책을 성공시키기 위해, 욕금고종(欲擒姑縱: 궁지에 몰린 쥐는 사력을 다해 싸우기 때문에 출구를 열어주고 도망치게 함) 전략을 펼쳐, 황건농민군 우두머리를 호구에서 도망치도록 일부러 한쪽 길을 열어준다.

황건농민군 우두머리가 경계가 허름한 포위망의 북쪽을 뚫고 북방으로 도주하자, 조조는 도주할 것으로 예상한 길목에 미리 배치해 둔 복병을 통해, 황건농민군 우두머리를 척살하는 전술을 성공시킨다. 조조는 퇴각하는 무리를 진정시키고, 남아있는 황건농민군 2인자와 이미 교섭했던 협상을 통하여 이들로부터 투항을 받아낸 후, 황건의 무리 1백만 중에서 30만을 정예병으로 뽑아 청주병이라 칭하여 연주병사로 편입하고, 나머지는 모두 농사에 전념하도록 배려한다. 이로써 황건 농민군에 속해 있던 백성 1백만과 병사 30만을 얻은 조조는 중원 장악의 청사진을 조용히 그려나가기 시작한다.

연주의 최고 학자이자 지성이라고 추앙을 받는 진궁은 연주자사 유대와 제북상 포신이 전사한 연유로 연주의 주인이 비게 되자, 192년(초평3년) 11월 연주의 호족들을 설득하여 조조를 연주목으로 추대한다.

조조는 1백만의 황건농민군에서 발탁한 30만의 청주병을 정예병으로 만들기 위해 하후돈, 하후연, 조인, 조홍 등에게 특수훈련을 주문한다. 동시에 천하의 명사들을 초청하고, 전국의 인사들을 받아들여 참모진을 강화한다.

이때 순욱이 조조에게 연주를 관리하는데 필요한 관리를 충원하고자 새로운 인사를 천거한다.

"연주에 걸출한 인물이 있어 천거하고자 합니다."

"그가 누구인지 말하시오."

"동군 동아현 출신 정욱으로 자를 중덕이라 합니다."

조조는 매우 기뻐하며 대꾸한다.

"정욱이라 하면 과거에 연주자사 유대 어른이 그토록 초빙하려 했으나, 이에 응하지 않고 산속에서 은둔하고 있는 바로 그 현인이 아니신가?"

조조는 즉시로 정욱을 수소문하여 불러들인다.

조조의 부름을 받은 정욱이 지체하지 않고 연주를 향하자, 주변 사람들이 의아하다는 듯이 정욱에게 묻는다.

"그대는 젊은 시절에도 연주자사 유대가 불러도 칩거하여 산속에 파묻혀 글만 읽더니, 50대 중반이 된 이제 상당히 늦은 나이에도 불구하고 10여 년이나 연하인 조조에게 출사하려 하는 연유가 무엇인가?"

"……"

정욱은 이에 대해 아무 대꾸도 없이 웃기만 한다.

조조는 정욱을 맞아들여 수장현의 현령으로 임명한다. 곧이어 순욱이 연주 임성군 출신 여건을 천거하자, 조조는 매우 기뻐하며 순욱에게 감사한다.

"이렇게 좋은 무장을 천거하여 주니 정말 고맙소. 나도 여건에 대한 소문을 익히 듣고 있었는데, 무예에 있어서는 담력이 있고, 용병에 있어서는 책략이 뛰어나다는 소리를 들었소. 지금 당장 불러들이도록 하시오."

순욱이 여건을 불러들이자, 조조는 여건을 종사로 삼아 가병을 이끌도록 하여 산양군 호륙현을 지키도록 한다.

순욱의 자는 문약으로 어려서부터 재주가 뛰어나, 사람들은 순욱을 왕좌지재(王佐之才)로 일컬었다. 순욱은 189년 효렴으로 천거되어 수궁령에 제수되었다가, 동탁이 소제를 폐하고 헌제를 옹립하자, 향보현령 직함을 버리고 고향 영천으로 돌아왔다. 영천은 전란에 휩싸이기 쉬운 지형임으로 기주자사 한복이 기병을 보내 기주로 초청하자, 순욱은 가족들을 이끌고 기주로 향했다. 그러나 순욱이 가족들과 함께 기주에 도착했을 때는 이미 원소가 기주자사가 되어 있었다.

원소는 순욱을 매우 존중하여 예우했으나, 순욱은 원소가 대업을 이룰 수 없는 인물로 간주한 탓에 깊이 관계를 맺지 않고 있다가, 초평2년 조조가 동군태수가 되었을 때 조조에게로 귀의했다. 순욱은 그때부터 지금까지 조조의 내정과 책략을 내어주는 최고 참모의 역할을 하고 있는데, 조조가 제후가 된 지금은 향후 조조의 백년계획(百年之大計)을 위해 헌신적으로 인재들을 끌어 모으는 역할을 하고 있었다.

조조에게 군사와 책략에 뛰어난 인재가 어느 정도 모이기 시작할 때, 만총은 조조에게 행정적 뒷받침을 충실히 보좌할 인물로 모개를 천거한다.

"소인이 깊은 친분을 맺은 모개라는 사람은 수리에 밝고 치수에 능해, 내정을 맡기시기에 가장 적합할 인물입니다."

만총에 의해 조조에게 치중종사로 천거된 모개는 후일에 위나라를 강대국으로 만드는 계기가 되는 혁신적 정책인 둔전제도를 이끌어낸다.

조조가 천하의 인재들을 중용한다는 소문이 돌자, 황건기의(黃巾起義) 당시 포신을 따르던 우금이 수하 수백 명을 이끌고 조조에게로 찾아온다. 장군 왕랑이 우금을 만나보더니 곧바로 조조에게 찾아와서 우금을 천거한다.

"자사, 우금은 대장군 감(大將軍之才)입니다. 그가 자사를 찾아온 것은 큰 행운입니다. 과거 제북상 포신이 더없이 의지했던 명장입니다."

조조는 왕랑이 우금을 적극적으로 천거하자, 우금을 불러들여 군사마로 삼아 군을 이끌고 서주의 광위를 도모하도록 명한다. 조조의 명을 받은 우금이 단숨에 광위를 함락시키자, 조조는 우금을 함진도위로 승진시키는데, 그 얼마 후, 하후돈은 자신에게 의탁을 청한 전위를 조조에게 천거한다.

"소장이 사냥 중에 전위를 산중에서 만났는데, 호랑이를 만난 전위가 호랑이를 두려워하지 않고 오히려 뒤를 쫓아 추적하는 기개를 보고 군중에 데리고 있었습니다. 장막의 휘하에 있다가 소장에게 귀의한 전위를 주군께 추천하겠습니다."

조조는 호랑이를 추적했다는 인물의 무예가 궁금해 즉석에서 무예를 시범해 보도록 청한다. 전위는 80근 양지철극을 들고 가볍게 말 위에 올라 쏜살같이 달리면서, 허공을 향해 양지철극을 나무막대기 휘두르듯이 날리며 창극을 벌인다. 천하장사의 면모가 그대로 드러나는 순간이다.

이때 거대한 바람이 일며 돌연히 본영의 장대 앞에 서 있는 커다란 장군기가 바람에 휩쓸리며 넘어지려 한다. 근방에 있는 군졸 수십 명이 달려가서 기를 붙들었으나, 강풍을 이기지 못해 장군기가 한쪽으로 기울어진다.

전위가 이 모습을 보고 달려가더니 두 손으로 장군기를 번쩍 일으켜 세운다. 조조가 크게 감탄하며 하후돈에게 감사의 표시를 전한다.

"원양, 고맙네. 이런 역사를 천거하다니. 은나라 주왕 시절의 악래보다 월등한 역사로다."

조조는 전위에게 장전도위(경호대장)를 명하고, 백금란의 전포와 서량준마를 하사한다.

이와 같이 조조가 천하에 숨어있는 인재를 수소문하여 중용하고 합당한 관직을 제수하자, 천하의 무수히 많은 인재들이 자천타천으로 조조에게 몰려든다. 조조는 30만의 청주병과 수많은 책사와 장수를 거느리게 되면서 천하의 이목을 끌기 시작한다. 천하의 인재들이 끊임없이 조조를 찾아오자, 순욱이 조조에게 충직한 조언을 던진다.

"주공께서는 군사에 있어서 언제나 신중해야 합니다. 지금 이각과 곽사 등이 장안의 조정을 장악했으나, 이들 연합정권은 곧 분열로 사라지게 될 것이니, 주공께서는 신중하게 세력을 확장하는 일에 전념하여, 때가 되었을 때를 대비해야 한황실을 구원할 수 있을 것입니다."

조조는 순욱의 말에 공감을 표한다.

"문약의 말이 내 생각과 조금도 어긋나지 않소. 아직 북방에는 공손찬, 기주와 병주 등 화북에는 원소, 강동에는 원술, 형주의 유표, 촉의 유장 등이 할거하여, 천하의 일이 한 치의 앞을 내다볼 수 없는 이때, 내가 혼자 앞으로 나서면 모난 돌에 정을 맞을 뿐이오. 지금은 내실을 기하는 일에 전념하는 것이 최선이라는 생각으로 임할 작정이오."

조조의 해박한 정세분석의 깊이를 알게 된 순욱이 이번에는 내정을 안정시키기 위한 책략을 조조에게 건의한다.

"시중종사 모개가 내정개혁안을 지닌 듯하니, 한번 참조하셨으면 합니다."

조조는 모개를 초치해서 막료들과 함께 모개의 내정진흥책을 청취하고자 한다.

"주공께서 천하를 안정시키기 위해서는 내정의 안정이 우선시 되어야 합니다. 내정의 안정을 위해서는

첫째, 천자를 받들어 천하에 대의명분을 확실히 하는 것이 필요합니다. 지금 원소, 원술 등은 신천자라는 흑심을 보이고 있어, 천하의 인재들이 이들에게 거리를 두고 있습니다.

둘째, 백성의 대부분이 농민이며, 농업이 천하의 으뜸(農事天下之大本)이기 때문에 농민의 민심을 얻어야 할 것입니다. 농민의 마음을 얻지 않고는 천하의 민심을 얻을 수 없을 것입니다. 농민을 안정시키는 농업진흥정책을 통해 경제력을 높이고, 군비를 강화함을 통해 부국강병을 이루어야 할 것입니다. 과거의 군웅들이나 지역에서 일어난 호족들이 백성의 민심을 얻지 못하고 사라진 것은 자체적으로 농업의 기반을 확충하지 못하고, 부족한 군량을 약탈에 의존했기 때문입니다.

셋째, 농업을 안정시켜야 이들은 의무적으로 군에 종사하는 것이 농민이 살길이라는 것을 인식하게 될 것입니다. 이것이 제대로 된다면, 주공께서는 천하의 민심을 얻고 영명한 지혜와 뛰어난 판단력으로 천하의 패자가 될 수 있을 것입니다."

조조는 모개의 진언책을 받아들여 둔전병제도의 기초를 다진다. 이후 조조가 일생을 걸쳐 실시한 존왕봉제, 농업진흥을 통한 경제부흥, 둔전제도의 개혁, 농민우대를 통한 부국강병과 인재등용 등은 이때부터 기초가 다져진 것이다.

2) 무신불립(無信不立)의 전형 여포, 근본도 없이 천하를 배회하다

지난(초평3년) 6월에 장안을 탈출한 여포는 동탁의 머리를 취하여 기병 수백기만 거느리고, 무관을 거쳐 남양태수 원술에게로 달아났다. 여포를 마지못해 접하게 된 원술은 여포가 자기를 친자식과 같이 대우해준 정원을 단순한 감정싸움 끝에 분노조절장애를 일으켜 척살한 후, 적장인 동탁에게 의탁하였고 그 후, 여포 자신과 의부자 관계를 맺은 동탁을 또한 감정적으로 쌓인 분노를 참지 못하고, 동탁을 도모할 계획을 세운 왕윤에게 출세를 담보로 동조하여 주살하는 등, 신의와 충의가 없는 여포를 곁에 거두는 것을 꺼림칙하게 여긴다.

그러나 원술은 주변의 권유로 인해 격변하는 천하의 기류를 살피면서, 마지못해 여포의 의탁을 받아들이게 된다.

"장군, 천하제일의 맹장이 내게 의탁을 신청했다는 것이 이 사람에게는 영광이오. 앞으로 나를 위해 혼신을 다해 준다면, 나는 장군을 섭섭지 않게 예우해 주겠소. 함께 힘을 합쳐 천하를 도모해 봅시다."

원술이 자신의 의탁을 받아주면서 최고의 극찬을 아끼지 않자, 여포는 의기양양해져 본성 그대로의 무례가 나타난다.

"장군이 나의 의탁을 받아들이심을 진정으로 감사드리오.

그러나 사실은 나도 동 태사를 도모함으로써, 동 태사가 죽인 태부 원외 등 원씨가문의 복수를 갚아주었소. 이로써 나도 장군에게 보호를 받을 만한 자격은 지녔다고 생각하오. 나는 앞으로도 장군의 앞길에 큰 힘이 되도록 하겠소. 그리고 끝으로 한 가지 부탁할 것이 있소이다. 내가 장군 가문의 복수를 해준 대가로 그것에 준하는 예우를 하고자 한다면, 나의 수하들이 장군의 영지에서 기죽지 않도록, 장군의 관할지에서 벌이는 활동을 어느 정도는 묵인해 주기를 바랄 뿐이외다."

여포는 은근히 원술에게 원씨가문의 은인임을 강조하면서, 그에 대한 보상조로 수하들의 횡포를 어느 정도는 묵인해 주도록 요청한다. 이런 일이 없더라도, 여포의 분별없음과 신의 없음을 가슴 깊이 경멸하고 있던 원술은 측근들을 불러들여 여포의 문제를 논의하기 시작한다.

"여포는 나에게 의탁을 한다고 하면서, 실상은 나를 능멸하려고 의탁을 요청한 듯하오. 여포가 원래 신의가 없고 천하의 무뢰한인 것은 예전부터 알고는 있었지만, 이 정도인 줄은 미처 몰랐소. 나는 그에게 정이 떨어졌으나 의탁을 받아들이고 곧바로 내칠 수도 없으니, 이를 어떻게 처리해야 하겠소?"

기령이 원소의 말에 즉각적인 반응을 보인다.

"여포를 대할 때 전혀 무관심하게 응대를 한다면, 투명인간 취급을 받은 여포는 제풀에 꺾여 떠날 것입니다."

이때부터 원술의 주변 인사들이 여포를 철저히 투명인간

취급을 하기 시작하자, 신변이 불안해진 여포는 새로운 길을 찾아 원소에게 의탁하려고 북쪽 기주를 향해 이동한다.

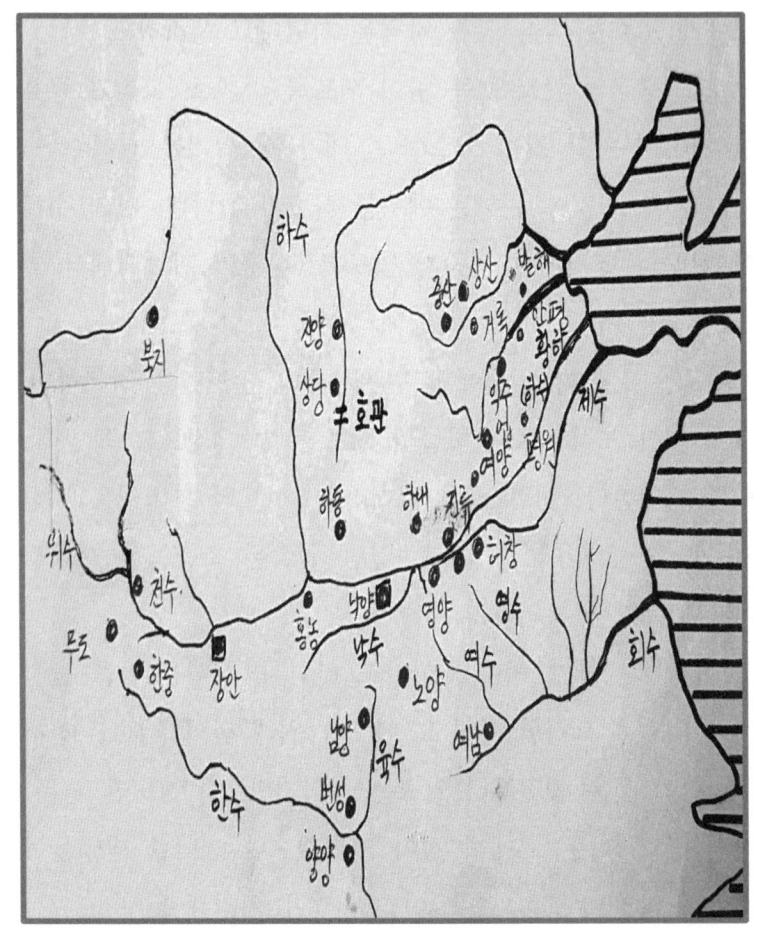

 이 무렵 원소는 흑산적 수괴 장연이 병주를 중심으로 거병하여, 상산과 조군, 중산, 상당, 하내 등 기주와 중원지역을 근거지로 삼고 있는 도적들과 교통하면서 1백만에 가까운 흑산적 무리를 이끌고 자신을 괴롭혀 큰 위기에 봉착해 있었다.

장연은 기주 상산군 진정현 천민출신으로 원래 이름은 저연이었다. 황건농민군이 봉기하여 천하가 혼란할 때, 고향에서 소규모 도적단을 이끌고 혼란을 틈타 주변의 군현을 돌면서 약탈을 일삼다가, 난리의 기류에 편승하여 2만의 도적을 이끌고 치안이 붕괴된 고향으로 돌아와서 군벌의 서열에 오르게 되었다. 장우각이 난을 일으킬 때는 장연이 중심이 되어, 장우각을 흑산적의 초대 수령으로 추대하고 흑산군을 만들어 대대적으로 '흑산적의 난'을 주도했었다. 장우각이 기주 거록군의 치소인 영도현을 공략하다가, 전투 중에 맞은 화살의 상처가 악화되어 죽게 되면서, 장우각이 저연에게 자신의 후사를 부탁하자, 장우각을 계승한다는 의미에서 본래 성인 저씨를 장씨로 성을 바꾸어 장연이라 개명했다. 그 후 189년 (광희 원년)에는 스스로 조정에 귀순의사를 밝혀 평난중랑장에 임명되면서, 사실상으로 병주의 지배권을 인정받았었다. 반동탁연합군 시절에는 원소와 합류했으나, 원소가 기주를 차지하자 기주의 패권을 잡으려고, 공손찬과 연합하여 원소를 괴롭히기도 했었다. 원소와 공손찬이 전투를 벌이는 틈을 타서 장연은 업성을 공격하는 등 원소에게는 눈에 가시와도 같은 존재였다.

원소는 장연을 척결함으로써 앓고 있는 이빨을 뽑아내고자 하는 심정으로 마지못해 여포를 받아들이고, 여포를 선봉으로 삼아 장연이 주둔하고 있는 기주 상산국을 공격하게 한다. 여포는 수상개화(樹上開花:허장성세를 펼침) 전략을 펼쳐 허장성세로 1만의 병사를 수만으로 위장하고 군영을 세우자, 장연은 수만의 정예병과 수천의 기병을 이끌고, 북방이민족 흉노와 오환족의 1만을 지원받고 성을 굳게 지킨다.

장연은 여포의 무용을 익히 알고 있었는데, 그런 여포가 수만의 병력까지 이끌고 성을 포위했다고 하니, 수성은 어쩌면 장연이 취할 수 있는 당연한 전략이었을 것이다. 원소는 장연이 꼼짝하지 않고 수성에 총력을 기울이는 탓에 상산성을 공격한 지 여러 날이 되어도 전혀 함락될 조짐이 보이지 않자, 여포를 불러 전술적 변화를 시도할 필요성을 논의한다.

"장연이 성을 지키고 꼼짝도 하지 않고 있으니, 조호이산(調虎離山:호랑이를 산에서 끌어냄) 계책으로 장연을 상산성 밖으로 꾀어낼 전술을 새로이 세워야 하겠소이다."

"적은 우리의 군사가 너무 많은 것으로 여겨 전면전을 두려워하고 있는 것 같소."

여포 또한 원소의 전술적 변화에 동의하며, 장연의 흑산적을 밖으로 끌어낼 묘책을 애써 궁리한다.

이때 원소가 신중히 새로운 전술을 제시한다.

"허장성세를 풀어 우리 병사의 실제 군세를 보여주고, 성문 멀리 군영을 새로이 구축해서 적을 성 밖으로 유도하면 어떻겠소이까?"

여포는 원소의 제안대로 병력을 성에서 10리 이상 떨어진 위치로 이동시키고, 새로이 진형을 펼쳐 장연의 대응에 신경을 곤두세운다. 장연은 자신의 정예병 1만 명과 수천의 기병을 이끌고, 성문 남쪽 하천의 가교 앞에 흉노와 오환족 1만 명의 협조를 받아 방진(方陣)진형을 구축한다.

여포는 적병이 방진을 구축하여 방어의 형태를 취하자, 수하의 성령과 위월에게 명을 내린다.

"지금은 적군이 방진을 세워 수비에 전념할 생각을 굳힌 것 같다. 적군이 방비를 구축한 지 얼마 되지 않아 방비를 철저히 기할 것이니, 당분간 적병을 공격하지 말고 며칠을 기다렸다가 긴장이 풀어지는 때를 맞춰 공략하라."

여포가 예상한 그대로 며칠이 지나고 흑산적의 진용에서 나태해지는 기미가 나타나자, 여포는 쐐기진을 구축하고 성령과 위월에게 전술을 하달한다.

"드디어 적진에서 허점이 보이기 시작했다. 조만간 돌격명령이 하달되면 좌기병장 성령은 좌측 전방의 기병을 쐐기 박듯이 치고 들어가서, 적의 보병을 유린하고 후방까지 깊숙이 치고 들어가라. 우기병장 위월은 똑같이 우측을 치고 들어가고, 나는 중군을 이끌고 중앙을 맡아 파죽지세로 적진을 돌파하겠다. 적병이 도주하면 신속히 기병을 이끌고, 가교를 건너 성안으로 도망치는 적병을 따라 돌격하라."

마침내 장연의 군사들에게 방심의 빈틈이 크게 드러나자,

여포는 좌군, 우군에게 즉각적으로 공격명령을 내린다. 여포가 적토마를 타고 방천화극을 휘두르며 종횡무진 적진을 누비니, 흑산적들은 두려움에 떨며 모래알처럼 흩어진다.

이를 본 주변의 모든 사람들이 '인중여포 마중적토(人中呂布 馬中赤兎)'라며 얼이 빠진 듯이 넋을 잃고 감탄한다.

여포가 인정사정없이 흑산적을 매몰차게 공략하자, 전장에 발도 붙이지 못하고 대패한 장연이 중산으로 도주하고, 10일 만에 상산성을 수복한 여포는 원소에게 능욕에 가까운 수치를 느끼게 하는 공치사를 늘어놓는다.

"장군이 총력을 다해 공략하고도 장악하지 못한 상산을 나는 10일 만에 함락시켰소. 목숨을 바쳐 나를 위해 고생한 장졸들이 합당한 보상을 받도록 해야 이들은 다음 전투에서도 혼신을 다할 것입니다."

"장군은 다음 지시가 있을 때까지 경거망동하지 말고 차분히 기다리시오."

원소는 여포의 무뢰함에 극도로 기분을 상해서 단 한마디 말만 남긴 채 업성으로 되돌아간다.

여포는 원소가 아무런 지시도 내리지 않고 업으로 떠나자, 원소를 의식하지 않고 수하들의 사기를 고려하여 그들이 마음 놓고 노략질하는 것을 방치한다. 이에 분노한 원소가 측근들을 불러들여 여포의 횡포를 격렬히 규탄한다.

"여포가 무뢰함을 지나쳐 이제는 나를 농락까지 하니, 여포를 어떻게 처리하는 것이 좋겠소?"

"토사구팽(兎死狗烹:사냥이 끝난 후에 사냥개는 쓸모가 없어짐)입니다. 주군께서 여포를 받아들인 것은 흑산적의 장연을 물리치기 위해서였습니다. 장연이 물러난 이제 여포의 가치는 소멸했습니다. 이제 여포를 주살하여 후일의 후환을 제거하셔야 화북이 안정을 유지할 것입니다."

장수들이 이구동성으로 말하자, 원소가 깊은 고민에 빠진다. 이때, 심배가 손사래를 치며 앞으로 나선다.

"여포는 최근 주변의 사람들에게 '기주에는 관직을 서치(書癡:글 읽기만 하는 어리석은 사람)한 자들만이 마음대로 차지하고 전횡하고 있다'고 하며, 장군의 수하들을 폄훼하는 한편, 자기 멋대로 군사를 증강시키고 있습니다. 싸움꾼만이 국력이라고 착각하는 오만방자한 여포는 문사들에게 한번 크게 혼이 나보아야, 천하에는 다양성이 국가를 부강시키는 근간이라는 것을 깨우칠 것입니다. 여포는 유학의 '인의, 신의'라는 명분 때문에, 천하의 이목을 중시하는 주군께서 자신을 명분이 없이는 도모하지 못할 것이라 여겨 제멋대로 광분하고 있으니, 주군께서 직접 도모하는 것은 여포의 낮은 수에 넘어가는 것이므로 다른 방법을 세워야 할 것입니다."

하더니, 원소의 귀에 대고 은밀히 귓속말을 건넨다.

원소는 고개를 끄덕이며 심배의 의견을 따른다는 의사를 표시하고, 사자를 보내 여포에게 전서를 건넨다.

"나는 여포장군에게 領사례교위를 삼아 독립시키고자 하니, 내가 보내는 갑옷 무장병 30명을 따라 업성으로 들어오도록 하시오."

원소는 곧바로 갑옷 무장병 30명에게 명하여 여포를 호위하여 업성으로 들어오도록 지시한다.

"거기장군께서 장군을 호위하여 업성으로 모시고 오라는 명을 내리셨습니다."

여포는 갑작스런 원소의 변신에 원소의 의도를 파악하려고 둔한 머리를 굴린다. 여포는 이들을 따라나서 한참을 지나서야, 원소가 이들 갑옷 무장병 30명을 통해 사고를 위장하여 자신을 주살하려는 의도를 가졌다고 뒤늦게 알아차린다.

밤이 늦어 하루 묵어갈 주막에 도착하자, 여포는 자신의 방에 징을 치는 연주자를 은밀히 불러들여 밤새도록 징을 치게 함으로써, 마치 여포가 밤늦게까지 징을 연주하는 것처럼 위장을 시킨 후, 갑옷 무장병을 따돌리고 하내태수 장양에게로 의탁하기 위해 주막을 빠져나간다.

한참의 시간이 흘러 여포가 장양에게 의탁한 사실을 소문으로 전해들은 이각은 장양에게 헌제의 칙서를 보내어 여포를 은밀히 제거하도록 사주한다.

'역적 여포의 목을 장안에 바치면, 하내태수에게 제후의 자리와 봉록을 주겠노라.'

하내태수 장양은 부곡(部曲)제장들과 함께 여포를 도모하려고, 연회를 가장하여 여포를 연회장으로 초대한다.

여포도 이를 눈치 채지만, 여포가 더는 물러설 곳도 없었다. 연회장에 들어선 여포는 미리 장양에게 다가가서, 이전의 무뢰와는 전혀 다르게 무릎을 꿇고 공손히 읍소한다.

"태수, 우리는 동향사람으로 예전에는 정원을 함께 모셨고, 상부 동탁에게는 내가 장양태수를 추천하여 건의장군과 하내태수를 제수하게 했소이다. 오늘 내가 이 지경에 이르러 태수께 의탁하러 왔으나, 만일 태수께서 나를 건수하여 준다면 태수에게 큰 힘이 되어 드리겠소. 만일 도움이 되지 않는다고 여겨지면, 나를 산채로 묶어 이각에게 보내시오."

말을 마친 여포는 순순히 몸을 내어놓는다.

장양은 인품이 자애롭고, 정이 깊으며, 온화하여 군민들에게도 존경받는 신의가 있는 인사이다. 그런 사람이 옛정을 들먹이며 순순히 자신에게 처신을 맡기고 복종하는 여포를 포용하는 것은 전혀 놀라울 사실이 아니다.

"장군, 잠시 동안이라도 장군의 심려를 끼쳐 죄송합니다. 이제 마음 편히 지내십시오."

3) 원술, 무모하게 전선을 확장하다가 남양의 기반을 잃다.

한동안 형주의 패권을 놓고 유표와 싸우던 원술은 손견이 살해된 이후로는 형주에 대한 미련을 버리고, 남양과 연계하여 기운을 떨칠 수 있는 지역을 찾다가 연주에 눈독을 들이더니, 장기간의 고심을 통해 새로운 정국의 구상을 마친다. 그 당시는 조조가 연주를 기반으로 황하 이남에 세력을 확장해가고는 있었으나, 아직 기반이 공고히 다져지지 않고 있었던 시기이다.

'조조는 원소를 지지하기 때문에 내가 조조와 적대하여 전쟁을 벌이면, 원소를 반대하는 공손찬과 기주, 연주 일대에서 터전을 확보한 흑산적이 조조를 적대하여 나와 힘을 합치게 되어 궁극적으로는 원소를 도모하는 데 큰 도움이 될 것이다. 기반이 다져진 원소나 유표보다 한결 손쉬운 상대인 조조를 도모하고 연주를 장악하게 되면, 연주의 풍족한 재정을 통해 내가 남양에서 지나친 세금을 부과하여 잃어버린 남양 일대의 민심을 무마시키고, 내부를 철저히 다져 관동지역에서 확고한 기반을 구축할 수 있을 것이다. 이런 구상이 성공만 한다면, 원소를 남북으로 협공하는 것 또한 수월하리라.'

원술이 이렇게 마음을 다지고 있을 무렵, 192년(초평4년) 12월 남양주자사 진온이 돌연히 병사한다.

남양주는 양주자사 진온이 병사하여 무주공산이 되면서, 호족들이 패권을 놓고 서로 다투어 치안이 마비되고 도적들이 들끓기 시작한다. 이에 남양주에서의 영향력을 확충하려는 원소는 병사한 남양주자사 진온의 후임으로 원유를 내세워 양주자사로 파견한다.

그러나 남양주에서 원소의 영향력이 확대되는 것을 시샘하는 원술은 원소가 파견한 원유를 패국으로 쫓아내고, 자신의 측근인 진우를 후임으로 임명하여 원소를 경계한다.

한편, 장안 조정에서는 금상을 연주자사로 새로이 임명하여 연주로 파견하자, 연주에서 패권을 잡은 조조가 당연히 금상을 거부하면서, 연주자사 금상은 치소로 들어가지 못하고 주변을 떠돌게 된다. 이것을 빌미로 원술은 조조를 도모하려는 중요한 개입의 명분으로 삼고 자신의 구상을 실행에 옮기려 한다. 그러던 중에 도겸과 반목하던 조조가 원소의 뜻에 따라 견성으로 출병한 빈틈을 노리고, 원술은 공손찬과 내통하여 속전속결로 조조의 치소 진류를 점거할 계획을 세운다.

원술은 치밀한 준비를 마치고 남양을 출발하여 연주 진류를 향해 북진하는데, 이때 원소는 조조가 진류를 비워서는 자칫 원술에게 진류를 점거당할 수도 있다는 생각에 이르자, 즉시 전략을 바꾸어 조조에게 다시 연주로 돌아가게 하고, 자신이 직접 도겸을 대적하기 위해 견성으로 출병한다. 진류로 다시 돌아온 조조가 진류를 침입한 원술을 상대로 격렬히 싸우는 사이, 원소는 유표에게 자신과 군사적 활동을 함께하자는 청원서를 보낸다.

"유 경승께서는 결코 원술과는 함께할 수 없을 정도로 구원이 깊습니다. 그렇기 때문에 지금 원술이 벌이는 군사적 행위를 이대로 방치한다면, 어느 순간에 연주까지 영향력을 확대할지 모릅니다. 지금 원술이 연주자사 조조를 도모하려고 남양에서 진류로 군사를 이끌고 북진하고 있을 때, 소장과 함께 원술의 후방을 공략하여 군량 보급로를 끊는다면, 원술은 기반을 잃고 낭인으로 전락할 것입니다. 지나친 욕심으로 주변의 군웅을 집적거리는 원술을 제거해야 천하가 다소 진정되리라 생각합니다. 유 경승께서 소장의 청을 들어주신다면 소장은 힘을 합하여 원술이 유 경승의 영지 및 주변의 영토를 욕심내지 못하도록 혼신을 다 기울이겠습니다."

유표는 그렇지 않아도 자신을 끊임없이 괴롭히고 있는 원술을 손보려고 했으나, 기회를 찾지 못해 전전긍긍하던 중 원소로부터 획기적인 제안을 받자 즉시 회답을 보내며 감사의 뜻을 전한다.

"거기장군의 뜻을 따라 함께 원술을 척결하는 작전과 전투에 동참하고자 하오. 좋은 전략을 세워서 사자를 통해 보내주면 함께 이행하도록 하겠소이다. 거기장군의 은혜는 결코 잊지 않겠습니다."

며칠 후, 원소가 부저추신(釜底抽薪:불타는 장작을 빼내 솥을 식힘) 전략을 펼쳐 원술의 군수물자 보급로를 끊을 계책을 전해 온다.

"연주자사 맹덕이 원술과 진류에서 대치할 때, 소장이 진류의 후방을 끊으면, 원술은 사력을 다해 후방의 군량 보급로를 확보하려고 혈안이 될 것입니다. 이들이 사력을 다해 소장이 장악한 보급로를 뚫더라도, 이때 유 경승께서 남양과 진류 사이의 양인(양현)의 보급로를 굳건히 지키고 있으면, 결국은 기력이 소진되어 군량을 보급받을 활력을 잃게 될 것입니다."

유표는 원소와 함께 원술의 후방을 공략함으로써, 원소와 유표가 둘이서 이중으로 형성한 군량 보급로가 끊기자, 조조와 대치하던 원술의 군사들은 군량을 보급 받지 못한 채 기아에 내몰리더니, 급기야 전 병력이 야간에 집단으로 도주하기에 이르고, 세 영걸이 협력하여 협공을 펼친 탓에 원술은 남양으로 돌아가는 길이 막히면서 어쩔 수 없이 북으로 쫓겨가서, 흑산적 두목 어부라의 도움으로 천신만고 끝에 진류군 봉구현에 정착할 수 있게 된다. 패주하여 진류군 봉구현으로 가서 정착한 원술은 수하 장수 유상에게 진류군 평구현 광정으로 이동하도록 명하여, 자신이 주둔하고 있는 진류 봉구와 광정을 통한 기각지세(掎角之勢)를 구축하고자 한다.

원술을 진류 봉구와 광정으로 몰아낸 후, 조조는 측근 책사와 제장을 불러 모아 향후 자신이 취할 방향을 묻는다. 이에 순욱이 오랫동안 구상했던 정국의 그림을 제시한다.

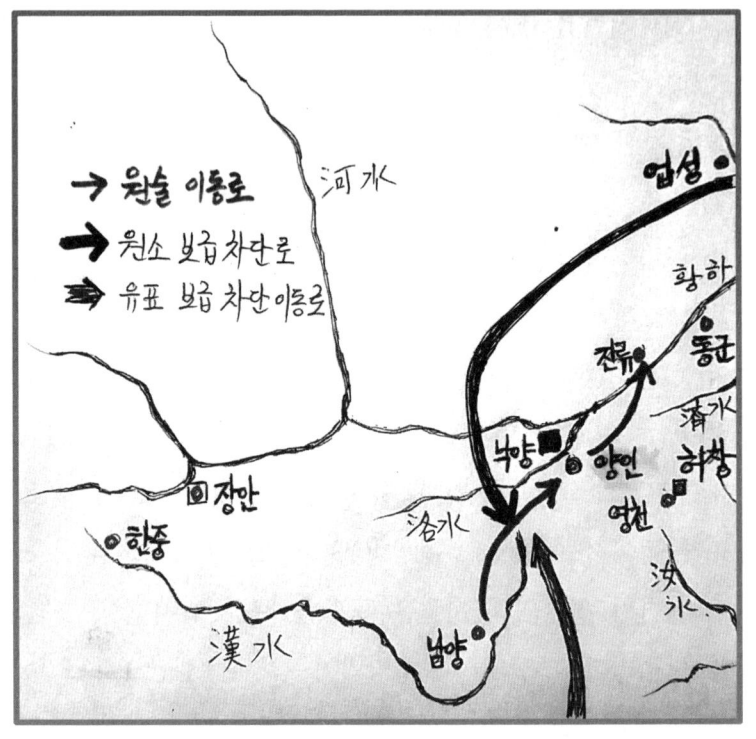

"주공께서 지금 수중에 넣은 연주는 사방이 터져있어 힘이 강성할 때에는 세력 확장에 유리하나, 아직 기반이 확고히 다져지지 않은 지금은 경우에 따라서는 지키기에도 벅찰 수 있습니다. 주공께서 최우선적으로 할 일은 거기장군 원소와 탄탄한 결속을 맺는 것입니다. 그다음에는 도모하기 가장 쉬운 상대를 찾아 연주 인근에서 몰아내어야, 향후 세력을 확장하는 데 걸림돌이 없게 됩니다. 그 첫째 대상이 바로 원술입니다. 이를 위해서는 타초경사(打草驚蛇:거물급을 제거하기 위해 추종자를 공략함) 전략으로 먼저 광정에 주둔하고 있는 원술의 수하 장수 유상을 공격하여 궁지에 몰아넣으십시오. 그렇게 하면 기각지세가 무너질 것을 우려한 원술은 다급해진 나머지 자신의 현실을 돌아도 보지 않고, 봉구에서 군사를 이끌고 유상을 지원하러 출정할 것입니다. 봉구에 틀어박혀 꼼짝 않고 수세로만 대응하는 원술을 봉구에서 끌어내기만 한다면, 이때가 원술의 기반을 영구히 무너뜨려 멀리 쫓아낼 수 있는 절호의 기회입니다."

조조는 순욱의 자문이 옳다고 여겨 진류 평구현 광정을 먼저 공략하러 출병한다. 조조의 거센 공략으로 광정이 함락될 위기가 되자, 원술은 봉구와 광정의 기각지세가 붕괴될 것을 우려하여 봉구에서 군사를 이끌고 유상을 지원하러 나온다. 그러나 순욱은 원술이 원군을 이끌고 올 것을 미리 예측하고 광정의 길목에 복병을 배치하여, 원술의 원군을 패퇴시키자, 원술은 별다른 도리가 없이 봉구로 다시 돌아가고, 오히려 조조는 승세를 몰아 원술이 있는 봉구까지 진격해 들어간다.

조조가 직접 공성을 지휘하며 총력을 다해 성을 공략하자 성벽이 무너지면서, 원술은 더 버티지 못하고 암문(暗門)을 통해 성을 빠져나간다. 조조가 성을 빠져나간 원술을 계속 뒤쫓아 도주하는 병사를 닥치는 대로 궤멸시키고, 원술은 패잔병 수천 명을 이끌고 진류 양읍현으로 철수하여 성문을 굳게 닫아걸고 수성에만 치중한다.

조조는 속전속결로 원술을 몰아내려고 하지만, 양읍성이 생각보다 견고하매 정공법을 펼칠 경우 발생되는 당연한 군사적 손실을 덜고자 순욱에게 가장 효과적인 자문을 구한다. 이때 순욱이 장고를 거듭한 끝에 기발한 전략을 찾아낸다.

"양읍성은 지대가 낮은 곳에 입지하였고, 해자가 깊어 수공에 취약한 구조입니다. 양읍성의 북면 산 계곡으로 흐르는 태수수의 물을 막아, 물길을 성 쪽으로 돌린 후, 일시에 태수수의 계곡을 막은 둑을 터뜨리면, 원술은 오래 버티지 못하고 도주할 것입니다."

조조는 순욱의 자문을 좇아 태수수의 계곡을 막은 후, 물을 가득 채웠다가 둑을 터뜨려, 태수수의 물을 순식간에 성안으로 흘려보낸다. 양읍성의 지대가 낮은 관계로 태수수에서 밀려들어온 물로 삽시간에 성안이 물바다로 변하자, 양읍 군민들과 군사들이 아비규환에 빠져들어 원술은 더는 수성이 불가함을 인지한다. 이러지도 저러지도 못할 궁지에 몰린 원술은 혈혈단신 포위망을 뚫고 임시 피난처를 찾아 양국 영릉현으로 도피함으로써 원술은 남양에서의 세력을 완전히 잃고, 양국 영릉현을 거쳐 남양주 구강군으로 정처 없는 망명의 길을 재촉한다.

원래 천하를 향한 원술의 구상은 남양을 중심으로 세력을 키워 원소의 객장 조조를 도모한 후, 황하의 이남 지역을 평정하고, 원소를 둘러싸고 있는 장연의 흑산적과 연합하여 서북쪽을 공략하고, 서남쪽은 도겸과 연합함으로써 북쪽의 공손찬과 함께 원소를 멸망시켜 천하를 공손찬과 양분하겠다는 구상이었는데, 이것은 오히려 남양주, 형주, 연주에 있는 원소를 따르는 군벌들의 엄청난 반발을 불러일으키고, 이것이 오히려 남양에서 자신의 기반을 송두리째 잃게 만드는 계기가 된 것이다.

남양주로 망명길에 오른 원술은 자신이 양주자사로 천거한 진우에게 도움을 청하려고 수춘성을 찾아가지만, 진우는 주변의 눈치를 보며 원술을 거부한다. 원술은 진우의 배신을 분격하며 음릉현으로 돌아가서 병마를 다시 규합한 후, 병사를 이끌고 수춘성을 공략하여 진우를 도모하기 시작한다.

원술의 강력한 공격에 성안의 민심이 흔들리자, 진우는 종제 진공염을 원술에게 보내 화의를 제의하지만, 원술은 진우가 신의가 없는 인물이라고 폄훼하며 강력한 공세를 지속하여 결국은 수춘성을 함락시키고, 진우는 우여곡절 끝에 하비국으로 도주한다. 이어서 원술은 손분과 오경을 지원하여 이들이 주흔형제를 축출하게 하는데, 이들이 임무를 성공적으로 수행함으로써, 원술은 남양주 구강군 일대에 새로운 근거지를 마련할 수 있게 된다. 이로써 원술은 회하와 장강 사이의 세력을 규합함으로써 회남지방 최고의 군웅으로 재기하는 데 성공한다. 이에 원술을 회유할 필요성을 느낀 이각의 장안 연립정부는 원술을 회유하려고 태부 마일제를 보내 원술에게 좌장군 겸 양책후를 봉하고 가절을 부여한다.

4) 유비, 떠오르는 군웅으로 천하에 알려지기 시작하다

지난날 유비는 독우를 매질하는 불경죄를 짓고 도피생활을 하다가, 단양에서 도위 관구의가 모집한 모병에 참여하여 공을 세움으로써, 독우를 매질한 죄를 사면 받고 하밀승을 제수 받은 얼마 후, 곧바로 하밀승을 사직하려고 낙양으로 갔었다.

이곳에서 조조를 만난 후, 그와 뜻이 맞아 반동탁연합군에서 함께 활동을 했던 유비는 조조가 반동탁연합군에서 이탈하여 동군으로 떠나기로 하자, 자신도 갈 곳을 찾다가 공손찬에게로 의탁하여 평원령으로 일하게 되었다.

한동안 평원령으로 지내던 유비는 공손찬 수하에서 원소를 견제하는 전선을 맡아, 관우와 장비의 활약에 힘입어 청주 평원국에서 크고 작은 여러 공훈을 세우고 193년(초평4년) 3월, 청주 평원상으로 승진한다.

이즈음 황건농민군 잔당의 수령 관해가 수만의 황건 무리를 이끌고 청주 북해로 쳐들어오는데, 이때 사전에 이에 대한 대비가 없었던 북해태수 공융은 급히 군사를 수습하여 성 밖으로 나아가서, 도창에 진형을 구축하고 황건농민군과 대치하자, 황건농민군 수령 관해가 부장을 공융에게 보내 평화적 협상을 요청한다.

"북해는 기름진 땅이 많아 양곡이 넘친다고 하니, 우리에게

식량 1만석을 지원하면 즉시 물러가겠소. 만일 우리의 요구를 들어주지 않으면, 북해태수께서는 그에 상응할 만한 대가를 지불해야 할 것이오."

북해태수 공융이 크게 노하여 소리친다.

"나는 한황실의 신하로서 나의 영지를 지키고 백성들을 보호할 의무가 있다. 어찌 내 영지에 침략한 도적들과 야합을 할 수 있단 말이냐?"

황건 수령 관해가 격노하여 외친다.

"어찌 감히 우리 황건농민군을 도적이라 일컫는 것이냐? 너희 부패한 관리들이 무고한 백성을 수탈하여 황야로 내몰아넣고 함부로 인권을 무시한 탓에 우리가 살기 위해 궐기하였더니, 이제는 불쌍한 백성들을 도적으로 몰아버리다니 더는 탐관오리들의 몰지각한 행태를 도저히 용납할 수 없노라."

황건농민군 수령 관해는 공융의 진형을 향해 돌격명령을 내린다. 공융은 부장 종보를 선봉으로 내세워 관해를 방비하도록 하나, 종보는 문신출신으로 용병에는 큰 조예가 없었다. 관해가 비록 농민출신일지라도 황건기의(黃巾起義)이래 10년 가까이 크고 작은 전투를 통해 실전을 익힌 백전노장이다.

실전 경험이 없이 이론으로만 병법을 습득한 문신 종보가 백전노장을 상대한다는 것은 애당초 잘못된 대응이었다. 종보는 군기도 제대로 세우지 못하고, 대와 열도 제대로 형성하지 못한 엉성한 진형을 구축하는데, 관해가 쐐기진을 활용한 기병전술과 경보병을 활용한 속도전으로 신속한 공격을 감행하자, 진형 싸움에서부터 밀린 종보는 제대로 저항도 하지 못하고 패배하여 성안으로 퇴각한다. 북해의 관군들이 성안으로 도주하자, 관해가 도창을 둘러싸고 점차적으로 도창의 포위망을 좁혀나가기 시작한다. 공융이 근심과 걱정으로 깊은 시름에 빠져있을 때, 젊은 의병 한명이 나가 싸우기를 자청한다.

"소인에게 1천의 정예병만 주신다면 성 밖의 도적을 물리치고, 태수께서 도적의 무리를 박멸시킬 수 있는 계기를 만들어드리겠습니다."

공융은 이런 태사자의 자신감을 단순히 젊은이의 패기로 치부하고 허락하지 않는다.

"그대는 부장 종보가 제대로 싸워 보지도 못하고 어이없이 패하는 것을 보지 못했는가?"하고는 정면 돌파보다는 수성을 택하여 성을 지키기에 급급해한다.

관해는 북해상 공융이 지원병을 요청하기 위해 성을 빠져나가는 것을 막기만 하면, 자신이 성을 차지하는 것은 시간문제라는 생각에 미치자 더욱 철저히 성을 에워싼다. 관해의 현란한 공성으로 여러 차례 도창성이 함락될 위기에 빠지자, 공융은 긴급히 장수들을 불러 모아 긴급히 대책을 논의한다.

"지금 우리가 수만에 이르는 도적무리를 상대하기에는 버거워 수성을 택했으나, 터무니없이 부족한 군사력으로는 겹겹이 둘러싸고 공략하는 도적들을 상대로 얼마 버티지 못할 것 같소. 어떻게 해야 이 위기를 헤쳐 나갈 수 있을지 허심탄회하게 말해 주시오."

이때 장수들이 이구동성으로 입을 모아 말한다.

"북해 가까이에 있는 평원상 유비에게 구원병을 청하심이 어떠한지요?"

공융은 이들의 말에 동의를 표한다.

"나도 그것이 최선의 방법이라 생각하오. 유비는 청주일대에서 새로이 뜨는 별이라고들 합디다. 그에게 구원을 청하면 북해의 위기를 벗어날 수 있을 것 같소. 그런데 이 삼엄한 포위를 과연 누가 뚫고 나갈 수 있겠소?"

공융이 우려한 대로 기꺼이 포위를 뚫고 성 밖으로 나가려고 자청하는 사람이 아무도 없었다.

이때 한 젊은 병사가 과감히 앞으로 나선다.

"제가 다녀오겠습니다."

모두 소리가 나는 쪽을 바라보니, 얼마 전에 관해와 일전을 벌여 보겠노라고 패기 있게 나서던 젊은 의병이다. 이름은 태사자, 한때 동래군의 주조사로 일했던 사람으로 자는 자의인데, 죽음을 무릅쓰고 유비에게 구원을 요청하려고 하는 사연은 감동적이다.

태사자는 청주 동래군 황현 사람이다. 지난 186년, 청주자사와 태수 사이에서 분쟁이 생겨 청주자사와 태수가 서로 자신의 입장을 옹호하기 위해 조정에 상대방을 비방하는 탄핵

장계를 보내는 사건이 발생했을 때, 청주자사가 한발 앞서 태수를 탄핵하는 공문을 낙양의 조정에 보낸 일이 있었다. 태수가 나중에 이를 알게 되어 태사자에게 반박공문을 주고 태사자를 뒤늦게 낙양의 조정으로 보냈다. 약관의 나이에 태사자는 밤낮을 가리지 않고 말을 달려 공거(公車:공문이나, 상소문을 처리하는 부서)에 도착했을 때, 청주자사가 보낸 전령이 먼저 공거에 도착하여 공문을 올리려는 것을 발견하고, 청주자사의 공문을 빼앗아 찢어버리고 대신 태수의 공문을 올려 태수를 위기에서 구원한 적이 있었다. 이 사건으로 인해, 청주자사의 심부름꾼과 태수의 전령인 태사자 두 사람은 함께 요동으로 피신해야 할 사정이 발생했다. 청주자사의 전령은 임무를 수행하지 못해 문책을 받을 것이 두려워 도피했고, 태사자는 청주자사의 공문을 찢은 불경으로 청주자사에게 벌을 받게 될 것을 우려하여 피신하게 되었던 것이다. 후일, 이런 사실을 알게 된 북해태수 공융은 태사자의 신의를 중히 여겨 태사자가 멀리 요동으로 피신해 있는 동안에도 태사자의 모친을 신의로써 보살폈다. 그러다가 이번에 아직도 궤멸하지 않은 황건농민군 10만이 대장 관해를 중심으로 북해 도창을 공격하자, 북해태수 공융에게 은혜를 입은 태사자의 모친은 태사자에게 '태수께서 위급하니, 태수를 도우러 북해로 돌아오라'고 전서를 보내고, 태사자는 삼엄한 도창의 포위를 뚫고 성안으로 들어가 공융을 돕게 된 것이다.

황건농민군의 치열한 공세로 수성에 어려움을 겪게 된 공융은 평원상 유비에게 구원병을 청하러 사자를 보내려고 하나, 철통같은 포위망을 뚫기 위해 목숨을 걸고 뛰어들 용사가 없었는데, 이때 태사자가 목숨을 걸고 유비에게 구원을 요청하는 사자를 자청한 것이다.

태사자는 철저히 둘러싸인 성의 포위망을 뚫고, 무사히 구원을 요청하러 떠날 방책을 고심하던 중, 만천과해(瞞天過海: 눈에 익은 것을 반복하면 경계심을 풀게 됨) 계책을 생각해 내고 실행에 옮기기로 한다.

며칠 후, 태사자는 기병 둘을 이끌고, 성문을 나서서 과녁을 향해 수십 발의 화살만 날리고는 아무 일도 없다는 듯이 성안으로 되돌아간다. 황건농민군은 구원을 요청하러 떠나려는 사자인 줄로 여겨 잔뜩 긴장하고 있다가 별일 없이 성안으로 돌아가자 허탈해한다.

다음 날에도 태사자는 똑같은 방법으로 화살시연을 끝내고는 다시 성안으로 돌아간다. 이렇게 며칠을 거듭 반복하던 어느 날 저녁, 태사자가 똑같은 행위를 반복하지만, 황건 경비병들은 이를 의례적인 행위로 여겨 경계심을 풀고 전혀 관심을 보이지 않는다. 이 기회를 노리고 있던 태사자는 동개에 화살을 가득 담고 기병 둘과 함께 평원상 유비에게로 말을 달린다.

관해는 도창성에서 빠져나가는 무리를 보고 필시 구원병을 요청하는 사자라 여겨 기병 수백을 보내 뒤쫓게 한다. 태사자가 말 위에서 추격하는 황건농민군의 기병을 향해 화살을 쏘아대자, 백발백중 한발도 빗나가는 화살이 없었다. 태사자의 뒤를 쫓던 기병들이 차례차례 태사자의 화살에 맞고 목숨을 잃자, 두려움을 느낀 이들은 추격을 포기하고 태사자의 시야에서 멀리 사라진다.

태사자와 두 명의 기병은 밤새 말을 달려 새벽녘에야 평원에 당도하여 유비를 만나서 북해태수 공융이 건네는 서신을 유비에게 전한다.

"도창성이 황건농민군에게 포위되어 위급하오니, 평원상의 도움이 절대적으로 필요합니다. 부디 거절하지 마시고, 북해를 위기에서 구원해 주시기 바랍니다."

태사자가 건넨 서신을 읽은 유비는 태사자에게 묻는다.

"그대는 누구인가?"

"소인은 동해군의 미천한 사람으로 이름은 태사자, 자를 자건이라 하옵니다. 북해태수의 친척도, 동향인도, 수하의 병사도 아니지만, 신의와 명예, 그리고 뜻으로 서로 교우하여 재앙을 이겨내고 근심과 걱정을 함께 하는 의병의 한사람일 뿐입니다. 지금 도적 관해가 북해를 침범하여 도창을 포위한 탓에 북해태수께서 위기에 봉착해 있습니다. 태수께서는 '평원상이 인의로 명망이 있는 분이라' 하시며, '오직 평원상 만이 지금의 북해 위기를 구원해 줄 수 있다' 하시면서, 소인을 평원상께 보내는 사자로 선택하시었습니다. 이에 화답하고자 소인이 죽음을 무릅쓰고 포위망을 뚫고 평원으로 온 것입니다."

태사자는 유비에게 자신이 공융의 의병을 자처하게 된 연유를 이렇게 밝힌다. 공손찬 수하에서 평원상을 맡아 최전방에서 원소를 견제하고 있는 유비는 삼엄한 포위를 뚫고 내달은 태사자의 무예, 지략, 신의에 반하여 대화를 이끌다가, 아직도 영웅 대열에 이르지 못한 자신을 공융이 높이 평가하는 것에 대해 오히려 감사해하며, 태사자에게 정예 3천의 병사를 딸려 보내는 것으로 황건농민군을 척결하는데 협조한다.

유비에게 정예병 3천을 얻은 태사자는 한시도 지체하지 않고 도창을 향해 내달린다. 공융을 돕기 위한 구원병이 평원에서 출발했다는 소문을 들은 황건농민군이 크게 동요하자, 황건농민군 수장 관해는 이들을 안심하도록 진정시킨 후, 척후병을 보내 유비의 구원병 실태를 정찰하도록 한다. 한참을 지난 후 정찰병이 다녀와서 수장 관해에게 보고를 올린다.

"원병의 규모는 3~4천 정도의 규모이며, 기병의 비중과 중장보병의 비율이 반반으로 보여 집니다."

관해는 어둑어둑한 기운 속에서 다가오는 구원병을 보고 잠시 긴장했으나, 척후병에게 보고받은 바와 같이 원병의 수가 그다지 많지 않자 안도의 한숨을 내쉰다.

"구원병의 수가 겨우 수천일 뿐이다. 용사들은 겁먹지 말고 대오를 철저히 유지하라."

관해가 급히 도창의 성곽을 포위한 농민군을 배분해서, 태사자가 이끌고 온 구원병을 대적하도록 돌리는 과정에서 농민군 대오에 혼란이 일어난다. 그도 그럴 것이 이들은 군사훈련을 제대로 받은 경험이 없는 농민출신으로, 부패한 관리들의 착취에 항거하여 순수한 열정만으로 봉기한 사람들이기 때문에, 진형의 변화에 일사분란하게 움직일 훈련이 되어 있지 못했다.

황건농민군의 진형에서 일어나는 일대의 혼란을 감지한 태사자는 적시를 놓치지 않으려고, 휴식도 취하지 않은 채로 피곤한 몸을 이끌고 곧바로 돌격명령을 내린다.

"기병들은 전속력으로 적진을 치고 들어가 도적들의 중앙을 교란시키고, 좌우로 갈라져서 도적 떼의 대오를 붕괴시켜라. 보병들은 우왕좌왕하는 적들을 신속히 공격하여 닥치는 대로 주살하라. 중보병과 궁노수들은 후방에서 적이 대오를 갖추지 못하도록 하늘을 향해 소나기 화살을 날려라."

태사자의 용병대로 원병이 체계적으로 황건농민군을 공략하자, 황건농민군의 내부가 삽시간에 붕괴된다. 이것을 본 공융이 성안에서 군사를 이끌고 밖으로 나와 황건농민군을 협공하자, 관해는 전의를 상실하고 무기력하게 퇴각한다.

태사자가 퇴각하는 전해를 좇아 장창을 휘날리며 결투를 청하자, 관해는 몇 합을 대항하는 듯 하더니 이내 난전 중인 병사들 속으로 들어가 사라지고 만다.

유비 원병의 도움으로 황건농민군 관해를 몰아내고 대승을 거둔 공융은 태사자와 원병들을 위무하는 연회를 베풀고, 그동안 고생한 병사들을 위로하며 공을 세운 장수와 병사들에게 상을 내린다. 동시에 평원상 유비에게 사자를 보내 위기에서 구해준 은혜에 대한 고마움을 전하며, 향후 모든 일을 함께할 것을 약속한다.

공융은 서주 노국 출신으로 공자의 20대 후손인데, 어려서부터 학문을 좋아하여 천재로 인정받은 인물이지만, 성격이 곧고 강직하여 누구에게도 눈치를 보지 않고 바른말을 하였다. 호분중랑장으로 있던 공융은 동탁이 소제를 폐위하려 할 때에도 동탁에게 바른말로 맞서다가 미움을 사게 되어 의랑으로 좌천되었다.

이즈음 농민군의 저항이 자주 일어나고 관동지방의 많은 관료들이 황건농민군에게 살해당하는 일들이 자자했다. 동탁은 바른말 하는 공융을 곤혹스럽게 하려고 군무에 정통하지 못한 그를 사지로 내몰기 위해, 황건농민군의 기세가 가장 거센 청주 북해로 보냈던 것이다.

그러나 공융은 북해에서 군마를 제대로 조련하고 군대를 잘 정비하는 동시에, 군민들을 세세히 관찰하고 살뜰히 보살펴서 많은 인망을 얻게 된다. 그 결과, 관해가 북해를 침공하기 이전에도 북해에서 20만의 황건농민군을 이끌고 기의(起

義)했던 장요는 북해에 뿌리를 내리지 못하고 기주로 되돌아 갈 도리밖에 없었고 이때, 공융은 장요가 기주로 돌아가려는 낌새를 눈치 채고 역습을 가해 장요를 패퇴시키고, 장요가 장악했던 청주의 각 현을 수복한 후, 도피했던 관리와 백성을 다시 모으고, 황건농민군으로 오해받은 남녀 4만명의 명예를 회복시켜 새로이 성읍을 든든하게 조성하는 성과를 올리고 있었다.

그러던 중에 새로이 황건농민군 수령이 된 관해가 다시 북해를 침략해 들어오게 되자, 유비에게서 구원병을 지원받아 관해를 격파하기에 이른다. 공융은 전쟁의 뒷수습을 마친 후, 황건농민군이 장악했던 군현을 수복하여 학교와 상서를 세우고, 현명한 인재들을 천거하여 유학자들을 배출한다. 군민들 가운데 효행을 행하였으나 일찍 죽은 사람이 있으면, 사당을 지어 추모하도록 한다.

또한, 한 가지라도 선행을 한 사람에게는 정중히 예를 갖추게 하여 유교적 덕성의 회복을 장려한다. 동탁이 죽으라고 보낸 사지에서 보란 듯이 성공을 거두었으나, 군을 다스림이 너무 이상주의적인 유가적 가치를 향해 흘러, 북해 호족들은 공융을 현실감각이 부족하여 위기의 상황에는 문제를 해결하기에 다소 부족한 인물로 평가한다.

5) 원소는 골머리를 앓게 하던 흑산적을 일망타진하다

193년(초평4년) 4월, 기주에서는 지난 1월 장안조정의 중재로 공손찬과 화의를 맺고 기주를 안정적으로 관리하게 된 원소가 박락진에서 측근들과 축하연을 열어 승리를 자축하며 축하연이 한창 무르익을 즈음, 업성에서 급히 내달려온 전령이 경악할 만한 소식을 전해 온다.
"흑산적 총 두령 장연이 기병 수천과 보병 수만을 이끌고, 한황실에서 임명한 기주목 호수와 일부 태수들과 힘을 합하여 업성을 습격했습니다. 이로 인해 업성이 함락되어 위군태수 율성은 죽임을 당하고, 업성에 있던 수많은 군사들이 뿔뿔이 흩어졌습니다."
흑산적 총두령 장연은 호시탐탐 기주를 노리다가, 원소가 공손찬과 화평을 맺어 이를 자축하는 분위기로 경계가 느슨해진 틈을 타서 업성을 공격한 것이다.
모든 참모와 제장이 깜짝 놀라 할 말을 잃고 어찌할 바를 몰라하고 있을 때, 원소는 전혀 흔들림 없이 전령을 불러 차분하게 자초지종을 묻는다. 원소는 난세를 맞는 지도자의 자세 중에서 위기가 발생했을 때에도, 아래 사람들에게 불안한 심리를 보이지 않는 것이 가장 중요한 처신으로 삼고 있었다.
이런 점이 원소의 큰 장점으로서, 맨주먹으로 낙양을 떠나

백마장사와 어깨를 나란히 겨루는 군웅이 될 수 있는 근본이 었으리라. 전령의 보고를 받은 원소는 차분히 군무를 밝힌다.

"일단 동원이 가능한 병사를 모두 집결시켜라. 국의장군을 선봉장으로 임명할 것이니, 장군은 경기병을 이끌고 신속히 업으로 가서, 군사요충지를 도적에게 선점당하지 않도록 조치하시오. 나는 보병을 이끌고 곧 업성으로 가서 성을 포위하여, 이들이 성 밖의 도적과 연계하지 못하도록 조처하겠소."

국의가 기병을 이끌고 신속히 움직임으로써, 원소는 흑산적이 매복할만한 지역을 미리 평정하여 원소의 군사들은 큰 탈이 없이 업성에 당도한다. 원소는 너무도 가혹한 대가를 지불하며 업성을 포위한 지 3달이 지나서야 성을 함락시키고, 조정에서 기주목으로 임명하여 보낸 호수를 생포하고 수많은 흑산적을 섬멸한다.

흑산적 대장 우도는 녹상산으로 도주하고, 총 두령 장연은 패주하여 상산으로 가서 몸을 숨긴다. 원소는 국의에게 녹상산의 우도를 도모하도록 지시하고, 자신은 흑산적 총두령 장연을 완전히 궤멸시키기 위해 상산으로 향하는데, 원소의 선봉장 국의는 흑산적 대장 우도가 녹상산의 높은 지형을 차지하고, 화살과 쇠뇌, 바위를 활용하여 강렬히 저항하는 바람에 크게 고전을 면치 못한다.

국의는 전세를 뒤집을 전술을 구상하던 중, 울창한 수풀에 몸을 숨기고 공격을 퍼붓는 흑산적의 엄폐술을 둘러보고는 화공책으로 맞서기로 하고 국의는 병사들에게 명하여 녹상산 주위에 화염물질을 쌓고 불을 지르게 한다. 흑산적 대장 우도는 화엄에 휩싸인 군사들에게 불길을 피해 창엄곡으로 대피하도록 명하며, 일단은 국의의 화공을 피한 후 다시 전열을 가다듬어 국의에게 맞서기로 한다.

그러나 우도는 승기를 잡은 국의를 당해내지 못하고, 녹상산에 진을 구축한 채 지리적 이점을 활용하여 게릴라전을 펼치면서 진지를 더욱 강화시켜 장기전으로 돌입할 기미를 보인다. 국의는 단기전으로 우도를 격파하지 못하면, 장연과 대치하고 있는 원소가 곤혹을 치르게 될 것을 우려하여, 조호이산(調虎離山:호랑이를 산에서 끌어내려 힘을 약화시킴) 계책으로 우도를 도모하기로 하고 수하의 장수들에게 지시한다.

"그대들은 고지에 있는 우도가 공격을 펼칠 때, 도적의 기세에 밀려 산정으로 접근하지 못하는 것처럼 한동안 제자리에서 머물다가, 화살 공세가 뜸해지면 슬금슬금 뒷걸음치며 도적의 추격을 철저히 경계하면서 퇴각하는 척 위계를 부리도록 하라. 우도가 병사를 이끌고 산정에서 내려오면, 급히 도주하여 계곡으로 적병을 유인하라. 적병이 계곡으로 내려오면, 적병과 아군의 지형적 위치가 뒤바뀌게 되므로, 나는 계곡의 윗길을 차지하고 중간에 위치하게 된 적병을 공격할 테니, 그때 그대들은 군사를 돌려 적병을 대적하면 아군은 계곡의 위, 아래 양쪽에서 협공을 펼치게 될 것이다."

국의의 조호이산 계책이 성공하여 계곡까지 국의의 병사를 뒤쫓던 흑산적 무리들은 협공을 이겨내지 못하여 대패하고 우도는 국의에게 생포되어 수급을 잘리게 된다. 국의는 우도의 흑산적 무리를 공략한 지 5일 만에 이들을 평정하고, 승리한 여세를 몰고 원소와 합류하기 위해 상산으로 진군한다.

그때 원소는 기마병 수천과 보병 수만으로 방진(方陣)을 구축하고 있는 장연의 군사와 힘겹게 대치하고 있었다. 원소는 국의를 반갑게 맞이하여, 국의와 함께 장연을 공략할 새로운 전술을 논의한다.

"적진이 방진을 구축했으나 장연의 진형을 자세히 보면, 기병을 앞세운 변형된 방진으로서 공격과 방어를 동시에 대비한 전술을 택한 것 같소. 우리는 어떤 전술로 대적하는 것이 효과적이겠소?"

한참 고심하던 국의가 비로소 생각해 낸 전술을 제안한다.

"저들의 의도가 공격 위주인지 방어 위주인지는 저들의 진형에서 기병을 앞장세우는 양태를 보고, 그에 합당한 전술로 대항했으면 합니다."

이때 장연은 기마병을 진형 앞에 포진시키고도 기병을 활용하지 않고 후방의 보병에게 돌격명령을 내렸다가, 원소의 진형에서 소나기 화살을 날리면 공격을 멈추고 진형으로 돌아가기를 계속 반복한다. 이를 예의주시하여 관찰하던 국의가 원소에게 자신의 생각을 밝힌다.

"장연은 보병으로 공격할 듯이 위계를 부리다가, 궁노수의 화살이 소진될 때를 기다려 기마병으로 신속히 치고 들어와서, 아군 진형을 붕괴시키려는 전술입니다."

원소가 웃으면서 맞받아 동조한다.

"나도 장군과 똑같이 생각하오. 그러면 진형을 어떻게 변형시키는 게 좋겠소?"

국의가 확신에 찬 어조로 대답한다.

"장연은 북방에서 병마를 이끄는 전술대로, 이민족의 기병술을 활용할 것입니다. 이민족 기병에 대한 전술은 소장이 수없이 많은 경험을 했습니다. 장연의 전술을 분석해 보면 적들은 보병으로 밀고 오는 듯하다가, 일순간에 기마병으로 기습전을 펼쳐 우리 진형을 교란하려는 전술을 택한 것 같습니다. 우리는 일자진을 펼쳤다가 적의 기병이 돌격하면 진형을 곡진(曲陣)으로 바꿉니다. 곡진을 형성해서 적의 기병이 치고 들어오면, 중앙군이 뒤로 물러서면서 좌군과 우군 방면을 강화시키면서, 기병이 좌군과 우군을 뚫지 못하도록 격렬히 저항하도록 하고, 중앙군을 양쪽으로 피하게 해서 기병이 중군을 뚫고 나가게 합니다. 최후방에는 방책과 녹각을 앞세운 중장비 보병을 배치하여, 적의 기마병이 더 이상 돌진하지 못하도록 강력히 저항하게 합니다. 그때 양쪽에 있던 좌, 우군이 적의 후방을 포위하면 적을 섬멸할 수가 있을 것입니다."

원소가 국의의 전술을 받아들여 군사들에게 전술의 변화를 지시하고, 원소의 군사들은 국의가 예상한 대로 돌격해 오는 장연의 군사를 전술에 따라 포위하고 맹렬히 공략하기 시작한다. 국의가 펼친 진형 전술에 의해 포위망에 굳게 갇힌 흑산적 총두목 장연과 군사들은 격전 끝에 궤멸하고, 장연은 가까스로 포위망을 뚫고 도주한다.

6) 공손찬은 패망의 길을 재촉하다

 공손찬은 장안조정에서 원소와의 화의를 강력하게 권유하여 못이기는 척하면서 화의를 받아들였으나, 흑산적 수령 장연이 원소를 공략했을 때, '기회는 이때다' 싶어 원소와 맺었던 화친을 깨고 업성을 공격하려고 한다. 공손찬이 기주로 출병할 준비를 마치자, 유주목 유우는 유주목 본유의 권한으로 유주의 각 군현에 공문을 보내 공손찬에게 군사적으로 협조를 하지 못하도록 하는 동시에, 공손찬이 군현에 요청하는 군사동원과 군량미 징발을 응하지 못하도록 명을 내린다.
 이에 반발하는 공손찬은 유주목 유우의 지시를 무시하여, 강제적으로 군사를 징집하고 물리력을 동원해서 군량미를 징발한다. 유우는 장안조정에 공손찬의 무법성과 약탈행위를 보고하며 전쟁 준비를 막아달라고 요청한다. 이에 분격한 공손찬은 유우가 자신의 녹봉을 줄이고, 병사들에게 지급할 군량을 보급하지 않아 북방을 지키기 어렵다고 상소를 올린다.
 지방의 통제권을 상실한 장안조정에서 해결책이 나올 수 없음은 자명한 일이다. 서로가 다른 주장으로 일치된 타협이 어려워지자, 군사적 동원이 어렵게 된 공손찬은 원소에 대한 공략을 포기하고, 유우와의 주도권 싸움으로 방향을 바꾸어, 유우의 치소로 있는 계성의 동남 방면에 새로이 성을 쌓고 유우를 자극하는 심리전으로 유주에 긴장을 조성한다.

이전에도 공손찬은 기주자사 유우의 처세를 불만족스럽게 여기고 있었으며, 특히 지난해 원소와 공손찬 사이에서 벌어진 반하전투 당시, 유우가 공손찬에게 불이익을 준 행위에 대해서는 특히 격정을 품고 있었다.

원소와 공손찬이 반하에서 사활을 건 전투를 벌일 당시에, 유우는 평시에도 통제가 되지 않는 공손찬이 원소와의 전투에서 승리하면, 통제가 더욱 어려워질 것이라는 측근의 조언을 받아들여, 공손찬이 원소와의 전투를 일으키는 것을 허락하지 않았고, 이에 공손찬이 강력히 반발하자 유우는 군수품 지급과 군량보급을 통제했었다.

공손찬과 원소간의 전투가 일진일퇴하면서 지지부진하여, 급기야 공손찬과 원소 양측 간의 화해가 이루어진 이후에도 유우는 공손찬의 군사적 활동을 통제하고, 병사를 1만 명이상 보유하지 못하도록 통제를 해왔다.

이런저런 이유로 분개한 공손찬이 유우에 대한 격정을 토로하며 난을 일으킬 조짐을 보이자, 이에 유우는 공손찬과의 관계를 개선하기 위해 회동을 요청하는 전령을 보내 우호적인 관계로 돌아가기를 청한다.

"계후께서는 지난 반하전투에서 내가 계후를 지원하지 않은 것을 섭섭해하지만, 당시에는 같은 한황실 제후들의 전쟁을 막아야 하는 유주자사 겸 유주목으로서, 어느 한쪽 편을 들 수가 없었기 때문이외다. 부디 노여움을 풀고 다시 힘을 합쳐 북방을 지키고 도적들을 토벌하여, 백성들이 행복하게 편안하게 생업에 종사하도록 합시다. 분무장군으로서의 계후의 임무는 막중합니다."

한동안 병을 핑계로 여러 차례 유우와의 회담을 불응하던 공손찬은 어떤 결심을 했는지, 한번은 유우가 보낸 전령을 성 안으로 맞아들인다. 유우의 전령을 맞은 공손찬은 유우에 대한 불만을 격렬히 토로하며 회동을 거부한 이유를 밝힌다.

"자사께서는 이 사람을 두 차례나 희롱하고 있소이다. 자사께서는 백마장사의 직속상관으로서 후원을 하기는 커녕 언제나 제동을 걸고, 어떤 경우에는 이 사람을 곤경에 빠뜨렸소. 나는 이 은혜(?)를 꼭 갚아 드리겠소."

유주자사 유우는 공손찬의 반발로 조만간 보복전이 일어날 것을 우려하여, 측근들과 대책을 마련하는 일에 부심하다가 홀연히 결심한 듯이 단호하게 말한다.

"지금 백마장사가 하는 행위를 보아서는 언젠가 반드시 일을 낼 것이오. 그전에 그를 제거함이 어떻겠소?"

이때 동조연 위유가 조용히 앞으로 나선다.

"유주에서 나뿐만 아니라 천하에서 수없이 많은 사람들이 자사를 섬기고 존경하고 있는데, 이러한 때에는 주변에 문사와 무장을 고루 구색을 갖추고 있어야 합니다. 공손찬은 비록 방자하나, 군무와 재능은 족히 인정할만하니 무뢰함이 있더라도 너그러운 마음으로 참고 보살피면, 공손찬은 반드시 자사께로 돌아올 것입니다."

유우는 덕망이 있는 위유의 말을 존중하여 더는 이 문제에 대해 논의를 하지 않기로 한다. 그러나 시간이 갈수록 공손찬의 방자함이 그치지를 않아 고심하던 중, 유우와 공손찬의 융화를 위해 노력하던 동조연 위유가 돌연히 병사한다.

이때를 놓치지 않고, 유우는 군사를 일으켜 공손찬을 도모하고자 한다. 유우가 공손찬을 타도한다는 깃발을 들자, 공손찬을 증오하고 거부하던 수만의 무리가 유우에게 몰려든다. 마침내 유우가 군사를 움직이려 할 때, 종사 정서가 유우에게 다가가서 조언을 올린다.

"비록 공손찬에게 지난 행위에 문제가 있기는 하지만, 그로 인해 공손찬을 치는 것이 또한 정당하지도 않습니다. 자사께서는 먼저 천자에게 고하여 허락을 받지 않았는데, 군사를 일으키는 것은 누구에게도 공감을 얻지 못할 것이기 때문에 옳지 않을뿐더러, 승패를 떠나 용병을 유지하는 것조차도 어려운 일이므로 병사를 머무르게 하는 것도 부당합니다. 병사를 일으킨 것만으로도 그 위용을 세우셨으니, 그 위용으로만 임하시어도 공손찬이 회개하고 자신의 과오를 사죄할 것입니다. 이것이 싸우지 않고 공손찬을 복종케 하는 길입니다."

유우는 반론을 펼치는 유주종사 정서를 질타하며 주살하는 것으로 군기를 세우고는 병사들에게 큰소리로 외친다.

"이제 결단은 내려졌다. 더 이상의 아량은 없다. 병사들은 다른 백성들이 다치는 일이 없도록 조심하여야 할 것이며, 오로지 백규 그 사람만 제거하는 일에 주력해야 할 것이다."

유우는 공손찬에게 선수를 쳐서 기선을 제압하려고, 휘하에 무리 10만을 이끌고 기습적으로 한밤중에 공손찬을 공략하기로 결정하지만, 유주종사 공손기가 한밤중의 어둠을 타고 성을 빠져나가 공손찬에게 이 사실을 알린다.

"장군, 유주자사께서 장군을 도모하기 위해, 오늘 축시(丑時:새벽 1시~3시)경에 10만 대군을 이끌고 태수부로 급습하려 합니다."

공손찬은 급히 참모와 제장을 소집한다. 그러나 그동안 공손찬은 유우를 정무와 감찰만을 관장하는 유약한 문인으로만 인식하고, 군사를 일으키리라는 생각은 꿈에도 해본 적이 없었기에, 자기 수하에 있는 주력의 병사는 모두 주변의 군사적 요충지에 배치한 상태였다. 아무런 대비도 없이 당한 너무도 급작스러운 기습이어서 공손찬은 동쪽 성벽의 비밀 암실(暗門)지하로 피신하려고 한다.

일단 성안의 장수들을 소집하여 성 밖의 장수들에게 연락을 취하고, 성 밖으로 나가서 세력을 규합하여 역공을 가하려고 구상하는 순간에 유우의 병사들이 몰려들어 성을 에워싼다. 공손찬 태수부의 기병장이 다급히 보고를 올린다.

"백마장사, 성이 포위되어 성 밖의 장수들에게 연락을 취하기도 어렵고, 성내의 장수들에게도 전원 소집명령을 취할 만한 시간적인 여유가 없습니다. 일단 몸을 피해 성 밖으로 빠져나가 몸을 보존할 수밖에 없겠습니다."

공손찬이 태수부에 소집된 정예기병 수백을 이끌고 성을 빠져나갈 방책을 강구할 때, 유주자사 유우의 병마들이 태수부 주변 5리까지 들이닥쳐 포위하고 압박해 들어온다.

"장군, 자사의 군사들이 이미 태수부에 몰려왔습니다."

호위병의 긴급보고가 전달되자, 공손찬은 유우가 화공을 활용한 공세를 취할 것을 두려워하여 이에 대한 대책을 강구하기 시작한다. 그러나 유우는 대의와 인애를 중시하는 대인이었다. 공손찬의 치소를 둘러싼 유우의 병사들이 화공을 취하면 공손찬의 일행은 완전히 '독 안에 든 쥐'의 형국이 될 처지인데, 유우는 화공을 피하며 민가에 해를 끼치지 않고도 승리를 취하는 방법을 택하려고 잠시 공격을 멈춘다.

유주자사 유우가 화공을 택하면 백성들에게 피해가 클 것을 우려하여 태수부의 인근에 불을 지르지 못하게 하니, 유주자사 수하의 장수들은 화공을 대신한 전술을 마련하려고 우왕좌왕한다. 이 모습을 지켜본 공손찬은 '백마의종'에게 신속히 명을 내린다.

"우리를 포위한 장수와 병사들은 정예용병이 아니고 급히 모집된 잡군인 것이 분명하다. 이들이 화공을 취했다면 우리는 꼼짝없이 당했을 것이다. 태수부에 대기하고 있는 수백의 정예기병은 나를 따라 유우의 정면을 돌파하여 전열을 흩트려 놓는다. 동시에 바람이 부는 반대편으로 이들을 유인하여, 거꾸로 우리가 화공을 취해 적진을 혼란에 빠뜨려라."

공손찬과 '백마의종'은 바람이 부는 반대로 적을 유도하여 유우 군사의 주변에 있는 인가에 불을 지른다. 화염에 휩싸여 갈피를 잡지 못하고 있는 유우의 군사를 공손찬이 '백마의종' 수백 기를 거느리고 종횡무진 교란하자, 유우의 군사들은 싸울 생각을 잃고 무기를 버리고 앞을 다투어 도주한다.

유우는 상곡 거용현으로 퇴각하여 오환족과 선비족의 도움을 청하는데, 유우를 제거하기 위해 거용현까지 추격해온 공손찬은 거용성을 에워싸고 이들을 겁박하면서 유우를 인계하라는 전서를 보낸다.

"오환과 선비족이 유우의 옛정을 생각하여 유우를 보호하려는 의도는 알겠지만, 유우는 역모를 꾀한 역적이오. 유우를 3일 이내에 백마장사에게 인계하지 않으면, 거용현을 풀 한포기 남기지 않고 초토화시킬 것이오. 만일 순순히 유우를 넘긴다면, 아무 일도 없던 것으로 인정하고 조용히 넘어가리다."

공손찬이 날이 시퍼런 최후통첩을 보내자, 오환과 선비족의 수령은 어찌할 바를 몰라 한다. 이를 알게 된 유우는 오환과 선비족에게 피해를 주지 않으려고, 거용에 의탁한 지 3일 만에 가족들을 이끌고 공손찬에게 투항하여 계현으로 압송된다. 공손찬은 한황실을 떠받치는 동북의 최강자이며, 유우는 인의, 인애의 충의지사로서, 중앙조정에서는 공손찬, 유우 모두가 꼭 필요한 인물이었다.

공손찬과 유우의 다툼을 중재하고자 조정에서는 단훈을 헌제의 사자로 보냈으나, 사자가 도착했을 때는 이미 싸움이 끝나고 유우는 포로가 되어 있었다.

유우는 황실에서도 충신으로 추앙받는 인사이다. 조정에서는 두 사람 모두에게 벼슬을 높여 이들의 다툼을 종결시키려고 했으나, 세상은 승자 독식이다. 공손찬은 단훈에게 유우를 역적으로 처형하라고 거세게 압박한다.

"칙사는 원소 등이 유우를 황제로 옹립하려 했던 일을 잊으셨습니까? 유우를 역적으로 처형하도록 당장 황제께 주청하시오."

단훈은 공손찬이 유우에게 아량을 베풀도록 간청한다.

"유주자사 유우를 처형할 권리는 내가 가지고 있지 않으니 곤란할 뿐입니다. 장안의 조정에 직접 상주하시지요. 그런데 유우의 역모 건은 근거가 없는 일로 이미 예전에 끝난 일이 아닌가요?"

그 순간 할 말을 잊은 공손찬은 순발력있게 머리를 굴린다.

'조정에 상주해 보았자 유우의 처벌을 막을 것은 뻔한 이치이고, 더욱이 조정에 상주했는데 조정에서 처형을 막으면, 내가 이를 거역하고 유우를 처형할 경우, 나는 황명을 거역하는 역적으로 매도될 것 또한 뻔한 이치이다. 황명이 있기 전에는 유우를 주살하더라도, 나는 황명을 거부한 것이 아니므로 지방통제력을 상실한 조정뿐만 아니라, 누구도 이 백마장사를 힘으로 제압할 수는 없다.'

순간적으로 생각을 정리한 공손찬은 단훈에게 단호한 어조로 말한다.

"황제께 주청하기 전에 천명을 물어 하늘에 유우의 처벌을 맡깁시다." 하면서, 유우와 가족 전부를 계성의 저잣거리에 설치한 단상에 올리도록 명을 내린다.

"유우는 원소와 공모하여 황실을 뒤엎고 황제가 되려고 역모를 꾀했는데, 만일 하늘의 뜻이 유우에게 있다면 비를 내려 주소서. 만일 하늘의 뜻이 있다면 유우를 용서하겠습니다."

공손찬은 하늘을 향해 엉뚱한 주문을 던진다. 쨍쨍한 겨울인데 하늘에서 비가 올 일이 없다. 공손찬의 터무니없는 장난에 유주의 백성들은 분개하지만, 공손찬은 아랑곳없다는 듯이 193년(초평4년) 12월 유우의 일가족을 처형하고 유우의 머리를 장안으로 보낸다.

인자하고 관용이 넓어 백성에게 선정을 베풀어온 유우의 억울한 죽음을 애도하는 몇몇 관리들은 공손찬을 정면 비판하다가 죽임을 당한다. 前주리 미돈은 장안으로 가는 사자에게 죽음을 무릅쓰고 간청하여, 유우의 수급을 되찾아 정성껏 장례를 치러준다.

조정은 새로운 왕조를 주장하는 원소와 달리 공손찬은 한

황조의 만세를 주장하는데, 굳이 척질 일이 없는 관계로 유우의 사태를 조용히 덮고 넘어간다. 단훈은 공손찬에게 황명을 내려 전장군 겸 역후에 봉하고, 유주·병주·청주·기주를 감독할 수 있는 가절을 내린다. 가절을 받은 공손찬은 단훈에게 감사의 표시로 유주자사를 임명하여, 사실상 아무런 권한도 없는 명목상 자사를 떠맡긴다.

공손찬은 자신의 행보에 가장 거추장스러웠던 유우를 제거하고 세상에서 거칠 것이 없이 되자, 막장으로 가는 성품이 나타나기 시작한다. 한 인간에게는 자신의 행위를 의식적이든 무의식적이든 제동을 걸 수 있는 존재가 있어야, 인생을 성찰하고 근신하여 더욱 성숙한 존재로 발돋움하게 되어있다. 특히 선의의 경쟁자는 인간의 행보에서 오히려 큰 발전을 이끌어준다는 사실을 인지하지 못하면, 인간의 삶은 나태와 무기력으로 빠져들거나, 경우에 따라서는 스스로를 교만으로 이끌어 궁극에는 파멸의 길로 들어서게 된다.

공손찬은 유우를 선의의 경쟁자로 간주하여, 자신의 발전과 통제의 수단으로 삼을 수 있는 좋은 기회를 송두리째 뽑아버린 것이다. 이렇게 해서 제동이 풀어지게 된 공손찬은 앞뒤를 가리지 않고, 원소와 자웅을 겨루고자 하는 일념으로 다시 군사를 일으킨다.

그러나 동북방면의 분위기는 유우가 살해되기 이전과는 완전히 바뀌어 있었다. 유주종사 선우보, 제주, 기도위 선우은

등이 공손찬을 제거하여 유우의 복수를 꾀한다는 명분으로 염유를 오환사마로 추대하고 군사를 일으키자, 유주의 수없이 많은 백성과 오환족, 선비족의 이민족들이 합류하여 단시간에 수만 명의 병력이 규합된다.

오환의 초왕 소복연은 기마병 7천을 이끌고 유우의 복수를 위해 어양으로 진격하고, 원소도 유우의 아들 유화와 선봉장 국의를 보내어 공손찬을 타도하는 데 동참하자, 순식간에 십만에 달하는 병사가 공손찬에게 창칼을 겨누게 된다.

이들은 어양으로 진격하여 어양태수 추단을 노현 북쪽 언덕으로 유인한 후, 추단을 주살하고 관군 4천여 명을 사살한다. 공손찬은 자신이 일으킨 병마보다 몇 배 많은 수가 자신에게 등을 돌려 거꾸로 치소를 공략하자, 엄청난 충격을 받게 되어 원소에 대한 정벌계획을 중단하고 본거지를 하간국 역현으로 옮겨 장기간 숙고의 시간을 갖게 된다.

당시 유주에는 '연나라의 남쪽, 조나라의 북쪽의 가장자리에 천하를 도모하기 적합하지는 않지만 가치는 귀중한 곳, 오직 그곳만이 세상사를 피하여 휴식하기 좋은 곳이다.'라는 말이 유행하고 있었다.

바로 역현이 지형적으로 이에 걸맞는 지역이었다. 역현에 쌓은 성곽 주위로는 10중의 해자(성을 둘러싼 연못)를 조성하기에 적합했으며, 주변에 5~6장(丈) 높이의 인공 언덕을 만들어 적들이 공략하기에 험난한 지형을 만들 수 있었다.

공손찬은 그 위에 수천 개의 망루를 만들고, 자신이 거하는 중앙망루는 10장(丈) 이상의 벽을 쌓고 그 위에 고층누각을 세웠다. 적군이 침공할 경우의 장기전을 고려하여, 창고에는 군량미 3백만 섬을 저장할 수 있도록 만들고, 성 안에는 자급자족이 가능하도록 둔전까지 조성했다.

  공손찬은 역성이 완성된 이후로는 더욱 막장으로 치닫기 시작했다. 공손찬은 측근 태수들의 배신에 충격을 받은 영향인지, 중앙에 새운 고층의 누각에는 철제문을 세우고 측근들조차 출입을 금하며, 남자는 7세 이하만 들어올 수 있게 한다. 공손찬의 시중은 오직 처, 첩들을 통해서만 받아들이고, 모든 공문서는 두레박으로 끌어 올리고 내리는 기행으로 외부와 철저히 단절된 생활을 시작한다. 이런 기행적 행위를 지속하게 되면 측근들과 백성들이 강한 우려를 나타내는 것은 당연한 이치이리라.

  이른 나이부터 시작하여 오랜 세월을 피비린내 나는 전투 속에서 인생무상을 경험하고, 그 후 공손찬의 성격이 광폭해지면서 그로 인해 오랫동안 함께 해온 수많은 주변 인사들이 배신을 일으키고, 공손찬은 자업자득으로 그런 배신을 겪으면서 몹시 지쳐 있었던 것이다. 어쩌면 지쳐 있다기보다는 여태까지 패배를 모르고 승승장구하던 사람에게 갑자기 닥친 예기하지 못했던 장벽에서 오는 순간적 박탈감이 심신의 피로를 가중시켰으리라.

7) 원술은 강동에서 최강의 세력으로 부상하다

193년(초평4년) 원술은 남양주 구강으로 패주한 후, 자신을 박대한 진우를 몰아내고 남양주 수춘성을 점거하는 데 성공하자 남양주자사를 자칭하기 시작한다. 이때부터 강동의 이민족과 강력한 지방호족이 정통성이 없는 원술에 대해 강력히 반발하여, 수춘에서 재기를 꾀하고 있는 원술은 새로운 세력을 구축하기 위해 부단한 노력을 기울인다. 원술이 재기를 위해 혼신을 기울이는 와중에 장안의 조정에서는 유요를 남양주자사로 파견한다.

장안의 조정으로부터 남양주자사에 임명된 유요는 치소인 수춘성을 점거하고 있는 원술의 완강한 저항을 받아 수춘성으로 입성하지 못하고, 원술의 힘이 미치지 않는 강동지역 곡아에 새로이 치소를 정한다.

강동의 이민족과 지방호족들은 정통성이 부여된 남양주자사로 유요를 받아들여 호응함으로써, 장강 이남은 유요가 장악하게 되고, 장강 이북은 원술이 지배하게 된다. 장강을 경계로 유요와 원술 간의 충돌은 필연적으로 자신들의 세력을 공고히 하기 위한 전쟁으로 비화한다.

유요는 강동의 이민족 수뇌들과 지방 토착호족의 도움으로 강동의 기반이 든든해지자, 정통성이 부여된 남양주자사로서의 권위를 찾기 위해 원술을 공략할 계획을 세우고, 장영에게 선봉을 맡겨 단양을 공격하도록 명한다.

선봉장 장영이 단양성을 기습하여 원술이 임명한 단양태수 오경을 몰아내면서, 원술과의 정통성 다툼에 불을 지피자, 원술은 혜구를 남양주자사로 삼고, 오경을 독군중랑장으로 삼아, 단양도위 손분과 함께 남양주자사 유요에게 빼앗긴 단양을 도모하도록 지시한다.

이에 대해 유요는 번능과 우미를 장강의 횡강진에 주둔하게 하고, 장영은 장강의 당리구에 주둔시켜 원술의 공격에 대비하도록 한다.

손견의 종질 손분이 당리구를 공략하지만, 장영에게 참패하여 장기간 역양에 머물며, 1년이 넘도록 소강상태를 지속한다. 원술은 단양태수 오경을 보내 손분과 합류하여 유요를 공략하도록 재촉하나, 양측은 쉽게 승부를 내지 못하고 황강진, 당리구에서 지루하게 대치한다.

당시 원술은 유표와의 수전에서 대패하여 수전을 통한 형주로의 진출은 승산이 없음을 알고, 장강에서의 교역권을 장악하는 정책을 포기하는 대신, 형주 상단소속 교역선의 입항을 금하거나, 사치품목의 거래를 불허하고 과세를 부과하는 방향으로 정책을 바꾸어, 장강유역의 항구도시들을 장악함으로써 장강유역에서의 영향력을 강화하려 한다. 이 과정에서 강동4대 최대의 호족(장, 고, 육, 주씨 가문) 출신 중 하나인 육강과 이해가 크게 상충한다. 여강태수 육강은 장강유역에 막강한 독자세력을 구축하여 많은 포구를 소유하고 있었는데, 원술이 포구도시에 대한 장악력을 발동하자, 원술에 대한 불만을 크게 지니고 있었다.

그런 와중에도 원술은 원소와의 일전을 준비하며, 부족한 군량의 확보를 위해 여강태수 육강에게 군량지원을 요청하니, 육강이 일언지하에 거절하는 것은 누가 보아도 당연한 일이리라. 육강의 처세에 분격한 원술은 손견이 이끌던 군사 1천을 손책에게 내어주어, 자신의 식량지원을 거부한 여강태수 육강을 도모하도록 주문한다.

손책은 예전에 여강태수 육강을 만나러 갔을 때, 육강은 손책이 비록 원술의 부장일지라도 나이가 어리고 유치하다는 이유로 태수부 주부로 하여금 손책을 접대하게 한 적이 있었다. 원술은 손책이 그때 엄청난 모욕감을 느껴 육강을 벼르고 있다는 소문을 듣고, 이에 대한 설욕심리를 십분 활용할 심산으로 손책에게 육강을 토벌하는 지휘권을 맡긴 것이다.

비록 손견의 장남일지라도 어린 나이에 최초의 지휘권을 얻은 손책은 많은 시행착오를 겪는다. 육강은 약관의 손책이 지휘관이 되어 여강을 공격하자, 여강 산하의 참모와 장수들을 불러놓고 코웃음을 친다.

"하룻강아지가 범을 무서워하지 않는다는 말대로, 손책은 앞뒤를 재지 않고 공성에 임할 것이오. 아군은 선공을 취하지 말고, 손책의 혈기를 역으로 이용하여 공격 중에 생기는 빈틈을 공략하도록 하시오."

육강의 예측대로 초기에는 손책이 용병에 잦은 실수를 벌이며 용병에서 실수가 잦아지자, 약관의 지휘관이 미덥지 않은 병사들 속에서 손책은 제대로 위엄이 서지를 않는다. 이때, 손견의 수하였던 정보 등이 병사들을 어우르며, 충실히 전임 주군의 아들 손책을 보좌하면서 다시 힘이 실리기 시작한다. 이렇게 한해를 넘기고 전투가 지지부진해질 즈음, 정보가 손책에게 획기적인 전략을 제시한다.

"손랑이 육강에게 몇 차례 곤혹을 치르면서, 육강은 손랑을 경멸하는 단계에까지 이르렀소. 육강 군사들의 교만해진 심리를 역으로 활용하는 교병계(驕兵計)로 육강의 군사를 공중에 붕 띄우고, 손랑이 팔방허무의 자세로 적진을 정찰하는 듯이 하면서 빈틈을 보여, 적병들이 손랑을 도모하도록 유도하는 포전인옥(拋磚引玉:미끼를 던져 상대를 현혹시킴) 전략으로 성을 탈취하시게."

손책은 정보의 전략을 받아들여 실행으로 옮긴다. 손책이 수십의 정찰기병 만을 이끌고 성의 주변을 배회하자, 육강은 손책을 생포하기 위해 경기병 수백과 보병을 풀어 손책을 공격한다. 손책이 황급히 방향을 돌려 장강 포구를 향해 도주하자, 육강의 군사들이 손책을 추격하여 장강 언덕에 들어서는데, 야산 양측에 매복해 있던 궁노수들이 사정없이 육강의 군사들을 향해 화살과 쇠뇌를 날린다. 손책을 무시하고 마구잡이로 추격했던 여강의 군사들이 손책의 복병이 날리는 화살과 강노에 의해 속수무책으로 쓰러진다.

손책이 여강의 군사를 유인하는 동안, 정보는 방비가 허술한 여강성의 빈틈을 타고 성으로 입성하는 데 성공하고, 손책이 승세를 몰아 여강으로 돌아와서 정보와 합류하여 여강성에서 합류한다.

드디어 한해를 넘겨서야 여강성을 탈환하고 어렵게 전투를 승리하여, 여강태수 육강을 제압하게 된 손책은 온몸에 상처를 입고 탈진한 상태로 수춘성으로 돌아온다.

손책의 목숨을 건 사투로 여강을 차지하게 된 원술은 혜구를 양주자사로 임명하고, 여강태수에 유훈을 임명한다. 원술이 손책과 행한 최초의 약속, '여강을 탈취하면 손책에게 여강태수를 제수하겠다.'라는 약속과는 달리 원술은 여강태수에 유훈을 임명하는데, 이에 손책은 측근에게 원술에 대한 섭섭함을 격렬히 토로하기 시작한다.

5.
서주 정벌의 원정길에 오르는 조조

5. 서주 정벌의 원정길에 오르는 조조

1) 조숭, 서주자사 도겸의 도위 장개에게 죽임을 당하다

손책이 남양주자사 유요와 강동을 놓고 한동안 대치하고 있는 동안, 관동지방에서는 관동의 역사에 큰 파장이 일어나는 대사건이 발생한다.

지난 194년(초평 원년) 조조가 반동탁연합군에 합류하여 동탁의 타도를 주창할 때, 조조의 부친 조숭은 동탁에게 당할 보복을 피해 낙양을 떠나 도겸이 다스리는 서주로 피신해 있었는데, 연주목 조조가 원술과 대치하고 있는 동안, 도겸은 천자를 참칭하는 대도적 궐선과 야합하여 태산군 등의 연주, 기주 경계지역을 약탈하고 있었다.

그 후, 도겸은 천하의 이목이 따가워지자 천하의 이목을 돌리기 위해, 노선을 바꾸어 도적 궐선을 죽이고 궐선의 군사를 수하로 거두면서 세력을 확충하기 시작했다. 그러던 와중인 193년(초평4년) 가을, 조조는 산동일대에서 기반을 굳히고 기업도 안정되기 시작하자, 부친과 일가 친족을 자신의 근거지인 연주로 불러들이고자 한다. 그 당시 조조의 부친 조숭은 난을 피해서 서주 낭야라는 벽촌에서 은거하고 있었다.

조조는 태산태수 응소를 불러들여 간곡히 당부한다.

"내가 태수에게 친서를 건넬 테니, 태수께서는 속히 낭야로 가서 내 가친과 집안사람들을 모셔 오도록 하시오."

태산태수 응소는 조조의 청을 받자마자, 조숭에게 긴급히 전령을 보내어 자신의 뜻을 전한다.

"연주목께서 조숭 어른을 속히 모셔오라고 본 태수에게 청하여, 준비가 되는 대로 곧 어른을 모시러 갈 호위병사를 보내겠습니다."

조조의 친서와 함께 태산태수의 안내를 청하는 서찰을 받은 조숭은 한없이 기뻐하며, 주위 사람들에게 아들 조조의 자랑을 늘어놓는다.

"소년 시절의 내 아들에 대해 주변 사람들이 부랑아라고 폄훼하고, 심지어는 숙부까지도 소년시절의 아들에 대한 편견을 가졌지만, 나는 진작부터 아들의 인물됨을 알고 있었다오. 내가 보는 눈이 틀림이 없지 않은가. 이제 독자적인 힘으로 일개 주의 자사가 되어, 가족들을 챙기는 자식의 효도를 여러분들에게 널리 알리고 싶소. 태산태수가 호위병을 붙여 준다고는 하지만, 누가 우리 가족에게 감히 위해를 가하겠소? 하루라도 빨리 아들을 만나고 싶어 지금 당장 준비하여 떠날 테니, 태수는 아무 걱정을 하지 말라고 하시오."

조숭은 즉시 가재를 정리한다. 조숭의 가세가 기울었다고는 하나, 아직도 일가족이 40명에 이르고, 부리는 사람들도 1백여 명에 달했다. 조숭이 가재를 전부 정리하여 연주를 향해 출발하는데, 가재를 실은 수레가 1백여 대에 이를 정도로 조숭은 아직도 든든한 경제적 기반을 유지하고 있었다.

조숭은 연주목이 되어 안정된 기반을 구축한 조조의 배경을 믿고, 태산태수 응소의 호위를 받기도 이전에 조조를 만나러 출발하여 연주로 가는 길목인 낭야성을 지나게 된다.

도겸은 공손찬과 원소의 다툼에서 공손찬의 편에 끼어, 엉겁결에 원소의 휘하에 있는 조조와 척을 지고 있었다. 도겸은 이번 기회에 조조와는 친분을 맺고자 하는 생각으로 조숭을 영접한다.

도겸은 조조와 화의를 맺기 위해 조숭을 맞이하여 며칠간을 낭야성에 머물게 하며 조숭과 그의 일행에게 융숭히 접대한다. 며칠 후, 조숭이 다시 여정을 나서려 하자, 도겸은 낭야로 가는 길목을 지키고 있던 도위 장개에게 2백기의 기병을 딸리어 호위하도록 명한다.

이에 대해 조숭은 도겸에게 무한한 감사의 뜻을 표한다.

"아들에게 서주자사의 환대를 잊지 않고 꼭 전하겠습니다."

조숭은 도겸에게 인사를 하고, 장개의 호위를 받으며 화현 땅에 당도한다. 화현을 지나 비현을 향해가는 도중 산길을 지나는데, 가을 날씨임에도 하늘이 갑자기 흐려지더니 시커먼 먹구름이 하늘을 뒤덮는다. 잠시 후, 굵은 빗방울이 떨어지고 천둥과 번개가 내리치면서, 나뭇잎이 바람에 휘날리고, 산 전체가 안개로 뒤덮여 한 치의 앞도 볼 수가 없는 형국이 된다.

"곧 소나기가 올 것이다. 빨리 어른께서 소나기 피할 곳을 찾아라."

조숭을 수행하던 일행들이 산 주위를 헤매다가 산사를 발견하고 소리를 지른다.

"저기 산 중턱에 산사가 보인다. 어른을 빨리 그곳으로 모시도록 하라."

일행은 산사의 주지승을 만나 하룻밤을 묶어가기를 청한다. 절이 워낙 작다 보니 3백여 명의 무리가 편히 쉴 공간이 없었다. 서주도위 장개는 조숭의 일행을 절 안으로 모시고, 자신들은 온몸이 비에 흠뻑 젖은 채로 바깥 회랑에 머물게 된다. 차가운 기운을 띤 가을비는 그칠 줄 모르고 계속 내린다. 장개의 호위병들은 바깥 회랑에서 내리는 비를 피하지 못하고, 비에 '쫄쫄' 젖어 추위와 오한으로 전율하면서 신세타령을 늘어놓기 시작한다.

"우리가 무엇 때문에 전투도 아닌 오직 늙은이 하나를 호위하려고, 이런 생고생을 해야 한다는 말인가? 이건 우리 스스로 생각해도 너무 한심하다는 생각이 든다. 이참에 그냥 고향으로 떠나 버리는 것이 어떤가?"

병사들이 너도나도 불평을 터뜨리며 폭동을 일으킬 조짐을 보이자, 이런 기류를 눈치 챈 장개는 도위 수하의 졸백들을 불러 걱정을 내비친다.

"지금 병사의 분위기가 다소 심각한데 어찌하면 좋겠소?"

수하 졸백들이 이 말을 심각하게 받아들이며 동감의 뜻을 토로한다.

"네, 지금 분위기가 장난이 아닙니다. 대처를 잘못하면 이들은 우리에게 창칼을 돌려 우리까지도 주살할 것 같습니다."

장개가 고개를 끄떡이며 대책을 묻는다.

"그러면 우리가 수습할 방도를 말해 보시오."

한 장수가 머뭇거리더니 입을 연다.

"어차피 이 정도 상황에 몰리면, 군졸들은 이미 늙은이 일행을 해하고 고향으로 도망칠 결심을 했을 것입니다. 도위께서 먼저 조숭의 일행을 주살하고, 병사들을 불러들여 불평을 위무하면서, 조숭이 싣고 온 금은보화와 갖가지 가재를 나누어 주고 각자 고향으로 돌아가도록 한다면, 이들은 도위의 진심을 알고 따를 것입니다."

장개는 그동안 자신이 쌓아온 서주에서의 입지도 아까웠지만, 지금의 분위기로는 처신을 잘못하면, 자신의 목숨까지도 위태한 지경임을 너무도 잘 알고 있기에 수하들의 조언을 받아들인다. 장개가 모든 호위병들을 불러들여 자신의 뜻을 전하자, 그렇지 않아도 불만에 가득 차 있던 병사들은 장개의 지휘에 따라, 조숭의 일가와 가노 1백여 명을 모조리 주살하고, 조숭의 재물을 나누어 장개는 회남으로 떠나고, 나머지도 각자 살길을 찾아 각처로 흩어진다. 조숭의 일행 중 겨우 살아남은 가노 한명이 우여곡절 끝에 연주에 당도하여 조조에게 이 사실을 전하자, 조조는 땅을 치고 통곡하다가 혼절하더니, 한참 후에 정신을 차리고 가노에게 묻는다.

"도겸, 이 불의한 인간이 나에게 앙갚음을 하고자, 나의 일족을 주살한 것이 틀림없다. 도대체 태산태수 응소는 이 지경이 되도록 무엇을 했다는 말이냐?"

"태산태수께서 호위병을 보내기 전에 서주자사가 도위 장개로 하여금 호위를 자청하여, 어른께서 그를 믿고 따르다가 이 지경이 되었습니다."

조조는 사자를 불러 응소를 소환하는 서찰을 보낸다. 조조의 사자가 응소에게 소환 명령을 담은 서찰을 전하자, 응소는 조조의 후환이 두려워, 태산에서 쌓은 모든 명예와 부귀영화를 버리고 원소에게로 의탁의 길을 떠난다.

2) 조조, 서주정벌에 나서 부친의 복수를 위해 양민을
학살하는 만행을 저지르다

193년(초평4년) 늦가을, 원술을 남양주로 몰아내고 연주에서 기반을 확고히 구축한 조조는 친부 조숭과 동생 조덕 등의 복수를 하기 위해 대군 총동원령을 내린다.

"나의 아버지를 잔혹하게 살해한 불구대천의 원수 도겸을 응징하고, 서주를 초토화할 것이다. 군사들은 서주의 정벌에 임하여 나의 입장이 되어 전투에 임하여 준다면, 나는 서주를 정벌한 후에 그대들에게 모든 과실을 나누어 줄 것이다."

이로써 조조는 중국 역사상 대표적인 흑역사로 기록되는 '제1차 서주정벌'에 나서게 된다. 조조는 조인의 기병대를 별동대로 삼아 본진에 앞서 먼저 서주에 이르는 10여 성을 함락시킴으로써, 본진이 순탄하게 서주로 가는 길목을 지날 수 있도록 명하고, 자신은 보수설한(報讐雪恨)이라고 쓴 깃발들을 펄럭이며 스스로 중앙군을 맡고, 선봉은 하후돈, 우금에게는 우군을, 전위에게는 좌군의 지휘를 맡기고 연주를 떠나 대대적인 서주 원정길에 오른다.

조조는 흰 상복을 입고 진두에서 중앙군을 지휘하는데, 엄격히 전열을 갖춘 군사의 위풍은 추상과도 같았다. 조조는 연주 진류성을 출발하여, 서주로 통하는 중간지점에서 조인의

별동대와 합류하여 팽성으로 진입하여 팽성을 포위한다. 조조가 서릿발과도 같은 기세로 공격을 감행하자, 도겸은 추상과 같은 조조의 위세에 눌려 화친을 청하고자, 조조의 본영으로 사자를 보내 자신의 입장을 항변한다.

"나, 도겸은 공손찬과 원소의 다툼 속에서 엉겁결에 분쟁에 휘말려 있었소. 그러나 거기장군 원소와 동맹의 관계에 있는 연주목과는 척을 질 이유가 없어, 화의를 바라는 마음에 도위 장개로 하여금 연주목의 부친을 호위하여, 안전하게 연주까지 보호하게 하려고 했었소이다. 나는 결코 장개가 그런 흉변을 일으킬 줄은 꿈에도 생각을 못했소. 부디 나의 진심을 간파하여 분노를 거두고 화의를 맺어 주시기 바라오."

부친을 잃은 조조에게 도겸의 화의신청은 일개 변명으로만 들릴 뿐이었다.

"이 늙은 여우야. 나는 네가 평상시에도 백성들에게 이중적이고, 즉흥적인 감정으로 행정을 하는 불의한 성품의 소인배인 것을 잘 알고 있었다. 그런 성품의 소유자가 나에게까지 이중적 자세를 보이고 있다는 것을 내가 잘 알거늘, 어찌 그대는 나를 기망하려고 하느냐?"

조조는 도겸을 폄훼하는 내용의 전서를 보내고, 거세게 팽성을 공략하기 시작한다. 도겸은 조조의 분노를 잠재울 수 없다는 것을 확인하고, 팽성의 수비를 철저히 강화하여 조조와의 일전을 대비한다. 곧이어 도겸은 별가종사 미축, 미방, 제북상 출신 진규, 전농교위 진등, 기도위 손관, 기도위 장패 등을 총소집하여 비상 대책회의를 연다.

"조조의 대군이 팽성에 당도하여 줄기차게 성벽을 두드리는 바람에 성벽이 성한 곳이 없을 정도이외다. 지금의 위기를 어떻게 모면해야 하겠소?"

전농교위 진등이 전문지식을 응용하며 발언대에 나선다. 진등은 토양에 따라 어떤 작물이 알맞으며, 어떤 수로를 통해 어떻게 수로를 내는 것이 작물과 홍수, 가뭄에 적합한지를 연구하여, 농업과 재해에 큰 업적을 남긴 당대의 명사이다.

"지금의 팽성은 담성과 기각지세(掎角之勢)를 이루어 공격을 위한 성축을 하였기 때문에 해자도 얕고, 성벽도 견고하지 못해 수성에는 적합하지 않습니다. 우리가 팽성을 수성하려다가 함락을 당하면 '독 안에 든 쥐 꼴'이 됩니다. 따라서 전 군사를 이끌고 성 밖의 벌판으로 나가 진형을 구축해서, 조조와 정면 대결을 하는 것이 군사력이 우월한 우리가 취할 최선의 방책입니다. 최악의 경우 우리가 전투에서 패하더라도 담성으로 이동하여 담성을 강력히 수성하면 얼마든지 적을 막아낼 수 있을 것입니다."

도겸은 전농교위 진등의 의견을 좇아 팽성에서 나와 방진(方陣)을 구축한 후, 조조와의 일전을 벌일 채비를 갖춘다. 도겸은 기도위 손관에게 중군을 맡기고, 좌군은 장패에게 우군은 하비상 조표에게 맡기고, 자신은 후군에서 미축 등의 책사들과 전황을 살피기로 한다.

조조는 도겸이 팽성을 지키기를 포기하고 전면전을 취하자, 그동안 구축했던 공성의 진형을 신속하게 야전의 진형으로 변형시킨다. 조조는 도겸이 세운 방어진형을 확인하고, 장수들을 불러들여 변경된 전술을 지시한다.

"아군의 병력은 도겸보다 월등 적어서, 방진을 택한 도겸의 군사를 보병으로는 감당하기 어려울 것이오. 따라서 선봉장 하후돈은 전군의 기병을 이끌고, 도겸의 방진 중앙을 강력히 쐐기진으로 박아서 도겸의 행렬을 좌, 우로 갈라놓고, 우군장 우금과 좌군장 전위는 각각 좌군, 우군의 기병을 이끌고, 적의 좌군, 우군 진형을 장사진(長蛇陣)으로 뚫고 들어가서 적진의 오, 열을 붕괴시키시고, 3군의 보병에게 보전통을 행하게 하시오. 나는 청주병을 이번 전투에서 첫 시험무대에 올려, 청주병들의 군사훈련 성과를 점검하고 전투를 수행하는 능력을 관찰할 겸, 중앙에서 청주병을 용병하리라."

조조가 작전을 개시하자, 선봉군과 좌군, 우군의 기병들은 빗발치는 서주군사의 화살 공세를 뚫고 적진을 파고들어 도겸이 세운 진형의 대열을 흩뜨려 놓는다.

도겸의 중군장 손관, 좌군장 장패, 우군장 조표 등이 조조의 3군장을 맞아 역투하나, 이들은 큰 전투에서 수많은 실전을 경험한 백전노장 하후돈, 우금, 전위를 상대할 정도의 장수가 되지 못했다.

하후돈, 우금, 전위가 기전통(騎戰統:전투에 나서는 기병), 기주통(騎駐統:전투에 나서기 위해 대기하는 기병), 보전통(步戰統:전투에 나서는 보병), 보주통(步駐統:전투에 나서기 위해 대기하는 보병)을 유효적절하게 구사하면서 적진을 종횡무진하자, 서주의 손관과 장패, 조표는 수만의 군사들을 잃고 허겁지겁 도망치더니 30여리 밖에서야 겨우 병사를 수습하여 방어진을 구축한다.

이때 조조가 청주병을 이끌고, 유군(적진에서 자유롭게 활동하는 유격대)의 임무를 주어 서주군사를 대대적으로 밀어붙이자, 거친 청주병의 공세에 밀린 서주의 병사들은 전의를 상실한다. 후군에서 전황을 살피던 도겸은 북을 두드려서 군사들에게 퇴각명령을 내리고, 담성으로 피신하여 패주해 들어온 병사들과 함께 굳게 성문을 닫고 수성으로 일관한다.

조조가 전군을 몰아 담성을 포위하고 줄기차게 성을 공략하기 시작하자, 위급해진 도겸이 깊은 고민에 빠지기 시작할 때, 미축과 진등은 유능한 장수의 필요성에 대해 도겸에게 절절한 심정으로 건의한다.

"지금까지 우리 서주는 그동안 전란에 크게 휘말리지 않고, 안정적으로 행정을 하여 물자와 백성, 군사가 풍족했습니다. 그러나 이런 좋은 조건에도 조조에게 연전연패하게 되는 것은 실전경험이 풍부한 유능한 장수가 없기 때문입니다. 백마장사 공손찬에게 지원병을 요청하게 되면, 휘하의 유능한 장수를 파견시켜 줄 것입니다."

　도겸은 이들의 건의를 받아들여 공손찬에게 원병을 요청하고, 공손찬은 휘하의 전해와 유비에게 서주자사 도겸을 구원하도록 지시한다. 이런 동안에도 조조는 줄기차게 성을 포위하여 공성을 감행했으나, 군사들을 배불리 먹일 군량이 부족하여 곤경에 빠진다. 이즈음, 공손찬의 수하로 평원상을 맡아 최전선에서 원소를 견제하는 역할을 맡았던 유비가 보병 1천여 명과 오환의 기병을 합하여 2천의 병사를 이끌고 전선에 끼어들고, 동시에 청주자사 전해가 공손찬의 지시로 구원병을 이끌고 서주로 진군해 온다.

　이때 서주에는 황건농민군의 잔당이 북해를 침범하여 유비 원병의 도움을 받아 북해를 지킨 적이 있었던 공융이 그 이후, 다시 북해를 침범한 황건농민군과의 전투에서 북해성을 빼앗기고, 임시로 서주의 도겸에게 의탁하고 있었다. 이렇게 북해상 공융과 청주자사 전해, 평원상 유비까지 도겸과 합류하여 조조를 상대로 군사를 이끌고 진격해오자, 조조는 크게 당황하고 담성을 포위한 군사 중 일부를 빼내어, 담성 밖의 벌판에 당도한 도겸의 구원병을 방비하도록 지시한다.

　조조는 성안의 도겸과 성 밖의 전해, 공융, 유비의 4개 군대의 협공을 받게 되면서 담성을 공략하는 것이 용이하지 않음을 인지하고, 연이은 전투로 지친 병사들에게 휴식을 명하며 마지막 숨고르기에 돌입한다.

마찬가지로 도겸의 4개 연합세력도 연전연승 사기가 오를 대로 오른 조조의 군사를 상대로 선제공격을 감행하기에는 손실과 위험부담이 크다고 여겨 적극적으로 전투에 임하지 못한다. 이렇게 장기적으로 대치하는 상황에 갑갑증을 느낀 유비가 청주자사 전해와 서주에서 의탁 중인 북해상 공융에게 자신의 뜻을 전한다.

"지금 우리가 서주를 구원하러 와서 이렇게 시간만을 허비하는 것은 생산적이지 못한 것 같습니다. 성안의 자사 어른과 소통을 위해서라도 적군과 일전을 행하는 것이 옳지 않을까 생각합니다. 우리가 성 외곽에서 조조의 군사를 공략하면, 서주자사가 계신 성안에서도 필히 군사를 몰고 나와 협공에 임할 것입니다."

이에 공융이 조심스럽게 자신의 의견을 피력한다.

"조조의 청주병은 도적출신으로 과격하고 잔혹하여, 많은 병사들이 그들의 악명을 두려워하고 있습니다. 더구나, 조조는 병법에 능수능란해서 우리가 군사를 함부로 움직이는 것은 위험부담이 클 것입니다. 또한, 우리는 지금 담성 안의 상황을 전혀 알지 못해, 성안의 자사 어른과 서로 간의 소통이 없는 상태에서 일방적으로 공격을 했다가는 조조에게 역습을 당할 수도 있습니다. 조금 더 추이를 보고 군사를 부리는 것이 낫지 않을까요?"

청주자사 전해가 공융의 의견에 공감을 표하지만, 유비는 전해, 공융과는 전혀 다른 방안을 제시한다.

"두 분께서 그렇게 생각한다면 소장은 장비와 평원군사 1천을 이끌어 담성의 포위를 뚫고 성안으로 들어가서, 성안에 있는 서주자사와 연합하여 조조의 군사들을 무찌를 합동 전략을 수립하도록 하겠습니다. 그러는 동안 성 밖에 계신 두 장군께서는 소장과 함께 온 운장과 함께 오환의 기병을 이끌고 성 밖에서 기병전으로 조조를 교란하십시오. 그리하면, 조조도 기각지세에 부담을 느껴 회군할 수도 있을 것입니다."

전해와 공융은 유비의 전략이 일리가 있다고 여겨 동의한다. 유비는 전해와 공융이 각각 조조의 중군, 좌군을 교란시키는 동안, 조조의 우군 진형을 거세게 공략하기로 한다. 한동안 잠잠하던 유비의 구원병이 거세게 좌군을 밀어붙이자, 조조의 군사들은 잠시 혼란을 일으키더니, 곧바로 북소리를 요란하게 울리며 병사들이 몰려온다. 우군장 우금이 유비군사의 길목을 막으며 외친다.

"연전연패 졸장들아! 어서 오너라. 우군장 우금이 이 순간을 기다리고 있었노라."

우금의 군사들이 유비의 길목을 막아서며, 물밀듯이 몰려드는 유비의 군사들과 혈전을 벌이기 시작한다.

"우금은 치졸하게 졸병들을 상대하지 말고, 어서 나와서 연인 장비의 장팔사모 맛을 보아라."

장비는 유비를 무사히 성안으로 입성시키기 위해, 지휘관 우금을 찾아나서 결투를 벌이고자 한다. 양군의 병사들이 어지럽게 혈전을 벌이는 틈에 조운은 유비를 호위하여 무사히 성문 앞에 당도한다.

성안에서 유비의 병사들이 높이 치켜든 '평원상 유현덕'이라는 깃발을 본 수문장이 급히 성문을 열어주어 유비는 조자룡과 함께 무사히 안성에 들어서자, 우금과 무예를 경합하는 것이 목적이 아니었던 장비도 우금과의 싸움을 멈추고 곧이어 성안으로 들어온다.

유비가 장비, 조운을 이끌고 성안으로 들어서자, 도겸은 성문까지 나와서 환대하며 예를 갖춘다.

"평원상의 입성으로 고립무원 전전긍긍하던 백성들과 병사들의 사기가 드높아졌습니다."

"별말씀을 다 하십니다. 원래부터 서주는 자사 어른의 밝은 행정으로 백성들의 삶이 윤택했기 때문이겠지요. 우리는 단지 자사 어른의 명성을 되찾아 드리고 싶을 뿐 다른 생각은 없습니다."

유비도 도겸에게 예를 갖추고 답례의 인사를 올린다. 도겸은 삼엄한 포위를 뚫고 입성한 유비 일행을 위해 피로연을 베풀고 함께 한동안 휴식의 시간을 보낸다. 이튿날 아침, 유비는 도겸의 책사들과 장수들이 모인 전략회의에서 자신의 의견을 제시한다.

"우리가 입성하면, 성 밖의 지원병들에게 조조의 진용 10리 앞으로 전진을 하도록 미리 합동 전략을 수립해 놓았습니다. 성 밖의 대군이 적진 가까이 까지 진군을 하게 되면, 아무리 병법에 능한 조조일지라도 긴장을 하게 될 것입니다. 이제 성안에 있는 군사들을 성 앞의 해자 전방에 집결시켜 공격 유형을 취하면, 이들은 성 안팎의 공세를 두려워하여 포위를 풀고 새로운 진형을 구사할 수도 있습니다. 이때 제가 조조에게 사자를 보내 종전을 권유해 보겠습니다."

유비의 방안에 도겸과 모든 책사, 장수들이 동의하자, 유비는 조조에게 전서를 보낸다.

"한시도 잊지 않고 조공의 근황에 대해 관심을 가지고 있었으나, 소장이 워낙 멀리 있어 조공에게 오랫동안 인사를 올리지 못했습니다. 최근에도 조공의 근황을 주변에서 듣고 있던 중, 조공께서 서주자사 도겸 어른에게 오해가 생겨, 관동 역사에 큰 오점을 남길 만한 사건이 발생했다는 소문을 들었습니다. 이에 소장은 만사를 제치고, 이 문제를 수습하는 데 도움이 되고자 전쟁에 참여하게 되었습니다. 자사 어른으로부터 사건의 내막을 들으니, 이 모든 것이 불충하고 불의한 도위 장개의 짓거리임을 알게 되었습니다. 지금 천하는 은나라 건국 이후, 가장 처절하고 어두운 암흑의 시대에 빠져들어 헤어나지 못하고 있습니다. 백성들은 전란에 정든 고향을 등지고, 기아와 추위에 내몰린 백성들은 전란이 일어나기 이전의 절반도 살아남지 못하여 국력은 피폐해가고 있습니다. 이런 위기의 때이니만큼, 기아와 추위에 내몰린 백성을 위해 서로가 전쟁을 끝내고 화해를 하시면 어떻겠습니까? 천하가 뒤숭숭하고 온 백성이 불안하여 국태민안이 도저히 일어나지 못할 것으로 여겨지는 지금, 한 부랑인의 과오로 벌어진 사사로운 오해로 천하가 혼란에 빠져드는 불행이 없기를 바랍니다."

유비가 사신을 통해 조조에게 서찰을 전하고, 도겸은 성안의 병사들을 성문 해자 앞 전면으로 집결시킨다.

동시에 전해와 공융이 군사들을 이끌고 조조 진형의 10리 가까이 까지 진군한다. 조조는 앞뒤로 포위되어 용병이 쉽지 않은 형국에 군량마저 공급이 어려워지자, 마지못해 공성을 포기하고 군사를 이끌고 연주로 되돌아가기로 한다.

이로써 가을부터 시작된 전쟁은 이듬해 봄이 되어서야 마무리되고, 조조는 퇴군하는 길목의 취려, 저릉, 예, 수능, 하구 등을 함락시켜 수십만 명을 도륙하니, 다섯 현의 성읍에는 사람의 종적을 찾아볼 수가 없을 정도로 처참한 지경이 된다.

조조가 철수한 후, 도겸은 전해와 함께 자신을 구원하러 온 유비에게 예주자사를 맡기고, 단양병 4천을 내어주어 소패에 주둔하며 자신을 돕게 함으로써, 이번 출정을 계기로 유비는 공손찬에게 오랜 세월 의탁하던 생활을 끝내고, 비록 작지만 자신이 직접 운용하는 독립적 기반을 가지기 시작한다.

194년(흥평 원년) 여름, 조조는 지난 '제1차 서주정벌'에서의 군사적 미비함과 전략적 미흡함, 그리고 동시에 실무적, 외교적, 행정적 문제점을 보완한 후, 부친 조숭과 동생 조덕의 복수를 내세우며 다시 '제2차 서주정벌'을 단행한다.

조조는 진궁과 하후돈에게 동군에 남아 복양성을 지키도록 지시하고, 군사를 이끌고 연주성을 떠나 친히 도겸을 도모하러 출격한다. 조조는 조인에게 선봉장을 맡기고, 선봉장이 된 조인은 본진에 앞서 경기병을 이끌고 비, 화, 즉묵, 개양을 함락시키고, 그 기세를 몰아 낭야와 동해에까지 진출한다.

조조가 그 뒤를 이어 낭야와 동해 주변의 몇몇 현까지 함락시키면서 무서운 기세로 진격하자, 도겸은 유비에게 하비상 조표를 부장으로 딸려 보내며 단양병을 지휘하여 조조의 거센 공세를 막아내도록 청하고 단양으로 도주하려 한다.

이때 위기를 맞은 서주의 도겸에게 예기치도 못했던 행운이 연주에서 벌어진다. 지난해 조조가 '제1차 서주정벌'에서 벌인 대학살로 조조의 잔인함과 몰 인간성, 광폭함에 치를 떨고 있던 진궁이 진류태수 장막의 종제 장초, 종사중랑 허사, 왕해 등과 모의하여, 조조에게 반기를 들었다는 불확실한 첩보가 전해지면서, 조조는 각 지대장들에게 속히 연주로 돌아갈 채비를 갖추도록 지시한다.

조조는 각 지대장과 합류하여 회군하다가 담현 동쪽에 당도하여 영채를 세우고 하룻밤을 쉬어가려는데, 척후병이 순찰을 돌다가 급히 조조에게 보고를 올린다.

"자사 어른, 유비가 도겸의 명을 받고 담현 인근에서 자사 어른을 공격할 때를 기다린다고 합니다."

조조가 제장을 불러들여 유비를 유인할 계책을 세운다.

"아군은 장거리 원정과 수많은 전투로 인해 피로가 극도로 누적이 되어 있는데, 그동안 소패에서 편히 쉬던 유비가 아군과 싸우기 위해 힘을 축적하고 있다고 한다. 그렇다면 유비가 취할 전략은 명명백백히 이일대로 전략일 것이다. 그가 이일대로 전략을 구사한다면, 나는 이일대로 전략을 역으로 활용해서 유비를 역격하겠노라. 유비는 아군이 극도로 피곤할 것으로 생각하여 이일대로 전략을 구상하면서도, 반면 나 자신이 이미 이일대로 전략을 대비하여 계책을 수립했을 것으로 생각할 것이다. 그러나 내가 유비의 기습을 무방비로 방치하고 있다고 인식하게 하면, 오히려 이것을 함정이라고 생각하여 결코 유비는 나의 함정에 빠지지 않을 것이다. 나는 유비보다 한수를 더 보고 장계취계 전략을 펼쳐 유비를 자연스럽게 아군 영채로 유인하여 격파하겠노라. 조인은 병사들이 취침에 들 시간에 모든 군막에 초롱불을 켜 놓고 불을 밝혀, 마치 아군이 유비의 기습에 대비하고 병사들에게 잠자리에 들게 한 것처럼 위장한 후, 기병들을 모두 후방에서 멀리 떨어진 곳으로 빼돌려서 대기하고 있도록 하되, 하후연과 우금, 전위장군 등이 아군의 군영에 침입한 적병을 협공하기 시작하면, 그때 그대는 신속히 기병을 이끌고 전투에 합류하라.

우금장군은 지금부터 짚단으로 허수아비를 만들어서, 병사 대신 군막의 침상에 눕혀 놓아 마치 병사들이 침상에서 취침하는 것처럼 위장시키고, 병사들을 군영의 동쪽 야산에 매복시켜라. 전위장군은 대부분의 병사를 군영의 서쪽 강가의 골에 매복시키고, 하후연은 일부의 수하병사들에게 군영의 경비를 세우되, 이들이 기강이 바짝 들어 경계에 임하고 있는 것으로 유비에게 보이도록 주의하라. 그렇지 않으면, 유비는 함정으로 생각하여 군영으로 침투하지 않을 것이라는 사실을 잠시도 잊어서는 아니 될 것이다. 오히려 아군이 경계를 철저히 해야, 유비는 내가 소수의 경비병에게 철저히 경계를 서게 하면서, 대다수의 군사들이 편히 취침에 임하게 해서 장거리 원정으로 인한 피로를 풀도록 배려했다고 생각하여, 안심하고 아군 영채를 기습할 것이다. 하후연은 유비가 아군의 영채를 기습하면, 소수의 경비병을 이끌고 강가로 대피했다가 전위가 병사를 이끌고 함정에 빠진 유비에게 공세를 퍼부을 때, 전위와 합류하여 유비를 공격하라."

조조는 각 지대장에게 지시를 내린 후, 자신은 후방에서 조인과 함께 다음 전략을 구상한다.

이튿날 새벽 축시(丑時) 즈음, 유비는 조표에게 조조의 영채를 정찰하도록 지시한다. 조표가 정찰병을 보내 조조의 영채를 정찰한 결과를 눈으로 본 그대로 보고를 올리자, 유비는 안심하고 군사를 이끌고 조조의 군영을 들이친다.

조조의 경계병들이 유비의 기습에 놀라 무기를 버리고 도망을 치자, 유비는 군사들에게 각 군막으로 뛰어들어, 취침 중인 병사들을 주살하고 군막에 불을 지르도록 명한다.

유비의 명을 받은 병사들이 군막에 뛰어들어 취침 중인 조조의 군사들을 창으로 찌른다. 그러나 창에 찔린 조조의 군사들이 아무런 반응이 없어 자세히 들여다보는데, 침상에는 허수아비들만이 누워있는 것을 확인하고 즉시 유비에게 보고한다. 유비가 깜짝 놀라 현장에 도착한 때에는 이미 우금과 전위의 복병들이 군영을 포위하고, 군막을 향해 불화살을 날리기 시작한 후이다. 군막에 붙은 불길이 유비의 병사들을 휩싸면서 아비규환이 벌어진다.

"전군은 신속히 퇴각하라."

유비가 군사들에게 퇴각명령을 내리고, 관우, 장비와 함께 불바다가 된 군영을 빠져나가려 할 때, 조인이 경기병을 이끌고 유비의 군사들을 향해 요격하기 시작한다.

조인이 천인(天人)의 괴력을 발휘하여 유비의 병사들을 주살하고 유비에게 다가오는 순간, 관우가 조인의 앞을 가로막으며 일기토가 벌어지게 된다. 만인지적(萬人之敵)의 관우와 천인(天人) 조인이 벌이는 일기토는 주변에서 백병전을 벌이는 군사들이 보기에도 천상의 묘기였다.

관우의 청룡언월도가 조인의 목을 스치고 지나가면서 잠시 빈틈이 생기면, 곧바로 조인이 애마를 옆으로 돌리면서 관우의 심장을 향해 창을 찌르고, 관우가 적토마를 뒤로 빼면서 다시 조인의 투구로 청룡언월도를 내리치면, 조인이 관우의 앞으로 애마를 근접시키면서 목을 향해 창을 찌르는 등 상호 간에 수십 차례 창과 칼을 교합하는 와중에 하후연, 전위, 우금이 보병을 이끌고 전투에 합류하자, 전세가 불리함을 느낀 관우와 장비는 유비를 호위하여 불바다를 빠져나간다.

  이 전투에서 수천명의 서주 군사를 주살한 조조는 승세를 몰아 담현의 서쪽으로 돌아서 동해군 양분현을 초토화하고, 수없이 많은 양민들에게 분풀이를 자행하며 연주로 퇴각하기 시작한다. 이때 도겸이 유비와 공융에게 조조의 후미를 추격하게 하지만, 퇴각하는 군사의 후미를 방비하는 조인의 복병과 기병에게 격파를 당하고 도겸은 스스로 추격을 멈춘다.

  이때를 즈음하여 서주에서는 수많은 서주의 백성들이 전란을 피해 형주, 동오 등으로 피난을 떠나는데, 이때 장소와 장굉 등 서주의 명사들은 강동으로 이주하고, 팽성상 설레와 하비상 착용은 남양주로 도망친다. 팽성상 설레와 하비상 착용이 광릉에서 의탁을 청하자, 광릉태수 조욱은 광릉으로 도주한 착용을 인의로 맞이했다가 흑심을 품은 착용에게 죽임을 당한다. 기도위 장패는 도피하여 소규모 군벌로 독립하고, 이때 역사가들은 제갈근, 제갈량 형제도 형주로 피난하여 융중에 정착한 것으로 추정한다.

6.
장막과 여포, 진궁의 연주 3인 연합정권

6. 장막과 여포, 진궁의 연주 3인 연합정권

1) 진궁, 장막을 연주자사로 추대하여 연립정권을 세우다

지난 '제1차 서주정벌'에서 조조가 서주에서 회군하면서 대대적으로 벌인 양민학살을 계기로 진궁은 진류태수 장막의 종제 장초, 종사중랑 허사, 왕해 등과 조조를 제거하기로 모의한 후, 이들은 진류성에 있는 장막을 찾아가서 조조를 타도하기 위한 설득을 시작한다.

"바야흐로 천하의 모든 영웅들은 칼과 창을 드높이며, 천하를 다투고 있습니다. 태수께서는 천하에 명망을 얻고 있어, 천하의 사람으로부터 팔주(八廚)의 일원으로 인정받고 있습니다. 의협심이 강하여 어려운 처지에 있는 사람에게는 온몸을 바치는 영걸로서, 어찌 조조와 같은 잔인한 인사를 그대로 방치하고 계십니까? 태수께서는 수많은 백성과 병사를 거느리며 인망을 지니고 있는 명사로서, 연주를 이끌 조건이 골고루 갖추어져 있습니다. 천하를 위해 출사표를 던지기만 하면 영걸이 될 수 있는데, 왜 비루하게 조조의 속박을 받으려고 하십니까? 조조는 광폭할 뿐만 아니라 이념에서도 근본이 없습니다. 자신은 한황실을 지지한다면서도 자신의 이익을 위해서 새로운 황조를 열고자 하는 원소를 지지하고, 한편으로 원수를 갚는다는 명분으로 한황실을 지지하는 도겸을 도모하려고 합니다. 지금 연주는 조조가 서주로 원정을 떠나있어 도모하기가 쉽습니다. 여포와 함께 연주를 장악하십시오. 태수께서 연주자사를 맡으시어 연주 각 군(郡)의 태수들을 이끌고 정무를 책임지시고, 여포에게 연주목을 내려 연주의 병권을 통합하여 군무를 여포에게 위임하면, 행정실무는 소인이 맡아 연주자사와 연주목 사이의 균형을 유지하는 역할을 충실히 하겠습니다. 천하의 사람들은 인중여포 마중적토(人中呂布 馬中赤兎)라고들 합니다. 여포에게 군무를 맡기면, 능히 연주를 장악할 수 있습니다. 연주를 차지한 연후에 천하의 형세를 주시하고 때를 기다린다면, 필시 태수께서는 새로운 시대의 영웅이 될 수 있을 것입니다."

장막이 내심 꺼리면서도 조조의 만행으로 민심이 조조를 떠난 것을 안타깝게 생각하며, 여포를 연주목 대행으로 세우고 자신은 연주자사에 올라 조조를 타도하는 데 앞장서기로 하자, 연주에서는 평소 장막의 인품을 흠모하던 많은 군현의 태수들과 백성들이 장막에게 호응하기 시작한다. 이런 연유로 조조가 도겸을 몰아치며 진격하여 도겸이 하비성을 포기할 지경으로 만드는 데 성공할 즈음, 견성에서는 순욱이 조조에게 전령을 보내 긴급히 연주로 되돌아올 것을 청한다.

"주군, 최근에 장막이 진궁과 합류하여, 여포를 연주목으로 추대하고 연주성을 공략하여 점령하고, 주군의 가족을 인질로 삼고자 견성을 공격하자, 복양성을 지키던 하후돈장군이 군사를 이끌고 견성을 구원하러 온 사이, 진궁과 내통한 여포가 복양성을 기습하여 점거했습니다. 지금은 연주 9개 군 80현 중에서 순욱이 지키는 견성, 정욱이 지키는 동아, 이전이 지키는 범현 등 3현을 제외하고는 모든 군현이 장막과 여포에게 넘어갔습니다."

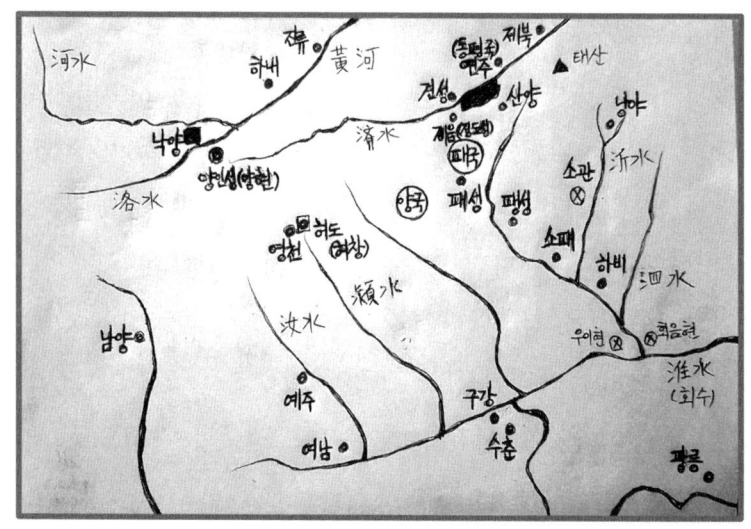

조조는 일생에서 최대의 위기를 맞게 된 것이다.

과거 조조가 관동의 군웅들과 함께 일으킨 반동탁연합군의 기의가 실패로 끝나고 막대한 가산을 날린 후, 어렵게 기반을 마련하려고 동분서주할 때 도겸은 수시로 조조를 견제하고 핍박했었다. 도겸의 핍박을 피해 정처도 없이 떠돌면서 오갈 곳이 없던 조조는 어렵게 동군으로 돌아와서 원소와 진류태수 장막의 도움으로 연주에서 겨우 기반을 잡았었다.

그런데 이제는 자신을 이끌어준 장막과 자신을 연주목으로 추대해준 진궁 등에 의해 역으로 배신을 당하는 처지가 되자, 조조는 인생에 대한 허탈함과 허무감에 빠져든다.

순욱이 보낸 사자의 전령으로부터 전서를 전해 받은 조조는 눈앞이 캄캄해지는 것을 느끼더니, 순욱이 보낸 사자를 불러들여 전황을 상세히 묻는다.

"여포는 군사를 총동원하여 견성으로 진군하고 있습니다. 빨리 견성을 구원하지 않으면, 조만간 함락될 것입니다."

조조는 도겸을 응징하지 못함에 대한 분노로 치를 떨면서도, 별도리 없이 서주정벌을 뒤로 하고, 견성을 향해 급히 군사를 돌린다. 조조는 회군에 앞서 장수들을 불러들여 군사명령을 내린다.

"조인은 경기병을 이끌고 시급히 연주로 출발하여 연주성을 포위하고, 다른 성과 교류하지 못하도록 철저히 포위망을 구축하라. 나는 견성을 경유하여 준비를 철저히 한 후에 곧바로 복양으로 진격하겠다. 분명 여포는 견성을 공략하다가 나와 순욱에게 협공을 당하는 사태를 피하기 위해 복양성으로 군사를 돌려 그곳에 주둔하게 될 것이다."

그토록 의지했던 친구 장막의 배신으로 별다른 도리가 없어, 서주정벌을 포기하게 된 조조는 견성으로 돌아가는 길목에 있는 서주의 모든 군현을 초토화시키며 이동한다. 이 중에서도 동해군 양분현에서의 양민학살은 '제2차 서주학살'의 대표적 흑역사가 된다. 이것은 향후 조조가 천하를 통일하는 대업에 크나큰 장애로 부각하면서 평생 조조의 발목을 잡는다.

2) 조조와 여포는 연주에서 치열한 쟁탈전을 벌이다

여포는 조조가 서주정벌을 멈추고 군사를 돌려 연주로 회군한다는 소식을 듣고 황급히 군사회의를 개최하여 연주별가 설란과 치중 이봉에게 작전명령을 하달한다.

"두 장수에게 군사 1만을 배정할 테니 연주를 철저히 방비하라. 나는 곧바로 복양성으로 가서, 조조의 군사들이 당도하기 전에 진형을 짜고 대비하여 조조와 일전을 벌이도록 하겠다. 오래전부터 세간에서 사람들이 '조조의 용병' 운운하는데, 내가 조조를 일거에 무찌르고 지금까지 쌓아온 조조의 명성이 거품임을 증명하겠노라."

여포는 장수와 책사 앞에서 큰소리를 치며 군사를 이끌고 복양성으로 가려 하는데 이때, 진궁이 황급히 여포의 앞을 가로막으며 건의한다.

"연주를 설란과 이봉의 두 장수에게만 맡겨두고, 장군께서 직접 복양성으로 가시는 것은 상당히 위험한 용병입니다. 동평국 수장현의 연주성은 연주의 주도로서 연주자사의 치소가 있어 연주의 중심입니다. 장군께서 전 병력을 이끌고 복양으로 가서 조조와 일전을 벌여 혹시라도 잘못되면, 연주에서 우리의 입지가 상당히 위축될 것입니다. 그보다는 여기서 2백리도 채 되지 않는 거리에 태산이 있는데, 장군께서 항부와 태산의 길을 끊어 버린 후, 태산의 험로에 매복병 1만을 매복시켜 기습한다면, 조조는 호구에 빠져 오도가도 못하게 될 것입니다. 힘을 하나도 안들이고 조조를 섬멸할 방법입니다."

진궁의 말이 끝나기 무섭게 여포는 빈정거리듯이 외친다.

"대장부가 기껏 매복을 통해서 이기려고 하시오? 이미 진류군의 진류성을 장악하여 연주자사 장막이 주둔해 있고, 조조의 본거지인 동군의 복양성과 동평국의 연주성까지 장악했는데 무엇이 걱정이오. 정면으로 붙어도 이길 자신이 있소. 군무의 통솔자는 바로 본인이니까, 공은 더 이상 나서지 마시오. 나에게 좋은 계책이 있소이다."

진궁은 여포가 조언을 받아들이지 않자, 궁여지책으로 연주의 치소를 장막이 있는 진류성으로 옮기도록 하고, 조조가 회군하리라 예상되는 하비성에서 연주성으로 통하는 길목인 영양현에 매복을 행하여, 조조의 행군을 최대한 늦추고 그 틈에 각 성으로 군수품과 군량의 배급을 완료하도록 제안한다. 여포와 장막은 진궁의 제언을 받아들여 장기전에 대비한 전략을 수립한다.

한편, 조조의 군사를 가장 안전하게 연주로 회군하는 방안을 강구하던 희지재는 여러 가지 경우의 수를 궁리하다가, 상대의 전략을 역으로 이용한 방책을 조조에게 밝힌다.

"주공, 진궁은 우리가 서주정벌을 나서면서 출발한 연주성에서 태산을 지나 북해, 낭야로 지나친 원정길로 다시 돌아오리라 생각하고 반드시 이곳에 장애를 설치하였을 것입니다. 이는 아군이 연주로 돌아오는 시간을 지연시키려는 전략으로, 아마도 서주에서 연주성으로 연결되는 최단거리인 영양현에 매복병을 설치할 것으로 추정됩니다. 주공께서는 군사를 둘로 나누어 1진은 항부(亢父)와 태산의 협곡을 경유하는 지름길을 택해 복양으로 향하게 하고, 여포가 항부(亢父)와 태산의 협곡을 끊어 진군이 늦어질 만일의 경우를 대비하여, 2진은 다소간 시간이 걸리더라도 사수(泗水)를 건너서, 임성군 방향으로 놓여 있는 험한 산악을 타고 소패를 크게 돌아, 임성군과 산양군을 경유하여 연주성으로 나아가는 것이 나을 것으로 생각합니다."

조조는 급한 마음에 전 병력을 항부(亢父)와 태산의 최단거리를 경유하고자 계획했으나, 희지재가 군사를 둘로 나누자는 건의를 올리자, 희지재의 건의가 이치에 맞다 여겨 이에 동의한다.

"그렇게 하도록 합시다. 내가 연주로 빨리 가고자 하는 급한 마음에 큰 실책을 범할 뻔했소. 일진은 내가 이끌고 만일의 사태에 대비하면서 복양으로 행군하겠으니, 2진은 조인장군이 이끌고 임성군과 산양군을 경유하여 신창에 새로이 성벽을 쌓고 요새를 구축하라."

조조는 군사를 이끌고 항부(亢父)와 태산의 협곡을 지나는데, 여포가 협로를 끊고 자신을 저지하는 전술을 택하지 않아 행군이 수월해지자 측근에게 여포를 폄훼하며 큰소리로 웃으며 말한다.

"여포가 서주와 연주 경계의 태산과 항부의 협곡을 봉쇄한 뒤 장기전으로 나올 것을 우려했으나, 여포는 태산과 항부의 협곡을 봉쇄하는 대신 복양에서 일전을 펼치려고 하다니, 나는 이제 그의 무능을 익히 알았도다. 여포가 연주성 동평국 연주성을 강화하고 항부와 태산의 요새에서 나를 막았다면, 나는 극히 심각한 위기에 빠졌을 것이다."

조조는 항부와 태산에서 저항을 받지 않은 관계로 예상보다 훨씬 빨리 복양성에 당도한다. 연주성으로 통하는 단거리를 택하지 않고 소패의 우회로를 돌아온 조인은 주변의 임성, 산양을 점거하고, 조조가 복양성에 당도한 지 오랜 시간이 지나서야 산양군 신창에 이르러 새로이 성벽을 세우고 요새를 구축한다. 진궁은 조조의 군사들이 회군할 길목인 태산의 협로를 지키는 전술이 여포의 반대로 무산되고, 조조가 영양의 매복전략에 빠져들지 않아 매복전이 수포로 돌아가자 크게 당혹해하는데 이때, 진궁의 허를 찌른 조조는 군사를 재촉하여 쉬지 않고 복양성을 향하여 총력 진군한다.

"지금은 조조가 먼 길을 쉬지 않고 급히 달려와서 병마들이 피곤할 것입니다. 이때를 놓치지 않고 기습을 가하면 큰 성과를 낼 수 있을 것입니다."

진궁은 여포의 계속된 전술적 오판으로 실망하여 답답하다는 듯이 이일대로 전략을 제시한다. 그러나 여포가 이번에도 진궁의 조언을 받아들이지 않는다.

"나는 적토마에 의지하여 천하의 전장을 종횡무진한 사람이요. 정정당당하게 싸워도 자신이 있소이다. 조조는 내가 낙양의 조정에서 제후로 있을 때, 겨우 의병 수백을 거느리고 껄떡거리던 애송이올시다. 그뿐만 아니라, 조조는 형양전투에서 나에게 반쯤 죽었다가 '꽁지 빠져라'하고 도망친 위인이오. 내가 무엇을 두려워하겠소?"

진궁은 할 말을 잃고 멍하니 하늘을 쳐다본다.

조조는 자신의 치소가 있었던 복양성이 여포에게서 가장 탈취하기 쉬운 성으로 간주하여 속전속결로 복양성을 수복하고, 그 이후 진류성과 연주성을 장악하기 위해 각각 분산되어 있는 장막과 여포의 군사들을 각개격파로 돌파하는 전략을 세운다. 마침내 계획을 철저히 수립한 조조는 군사들을 복양성으로 이끌고 나아가 본영를 구축하고, 경계를 철저히 명한 후에 전군에게 휴식령을 내린다.

조조의 군사들은 하룻밤을 푹 쉬어 장기간의 행군으로 지친 몸을 풀고, 여포의 공격에 대비하여 전열을 정비하면서 전투태세를 갖추고 얼마 지나자, 여포가 성문을 나와 대대적으로 공격할 진형을 구축한다.

일자진(一字陣)의 선두에서 8명의 장수가 둘러싼 가운데, 적토마를 타고 앉아 있는 여포의 기상은 '인중여포 마중적토

(人中呂布 馬中赤兎)'라는 말이 무색하지 않았다. 좌군대장 장료 밑에 학맹, 조성, 위속이 부장으로 위용을 내뿜고, 우군대장 고순은 후성, 송헌, 성렴을 부장으로 두어 그 자태가 자못 늠름했다. 그 뒤에는 군사 3만이 일자진을 형성하여 북과 나팔을 울려대니 그 위세가 하늘을 찌르는 듯하다.

당시 연주에서는 조조가 도겸을 도모하려고 원정을 떠나면서 정병을 모조리 차출하여, 여포와 장막이 연주에서 새로이 모병할 군사는 숫자적으로도, 전투숙련도에서도 한계가 있었다. 따라서 진궁은 정예군사가 숫자적으로 불리한 여포에게는 신병을 통한 전투보다는 여포의 1만 정예부대를 위주로 한 '망치와 모루 전술'로 조조에 대항하기를 주문한다.

조조가 여포의 진형을 보니, 중갑보병이나 경보병을 활용한 전면전을 염두에 둔 진형이 아니고, 서량철기와 병주강병의 장점을 살려 설립했다는 봉선대가 속도전을 통해 기습적으로 진형을 침투하고, 그 후에 보병을 투입하도록 배치한 전술을 염두에 둔 듯이 보였다.

여포의 용병 의도를 간파한 조조는 이에 대비해서 여포의 정예군에 저항하기 유리한 방진으로 진형을 변형시킨다. 조조는 중군에 중갑보병을 배치하여 주력으로 삼아 여포의 서량철기를 대비하고, 좌군장으로 악진, 우군장에는 기동력을 갖춘 우금을 세우고, 후군에는 하후연의 별동대를 배치하여 여포의 기습에 대비한 수비진형을 구축한다.

여포가 고순을 보내어 싸움을 돋우자 조조는 악진을 내보낸다. 두 장수 사이에 격렬한 창칼이 오가기를 30여 합이 되도록 승부가 나지 않자, 우금이 악진을 돕기 위해 말을 달린다. 이번에는 장료가 우금을 상대하려고 쏜살같이 달려든다. 두 쌍의 멋진 군무를 보고 있으려니, 자신의 무용을 펼치고 싶어 몸이 근질근질하던 여포가 방천화극을 휘두르며 적토마를 날린다.

여포의 위세에 놀란 악진, 우금이 말머리를 돌려 달아나자, 좌군장 장료, 우군부장 송헌의 지휘 아래 3만의 군사가 맹렬히 조조의 진형으로 돌진한다. 여포가 서량철기를 이끌고 앞장서서 방천화극을 휘두르며 조조의 진형을 유린하자, 후열에는 기마궁수들로 수성하여 선봉을 지원사격하는 봉선대가 뒤를 따르는데, 이들은 천하무적이라 해도 과언이 아니었다. 이들의 맹렬한 공세에 사기가 오를 대로 오른 여포의 군사들은 쫓기는 조조의 군사를 닥치는 대로 도륙하니, 조조는 30여 리까지 도망쳐 본진이 있는 근처에서야 겨우 군을 수습한다.

첫 번째 전투에서 패배한 장수들이 크게 낙심하자, 조조는 낙심하고 있는 제장을 위무하며 새로이 작전계획을 수립하고자 한다. 장수들의 교전에서 패하여 의기소침해 있던 우금이 한가 지 기발한 계책을 제시한다.

"소장이 패배를 설혹 할 만한 계책을 마련하고자, 척후병을 보내어 주변 지역을 정찰시켰습니다. 척후의 보고에 의하면,

복양성 동쪽 20리쯤 되는 곳에 여포의 작은 영채가 하나 구축되어 있다고 합니다. 아마도 여포가 우리 군사들이 복양성을 포위할 때를 대비하여 동남쪽의 연주성과의 군수품 수송과 군사전략을 연계하여, 호각지세를 유지하기 위해 주둔시킨 외곽부대로 사료됩니다. 그런데, 이곳 위영의 경비가 예상외로 허술하다고 합니다. 이유는 여포가 첫 전투에서 승리하고 크게 자만하여 다음에 행할 작전을 소홀히 한 때문으로 생각합니다. 우리가 방비가 허술해진 이곳을 공략하여 침체된 아군의 사기를 진작시키고, 연주성과 복양성의 연결을 차단시키면 승기는 아군에게 돌아올 것이라 여겨집니다."

이때 희지재가 우금의 의견에 일부 동의하면서 자신의 계책을 내놓는다.

"적군의 교병계를 역이용하자는 우금장군의 의견에 동의합니다. 그러나 지금 당장 공격을 감행한다면 외곽부대 위영이 복양성과의 거리가 불과 20리 밖에 되지 않아, 동쪽 위영이 공격받는 즉시 여포가 군사를 몰고 내달려 올 것입니다. 지금 여포는 대승에 들떠서 전 측근들과 제장, 그리고 군사들을 독려하여 전군이 축하연을 벌이고 있다고 합니다. 여태까지의 여포 버릇을 보면 병사들을 독려한다는 명분을 세워, 자신이 완전히 취할 때까지 축하연을 벌이는 습성이 있다고 합니다. 이번에도 틀림없이 새벽까지 군사들과 함께 축하연을 벌일 것입니다. 우리는 적군이 새벽까지 흥에 빠져 대취하여 기운이 빠지기를 기다렸다가, 기습적으로 동쪽 위영을 공격한다면 반드시 승리하게 될 것입니다."

조조는 우금과 희지재의 의견을 좇아, 축시(丑時)에 야음을 틈타 은밀히 군사를 동쪽 위영의 근처로 이동시킨 후, 묘시(卯時)에 기습적으로 공격하기로 하고 병사들에게 충분한 휴식을 취할 수 있도록 조처한다.

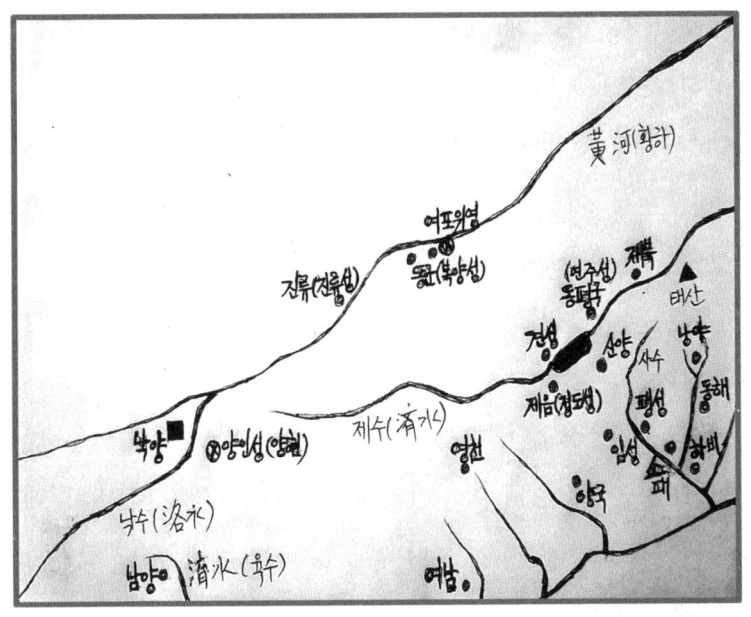

첫 전투에서 대승한 여포는 밤늦도록 연회를 그치지 않고, 이에 동쪽의 위영에 대한 방어대책이 뚫릴 것을 우려한 진궁이 여포에게 넌지시 말을 건넨다.

"장군, 긴히 드릴 말씀이 있습니다."

한층 흥이 오른 여포는 평상시에도 사사건건 피곤하게 하는 진궁이 연회 분위기를 깨뜨릴 것을 우려하여 짜증스럽게 대꾸한다.

"나중에 이야기합시다. 지금은 군사들이 첫 승리에 고무되어 사기가 오를 대로 오른 상태이외다. 괜스레 군사들 사기를 깎아내릴 수가 있소."

여포가 짜증스럽게 대꾸하자 진궁은 할 말을 잃는다.

축시(丑時)가 되어 야음이 깊어지자, 조조는 작전계획에 따라 군사들을 은밀히 여포의 동쪽 위영으로 이동시킨다. 본진은 하후돈과 이전에게 방비하도록 맡기고, 군사를 6개진으로 나누어, 1진은 조홍, 2진은 하후연, 3진은 모개, 4진은 여건, 5진은 우금, 그리고 자신은 전위를 부장으로 삼아 후군으로 출진한다.

한편, 모든 장수와 병사들을 불러들여 함께 축하연을 벌이던 여포는 어느 정도 마무리할 분위기가 되자, 자신의 옆에서 수심에 찬 표정을 지으며 떠나지 않고 있는 진궁을 발견하고는 그제서야 말을 건다.

"어제 저녁에 나에게 긴히 할 말이 있다고 했는데, 무슨 말인지 해 보시오."

진궁은 축하연으로 흐트러진 분위기를 이제라도 바로 잡고자 진지하게 건의를 한다.

"장군, 비록 아군이 대승은 하였으나, 앞으로 취할 전략을 수립하지 않은 상태에서 너무 승리를 자축했습니다. 복양성이야 장군이 계시니까 걱정이 없지만, 호각지세를 위해 구축한 위월장군의 동쪽 주둔군에게는 새로이 작전 지침이 내려지지 않아, 적군에게 기습을 당해도 속수무책으로 손을 놓아야 할 상태에 있습니다."

여포는 진궁을 한심하다는 듯이 쳐다보더니, 냉소적으로 한 마디를 던진다.

"조조는 아군에게 대패하여 군사들이 사기가 떨어져, 결코 먼저 공격을 감행하지 못할 것이오. 보다시피 조조가 동쪽 주둔군을 공격하려고 했다면 벌써 공격했을 거요. 지금까지 아무런 일이 없는데, 공은 도대체 무얼 그리 걱정하는 거요?"

진궁은 자신의 조언을 무시하는 여포에게 모멸감을 느끼면서도 인내를 발휘하며 말한다.

"장군, 조조는 허허실실(虛虛實實)의 전략을 잘 구사하는 간특한 인물입니다. 장군은 이에 대한 대비를 철저히 해야 할 것입니다."

여포는 진궁의 반복되는 건의에 '아차' 하는 생각을 하게 된다. 그러나 자신의 자존심을 먼저 생각하여 진궁에게 달래듯이 자상한 어투로 대답한다.

"알겠소. 공의 말대로 이만 축하연을 끝내고, 새로이 전략 회의를 하도록 합시다."

축하연을 끝낸 여포는 즉시 핵심의 장수들을 불러들여 간략한 전략회의를 개최하는데, 과연 명장은 일반 장수, 병사들과는 분명 다른 점이 있는 듯했다. 여포와 핵심 장수들은 그렇게 대취하고도 작전을 논의할 때에는 추호의 흐트러짐이 없이 회의에 임한다.

"우리는 축하연에서 군사들의 사기를 충분히 고무시켰소이다. 이제 자축연은 끝났고, 당장 앞으로 벌어질 전투를 대비하여 오늘은 자택으로 돌아가서 푹 쉬되, 비상 연락망은 반드시 확보해 놓기를 바라오. 하루 푹 쉬고 향후 시행할 계책을 하나씩 생각해서, 다음 전략회의에서는 한 사람씩 발표해 주기를 바라오."

회의를 끝낸 여포가 장군부로 돌아가 곤히 잠에 빠져 있을 때에도, 진궁은 장군부의 접견실에서 꼼짝을 않고 무엇인가를 골똘히 생각한다.

한편, 위월이 경비하고 있는 동쪽 위영의 주변에 군사를 집결시킨 조조는 군사들에게 작전명령을 충분히 주지시킨 후, 묘시(卯時)가 되자 군사들에게 돌격명령을 내린다.

위월은 조조의 대군이 다섯 방면에서 기습해 오자, 다섯 명의 부장들에게 이들을 대항하게 하고 신속히 전령을 복양성으로 보낸다. 위월이 보낸 사자가 장군부에 도착하여 진궁에게 조조의 침공 사실을 보고하자, 무엇인가 사태가 발생할 것을 예견하고 장군부에서 비상대기를 취하고 있던 진궁은 곧바로 여포에게 이 사실을 알린다.

"장군, 드디어 조조가 2만 대군을 이끌고, 위영장 위월이 주둔하는 동쪽의 위영을 기습했다고 합니다."

새벽까지 대취하여 두 식경 정도를 곤한 잠에 취해 있던 여포는 조조의 기습을 전하는 진궁의 말에 정신이 번쩍 든다. 그러나 여포는 알량한 자존심을 구기지 않으려는 듯이 진궁에게 태연히 영을 내린다.

"곧바로 군사를 부리면 쉽게 도모할 수 있을 것이오. 급히 장수들에게 비상연락을 취하여 신속히 장군부로 모이도록 전달하시오."

진궁의 비상연락을 받고 뒤늦게 모인 장수들에게 여포는 용병을 집행한다.

"장료장군은 학맹, 조성, 성렴을 부장으로 삼아 위영의 동쪽으로 공략하시오. 고순장군은 후성, 송헌, 위속을 부장으로 삼아 서쪽을 공략하시오. 나는 직접 후군을 이끌고 전황을 살펴 조조의 군사를 상대하겠소."

여포가 군사를 이끌고 위월의 위영으로 갔을 때는 이미 위월은 패하여 복양성으로 도피하는 중에 있었다. 군사를 몰고 위영으로 출격하던 여포는 도중에 위월을 만나 그를 부장으로 삼아 함께 빼앗긴 위영으로 향한다.

요란한 북소리를 울리며 조조가 빼앗은 위영을 향해 나아가자, 도주하던 위월의 병사들이 다시 여포의 군사에 합류하여 그 기세가 자못 하늘을 찌르듯 했다.

"간특한 조조의 군사를 한 놈도 남기지 말고 소탕하라."

조조는 새벽까지 축하연을 벌여 기력이 없을 것으로 생각했던 여포가 오히려 기세등등하게 공격해 오는 것을 보고 소스라치게 놀란다.

여포가 장료, 고순과 함께 세 방면에서 조조의 군대를 공격하자, 조조의 군사들은 여지없이 무너지고, 조조는 진형을 펼쳐 행간을 유지하기 위해 안간힘을 쓰며 군사들을 독려한다.

"중장비 보병들은 여포의 기병이 전방을 침투하여 진형을 붕괴시키지 못하도록 모든 장애물을 위영의 앞으로 배치하고, 궁노수들은 보유하고 있는 화살과 쇠뇌를 최대한 날려 기병의 접근을 막아라. 각 진의 장수들은 병사들을 이끌고 나아가서, 적의 보병에게 밀리지 않도록 격렬히 저항하고, 졸백들은 수하 병사들을 수습하여 대열을 확고히 구축하라."

명불허전(名不虛傳)이라고 하던가? 여포는 과연 무사정신과 무예에서는 누구도 따를 자가 없었다.

조조가 안간힘을 쓰며 전술을 지휘했음에도 불구하고, 한번 무너지기 시작한 진형은 회복될 기미를 보이지 않는다. 수십 차례의 교전이 벌어지고 조조의 군사들은 전력을 다해 싸웠으나, 여포의 무서운 기세에 눌려 하나둘 도주하기 시작한다.

고순이 2진을 이끌고 도주하는 조조의 군사를 뒤쫓더니, 이번에는 위월이 이끄는 병사들이 도주하는 조조의 군사 앞을 막아선다. 우금이 고순의 군사를 상대하고 여건이 위월의 군대를 상대하는 사이, 조조는 북쪽으로 군사를 이끌고 황망히 달아나는데, 조조가 산모퉁이를 돌아 산기슭을 빠져나갈 무렵, 장료가 1진의 군사를 이끌고 이들의 앞을 가로막는다.

조홍이 앞으로 나서 장료의 군사들과 대적하고, 조조는 서쪽으로 말머리를 돌려 정신없이 내달린다. 조조가 한참을 달리는데, 갑자기 요란한 함성이 울리면서 학맹, 조성, 성렴, 송헌이 조조 군대의 앞을 가로막으며 싸움을 걸어오고, 도주하던 조조 휘하의 장수들이 이들을 대적하는 사이에 조조는 샛길로 빠져 달아나려고 한다.

이때 느닷없이 불화살이 하늘로 치솟아 오르더니 화살이 비 오듯이 쏟아지기 시작한다.

조조는 당황하여 주위를 둘러보았으나 뒤따르던 장수들이 아무도 보이지 않는다. 그리고 잠시 후, 여포의 3개진의 군사들이 조조의 군사를 둘러싸고 포위망을 좁혀오기 시작한다. 조조가 절망 속에 빠져있을 때, 멀리서 한 장수가 일단의 기병을 이끌고 내달려오며 소리를 지른다.

"주공, 안심하십시오."

조조가 안도의 한숨을 내쉬면서 바라보니, 양손에 80근이나 되는 쌍철극을 휘두르며 전위가 말을 내몰아 오고 있었다. 전위가 조조에게 긴급히 말을 건넨다.

"주공, 빨리 말에서 내려 땅에 엎드려야 화살을 피하실 수 있습니다."

조조는 전위의 뜻에 따라 말에서 내려 화살이 닿지 않는 곳을 찾아 대피한다. 이곳에서 조조는 전위가 이끌고 온 수백의 기병들과 함께 긴급히 대피할 전략을 세운다.

"일단 이곳의 포위망을 뚫어야 할 터인데, 사마에게 어떤 좋은 방법이 있겠소?"

사마 전위가 비장한 어투로 말한다.

"주공, 소장이 특공대를 뽑아 포위망을 뚫고 나갈 길을 열겠습니다."

전위는 곧바로 수하 졸백 중에서 용맹한 병사를 차출하여 전술을 지시한다.

"지금 우리가 둘러싸인 포위망 중에서 동쪽 방면의 포위망이 가장 취약한 것 같다. 동쪽의 궁노수들만 잘 처리하면, 주공께서 포위망을 뚫고 빠져나갈 방법이 생긴다. 그대들은 신속히 두꺼운 옷으로 갈아입고, 그 위에 철갑옷으로 두벌을 껴입어 적병의 화살에 대비하도록 하라. 방패는 모두 버리고 오로지 창과 화극만을 소지하여 너희들에게 날아오는 화살을 막아내라. 내가 신호를 내리면 주공을 가운데로 모셔 화살이 주공에게 날아오지 못하도록 호위하면서, 재빨리 말을 달려 적진을 뚫어라."

전위는 30명의 특공대에게 전술을 지시하고, 쌍철극을 풍차 돌리듯이 휘두르며 앞으로 내달린다. 여포의 궁노수들이 쏘아대는 화살은 쌍철극에 부딪쳐서 꺾어지거나 멀리 튕겨

나간다. 전위가 특공대에게 돌격명령을 내리려는 순간, 뒤따라오던 병사들이 소리를 지른다.

"서쪽에서 기병들이 말을 내달아옵니다."

전위는 빗살같이 쏟아지는 화살 때문에 몸을 뒤로 돌릴 수가 없게 되자, 앞에서 날아오는 화살을 막으며 병사들에게 긴박하게 지시한다.

"적군이 열 발짝까지 접근해 오면, 나에게 보고하라."

"장군, 열 발짝입니다."

전위는 잽싸게 몸을 돌리며 단검을 던지자, 선두에 오던 기병들이 정수리에 맞아 말에서 고꾸라진다.

"이번에는 다섯 발자국에 이르면, 다시 알려라."

그 사이 여포의 기병이 전위의 등에서 다섯 보에 이르자, 병사가 다시 다급하게 외친다.

"적이 왔습니다."

전위가 손에 십여 개의 단검을 들고 고함을 지르며 던지자, 바로 뒤에서 바짝 추적하던 여포의 기병들이 추풍낙엽처럼 바람에 날린다. 서쪽 방면에서 공격해 오던 군사들이 주춤하더니 겁을 집어먹고 뒤로 물러서자, 전위는 즉시 특공대들에게 명하여 조조를 에워싸고 동쪽 방면의 궁노수들을 향해 돌진한다.

궁노수들은 장거리에서는 창, 칼을 든 무사에게 효력을 발생하지만, 단거리에서는 창과 칼에게 당해낼 수가 없는 법이다. 동쪽에 포진해 있던 여포의 궁노수들은 전위와 특공대가 휘두르는 칼에 속수무책으로 무너지면서, 조조는 포위망을 뚫고 무사히 빠져나오게 된다. 조조는 전위의 호위를 받으며 한참을 정신없이 내리 달아나는데, 갈림길 좌측에서 한 무리의 군마들이 함성을 지르며 무리를 지어 쫓아온다.

"저기, 무고한 서주의 양민들을 잔인하게 학살한 간특한 조조가 달아나고 있다. 조조를 잡거나, 생포하는 자에게는 큰상을 내리겠다."

조조가 깜짝 놀라 소리가 나는 쪽을 바라보니, 여포가 서슬이 퍼런 날을 세우며 조조를 향해 적토마를 내달려오고 있는 것이 아닌가?

인중여포 마중적토(人中呂布 馬中赤土)가 무색하지 않은 장면이다. 조조는 기겁을 하며 여포의 추적을 따돌리기 위해 혼신을 기울여 말을 달리지만, 전력을 다해 질주하는 적토마의 위명은 헛된 것이 아니었다. 이대로 조금만 더 지나가면, 조조는 여포에게 사로잡힐 위급한 지경에 이르게 된다.

패주하는 조조 군대의 후미를 여포가 태풍같이 질주하면서 조조를 호위하는 장수와 병사들을 도륙하려는 순간, 한 떼의 군마가 조조 쪽으로 몰려오면서 고함을 지른다.

"의부를 팔아먹은 불의한 여포는 주공에게 가까이 접근하지 마라. 주공께서 너의 더러움에 오염이 될까 우려가 되노라. 패국 초현 하후돈이 여포를 도모하러 여기에 왔노라."

여포가 추적을 멈추고 하후돈을 쳐다보는 짧은 찰나를 활용해 위기에 빠져있던 조조는 하후돈의 무리 속으로 사라진다. 여포의 군사가 하후돈이 이끌고 온 군사들과 일대격전을 벌이는 동안, 조조는 무사히 본진으로 돌아올 수 있었다.

여포는 잠도 제대로 취하지 못하고 반나절을 전투에 임하여 급속도로 피로가 몰려오는데, 이제는 새로이 하후돈이 군사를 이끌고 나타나자, 하후돈과의 전투로 기력을 쏟는 것은 의미가 없다는 생각으로 군사를 물려 복양성으로 돌아간다.

하후돈 또한 주군을 보호하기 위해 군사를 이끌고 온 목적을 달성하였기 때문에, 미련도 없이 병사를 수습하여 본진으로 돌아간다. 여포는 바로 눈앞의 조조를 도모하지 못하여 아쉬움이 더했지만, 조조를 대파하여 복양에서의 입지를 강화하고, 향후 연주를 장악할 여건을 굳건히 했다는 점에 만족하며 장수들과 군사들의 노고를 치하하는 상과 재물을 내린다.

조조는 비록 전투에서는 대패했으나, 복양성과 솥발형세를 이루기 위해 구축해 놓은 여포의 동쪽 위영을 붕괴시키고, 황량한 벌판으로 돌려놓은 것으로 자위를 하면서, 자신을 위기에서 구한 전위를 영군도위로 임명하고, 자신의 친위병 수백을 거느리는 막중한 임무를 맡긴다.

한편, 여포는 조조가 한동안 공세를 펼치지 않고 복양성을 마주하여 대치정국을 지속하자, 조조를 만만히 보는 영웅심이 또다시 발동하여 고순에게 수성을 명하고, 자신은 조조의 본진을 공략하려고 한다.

"장군은 함진영을 이끌고 철저히 수성을 하도록 하시오. 나는 조조와 다시 결전을 벌이도록 하겠소."

이때 진궁이 황급히 나서며 다시 말린다.

"연주목께서는 지금 성급히 조조를 공략하기보다는 진류성과 연주성의 수비 상태를 점검하고, 경계를 철저히 행하도록 하심이 필요합니다. 지금 연주성에는 조인이 군사 2만으로 공성을 준비하고 있는데, 별가 설란과 치중 이봉이 수성하고 있으나, 그들은 조인의 상대가 아닙니다. 연주목께서 조조와 전투를 벌이는 동안, 조인이 연주성을 공략하게 되면 우리는 어쩔 수 없이 군사를 분리하여 조인을 상대하여야 합니다. 지금 우리에게는 수성이 가장 좋은 방책입니다."

진궁의 거센 반대에 여포는 퉁명스럽게 대꾸한다.

"이렇게 전선을 지지부진하게 이끄는 것은 장수가 할 일이 아니오. 조만간 무슨 결판을 내야만 할 것이오."

여포의 반발에 진궁이 절충안을 내어놓는다.

"조조를 위계로 성안으로 끌어들여, 힘들이지 않고 도모하는 전략을 활용하면 어떻겠습니까?"

여포가 부쩍 관심을 표명하며 진궁에게 귀를 기울인다.

"무슨 좋은 계책이 있겠소?"

여포가 깊은 관심을 보이자, 진궁이 여포의 애간장을 끓이듯이 뜸을 들인다. 여포가 재차 묻는다.

"좋은 계책이 생각났소?"

"조조에게 안전하다고 생각하도록 하여 의심이나 경계심을 풀고 성안으로 끌어들이는 굴항대호(掘港大虎) 전략을 활용하시지요."

"섣부르게 펼치는 굴항대호 계책에 조조가 넘어가겠소? 잘못하면 우리가 조조의 장계취계(將計就計:상대의 의중을 미리 알고 역으로 이용)에 당하게 될 것이오. 전혀 말도 되지 않는 소리는 하지도 마시오."

여포가 짜증스럽게 소리를 지르자, 진궁은 주변을 물리고 여포에게 다가가서 귓속말을 건넨다.

"............"

다음 날 아침, 허름한 차림의 농부가 조조의 본진 앞에서 어슬렁거린다.

"웬 놈이냐?"

수문장이 그를 잡아들여 문초를 가하자, 농부는 수문장에게 보자기에 싼 닭을 내보이며 나직이 속삭인다.

"이것을 연주자사 조조 어른께 전달하려고 합니다."

수문장이 기이하게 여겨 조조에게 사실을 보고하자, 조조가 농부를 불러들여 연유를 묻는다.

"네 어이해서 닭을 내게 전하려 하는가?"

이에 농부가 조조에게 큰절을 올리며, 예를 갖춘 후에 주위를 휘 둘러보더니 조조에게 말한다.

"자사 어른, 주위를 물려주십시오. 소인이 긴히 올릴 말씀이 있습니다."

조조는 점점 더 흥미를 느끼게 되어 주변을 모두 물린다.

"그래, 주변을 모두 물렸는데, 무슨 연유로 이렇게 거창하게 하면서까지 나를 만나려 하는가?"

"저는 복양성에서 첫손 꼽히는 부호 전가(田家)가 보낸 사람입니다."

농부의 말에 조조의 귀가 솔깃해진다.

전가(田家)는 조조도 익히 알고 있는 복양성의 첫 번째 손에 꼽히는 부호로서, 과거 조조가 동군태수로 복양에서 행정을 펼칠 때, 조조에게 재정적으로 많은 도움을 준 인사였다.

"네가 어쩐 일로 전가의 심부름을 왔다는 말이냐?"

농부는 닭을 싼 보자기를 매단 대나무를 쪼개더니, 그 속에서 전서를 꺼낸다.

"소인은 연주목 어른의 은혜를 입어 최근까지 연주에서 뜻을 펼치며 부끄럽지 않게 연주발전에 기여하여 왔습니다. 그러나 여포가 진궁과 모의하여 한순간에 어른을 배반하고 연주를 장악하더니, 소인을 연주목 어른의 끄나풀이라며 갖은 핍박을 가하고 있습니다. 기회를 노려 자사 어른께 귀의하려 했으나, 기회를 얻지 못하던 중, 어제 여포가 진궁과 함께 연주성의 실태를 살피러 비밀리에 출성했다고 합니다. 어른께서 성을 공략한다는 약속을 주신다면, 내부에서 호응하여 적교를 내리고 성문을 열어 맞이해 드리겠습니다. 이번 기회를 놓치지 마시고 복양성을 수복하여, 여포의 압제에서 고통을 받고 있는 소인을 구해주십시오. 은혜는 반드시 갚겠습니다."

서찰을 받은 조조는 뛸 듯이 기뻤다. 즉시 농부에게 답서를 써서 보낸다.

"선생의 뜻을 익히 감지하여, 내일 날이 밝는 대로 공성을 펼치겠습니다. 여건이 되어 성안에서 적교가 내려지는 시점을 신호로 삼아, 군사를 몰아 입성하여 여포의 잔재들을 쓸어내겠습니다."

이튿날 아침, 조조가 전략회의를 개최하여 본인의 뜻을 알리자, 희지재가 조조에게 조심스럽게 조언을 올린다.

"진궁의 사항계책(詐降計策)일 수도 있습니다. 신중하게 움직이심이 좋겠습니다. 전가의 전서 하나로 주공께서 나서는 것이 과연 옳은 판단인가 다시 점검해 보시기를 청합니다."

조조가 희지재의 말에 일부 동조하면서도 자신의 생각을 강력히 피력한다.

"물론 공의 뜻은 알겠으나, 나는 전가를 오래전부터 깊이 알고 지낸 사이외다. 농부가 보낸 전서의 글은 전가의 글씨가 맞고, 전가는 여포와 결코 융합될 유형이 아니오. 그러나 그대의 뜻을 받아 군을 3개의 진으로 나누어, 1진의 병사들에게 공성에 임하도록 하리라. 본진의 수비는 하후돈 장군이 맡도록 하시오."

그날 오시(午時) 경, 조조가 전 병력을 이끌고 복양성 남문의 적교 앞에 이르러 군을 3개의 진으로 나눈다. 일진은 하후연, 악진을 주력군으로 삼아 남문 앞 적교가 내려지는 즉시 남문을 통해 성을 점령하도록 하고, 좌군은 이전에게, 우군은 조인에게 맡겨 성 밖에서 대기하게 한다.

이윽고 남문 위에서 병사 여럿이 백기를 흔들더니, 남문이 열리고 적교가 내려지자, 조조는 일진에게 출격명령을 내린다. 조조 또한 호위대장 전위와 함께 1진의 뒤를 따르려 하자, 장수들이 강력히 제동을 건다.

"주공께서는 성 밖에서 대기하십시오. 성안에서 어떤 돌발적 사태가 일어날지 모르는 일입니다."

조조가 단호히 거절한다.

"장수들의 뜻은 익히 알겠으나, 용병에는 때가 있는 법이오. 용병의 시기를 놓치면, 승기를 잃게 되오. 내가 입성해서 돌발적 사태에 대비할 전술을 수립해야 할 것이오."

일진이 말을 내달리고 그 뒤를 조조가 따르니, 조조와 1진의 병사들은 복양성 병사들의 저항을 전혀 받지 않고 복양성 관부에 당도한다.

잠시 후, 복양성 관부에서 흐르는 살기 속의 적막을 느낀 조조는 황급히 말머리를 돌리더니 큰소리로 외친다.

"퇴각하라. 적의 함정이다."

조조의 외침을 신호로 관부 주변의 담장에서 화살과 쇠뇌가 빗발치듯이 날아든다. 화살과 쇠뇌를 피하려고 병사들이 이리저리 이동하면서 대열이 붕괴되자, 사면에서 여포의 병사들이 쏟아져 나오는데, 동쪽에서는 장료가, 서쪽에서는 위월, 남쪽에서는 후성, 북쪽에서는 위속이 이끄는 군사들이 조조의 주위로 새까맣게 몰려든다.

복양성 밖에서 대기하던 이전과 조인이 성안에서의 불길과 시끄러운 함성에 놀라 남문으로 들어가려고 하자, 갑자기 적교가 올려지며 남문이 굳게 닫힌다. 이전과 조인이 남문을 향해 돌진하는데 다행히도 여포의 군사들은 성문과 성벽을 지키는 병사들이 많지가 않았다.

성안에서는 조조가 혼란의 틈새에 끼어 급히 성문을 빠져나가려고 서두르는 바람에 호위대장 전위와 흩어지게 된다. 조조가 남문으로 말머리를 돌렸으나, 매복해 있던 여포의 군사들이 고함을 지르며 달려들어 조조는 어쩔 도리 없이 서문을 향해 질주한다.

조조와 헤어진 전위는 타오르는 불길을 헤집고 주공을 찾기 위해 백방으로 헤맨다. 이때 남문을 불지르고 성벽을 넘어 2진을 이끌고 온 이전이 전위에게로 가까이 다가와서 묻는다.

"교위, 주공은 지금 어디 계시오."

"나도 적의 화살 공세와 화염을 피해 도주로를 뚫다가, 주공과 헤어져서 지금 백방으로 찾고있는 중이외다."

이들은 일단 전투보다는 조조를 찾기 위해 혈안이 되어 모든 성안을 헤집고 다닌다. 조조는 이리저리 적병의 공격을 피하며 피신 다니다가, 자신의 신분을 위장하기 위해 여포 병사가 입던 투구와 편갑옷으로 갈아입고, 해가 떨어져 어둑해진 민가의 골목길을 헤매며 도주할 길을 찾는다.

이때 횃불을 든 일단의 병사를 이끌고 한 장수가 조조에게로 가까이 다가오자, 조조는 가슴이 철렁 내려앉는 자신을 발견하게 된다.

'이제 모든 것이 끝장났구나. 그러나 정신을 바짝 차리면 길이 열릴지도 모른다.'

조조는 얼이 빠진 상태로 태연히 그들 옆을 스쳐 지나려 하는데, 한 장수가 조조를 부른다. 조조가 고개를 돌려 비녀를 꽂은 모습을 얼핏 보고 깜짝 놀라 소스라친다.

'이크, 바로 여포가 아닌가?'

조조는 그대로 심장이 얼어붙는 느낌을 받는다. 조조는 너무 긴장하여 자신의 옆을 지나치는 장수를 여포로 착각할 정도로 공황상태에 빠져있었다. 조조는 오로지 여포의 병사로 위장한 외장에 의존하며, 어둑해진 저녁의 어스름, 희미한 횃불의 배경에 기대어 얼굴을 가리고 지나치려고 한다.

바로 옆을 지나던 여포의 부장도 조조를 찾기에만 혈안이 되었는지 바로 옆을 지나는 존재에 대해서는 크게 개의하지 않고 지나치려 하다가, 바람같이 옆을 스쳐 지나는 존재를 의식하고는 조조의 투구 정수리를 가볍게 내리치며 묻는다.

"이 근처에 조조로 추정되는 놈이 도주했다는데, 수상한 놈을 보지 못했느냐?"

조조는 속으로 아찔한 느낌을 받으면서도 급히 호흡을 가다듬고 떨리는 목소리로 대답한다.

"조금 전, 일단의 군사들이 붉은 투구와 갑주를 입은 장수와 함께 불타는 서문을 향해 질주하여, 저는 그들을 추적하다가 무리에서 이탈하여 혼자 거리를 배회하던 중이었습니다."

여포의 부장은 말을 듣자마자 추격대를 이끌고 황급히 서문을 향해 질주한다. 조조는 사지를 벗어나기 위해 사력을 다해 애마 절영에게 채찍을 가하며 동문을 향해 내달린다. 여포의 부장은 서문을 향해 한참을 달렸으나 주변에는 아무런 변화의 조짐이 보이지 않자, 의아한 표정을 짓더니 문득 조금 전의 병사가 어디에서인가 한번은 본 듯한 얼굴이라는 생각이 들어 곰곰이 생각에 빠진다.

그리고는 '아차' 하더니 곧바로 병사들을 재촉한다.

"아까 민가 골목에서 만났던 자가 수상하다. 동문을 향해 모두 이동하라."

여포의 부장이 방향을 돌려 동문을 향하여 조조를 추적할 때, 조조는 혼비백산하여 최대한 여포의 추격대와 거리를 벌리려고 세차게 말을 내달리다가, 어느 정도 여포와의 무리와 거리가 벌어졌으리라 생각하고 주변을 두리번거리는데, 멀리서 조조를 찾는 병사들의 고함소리가 들려온다.

"주공, 어디에 계십니까? 전위입니다. 소리가 들리시면 소리가 나는 쪽으로 방향을 돌리십시오."

조조는 구세주의 음성을 듣는 듯 반가워한다.

"오! 전위, 나 여기에 있소."

조조가 소리를 지르며 전위의 호위대를 향해 나아가자, 온몸에 온통 피를 뒤집어쓴 채로 양손에 철극을 들고 전위가 조조에게로 말을 달려와서, 조조를 호위하여 닥치는 대로 여포군을 주살하면서 동문의 근처에 당도한다. 동문은 조인이 공성을 벌이면서 남겨진 치열한 전투의 흔적으로 성루는 아직도 맹렬한 불길에 휩싸여 있었다. 성 위에서 불에 타고 있는 목재와 마른 장작단이 땅 아래로 떨어지니, 땅바닥은 말할 것도 없고, 성루와 성벽에도 불길이 붙어 그 기운이 그야말로 가관이었다.

군마들은 불길을 두려워하여 주위만을 맴돌 뿐 앞으로 나아가지 못한다. 불길은 사람, 말을 가리지 않고 가차 없이 불똥을 날린다. 저만치 뒤에서는 조조를 찾던 여포가 서량철기를 이끌고 고함을 지르며 몰려오고 있다. 조조는 절망감에 사로잡혀 탄식한다.

'그야말로 진퇴양난이로구나. 이제는 오갈 데가 없는 독 안에 든 쥐 신세로고.'

조조가 속으로 탄식하고 있을 때 전위가 사방을 둘러보더니 결연한 어조로 말한다.

"주공, 이제는 불길을 뚫는 것 이외에는 달리 방법이 없습니다. 소장이 앞장서서 길을 열어 놓을 터이니, 주공께서는 소장 옆을 바짝 따라붙으십시오."

전위가 철극으로 활활 타고 있는 불길을 열고, 주변의 인화물질을 헤치며 조조를 보호하여 앞으로 나아간다. 조조 또한 불길을 헤집으며 전위의 곁을 좇는다.

투구도 불이 붙고 갑주도 불에 붙어 위험이 극한 상황일 때, 조조와 전위, 그리고 불에 화상을 입은 말들이 성문 바깥을 거의 빠져나온다.

이때 불에 타던 성루의 한쪽 모퉁이가 허물어져 내리고, 불에 붙은 커다란 대들보가 조조가 탄 말의 엉덩이를 내리친다. 말이 비명을 지르며 조조를 떨구고 해자를 향해 내달리고, 조조는 불 바닥에 나뒹군다.

곧이어 조조의 몸 위로 불붙은 대들보가 덮친다. 조조는 넘어진 상태에서 불붙은 대들보를 팔뚝으로 막아낸다.

"주공!"

전위와 호위병 여럿이 곧바로 조조에게 달려들어, 불붙은 대들보를 치우고 순식간에 조조를 구해낸다.

조조는 화염 속에서 벗어나자마자 곧바로 혼절한다. 투구와 갑주도 불이 붙어 전위와 호위병들은 신속히 조조의 갑주와 투구를 벗기고 전위의 말에 조조를 옮겨 태운다.

기절한 채로 본영으로 돌아온 조조는 급히 군막으로 옮겨

져 전의(典醫)의 치료를 받고 안정을 취하게 된다.

살아남은 장수와 군사들은 하나둘씩 조조의 군막으로 몰려드는데, 살아 돌아온 병사를 점검하여 보니 출정할 당시의 과반수를 크게 넘지 못하여, 본영으로 돌아온 장수들과 병사들은 모두 무거운 침묵에 빠져들고, 조조를 치료한 전의(典醫)가 수심에 찬 얼굴로 군막을 나설 때는 측근들이 모두 숨소리조차 죽일 정도로 긴장은 절정에 이른다. 하룻밤이 지나고 새벽녘이 되어 모두가 조조의 군막에서 선잠에 빠져있을 때, 갑자기 군막 안에서 간드러지면서도 자지러지게 놀란 듯한 웃음소리가 들린다.

"으아 하하하"

모두가 깜짝 놀라 조조가 누워있는 침상으로 달려간다. 조조는 오른팔, 어깨, 등, 허벅지에 화상을 입은 채로 붕대가 감겨 있는데, 수염과 머리털이 불에 그으려 있었고 얼굴에도 붕대를 매고 있었다. 장수들은 조조의 간드러진 웃음소리에 깜짝 놀라 조조의 침상에 달려왔으나, 조조의 어이없는 몰골을 보고 어안이 벙벙한 채 서로 얼굴만 마주 보고 입을 열지 못한다.

"제장은 아무런 염려도 하지 마시오."

한쪽 눈은 붕대를 감은 채로 조조는 장수들을 쳐다보며, 또다시 간드러지게 웃더니 입을 연다.

"내가 생각해 보아도 너무도 어이없이 여포와 진궁에게 당했소이다. 내가 그들의 지략을 너무 깔보았더니, 이제 그 대가를 받은 것 같소. 그러나 반드시 대가를 돌려주리다."

온몸이 엉망인데도 큰소리를 치는 조조를 보고, 장수들이 다시 고개를 갸우뚱거린다. 이들의 표정을 살피던 조조가 재미있다는 듯이 다시 '깔깔' 웃으며 말을 이어간다.

"내가 어제 당한 굴항대호의 굴욕을 다시 여포에게 돌려주기 위해, 여포를 상옥추제(上屋抽梯:상대를 유인하여 궁지에 빠뜨림) 계책으로 궁지에 몰아넣고 섬멸시키리라. 제장과 책사들은 아군 병사들에게 '내가 화상을 크게 입고 오늘 밤에 사망했다'라고 헛소문을 내어 발표하고 발상을 시행하시오. 그러나 적진에 대해서는 나의 사망을 알리는 일체의 발설을 하지 말고, 그들 스스로 아군 진지에서 이상한 기미를 느끼고, 그들의 세작이 아군 진지로 은밀히 침투하여 나의 사망을 첩보로 얻어가도록 하시오. 따라서 아군 병사들에게도 나의 사망이 기정사실인 것처럼 전파해야 하오. 그렇지 않고 우리가 여포의 진지에서 쉽게 알아차릴 수 있도록 하수를 던지면, 진궁은 반드시 우리의 계략인 줄 알아차리고, 장계취계(將計就計:상대의 의중을 미리 알고 계책을 역이용)를 써서 역으로 우리가 당하게 될 수도 있소. 아군 병사들에게는 '사흘 후에 일단 마릉산 중턱 평지에 가매장한다.'고 발표하시오. 그리고 장수들은 미리 동쪽과 서쪽 계곡에 군사를 매복시킨 다음, 아군이 장례행렬을 꾸리고 출발하다가 여포가 군사를 이끌고 공격해 오면, 그때 여포를 대대적으로 공략하여 섬멸시키도록 합시다. 이 작전은 우리 병사들에게도 비밀리에 행하시오."

조조의 장수들은 궁지에 빠져서도 절망하지 않고, 새로운 변화를 이끌어내는 조조의 낙천적인 성향을 탄복하며, 모두 자신의 휘하부대로 돌아가서 조조가 사망하여 사흘 후에 장례를 치른다는 허위정보를 퍼뜨린다.

동시에 은밀히 매복병 수천을 마릉산 계곡으로 보내 배치하고, 이를 수행하는데 필요한 세부적인 작전계획을 신중히 수립한다. 바로 그때 여포와 진궁은 조조가 진궁의 위계에 빠져 복양성을 진입했다가 대패하고, 동문에서 큰 화상을 입은 현장을 직접 눈으로 확인한 이후, 조조의 군영이 이상하리만큼 조용해진 것을 의아해한다.

이틀이 지나도 조조의 군영에서 군사훈련이나 특별한 군사적 활동이 없이 조용하자, 여포와 진궁은 원인을 알아내기 위해 야음을 틈타 조조의 군사로 위장한 세작을 조조의 군영에 침투시킨다. 그로부터 얼마가 지난 후, 조조의 군영으로 침투했던 세작이 성으로 돌아와서 여포에게 첩보사항을 보고한다.

"조조가 심한 화상으로 사망하였으며, 바로 내일 진시(辰時)에 은밀히 마릉산으로 가매장을 하기 위해, 장수들과 병사 수천 명이 출발한다고 합니다."

세작의 보고를 받은 여포는 뛸 듯이 기뻐한다.

"아! 나를 그렇게도 괴롭히고, 언제나 나의 앞길에 재를 뿌려온 조조가 죽었다고 하니 만감이 교차하는구나. 이제 조조가 가는 마지막 길목을 공격하여, 조조의 잔영을 연주에서 완전히 뿌리 뽑으리라."

여포 옆에 있던 진궁이 신중하게 의문을 표하며 말한다.

"장군, 아무래도 수상한 기미가 느껴지지 않습니까?"

여포는 진궁을 질타하듯이 말한다.

"공은 언제나 나의 뜻과 달리 움직이려고 하는구려. 만일 조조가 위계를 쓰려고 한다면, 사방팔방 자신의 사망을 알려 우리가 쉽게 첩보를 얻도록 했을 것이오. 그러나 조조의 군영에서는 이를 철저히 비밀리에 붙인 관계로 우리가 어렵게 노력하여 첩보를 얻었다는 사실을 보면, 이는 조조가 우리를 끌어내려는 위계는 결코 아닐 것이오. 공도 나와 같이 조조가 동문을 빠져나가다가 성루에서 떨어진 불붙은 대들보에 눌린 것을 확인하지 않았소?"

진궁도 여포와 함께 조조의 부상 현장에 있었기 때문에, 더 이상은 반론을 펴지 못하면서도 신중론을 펼친다.

"장군, 조조의 사망이 확실하더라도, 상을 치르는 적을 공격하는 것은 예에 벗어나는 행위라고들 합니다."

여포는 갑자기 유식한 체하면서 고함을 내지른다.

"공은 병법도 모르오? 전쟁은 장난이 아니외다. 전쟁 시에는 모든 사고와 행위가 평상시와는 완연히 달라져야 한다는 말을 듣지 못한 모양이구려. 조조가 장례를 치를 때 조조의 장수들과 그를 따르는 잔영을 붕괴시키지 못하면, 조조의 상이 끝난 후에 새로이 조직체계를 갖추게 되는 적군을 붕괴시키기는 결코 쉽지가 않소."

여포는 조조의 가매장 장례식이 시행되는 시점에서 조조군사의 후미를 기습할 전술을 마련하고, 이튿날 진시가 되자 세작의 첩보대로 조조의 장례행렬이 은밀히 마릉산으로 이동하는 것을 확인한다.

드디어 조조의 위장 장례식이 거행된 후, 조조의 장례행렬이 마릉산 기슭을 돌아 산의 계곡을 들어설 때, 여포는 대군을 이끌고 장례행렬을 뒤쫓다가 조조의 후미를 틀어막으며, 봉선대의 기마궁수들에게 줄화살을 날리며 장례행렬을 급습하도록 지시한다.

그러나 동쪽과 서쪽 계곡에 매복하여 있던 조조의 복병들이 이와 동시에 계곡의 남, 북의 양쪽 끝에서 거대한 바위를 굴려 내리며 계곡의 입구와 출구를 막고, 여포의 봉선대를 향해 화살과 쇠뇌, 바위를 굴러 떨어뜨린다.

장례식 복장으로 위장한 하후연, 조인, 악진, 이전 등의 장수와 병사들이 상복을 벗어젖히고 북과 징, 꽹과리를 치면서, 수레에 숨겨둔 무기를 끄집어내어 여포의 봉선대를 역으로 공격하자, 의외의 반격에 깜짝 놀란 여포의 봉선대는 공격목표에 혼선이 생겨 전열이 여지없이 무너지기 시작한다.

아무런 대비도 없이 당한 역습이어서인지 여포는 즉시 퇴각명령을 내릴 수밖에 없었다.

"봉선대 전사들은 각자 알아서 퇴로를 뚫고 복양성 가라."

아무리 용맹한 여포와 봉선대일지라도 좁은 협곡에서 펼쳐지는 기습에는 속수무책일 뿐이다. 수많은 병사를 잃고, 여포와 정예기병 봉선대 병사들은 가까스로 복양성으로 돌아간다. 이후, 장막과 여포는 성이 갖는 지형적 이점을 활용하여, 척후병조차도 복양성에서 꼼짝을 못하게 하고 장기적으로 대치하기에 돌입한다.

조조는 온갖 수단을 다 동원해서 여포를 복양성 밖으로 끌어내어 결전을 벌이려고 하나, 장막과 여포는 성안의 풍족한 군량에 의존하여, 조조의 공격에 대하여 성을 수성하는 전략으로만 일관한다. 이로 인해, 조조는 동군 복양 벌판에 야전 군영을 구축한 채, 복양성에서 꼼짝하지 않고 농성하고 있는 여포와 1백여 일을 대치한다.

작은 충돌도 없이 이렇게 장기간 대치하게 되는 경우는 전쟁사에서도 극히 드문 경우이다. 전략과 전술상으로 조조와 여포는 서로가 서로를 너무도 잘 알기 때문에 상대의 동향에 예민해져 있고, 먼저 움직이는 진영이 상대에게 허점을 보이게 될 우려가 있어, 서로 상대편을 팽팽하게 견제함으로써 벌어지는 현상이었다.

그러나 점점 장기전으로 돌입할수록 전황은 더욱 조조에게 불리하게 돌아가기 시작한다. 조조는 서주원정을 떠날 당시 군수품과 군량미 확보를 위해, 연주 각 군현에서 생산될 수확을 미리 예측하여 조세를 거두어들였다. 이 때문에 조조는 장막에게 탈취당한 연주 군현에서 새로이 조세를 거둘 명분이 없었던 반면, 미리 거두어들인 조세가 없어 조세의 부담에서 자유로운 장막은 향후 군량미를 확보할 여지가 얼마든지 남아 있었다. 자연스레 속전속결이 필요한 조조는 공격적 공세를 취해야 하고, 장막의 연주 3인 연합정권은 장기전으로 돌입할수록 군량을 최대한 확보해 놓은 자신들이 모든 면에서 유리한 입지에 있다는 생각으로 전투를 소강상태로 이끈다.

그렇게 양측이 팽팽히 대치하면서 194년(흥평 원년) 가을 초엽에 이르러, 한 점의 구름도 없던 맑은 하늘에 갑자기 점점이 면으로 크게 번지며, 검은 먹구름이 몰려오는 듯 이상한 조화가 하늘에서 일어나기 시작하더니, 그 기운은 순식간에 온 하늘을 뒤덮어 버린다. 메뚜기 떼의 내습이었다. 갑자기 엄청나게 많은 메뚜기가 황충의 떼를 이루어 연주 일대의 전답을 뒤덮는다.

"메뚜기 떼가 온 들녘의 알곡을 전부 먹어 치우고 있다. 빨리들 모여 메뚜기 박멸에 나서자."

연주의 관료부터 농부, 아낙과 어린이까지 메뚜기와의 전쟁에 나섰으나, 저녁 하늘의 별보다도 많은 메뚜기 떼의 폐해를 막기에는 역부족이었다. 메뚜기 떼가 천지를 휘젓고 지나간

뒤, 주위에는 알곡은커녕 풀잎조차 남아나지 않았다.

황충의 피해는 연주뿐만 아니라 관동 전역을 휩쓸고 지나가면서 가는 곳마다 초토화하는 바람에 관동의 수많은 백성들이 기아에 내몰리게 되어, 살기 어려워진 관동의 백성들은 유민이 되어 기주로, 서주로 무리를 지어 떠돌아다니게 된다.

곡물의 가격은 하늘 높은지 모르고 치솟아서 쌀 한 섬이 50관에 이르고, 일부의 지역에서는 기아에 내몰린 백성들이 사람을 잡아먹는 일까지도 발생한다.

7.
천하를 놓고 암중모색하는 군웅

7. 천하를 놓고 암중모색하는 군웅

1) 유비, 서주를 양도받고 기업을 일으킬 터전을 만들다

조조가 연주에서 장막의 3인 연합정권과 팽팽히 대치하고 있을 무렵, 서주에서는 서주자사 도겸이 깊은 병환으로 고생하면서, '서주자사 도겸이 유비에게 서주자사 자리를 양도할지도 모른다'는 소문이 나도는 등 놀랄만한 변화가 일어나고, 노환과 중병으로 더는 서주를 관리하기 어려워진 도겸은 후사를 의논하기 위해 미축과 진등 등을 불러들여 서주의 향후 문제를 긴밀히 논의한다.

이 자리에서 이들은 대부분 유비가 서주를 맡는 것이 가장 안정적이라며 유비를 후임으로 천거하자, 도겸은 안심하는 듯한 표정을 짓더니 성주의 패인을 유비에게 넘기도록 유언하고 눈을 감는다.

다음날 미축은 유비에게 전령을 보내 하비성으로 불러들이고, 성주의 패인을 넘기면서 도겸의 유지를 전한다.

"자사께서는 좌장군께 '한황실의 성지를 지키며, 천하 백성을 위해 일해주기를 바란다.'라는 유지를 남기셨습니다."

유비는 예전에 원술이 은근히 서주를 탐하는 눈치를 나타내어, 서주자사 도겸과 측근들이 노골적으로 원술을 멀리한 사실을 알고, 동시에 그로 인해 유비까지 서주를 탐하는 것으로 오해하여 유비를 경계해온 사실을 알기 때문에, 유비는 더욱 겸허하게 사양하며 조심스럽게 입을 연다.

"자사께서는 자제가 두 분이나 계시는데, 왜 나에게 물려주려 했습니까?"

유비는 의아하다는 듯이 거절의 뜻을 표명하며 묻는다.

"자사께서는 두 자제 모두가 난세에는 중임을 맡을 위인이 아니 된다고 하셨습니다."

유비는 그동안 호시탐탐 서주를 노렸던 원술이 유비 자신이 서주를 물려받게 될 경우 크게 반발할 것을 염두에 두고, 다시 한번 겸양을 보이며 사양의 뜻을 표한다.

"공로는 4대 3공의 명문 후예로서 명성이 사해에 두루 펼쳐있습니다. 그는 근거지도 서주에서 가까운 수춘에 있어, 서주와 솥발형세를 구축하여 서주를 안전하게 보존할 수 있습니다. 오히려 공로에게 서주를 양도하는 것은 어떨까요?"

유비는 짐짓 원술에게 서주를 넘길 것을 건의하자, 공융과 미축, 진등 등이 이구동성으로 합창하듯이 반대한다.

"공로는 무덤 속의 뼈다귀와 다름없습니다. 그는 외양만 번듯하지 속이 빈 강정입니다. 또한, 공로는 교만하고 자기중심적이어서 서주를 맡기더라도 황실을 위해 몸을 던질 위인이 못됩니다."

유비는 공융, 미축 등 도겸 측근의 인사들이 유비에게 힘을 실어주고는 있지만, 아직은 서주의 많은 태수와 호족들의 분위기가 완전히 자신에게 쏠려있지 않음을 염두에 두고 거듭 거절의 뜻을 표한다.

"지금 저는 이 중임을 맡을 만한 능력과 인맥이 부족합니다. 많은 인재를 거느린 능력이 있는 영걸이 서주에는 반드시 있을 것입니다. 그런 인사에게 맡기심이 옳을 것 같습니다."

"저희를 포함한 서주의 모든 제후와 장수들은 태수를 성심껏 보좌할 것입니다."

유비는 공융, 미축, 진등, 손건 등 서주의 유력인사들로부터 충성의 맹세까지를 받았으나, 그는 끝까지 서주자사의 패인을 받아들이지 않는다. 유비는 도겸의 휘하 장수들이 반납하는 관인도 받아들이지 않은 채, 관우와 장비와도 멀리 떨어져서 혼자 깊은 생각에 빠져든다.

'주변의 확고한 지지와 정리도 없이 어설프게 대업을 물려받았다가, 더 큰 저항을 받게 되면 물려받지 아니함만도 못한 것이다. 지난 역사 속에서 벌어진 결과를 살펴보면, 최후의 승리는 때를 기다리면서 서서히 분위기를 만든 자가 쟁취했다. 때를 만들려고 서두르는 자, 때를 앞서 나서는 자, 때를 뒤지는 자는 최후의 승자가 되지 못했다. 때를 기다리다가 분위기가 완전히 무르익었을 때, 단 한 번의 불질로 완벽하게 불길을 만들 수 있어야 한다. 내가 준비도 없이 지금 서주를 위임받는다고 했을 때, 나에게 견제구를 던질 우려가 있는 대상 중에 대부분의 지지표명은 끌어냈을지라도, 마지막으로 가장 중요한 대상이 남아있다. 바로 다름이 아닌 서주 백성들의 지지표명이 있어야만 앞으로 닥칠 일을 감당할 수 있도다.'

이튿날, 유비가 서주자사의 유언을 마다하고 패인을 넘겨받지 않으려 한다는 소문이 서주의 전역에 퍼지자, 서주의 조속한 안정을 원하는 백성들이 떼를 지어 자사부 앞으로 모여들어 유비에게 간절히 청한다.

"자사께서 생전에 소원하시던 일이며, 동시에 저희 백성이 모두 원하는 일입니다. 태수께서 서주를 거두시지 않는다면, 어느 누가 우리를 보호할 수 있겠습니까? 통촉해 주소서."

서주의 백성들까지 나서서 유비에게 서주를 이끌어달라고 간절히 요청하자, 그동안 조용히 유비의 결심을 기다리고 있던 관우와 장비도 유비에게 승낙할 것을 강력히 권유한다.

"백성들의 요청까지도 거부하는 것은 최상의 선택이 아닌 듯합니다."

이윽고 관우와 장비의 청을 받은 유비는 백성들 앞으로 나아가 나직한 목소리로 말한다.

"여러분의 간구함이 이 사람에게도 전달되었습니다. 비록 능력과 경륜은 부족하지만, 여러분과 함께 힘을 합쳐 복된 서주를 세세손손 영위하기 위해 노력하겠습니다."

유비는 서주자사 패인을 거두고 신속하게 업무를 시작하여 도겸의 장례를 성대히 치른다. 곧이어 유비는 도겸이 남긴 유훈을 장안의 조정에 올리고 동시에 서주의 관부를 정비하면서, 손건과 미축을 종사관으로 삼고 진등을 참모로 임명한다. 소패에 있는 부장과 군사들을 하비성으로 불러들이고, 관우와 장비에게는 군무의 책임을 맡겨 강병을 육성하도록 한다.

2) 조조, 여포와 연주를 놓고 치열한 각축전을 벌이다

　연주에서는 조조와 여포가 벌이는 전쟁이 장기간 소강상태로 빠져들면서 서로가 어려움을 겪던 와중에 황충의 피해로 인해 농지가 황폐화하여 식량사정이 더욱 악화되면서, 군량이 확보되지 못한 조조는 어쩔 도리가 없이 복양성 앞에 세웠던 군영을 제음군 견성으로 옮기고 장기전으로 돌입한다.
　조조는 부득이하게 여포와 장기간 대치상태로 돌입하면서 모든 전황이 어렵게 꼬여 들고 있던 중, 설상가상으로 유비가 서주에서 자사로 취임하였다는 소식을 접하고는 대로한다.
　"떠돌이 유비는 도겸이 내 부친을 죽인 원수임을 알면서도 원군을 끌고 와서 나를 자극하더니, 이제는 그 대가로 화살 하나도 날리지 않고 서주를 공짜로 차지하다니! 내가 여포보다도 더욱 얄미운 서주의 유비를 먼저 도모하겠노라."
　조조가 분을 참지 못해 성급히 서주정벌을 선포하려 하자, 순욱이 황급히 말린다.
　"지금으로부터 4백 년 전, 한고조께서 관중을 기반으로 천하를 도모하였고, 광무제께서는 하내를 굳건히 한 후 세력을 천하에 널리 떨칠 수 있었습니다. 이 세상의 모든 일은 중심이 되는 기반이 없으면, 천하를 바로 잡을 수 없다는 것을 의미합니다. 이런 근본을 세운 후에도 처음에는 시행착오가

많았으나, 기반이 있었기에 결국에는 대업을 이룩할 수 있었던 것입니다. 주군은 연주를 기반으로 처음 기업을 일으켰습니다. 지금 황하, 제수의 터전은 천하의 요새입니다. 이런 천하의 터전을 방치하고 전 병력을 일으켜 서주를 도모한다면, 여포가 빈틈을 노려 연주를 확고히 장악할 것입니다. 게다가 주군께서 서주를 완전히 장악할 수 있다는 보장이 있으면 모르겠으나, 지금의 군사를 소규모로 분산시켜서는 서주를 공략한다 해도 결코 서주를 정복할 수 없습니다. 과거 편협된 정치로 백성들에게 큰 신망을 받지 못했던 도겸도 서주를 지켰는데, 호족들과 주민들의 절대적 추대로 서주자사가 된 유비를 도모하는 일은 결코 쉬운 일이 아닙니다. 또한, 주군께서는 지난 2차례에 걸친 서주정벌 당시 서주의 백성들에게 잔혹한 보복을 가해, 서주에 남아있는 백성과 후손들이 주군의 위벌에 강하게 반발하고 있습니다. 이런 연유로 이들은 목숨을 걸고 주공께 끝까지 저항할 뿐 아니라, 주공께서 만에 하나로 서주를 점령하더라도 오래도록 점유하기는 어려울 것입니다. 주군께서 연주를 비우고 서주를 도모하는 일은 소탐대실이 될 수 있으며, 근본을 잃고 지엽을 얻고자 함일 뿐만 아니라, 평안을 버리고 확률이 적은 모험을 선택하는 것입니다. 주공께서는 다시 재고를 하심이 옳을 것 같습니다."

조조는 순욱의 논리 정연한 조언을 받아들여 한동안 사색하다가 유비에 대한 정벌을 당분간 유예하기로 한다.

조조가 유비에 대해 가지고 있는 강한 반감으로 서주에 큰 회오리가 불어 닥칠 뻔했으나, 조조에게 둘러싸인 불리한 정세의 덕분에 운이 좋게 빗겨 가고, 서주는 한동안 전쟁 소용돌이에서 멀찍이 벗어나게 된다. 이로써 유비는 순탄하게 황제로부터 서주자사, 서주목에 임명되어, 서주의 치안과 방위에 혼신을 기울일 수 있게 된다.

서주를 도모하려던 조조는 순욱의 자문을 받아들여 오로지 연주에서 여포와 승부를 짓기로 결정하지만, 연주를 둘러싼 여포와의 패권 다툼은 황충의 피해로 인해 부득이 하게 장기전으로 돌입할 수밖에 없게 된다. 장기전으로 진입하면서 장막은 진궁에게 현재 비축된 양곡과 앞으로 수확될 생산량을 다시 치밀하게 계산하도록 지시한다.

조사를 마친 진궁은 지금의 상황에서는 군민들에게 조세의 부담을 덜어주고도, 조조보다는 월등히 많은 양곡을 비축할 수 있다는 계산이 나오자, 장막과 여포에게 장기전을 치르는 것이 확실히 유리하다는 보고를 올린다.

이와 반대로 장기전으로 돌입할수록 조조는 점점 더 초조해가고 있었다. 조조의 살림을 맡은 정욱과 순유가 현재 비축된 양곡과 앞으로 수확될 생산량을 계산하고 조조에게 보고한 상황의 결과는 절망적이었다.

현재 비축된 양곡으로는 향후 식량이 추수될 때까지 버티지도 못하고 곧 바닥이 나게 될 것으로 추정되는데, 이를 타개하고자 조조가 속전속결을 택하려 해도 장막의 연합정권이 철저히 수성에만 임하는 탓에 복양성의 견고한 외성을 공략하기도 쉽지 않을 뿐 아니라, 공격을 손쉬운 진류성이나 연주성으로 돌리려 해도 복양성의 여포에게 뒤를 공략당할 우려가 있어 전선을 돌릴 수도 없었다.

진퇴양난을 겪고 있던 조조는 관동에 불어 닥친 황충의 위기를 천시(天時)의 기회로 활용할 역발상을 모색한다.

이 당시, 장막의 3인 연합정권이 조조보다는 상황이 낫다고는 하나, 연합정권도 황충의 피해로 인해 곡물가격이 급격히 상승하면서 모든 물가가 치솟고, 백성들이 기아에 허덕이고 병사들이 먹을 식량이 점점 고갈되어가면서 민심이 크게 동요하기 시작하자, 이를 타개하기 위해 장막은 참모와 제장을 불러 모아 대책을 마련하기 위해 전력을 쏟는다.

"백마장사 공손찬에게 상황을 알려 군량미의 지원을 요청합시다. 백마장사에게 사자를 먼저 보내어 식량을 요청하고 그후, 연주의 호족들에게 협조를 청해 곡물가격의 안정을 취한 연후에 조조와 평화협정을 맺도록 합시다. 식량의 사정은 조조가 우리보다 더욱 심각한 것으로 보입니다. 조조가 평화협정을 마다할 일이 없습니다. 평화협정을 통해 둔전을 활용하여 군사들이 식량을 증산하는 일에 종사하도록 하여야 민심을 수습할 수 있을 것입니다."

진궁이 현재의 식량 비축현황과 미래에 거두어들일 농산물 예상수확량 그리고, 백성들의 하루 양곡소비량, 물가와의 상관관계 등을 설명하며 진지하게 언급하자, 진류태수 장초도 이에 동조하는데, 갑자기 여포가 끼어들어 한마디 던진다.

"어찌 아무런 성과도 없이 정전을 논한다는 말입니까? 어렵기는 조조 또한 마찬가지일 것이오. 다른 것은 몰라도 정전은 아니 될 말이외다."

여포가 탁자를 '꽝' 내리치면서 일어나 나가버린다. 모두가 놀란 눈으로 나가는 여포의 험한 뒷모습을 쳐다보는데, 여포의 뒷모습을 바라보던 연주자사 장막이 심각한 표정을 지으며 입을 연다.

"지금 나도 연주의 호족들과 백성들의 민심을 듣고 있소. 공대의 말이 천번 만번 '옳소'만 '현실적으로 평화협정이 과연 가능하겠는가?'에 대한 고찰이 필요할 것이오. 우리 입장에서는 평화협정을 할 수 있다면 당연히 좋겠지만, 과연 자신의 관할지를 빼앗겼다고 생각하는 조조가 이에 쉽게 응할지도 문제이고, 설혹 조조가 정전에 응할지라도 원소가 여포와의 정전을 순순히 허락해주지도 않을 것이오. 무엇보다도 연주목 여포장군이 이렇게까지 완강하게 반대하는데, 정전이 이루어진다고 하더라도 우리 과두 연합정권이 계속 유지해 나갈 수가 있겠소? 식량의 사정이 어렵기는 조조가 우리보다는 더욱 심할 겁니다. 평화협정은 추후에 다시 논의하기로 하고,

먼저 공손찬에게 지원요청을 하고 동시에 연주의 호족에 대한 협조를 계속 추진해 봅시다."

진궁은 장막의 중재를 받아들여 곧바로 공손찬에게 식량지원을 요청한다. 얼마 후, 공손찬에게 보낸 사자가 돌아와서 공손찬의 답서를 장막에게 전한다.

"자사의 전서를 받아 내가 도움이 될 일을 면밀히 점검해 보았으나, 나도 원소와의 오랜 전투로 인해 식량 사정이 좋지 않을 뿐만 아니라, 연주와의 교통로도 원소에게 모두 차단되어 식량을 지원하는 것이 아무래도 어려울 것 같습니다."

장막은 가느다란 희망 줄도 놓지 않고 공손찬에게 원조를 청했으나, 돌아온 공손찬의 답변은 장막과 진궁의 희망을 송두리째 뽑아버리는 내용이었다. 장막과 진궁은 별도리 없이 연주의 호족들에게 협조를 간곡히 부탁한다. 그러나 이들도 황충의 여파로 어렵기는 마찬가지였다.

장막과 진궁, 여포는 달리 방도가 없어 연주호족을 상대로 강제로 군량을 징수하는 방법을 취하게 되는데, 이로 인해 세금이 이중 삼중으로 부과되자, 연주호족들은 지나친 징수를 거부하며 장막에게서 등을 돌리기 시작한다.

연주지역에서의 영향권을 거의 빼앗긴 조조의 사정은 더욱 심각하여, 조조는 이 상태로는 한달을 버티기도 어려운 실정이었다. 조조도 원소에게 지원을 요청하는 사자를 보냈으나, 돌아온 답변은 공손찬이 장막에게 보낸 내용과 대동소이했다.

"조공의 어려움을 인지하고 있으나, 나도 공손찬과의 오랜 전투로 사정이 어려우니, 조공은 연주를 포기하고 기주로 와서 나와 함께 먼저 공손찬을 제거합시다."

원소의 답서를 받고 마지막 희망의 끈을 놓게 된 조조는 휘하의 참모와 장수들을 소집하여 대책회의를 개최한다.

"지금과 같은 환경에서는 우리가 더 이상 연주에서 버티기가 어려울 듯하니, 이제는 기주목 원소의 제안을 따르는 수밖에 없을 것 같소."

조조가 크게 낙심하여 원소에게 의탁한 후, 때를 기다려 후일을 기약하자는 뜻을 표명한다.

이때 정욱이 원소에게로 의탁하려는 조조의 설정을 강력히 반대하며 말한다.

"주군께서는 위기상황에 몰리게 되니 두려움이 앞서는 것인가요? 조금만 더 버티면 반드시 좋은 해결책이 나올 것입니다. 주군은 당대의 영웅으로서 원소와 같이 비루한 인물에게 의탁할 수는 없습니다. 주군께서 이러한 점을 알면서도 원소에게 의탁하러 떠난다면, 주군은 원소의 좁은 울타리에 갇히어 웅대한 뜻을 다시는 펼 수 없게 될 것입니다. 지금은 누가 보아도 위기 상황임에 틀림이 없지만, 소신과 문약(순욱의 호)이 방법을 찾아내기만 하면 지금의 위기를 기회로 돌릴 수 있을 것입니다."

정욱의 말이 끝나자, 순욱도 정욱의 의견을 동조하며 그동안 관찰했던 기발한 정찰의 결과를 공개한다.

"중덕(정욱의 호)의 말대로 주공께서 그렇게 결정한다면, 이는 영원히 원소에게 의탁하게 되는 것입니다. 그 길로 가서는 결코 웅대한 뜻을 펼칠 수 없습니다. 최근 제가 알아낸 놀라운 사실 하나를 공표하겠습니다. 관동의 전 지역이 황충으로 인해 식량의 파동을 겪고 있는 이때, 놀라운 것은 시장에는 아직도 곡물이 조금씩 유통이 되고 있다는 사실입니다. 사실의 진상을 추적하여 조사해보니, 예주를 통해 양곡이 조금씩 시장에 유출되고 있는 것입니다. 그 양곡은 예주의 호족들이 비축해 놓았던 것을 양곡시장에 조금씩 내다 파는 것으로 추정됩니다. 예주는 옛 예주자사 주앙과 원술의 격렬한 싸움으로 피폐해진 이래 실익이 없어진 군웅들이 떠나고, 그로 인해 지금은 통치권자가 없이 무정부상태로 되어있습니다. 특히 여남과 영주, 양국, 영천에는 무정부상태가 더욱 심하여, 황건 잔당인 하의, 하만, 유벽, 황소 등의 도적들이 양민을 약탈하기가 수월해지자 이곳에 거점을 두고 양민을 수탈하여 비축한 재물이 태산을 이루고 있다고 합니다. 예주의 호족들은 이들로부터 자신의 재산과 생명을 지키기 위해 자경대를 두어 치안을 유지하고는 있으나 완벽하지 못하다는 정보입니다. 반객위주(反客爲主:손님의 신분으로 조심스럽게 한발을 들여놓았다가 기회를 엿보고 주도권을 잡음) 계책으로 주공이 예주를 도모한다면, 현실의 급박한 위기를 하늘이 준 기회로 돌릴 수도 있습니다. 지금 주공께서 도적들을 소탕하여 이들의 재물을 빼앗아도 어느 누구도 주공을 탓할 사람이 없을 것입니다. 우리가 도적을 토벌한다는 명분으로 예주의 호족에게 반감을 사지 않고 먼저 예주로 진입하고 그 후, 도적을 토벌하며 뒤이어 예주 호족의 마음을 사서 치안을 유지하는 작업에 필요한 징수를 한다면, 생각지도 못하게 이번의 위기를 쉽게 넘길 수 있을 것입니다."

순욱은 조조의 최고 모사답게 치밀하게 조사한 결과를 공개하자, 조조는 엄청난 정보를 입수한 순욱을 치하하고, 얼굴에 함박웃음을 띠며 말한다.

"문약의 조사는 참으로 놀랄만한 정보외다. 나도 즉시 따르고 싶으나, 여포와 대치하고 있는 상황에 군사를 돌리면 후방을 털리게 될까 걱정이오."

순욱은 기다렸다는 듯이 다시 대책을 제시한다.

"기주목 원소에게 군사 5천과 군자금의 지원을 요청하십시오. 만일 원소장군이 지원군을 보낸다면 이들을 여포의 군사들과 대적하도록 배치하고, 여포의 군대와 대치해 있는 우리의 정예병 5천을 빼내어, 이들로 하여금 예주의 도적을 정벌하는 전장으로 출정시키는 것입니다."

순욱의 제안을 옳다고 여긴 조조는 원소에게 사자를 보내 어렵게 협조를 얻어내어, 원소가 기주에서 지원병 5천을 보내오자, 조조는 여포와 대치하고 있는 자신의 정예병을 원소의 지원병과 호환시키고, 자신의 정예병 5천을 이끌고 여남과 영천, 양국으로 진입하여, 예주에서 약탈을 일삼는 도적의 두목인 하의와 황소를 몰아낸다. 이에 예주의 호족들은 도적을 토벌해준 은혜를 감사하는 대가로 조조에게 자기들이 비축한 식량을 기꺼이 내어준다. 조조는 도적들에게서 빼앗은 양곡과 호족들이 지원한 군수물자를 싣고, 연주 산양군 신창에 새로이 연주자사 치소를 축성한다.

이때 조조는 예주의 도적을 척결하고 예주를 평정했다는 공적을 천하에서 인정을 받고자 하여, 형식적으로라도 공적에 대한 황제의 칙서를 얻기 위해 지방에 대한 통치권을 잃은 장안의 조정에 의표를 올린다. 조조는 칙서를 통해 자신의 정통성을 대내외에 공표하고자 하는 의도였다.

장안 조정에서는 이각과 곽사를 견제하기 위해 고심하고 있던 태위 양표가 헌제를 배알하고, 조조를 예주 겸 연주자사로 임명해 주도록 소를 올린다. 이리하여 황제의 칙서를 받은 조조는 실리로는 예주를 평정하여 군량미와 병력을 충분히 마련하고, 형식적으로도 예주와 연주자사 칙서도 받게 되어 실리와 명분을 모두 취하게 된다.

이제 조조는 황충으로 인해 겪어온 그동안의 궁지에서 벗어나, 확고한 배경을 구축함으로써 여유롭게 장막과 여포를 공략할 수 있게 된 것이다.

반면, 장막과 여포 측은 새로운 군량미 징발처를 확보하지 못하여, 필요시마다 똑같은 호족에게 거듭된 조세를 징수하게 된다. 거듭 부과되는 지나친 징세에 지친 연주호족들의 불만이 팽배해지더니, 초기에 장막의 인망을 따라 조조를 배척했던 호족들이 이제는 장막에게 등을 돌리면서, 장막의 진영은 깊은 수렁에 빠져든다.

 장막과 여포, 진궁은 병사들을 풀어 물고기를 잡아 식량난을 덜게 하고, 설익은 벼와 밀, 보리를 수확하여 군량미를 충당해야 할 지경에 이르자, 장막의 연합정권 병사들 사기가 땅바닥으로 떨어지는 것은 자명한 일이 된다.

 연주별가 설란은 연주치중 이봉에게 군사를 이끌고 연주성의 밖으로 나가 군량을 확보해서 돌아오도록 지시한다. 반면, 식량의 문제에서 자유로워진 조인과 하후연은 연주성 주변에 둔영을 구축하고 있다가, 연주성에서 수천 명의 군사들이 성을 떠난 빈틈을 이용하여 연주성을 공략한다.

 연주성이 위급하다는 소식을 접한 연주치중 이봉은 식량을 구하러 가던 길을 돌려, 군사들을 이끌고 성안에 있는 연주별가 설란과 협공하여 연주성을 구할 방안을 모색하기 위해 회군한다. 연주치중 이봉이 연주별가 설란에게 전령을 보내고 황급히 연주성으로 돌아가던 중, 복양성 길목을 지키고 있던 조인의 매복병에게 걸려 군사의 절반을 잃고, 매복병의 기습을 피해 가까스로 복양성 앞으로 도주했으나, 성문 앞을 지키고 있는 조인의 군사들에 의해 강력히 저지를 당한다. 이봉은 연주성으로 들어가지 못하고, 남쪽으로 방향을 돌려 산양군 거야에서 군사를 수습한다.

이봉이 연주성으로 돌아오지 못하면서, 사태의 심각성을 느낀 설란은 홀로 연주성을 수성하는 데 총력을 다 하지만, 연주성에 잔류해 있는 군사들은 천인(天人) 조인과 하후연의 맹렬한 공성에 위축되고, 그에 더하여 굶주림으로 전투의지를 상실해 간다. 연주성에서 기아에 허덕이던 성안의 병사들은 조인의 끈질긴 항복을 권유받고 결국에는 성문을 열어 투항하기에 이른다.

연주별가 설란은 투항을 거부하는 자신의 측근들을 이끌고 성을 빠져나와, 이봉이 회군해서 주둔하고 있는 거야로 도주한다. 조인의 용력과 기지로 연주성을 수복한 조조는 설란과 이봉이 주둔한 거야가 신연주성과 가까이에 있어, 어느 때라도 신연주성에 위해를 가할 우려가 있음을 감지하고, 조인을 주장으로 이전과 이정을 부장으로 삼아 거야로 출격시킨다.

설란과 이봉이 혼신을 다하여 수성하지만, 거야성은 워낙 방벽이 허술한 작은 성이어서, 조인이 이끄는 대군의 거센 공성을 이겨내지 못하고 함락되고, 설란은 격전 중에 이전의 화살을 맞아 죽고, 이봉은 성벽을 올라온 조인의 군사들에 의해 목숨을 잃는다.

조조가 동평의 연주성을 점령하자, 인근의 동평국과 태산군, 제북군의 태수와 현령들이 다시 줄줄이 조조에게로 투항한다. 조조는 연주성을 함락시킨 여세를 몰아 복양성을 수복하려고 전군을 휘몰아 기세등등하게 출정에 돌입한다. 조조는 선봉에 전위, 좌군에 하후돈과 하후연, 우군에 이전과 악진, 후군에 우금과 여건을 보임하여 복양성을 철저히 공성하도록 명하고, 자신은 후방에서 군수지원에 총력을 기울인다.

한편, 복양성에서는 여포가 식량을 확보하기 위해 성 밖으로 둔전병을 내보낸 상황에서, 조조가 대대적으로 공격을 감행하자 크게 긴장한다. 진궁은 둔전병들이 돌아오지 않은 상태에서 조조 대군의 공세가 거세게 펼쳐지자, 여포에게 긴급히 대처할 방안을 제시한다.

"지금 아군의 대다수 장수와 병사들이 식량을 구하러 성 밖으로 나가 있습니다. 양곡을 구하러 간 병사들이 돌아올 때까지 병력을 점검하고 기다려야 합니다. 조조의 군사들은 연주성을 함락시킨 여세를 몰아 총공격을 감행하였기 때문에 사기는 최고조에 달해 있으니, 아군은 진화타겁(趁火打劫 : 적이 강세일 때는 기다림) 전략으로 임해야 무리가 없을 것입니다. 사기가 오를 대로 오른 병사와는 정공법을 피하는 것이 병법의 기본입니다. 조조 군대의 형세를 보면, 이전에 행해진 전투와 같은 지구전을 겨냥한 전투가 아닙니다. 다행히 적군의 진형을 보면 원진(圓陣)으로서, 조조는 먼저 공격을 취하기보다는 아군의 공격을 끌어들여 공략하려는 진형입니다. 성문을 굳건하게 닫아걸고 병력을 집결시켰다가, 적들이 느슨해진 틈을 노려 기습공격을 하는 것이 좋겠습니다."

조조의 진형을 굽어본 진궁이 입을 열자마자, 여포가 큰 소리로 진궁을 다그친다.

"제대로 군사를 모르는 소리 좀 하지 마시오. 적병의 진형 구축이 아직 미흡하여 어수선할 때, 강하게 두들겨야 겁을 먹고 기세가 꺾이는 법이오. 지금 대응을 하지 않고 가만히 있으면, 우리 병사들이 회군하기도 전에 포위되어 꼼짝없이 당하게 될 것이오."

여포에게 건건이 의사를 묵살되어 온 진궁도 이제는 지지 않고 거세게 반박을 가한다.

"장수들과 병사들이 회군하여 조조의 저항에 막혀 들어오지 못하게 되면, 밖에서 기각지세(掎角之勢)를 형성해서 앞뒤로 공략을 하면 되지 않겠습니까?"

진궁이 말을 마치기도 전에, 여포는 직할부대인 봉선대 만을 이끌고 성 밖으로 나아간다.

여포가 성 밖으로 나오자마자, 조조는 진형을 원진에서 일자진으로 바꿔 여포가 공격하기를 기다린다. 여포가 적토마의 등에 실려 무서운 기세로 달려오자, 조조가 명령을 내릴 틈도 없이 선봉장 전위가 말을 몰고 나아간다.

전위가 철극을 휘두르며 매섭게 달려들지만, 여포의 방천화극에는 당해낼 재간이 없는 듯 뒤로 물러서자, 조조가 황급히 하후돈, 하후연, 이전, 악진에게 전위를 도우라고 명령한다.

하후돈, 하후연이 여포를 둘러싸고 공격하다가, 힘이 빠지면 전위, 이전, 악진이 공격해 들어가는 차륜전법을 구사하자, 마침내 여포는 방천화극을 내리깔고 성으로 퇴각한다. 여포가 성 앞에 당도하여 성문으로 들어가려 하는데, 이때 성문은 굳게 닫힌 채 여포가 큰소리로 외쳐도 열리지 않는다.

"갑자기 복양성에서 무슨 일이 벌어진 것인가?"

여포가 의아해하며 성루를 쳐다보는데 이때, 성루에서 복양성의 부호 전가(田家)를 위시한 여러 호족들이 자기들이 보유한 사병의 보호를 받으며 여포를 내려다보고 고래고래 고함을 내지른다.

"그대는 성안의 백성을 함부로 대하며 우리의 재산을 그대의 것인 양 마음대로 갈취했으니, 이제는 그에 대한 대가를 철저히 받아야 할 때가 왔느니라."

사태가 발생한 내막을 살펴보면 모든 일이 여포가 일으킨 자업자득이었다.

불과 두 시진(時辰) 이전에 여포가 진궁의 동의를 구하지 않고 독자적으로 조조를 상대하겠다고 성 밖으로 출진하자, 그동안 복양성에서는 진궁이 직감적으로 여포의 패배를 예상하고 요리조리 대안을 찾으려고 머리를 쥐어짜고 있었다.

그러던 중, 과중한 조세를 항의해 오던 복양의 호족들이 여포가 성을 비운 사이, 장막의 연합정권을 규탄하는 등 그들의 움직임이 심상치 않게 변하자, 진궁은 복양성을 버리고 수하의 병사들과 함께 제음태수 장초가 주둔한 정도성으로 피신했다. 그 틈을 놓치지 않고, 복양성의 부호 전가(田家)는 거짓투항서 사건으로 조조를 곤경에 빠뜨렸던 지난날의 죄에 대해 사함을 받기로 약속하고, 호족들을 최대한 규합하여 복양성을 점거하고 조조에게 투항한 것이다.

연주의 호족들이 등을 돌려 복양성을 수복할 방법이 없다는 것을 인지한 여포는 장막이 있는 진류성으로 퇴각할 것을 결정한다. 완벽한 승세를 잡은 조조는 진류성으로 통하는 길목을 막고, 여포를 맹추격하여 제음군 정도현으로 여포의 군사들을 몰이하기 시작한다.

여포는 조조의 완강한 저항으로 진류성으로 갈 수 없게 되자 방향을 돌려, 정도성으로 가서 제음태수 장초와 합류하여 조조와 다시 대적하기로 결정한다. 정도성에는 복양성에서 피신한 진궁이 장초와 합류해 있었다. 정도성에 들어선 여포는 진궁을 보자 격노하여 큰소리로 외친다.

"이 비겁한 인간아! 혼자 살겠다고 성을 버리고 도망을 할 수 있는가? 내가 너를 죽여서 배신에 대한 대가를 치르도록 하겠다."

진궁 또한 지지 않고 소리친다.

"그러기에 내가 싸우러 나가지 말라고 하지 않았소? 장군이 나의 말을 듣지 않았기에 복양성을 빼앗긴 것이외다."

이때 장초가 화합을 강조한다.

"적진 앞에서 분열하는 것은 자멸의 길입니다. 두 사람은 서로 분노를 삭이고, 조조를 물리칠 방법을 찾아봅시다."

여포가 장초의 중재에도 아직 분기가 가시지 않은 듯이 씩씩거리며 소리를 지른다.

"이제 공에게 군사권을 넘겨줄 테니, 공이 조조를 물리쳐 보시오. 만일 성공하지 못한다면 그 대가를 치르게 하겠소."

진궁은 조용히 웃으면서 대꾸를 한다.

"꼭 이긴다는 보장은 없지만, 최선을 다해서 승리를 쟁취하겠소. 만일 결과가 좋지 못하면 장군의 뜻대로 나를 처결하도록 하시오."

진궁은 호기롭게 말을 하고는 여기저기 흩어져 있는 군사들을 정도성으로 불러들인다. 진류성의 장막도 제음에서 벌어질 일대결전(一大決戰)을 위해 정도성으로 병력을 이동시키자, 조조 또한 총병력을 제음으로 집결시켜 제음의 정도성 앞에서는 조조와 장막, 여포의 사활을 건 일촉즉발의 기운이 팽배해진다.

군사권을 이양받은 진궁은 연주의 현재 정세를 면밀히 분석한다. 연주성과 복양성을 빼앗기는 바람에 주변의 군현이 모두 조조에게 넘어가고, 장막과 여포에게 남은 것은 진류군과 제음군 뿐이다. 비록 진류성의 장막이 제음에서의 일대결전을 위해 정도성으로 병력을 이동시켰으나, 사기를 잃은 군사들이 얼마나 철저히 전투에 임할지는 가늠하기가 어려웠다.

장막은 속전속결이 필요하리라 생각을 하지만, 주변의 여러 가지 여건이 결코 녹록하지 않았다. 황충의 피해 때문에 일년 이상을 버티느라 가뜩이나 군량미와 군수물자가 부족했는데, 이제는 연주의 7할 이상을 다시 조조에게 빼앗겨 군수품을 확보하는 것은 더욱 어려운 지경이 되어가고 있었다. 진궁은 장기전에 돌입하면 필패라는 생각을 하게 되자, 부족한 군수품을 가지고 위기에 몰린 전세를 대체할 방법은 화공뿐이라는 결론에 다다른다. 진궁은 장막과 장초, 여포를 초대하여 전략회의를 열고 자신의 구상을 밝힌다.

"지금 우리가 처한 현실에서는 장기전을 치를수록 폐해가 지대합니다. 따라서 초장에 강렬한 기세로 조조의 군사들을 숲으로 몰아넣고, 화공으로 순식간에 적을 몰살시켜야 합니다. 그러려면 화공에 적합한 장소를 물색하는 것이 필요합니다. 이점에 최대한 초점을 맞춰주시기 바랍니다."

이에 여포가 응대하여 입을 연다.

"내가 정도현 일대를 정찰하였는데, 정도현 남쪽 끝자락에 작은 숲이 있더이다. 이 일대에서는 그 숲 이외에는 화공에 적합한 장소가 없을 듯하오."

진궁이 즉시 약도를 살펴보더니 그곳에서 화공을 펼치는 것이 가장 효과적이라는 결정을 내린다.

한편, 비슷한 시기에 조조의 본영에서도 전략회의가 벌어지고, 순욱은 그동안 살펴보았던 상황을 바탕으로 정세를 분석한 결과를 발표한다.

"주공께서는 예주를 장악하고 연주의 대부분을 회복하여 비축된 양곡과 군수물자가 넉넉합니다. 새로이 수확될 벼와 보리도 충분할 것으로 예상이 되기 때문에 장기전으로 돌입하면 반드시 이깁니다. 장막과 여포, 진궁 또한 이런 사실을 인지하고 있어 반드시 속전속결을 택할 것인데, 이들이 속전속결을 취하려면 군수품도 넉넉하지 못하여 화공책 이외에는 별다른 방법이 없을 것입니다. 그래서 정도성의 주변을 둘러보았는데, 이들이 화공책을 쓰기에 적합한 장소는 정도현 남쪽의 야산을 빼고는 마땅한 지형지물이 없었습니다. 주공께서는 그곳을 잘 이용하여 야산에 미리 매복병을 숨겨두고, 일부의 병사들에게 농산물을 수확하도록 명하면서 포전인옥(抛磚引玉:미끼를 던져 유혹함) 전략으로 적병을 유혹하여, 그들이 소수의 우리 병사들이 수확한 농산물을 탈취하려고 공격하면, 아군은 중과부적(衆寡不敵)으로 패주하는 척하면서 적병을 야산으로 유인하고 그들이 야산 가까이에 접근했을 때, 미리 숨겨둔 정예의 매복병으로 적병을 기습적으로 공격하면 섬멸시킬 수 있을 것입니다."

조조가 큰 관심을 기울이며 묻는다.

"책사들의 전략이 좋기는 하지만, 조그만 야산에 어떻게 수많은 복병을 숨길 수가 있겠소?"

곽가가 순욱의 뒤를 이어 전술을 전개한다.

"야산 숲속의 중간 즈음에 동쪽에서 서쪽으로, 야산이 평지와 마주치는 지점까지 작은 골짜기가 있습니다. 이곳을 깊이 파서 수로를 내고, 평지와 마주치는 서쪽 끝 지점부터는 야산과 벌판의 경계선을 따라, 남쪽에서 북쪽 끝까지 참호를 파 내려가되 깊이를 병사의 키보다 높게 합니다. 위에는 방패와 나뭇가지 등으로 위장을 하여 매복의 낌새가 드러나지 않도록 합니다. 전투가 발발하여 우리 매복병이 있는 가까이에 적병이 접근했을 때, 동쪽의 수로에서 서쪽으로 길게 숨어있는 매복병과 남쪽과 북쪽의 참호에 은폐해 있는 매복병이 함성을 지르며 일시에 뛰쳐나가면, 적군은 예기치 못한 기습에 놀라 얼이 빠질 것입니다. 이때를 놓치지 않고 적군을 세차게 몰아치고 겹겹이 포위하게 합니다. 이후에는 각각의 지휘관들이 스스로에게 맞는 유군(遊軍)전술을 세워, 유효적절하게 적군의 장수를 대적하는 각개전투를 벌이면 어렵지 않게 적병을 섬멸할 수 있을 것입니다. 다만 유념할 점은 여포 봉선대라는 막강한 기병을 지니고 있어, 기병이 약한 우리 군대는 속도전에서 쉽게 방어선이 뚫릴 수가 있으므로, 여포의 봉선대에 대응하기 위해서는 중장갑 보병대를 지지대로 세워 효율적으로 운용해야 할 것입니다."

조조는 참모의 전략이 옳다고 여겨지면, 신속하게 실행에 옮기는 과단성을 지닌 영걸이다.

조조는 곧바로 장수들에게 전술명령을 내린다.

"제장은 수하의 병사들에게 신속히 참호와 수로를 파도록 지시하고, 일부의 병사들에게는 보리를 수확하기 위한 것처럼 가장하여 성문 앞의 벌판으로 내보내고, 여포의 군사들이 급습하면 경비병들은 여포의 군사들을 상대로 대적해 싸우다가 짐짓 패하는 척하면서 도피하라. 적병이 수확한 농산물을 탈취하고 곧바로 추격하도록 유도하기 위해 아군의 약점은 최대한 노출시켜라. 적장은 아군을 남쪽 야산으로 몰아넣고 화공을 펼치기 위해 토끼몰이를 시행할 것이다. 적병이 몰려나와 아군을 토끼몰이하면 짐짓 패하는 척하면서 그들이 몰이하는 대로 남쪽 숲으로 신속히 이동하라."

이때, 장막, 진궁과 여포는 높은 성루에서 보리를 수확하기 위해 벌판에 나온 조조의 병사들을 거듭 살펴본 후, 장막과 진궁은 성을 지키기로 하고, 여포가 우군장에는 장료를, 조성과 후성을 부장으로 세우고, 좌군장에는 고순을, 송헌과 위속을 부장으로 세우고, 중군은 학맹과 성렴을 부장으로 삼아 직접 인솔하며 전군을 총괄적으로 지휘하기로 한다.

조조는 조조대로 여포를 유인하기 위해, 둔전병으로 위장한 일부의 군사들을 벌판으로 보내 수확한 보리 섬을 쌓아놓고 계속 보리를 수확하는 척하는 연기를 시킨다.

여포의 군사들이 보리를 수확하려고 벌판에 널리 퍼져있는 조조의 군사들을 보고 맹렬한 기세로 공격해 오자, 조조의 군사들은 보리를 수확하는 척하던 행동을 멈추고 대피하기 시작한다.

　여포는 이들을 남쪽 야산 숲으로 몰이하기 위해 군사들을 다그칠 때, 조조의 군사들은 여포의 토끼몰이 전술에 걸려들어 몰이를 당하는 척하면서 야산으로 쫓겨 들어가 몸을 숨기자, 여포의 좌군장 고순이 숲에 인화물질을 던지고 불화살을 쏘며 화공을 시행하기 시작한다.

　좌군장 고순이 조조의 군사를 토끼 몰이하는 데 성공하여 야산으로 몰아넣고 화공책이 승리하기를 기대할 즈음, 동쪽에서 서쪽으로 길게 늘어진 숲길 수로에 숨어있던 수많은 매복병이 함성을 지르며 쏟아져 나온다.

　이들이 좌군장 고순의 후방과 측면을 사정없이 몰아치자 좌군은 여지없이 무너져 내린다. 우군장 장료는 좌군의 전투가 벌어지자, 진형의 서쪽에 길게 늘어선 우군의 태세를 정비하고 공격명령을 내린다. 장료가 좌군을 돕기 위해 숲의 북서방면으로 진격하여 지원공격을 펼칠 때, 북쪽 참호에 은폐해 있던 조조의 매복병들이 갑자기 함성을 지르며 일시에 뛰쳐나와 장료의 군사를 공격하기 시작한다.

　여포는 좌군, 우군이 갑작스레 조조의 복병에게 공격을 당하고 있다는 보고를 받고, 중군의 공격태세를 정비하여 신속히 지원에 돌입한다. 여포가 봉선대의 궁수기병을 이끌고 중군을 세차게 공격해 들어오자, 조조는 중앙의 군사들에게 일부러 중앙을 좌우로 갈라 피하게 하니, 여포는 큰 저항을 받지 않고 조조의 진형 깊숙이까지 들어가게 된다.

여포가 봉선대를 이끌고 조조의 진형을 휘저으려 하는 때, 봉선대 앞에서 조조의 중장갑 보병대가 녹각, 방책 등 장대한 장애물을 설치하고 지지대를 떠받치면서 사력을 다해 방어전을 펼친다. 중장갑 보병대의 격렬한 저항에 막혀, 여포 봉선대의 선두가 앞으로 더 나아가지 못하게 되자, 그 뒤를 좇아 세차게 돌진하던 후속의 기병들이 중량이 실린 가속도를 제어하지 못하고, 선두의 봉선대와 뒤섞이며 전열이 흐트러지고 만다. 이때 좌우로 갈라져 여포의 기병에게 길을 터 주었던 조조의 보병들이 여포의 기병들을 포위하여 여포의 기병들은 조조의 군사의 한가운데 고립되고, 후방에서 전황을 주시하던 조인이 군사들을 이끌고 남하하여, 여포의 후미를 포위하고 공격해 들어온다.

여포는 네 방향에서 공격하는 전위, 우금, 이전, 악진 군사들을 맞아 고전하고 있는데 조인까지 합세하자, 부하들에게 서쪽 활로를 뚫고 퇴각하도록 명령을 내린다. 우여곡절 끝에 학맹이 선두에서 분전하여 겨우 퇴로를 마련하자 여포도 학맹과 함께 쏜살같이 포위망을 빠져나가는 데 성공한다.

한편, 남쪽 숲 근처에서 양측 주력군이 전투를 벌이는 사이, 하후돈은 하후연과 함께 청주병을 이끌고 전투병이 텅빈 정도성을 공략한다. 진궁이 사력을 다해 방어하였으나 중과부적으로 정도성은 함락되고, 장막과 진궁은 성을 빠져나가지만, 장초는 미처 성을 빠져나오지 못하고 성안에서 자결한다. 연주자사 장막이 진궁과 함께 진류성으로 대피하여 패잔병을 수습할 때, 뒤늦게 패잔병을 이끌고 진류성으로 합류한 연주목 여포는 진궁을 혹독하게 다그친다.

"연주 경제권과 행정을 움켜쥔 진공에게 군사권과 군무에 관한 권한 일체를 위임했음에도 제대로 된 것이 하나도 없지 않소? 살림을 함께 끌어나가던 복양성의 호족들은 배반하고, 진공이 내놓은 계략은 몇 단계 위에서 조조가 내려다보고 장계취계를 펼치는데, 어떻게 공과 함께 대업을 도모하겠소? 내 정비된 병마를 이끌고 다시 한번 조조와 결전을 벌이리다."

진궁은 작전을 실패한 탓에 할 말을 잃고 가만히 여포의 말을 듣고 있었는데, 여포가 다시 군사를 이끌고 조조와 결전을 벌이겠다고 하자 황급히 말린다.

"이제 진류성 하나만이 남았는데, 더 이상의 싸움은 무모한 일입니다. 병력도 새로이 모집하는 것은 불가능하고, 무엇보다 군수품과 군량의 사정은 더욱 심각해졌습니다."

여포는 뜻을 굽히지 않는다.

"복양에서는 병사들이 식량을 구하러 나가는 바람에 병마가 부족해서 실패했지만, 이제는 한번 싸워볼 만하오."

조용히 여포와 진궁의 말을 듣고 있던 장막이 입을 연다.

"내가 보기에도 더 이상의 싸움은 무모한 것 같소. 원술과 손책, 유표 등은 개개인의 기질이나 여건상으로 볼 때 조조와는 함께할 수가 없을 것입니다. 조조에 우호적인 것 같은 원소도 사실은 조조를 견제하는 심리적 조짐을 점차 드러내고 있습니다. 무엇보다도 조조는 연주를 차지하고 나면 부친의 원수를 갚겠다는 명분으로 조만간 서주의 유비를 공략할 것입니다. 이런 정세분석을 활용하여 우리는 조조와 융합할 수 없는 원술, 유비 등과 동맹을 맺어 다시 조조를 도모할 계획을 세우는 것이 어떻겠습니까?"

후한 팔주(八廚)의 한사람으로 명망이 높은 장막이 모든 기반을 잃고도 의연히 말하자, 여포는 다소 감정을 누그러뜨리며 대답한다.

"조조와 다시 자웅을 결할 수 있다면 따르겠소이다. 그러나 지금과 같은 3인 연합체제로는 조조의 일사 분란한 지휘체계를 상대로 대적하기는 어렵습니다. 내가 전략을 세워도 자사와 진공이 쉽게 따르지를 않아 매번 곤혹스러웠소. 이런 상태에서는 다시 기회가 와도 조조를 상대하기가 쉽지 않으니, 이번 기회에 서로가 독자적인 길을 가도록 합시다."

여포의 추궁으로 벼랑 끝에 몰려 몹시 곤혹스러워하던 진궁이 힘없이 대꾸한다.

"지금 흩어지면 모두가 파멸합니다. 내 모든 것을 내려놓고 연주목의 참모로서 장군의 명령에 따르겠습니다."

매사에 신중한 장막도 조용히 입을 연다.

"연주의 모든 기반을 잃었는데, 연주자사가 무슨 의미가 있겠습니까? 나도 모든 것을 내려놓겠습니다. 우리 흩어지지 말고 다시 힘을 합쳐, 조조를 물리치고 연주를 되찾읍시다. 진궁 공은 장군과 함께 서주로 가서 유비에게 의탁을 요청해 보고, 나는 예부터 친분이 있는 원술을 찾아 의탁 여부를 논의하겠소이다. 어느 쪽에서든 좋은 성과가 나오면, 그쪽에서 합류하는 것으로 하면 어떻겠습니까?"

장막과 여포, 진궁은 진류성을 수성하는 것이 더 이상은 어렵게 되자, 서로 간의 의견이 합치된 바대로 각자 부여된 임무를 수행하기 위해 길을 떠난다.

8.
유비와 여포의 동상이몽

8. 유비와 여포의 동상이몽

조조는 2년에 걸친 전투에서 장막과 여포, 진궁의 연합정권을 몰아내고, 연주를 완전히 장악하며 천하를 향한 발걸음을 더욱 세차게 내딛는다.

한편, 장막은 지원병을 요청하기 위해 원술에게 의탁하러 가던 도중, 수춘에 도착하기도 전에 조조의 충동질을 받은 수하들에 의해 죽임을 당하고, 여포와 진궁은 조조의 끈질긴 추격을 물리치면서 우여곡절 끝에 하비성에 당도한다. 서주에 들어선 여포는 수하에게 전서를 보내 유비에게 의탁하기를 요청한다.

"연주를 장악한 간웅(奸雄) 조조는 자기 부친의 한을 풀겠다는 명분으로 조만간 서주를 침공할 것이오. 자사께서 부족한 이 몸을 거두어준다면, 현덕 공을 도와 전력을 다해 조조를 막아내고 서주의 안정과 번영에 반드시 이바지하겠소."

여포의 전서를 읽던 유비는 깊은 생각에 잠긴다.

'내가 명분뿐이 없는 예주자사를 맡았던 시절, 사람을 보는 안목이 뛰어난 예주별가 진군이 나에게 조언했던 말이 불현듯이 생각나는구나.'

유비는 현실의 정세가 복잡하게 돌아가자, 지난날 자신이 예주자사로 있던 당시, 별가 진군이 한 말을 다시 반추한다.

'원술과 여포를 비롯한 각 지방의 군웅들이 각각 서주를 손아귀에 넣으려고 눈독을 들이고 있습니다. 비록 원술이 조조에게 패했으나 원술은 아직도 세력이 강대하여, 좌장군께서 서주로 기반을 옮기면 결국은 원술의 공격을 받게 될 것입니다. 또한, 천하제일의 맹장 여포도 호시탐탐 서주를 노리고 있는 관계로, 여포는 독자적 기반을 구축하기 위해 명분만 주어지면 결국은 서주로 눈을 돌릴 것입니다. 그 외에도 수없이 많은 군벌들이 서주를 눈여겨보고 있어 이런저런 이유를 감안한다면, 좌장군께서 서주를 떠맡는 일은 엄청난 고난과 저항에 부딪히게 될 것입니다. 서주로 가서는 안정적으로 기반을 잡고 독립을 하기가 어려울 테니, 좌장군께서는 달리 방법을 찾아 방향을 모색해 보시기를 권유합니다.'

유비는 지난날 진군이 자신에게 건넨 말을 반추하고는 다시 깊은 생각에 빠져든다.

'실로 과거에 진군이 나에게 했던 말이 지금은 나의 앞에 놓여있는 현실적 어려움이 되었도다. 이제 여러 위험인물 중 하나인 여포가 자존심을 접고 나에게 의탁하려고 하는데, 이런 경우에는 어떻게 처세하는 것이 가장 현명한 처신일까? 이 기회를 잘 활용해서 여포를 내 손아귀에 둘 수만 있다면, 여포로 하여금 조조와 원술을 경계하게 하는 일석이조(一石二鳥)의 효과를 얻을 수 있겠지만 그것이 과연 가능할까?'

여기까지 생각에 미친 유비는 다시 생각을 정리해 본다.

'여포가 비록 신의가 없는 인물이지만, 그동안 여포는 지난 날의 불의 때문에 천하에서 수많은 사람으로부터 지탄을 받고 있는 관계로 다소 처신을 신중히 할 것이다. 이번에 한번 여포의 의탁을 받아들여 보자. 설혹 여포가 신의가 없어 조심스럽기는 하여도 당장 조조와 원술이 서주를 노리고 있는 지금으로는 달리 방법이 없지 않은가.'

유비는 여포의 마음이 자신과 같으려니 하는 안이한 생각으로 여포를 받아들이려고 한다.

이때 미축이 나서서 적극적으로 반대의사를 표명한다.

"아니 됩니다. 여포는 절대로 남의 밑에서 신의를 지킬 인물이 아닙니다. 서주는 지금 자사께서 선정을 베풀어 온 백성들이 태평성대를 구가하고 있습니다. 여포를 받아들이게 되면 그날로 서주의 안정이 깨지게 됩니다."

관우가 미축의 말에 호응하여 여포를 거부한다.

"주군, 여포는 자신에게 길을 터준 은인들까지도 무자비하게 도륙하는 천하의 부랑아입니다. 그를 받아들인다면 평온한 서주에 분란만 일어날 것입니다."

관우의 말에 장비도 힘을 싣는다.

"형님, 여포의 심성을 천하의 모든 사람들이 알고 있는데, 형님이 그를 인의, 인애의 정신으로 받아들인다고 부랑아가 개과천선할 것으로 보십니까?"

유비는 가장 가까운 측근들의 반대에 접하자, 이들을 설득하는 일에 온갖 힘을 쏟아 붓는다.

"나도 여포의 무신(無信:신의없음)을 못마땅하게 생각하고 있네. 그러나 여포가 오갈 곳이 없어 긴 행로를 거쳐 나에게 의탁하고자 하는데, 이를 모른 척하는 것은 인자가 행할 일이 아니네. 더구나 여포는 천하의 영걸인데 조조와 원술이 호시탐탐 서주를 노리는 이때, 여포를 적으로 돌린다는 것은 서주에 전혀 도움이 안 될 것이야."

유비가 자신의 뜻을 워낙 강력하게 개진하자, 측근들은 유비의 의사를 받아들일 수밖에 없게 된다.

여포의 의탁을 받아들인 유비는 관우, 장비, 미축, 진등 등을 이끌고 성문 앞까지 나아가 여포 일행을 맞이하자, 여포는 패전지장을 몸소 맞이하는 유비에게 감동하여, 황급히 말에서 내려 최대한의 예를 갖춘다. 유비는 여포를 자신과 동등한 격으로 예를 갖추어, 말머리를 나란히 하여 성안으로 들어선다.

이튿날, 유비는 여포의 일행을 환영하는 축하연을 열고 이들이 편하게 서주에서 의탁하기를 청한다.

"장군과 같은 천하의 영걸이 조조같이 간특한 인물에게 패했다는 것은 운이 따르지 않고 있다는 것으로 밖에는 설명할 길이 없군요. 부디 아무런 부담 없이 서주에 기거하면서, 나와 함께 조조의 호전성을 척결했으면 합니다."

연회의 분위기에 휩쓸려 극도로 기분이 흔쾌해진 여포는

이내 유비의 청에 화답하듯이 과시적으로 자신을 부각시킨다.

"나는 사도 왕윤과 함께 천하의 역적 동탁을 제거하여 한 황실의 부흥을 위해 앞장을 섰으나, 뜻하지 않게 이각, 곽사와 같은 소인배에게 뒤통수를 맞아 관동지방을 정처도 없이 떠돌아다녔소이다. 진류태수 장막의 도움으로 연주에 의탁하여 조조의 광폭을 응징하여 연주를 평정하는 듯했으나, 때 아닌 황충으로 어이없게도 연주를 조조에게 내어주는 패전지장이 되고 말았소. 하늘은 이 사람에게 너무도 가혹하게 불운만을 안겨주는구려. 조조에게는 운이 나빠 패주했지만, 현덕 공께서 한번 기회를 준다면 내 반드시 조조를 격파하여 명예를 회복하고 싶소이다."

유비는 아무리 여포가 연상이라 하더라도 자신에게 의탁해 온 여포가 자신을 하대하는 태도에 내심 못마땅했으나 불쾌한 속내를 감추고 화답을 보낸다.

"도겸 어른께서 세상을 떠나시면서, 나에게 서주를 안정시켜달라고 유언을 남기셨으나, 나는 여러모로 부족함이 많아 서주를 다스리기에는 큰 한계를 느끼고 있었습니다. 이제 장군과 같은 영걸이 서주에 오셨으니, 부족한 현덕이 서주를 장군에게 이양했으면 합니다. 부디 서주를 번영시켜 주변의 침략으로부터 서주를 안전하게 보호해 주실 수 있겠습니까?"

유비는 내심 여포의 의중을 떠보기 위해 한마디 건네는데, 유비의 심중을 모르는 여포는 얼굴에 화색을 띠며 말한다.

"진심으로 하시는 말씀이오? 사실은 내가 서주를……"

여포가 더 이상 말을 잇기도 전에 유비의 옆에 있던 관우와 장비가 눈을 부라리면서 여포를 겁박하자, 분위기가 심상치 않음을 감지한 여포는 이내 말을 바꾼다.

"아니, 아니외다. 나는 한낱 무장일 뿐 서주를 맡을 만한 위인이 못되오. 지금 서주는 유공의 선정으로 안정을 구가하고 있지 않소이까?"

여포는 고개를 '절레절레' 흔들며 사양하고, 이때 여포의 천박한 대응에 가슴을 졸이던 진궁이 황급히 앞으로 나서며 분위기를 돌린다.

"어찌 굴러온 돌이 박힌 돌을 뺄 수 있겠습니까? 주객이 전도된다는 것은 혼란을 자초하는 시발일 뿐입니다. 그런 말씀은 향후에라도 언급하지 말아 주십시오."

여포의 의중과 진궁의 진심을 간파한 유비는 못이기는 척하며 자신의 언사를 철회한다. 분위기가 어색하게 돌아가자, 진궁은 여포에게 연회의 마무리를 권유한다. 유비는 연회를 마친 여포에게 부드럽게 말을 건넨다.

"장군께서 소패에 주둔하면서, 나와 함께 조조의 침략을 막아내도록 하시면 어떻겠습니까? 군량과 군수품은 부족하지 않게 지원을 하겠습니다."

여포도 어색해진 분위기를 피하려고 유비에게 감사를 올리며 수하의 병사들을 이끌고 소패로 향한다.

9.
이각의 4인방 과두정부가 분쟁하는 삼보의 난

9. 이각의 4인방 과두정부가 분쟁하는 삼보의 난

1) 이각 4인방, 서로가 반목하여 각자도생하다

조조가 2차에 걸친 서주원정과 연주에서 여포를 상대로 명운이 걸린 패권 다툼을 한창 벌이고 있을 때, 장안에서는 왕윤 일파를 제거하고 4인방 과두정권을 출범시킨 이각과 곽사, 번조, 장제 4인방 사이에서 미묘한 갈등이 확산되고 있었다.

과두정권의 초창기에는 4인이 서로 간에 크게 의지하였으나, 시간이 지나며 점점 권력의 독점욕이 발동하기 시작하더니, 이들의 내면적 갈등은 어떤 계기만 마련되면 표면화될 정도로 깊은 반감이 쌓여가기만 한다.

그러던 중, 194년(흥평 원년) 농우에 주둔하던 정서장군 마등은 식량을 충당하려고 지양현의 양곡을 취하려 한다는 명분을 세우고 장평관으로 내려온다. 그러나 마등이 움직인 이면에는 사실상 놀라운 계략적 음모가 숨겨져 있었으니, 시중 마우와 간의대부 충소, 좌중랑장 유범, 중랑장 두품 등이 마등의 군사와 힘을 합쳐 이각의 과두정권을 몰아내기 위한 속임수를 꾀한 것이다.

장안의 조정으로부터 마등을 진무하라는 밀명을 받고 장평관을 지키던 진서장군 한수는 오히려 마등과 의기투합하여, 서량군을 이끌고 이각의 과두정권을 공격해 들어온다. 마등과 한수가 연합하여 장안을 공격해 들어오자, 이각은 대신들을 불러들여 대책을 묻는데, 이때 가후는 마등과 한수의 공격을 대수롭지 않게 받아넘긴다.

"서량군은 군량이 넉넉하지 못하기 때문에 이들의 기동전술만 잠재우면, 이들은 식량난을 겪게 되어 오래 버티지 못하고 서량으로 돌아갈 것입니다. 이런 약점을 역으로 이용하려면 아군은 서량군과의 정면 돌파를 피하고 가급적이면 수성에 만전을 기해야 할 것입니다."

가후는 장안에서 어느 누구도 따를 수 없는 신임을 이각 4인방으로부터 받고 있는 책사이다. 가후의 책략에 따라 장안성에서는 마등과 한수의 움직임에 전혀 관심을 기울이지 않는 투명인간 전략으로 대응하는데, 이에 마등과 한수는 어떻게든 이각 4인방의 군사를 성 밖으로 끌어내기 위해 온갖 방법을 동원하기 시작한다.

그러나 이각 4인방은 가후의 전략을 전적으로 신뢰한 관계로 마등과 한수에 대해 전혀 대응하지 않고, 그로 인해 장기간 성 밖에서 대치하던 마등과 한수는 군량이 바닥이 나게 되자, 군량을 확보하는 문제로 이견이 생겨 서로 간에 크게 충돌한다. 이각이 마등과 한수의 반목에 대한 정보를 듣고 이들을 공략하려고 할 때, 가후가 이각 4인방에게 격안관화(隔

岸觀火:내분이 치유될 수 없을 때까지 참고 기다림) 전략을 설파한다.

"한수와 마등은 서로 반목하지만, 이들은 공동의 운명체임을 너무도 잘 알고 있습니다. 지금 그들을 공격하면 위기감을 느낀 이들은 다시 결속할 수 있으므로 지금은 조용히 기다리는 것이 상책입니다. 이들의 불화가 더욱 심화하기를 기다렸다가 반목이 극에 달해 스스로 버티지 못하고 퇴각하게 될 때, 퇴각하는 이들의 후미를 공격해야 다시는 이들이 장안을 넘보지 못할 것입니다."

가후의 예측대로 마등과 한수는 서로의 이견이 갈수록 심화되어 결정적으로 돌이킬 수 없는 단계까지 진입하자, 각자가 분을 못 견디더니 아무런 성과도 없이 서량으로 돌아가고자 한다. 이를 간파한 가후가 이각에게 퇴각하는 서량군을 공격하도록 자문을 넣는다.

"마등과 한수가 퇴각하는 지금이 마등, 한수를 격파하기 좋은 시점입니다. 이들은 식량, 반목 등 서로가 불신하는 내부 사정으로 인해 시간에 쫓겨 퇴각하기 때문에 퇴각할 때 세워야 마땅한 금선탈각(金蟬脫殼)전술을 제대로 구축할 여유가 없습니다. 이번에 이들을 몰아붙이면 대승을 거둘 것입니다."

이각과 곽사는 장제, 이각의 종질 이리, 그리고 반조에게 명하여 퇴각하는 한수와 마등을 추격하도록 하자, 마등과 한수는 자신들의 본영인 괴리까지 함락당하고 패주하여 정신없이 서량으로 달아나기 시작한다.

　장제는 마등을 끈질기게 추격하여 1만 명을 참살하는 대승을 거두지만, 궁지에 몰린 쥐가 고양이에게 저항하듯이 마등이 강렬하게 대항하자, 자신의 군사적 손실을 덜기 위해 더 이상의 추격을 멈추고 성으로 돌아온다. 그와 달리 번조는 서량으로 달아나는 한수를 맹렬히 추격하는데, 위기에 몰린 한수가 쫓기면서 번조에게 큰소리로 외친다.

　"천하가 혼란하여 미래를 예측할 수 없는데, 개인적으로 원한이 없는 동향사람 끼리 서로 피를 흘리면서까지 원수를 질 필요가 있겠습니까? 후일 다시 만나 의기투합하여, 함께 일을 할 때도 오지 않겠소?"

　동향인 한수로부터 일갈을 들은 번조는 무슨 생각에서인지 가까이 마주친 한수와 팔을 맞대고 웃으며 한참을 대화하다가, 비로소 추격을 풀고 군사를 돌려 귀환한다.

　이런 일이 있기 얼마 전, 이각의 종질 이리는 전투에서 최선을 다하지 않는다는 이유로 번조로부터 여러 차례 질책을 받았었는데, 이로 인해 번조에게 악감정을 품고 있다가, 번조를 모해하려고 이런 사실을 이각에게 고해바치면서, 이때부터 이각은 번조가 다른 생각을 품은 것으로 의심하기 시작한다.

　그동안 장안의 조정은 왕윤의 일파를 숙청한 이각, 곽사, 번조가 각각 개부(開府:3공이 관아를 설치하고 속관을 둠)하여 3공과 합쳐 6개부를 이루어 각각 따로 관리임용에 관여하기로 하였고, 장제는 조정의 대소사에 직접 관여하지 않는 대신, 따로 군사를 이끌고 홍농에 주둔하며 군사력을 키워 장안을 지키기로 했었다.

그러나 연합정권이라는 한계를 벗어나지 못한 이들 3인방은 서로의 이해가 상충해서 이들 사이에는 반목하는 일이 종종 발생했었다. 한동안은 이들 3인방이 반목하지 못하도록 결속시키려는 가후의 제안에 따라 3인방이 교대로 자기 사람을 등용하면서 갈등이 봉합될 수 있었으나, 시간이 지남에 따라 각자가 자기 사람을 중용하려고 억지를 쓰는 바람에, 장안조정의 사도, 태위, 사공 등 원로들은 3공(三公)이면서도 인재를 발탁해 끼워 넣을 수가 없었고 이로 인해, 장안조정은 천하의 인재를 발탁하여 정국의 운용에 활용하려는 구상에 어려움을 겪었다.

정권을 장악한 이각과 곽사, 번조는 장안을 3구역으로 분할하여 치안을 담당하기로 합의는 했으나, 이들에게 협조해야 할 3인방의 친, 인척들은 이들을 도와 국태민안에 협조하기는커녕 백성들에게 횡포를 서슴지 않으니, 장안의 치안은 날이 갈수록 무너지고 대낮에도 강도가 날뛸 정도가 된다.

게다가 195년(흥평2년) 4월부터 7월까지는 큰 가뭄까지 겹쳐, 곡식 1곡에 50만전, 콩과 맥곡은 20만전까지 치솟으니, 백성들은 기아에 허덕이며 양곡을 구하기 위해 살인하는 자까지 생겨날 정도였다.

헌제가 자신의 보화와 명마를 전부 처분해서 굶주린 백성에게 구휼을 베풀려고 하자, 이각은 '제가 굶주린 백성입니다' 하며 전부 몰수해 버리는 와중에, 8월에는 일식이 생기면서 지진이 발생하여 멀쩡한 건물이 붕괴하고, 하늘에는 태양을 중심으로 긴 타원을 그리면서 가스를 내뿜는 기이한 천체가 나타났다. 한해도 그칠 날 없이 계속되는 전쟁에 천재지변까지 이어지자, 이제 후한도 종말에 다가왔다는 자조가 천하에 퍼지기 시작한다.

권력의 집중을 위해 호시탐탐 번조를 제거할 기회를 노리던 이각은 195년(흥평3년) 2월, 주연을 열어 곽사와 장제, 번조 등을 초대하고, 4인방이 함께 단합하여 조정을 멋지게 운용하자는 감언이설로 모두가 흠뻑 술에 취하게 한 후, 기도위 호응을 불러내어 번조를 주살하도록 지시한다.

기도위 호응이 이각의 지시를 받고 한참이 지난 후, 조용히 번조에게 다가가서 순식간에 번조의 목을 치자, 주연에 함께 참석했던 장제가 깜짝 놀라며 묻는다.

"이게 무슨 변고입니까?"

이각은 아무 일이 아니라는 듯이 태연스레 대답한다.

"지난번 마등과 한수가 반역을 꾀하여 장안을 침입했을 때, 번조는 우리를 배반하고 한수와 미래를 기약 했었소이다. 이에 기회를 노리다가 이번에 괴수 한수와 내통한 번조를 제거했을 뿐이니, 장군은 전혀 개의치 말고 연회나 즐기십시오."

곽사는 이각과 어느 정도의 교감이 있었든지 호쾌하게 넘어가나, 영문을 모르고 있던 장제는 두려움을 느끼고 허겁지겁 홍농으로 되돌아간다. 번조를 제거한 이각과 곽사는 서로의 우의를 돈독히 해야 할 필요성을 느끼면서, 각자가 교대로 초청연회를 베풀면서 더욱 친밀하게 교류하고자 한다.

그런 와중에 곽사는 이각이 소개한 비첩에게 푹 빠져 자주 외박을 하게 되고, 이에 불만을 품은 곽사의 처는 이각과의 거리를 떨어뜨리기 위해 흉측한 일을 벌인다.

그해 2월 말엽, 여느 때와 마찬가지로 곽사는 이각의 저택에서 외박한 후 집으로 돌아와서, 이각이 챙겨준 음식을 자신의 처에게 내어주고 곧바로 쓰러져 낮잠을 취하는데, 곽사가 잠든 것을 살핀 곽사의 처는 자신의 흉계를 직접 실행에 옮긴다. 곽사의 처는 곽사가 가져온 음식에 독약을 풀어 하인에게 먹이고, 독약이 든 음식을 먹은 하인이 죽어가는 모습을 확인한 후, 그녀는 단잠에 빠져있는 곽사를 급히 부른다.

"여보! 이각의 집에서 가져온 음식을 먹은 하인이 구토를 하면서 쓰러지더니 죽어가고 있어요."

부인의 외침에 깜짝 놀란 곽사가 부엌에 가보니, 하인이 입에 거품을 문 채로 피를 토하며 죽어 있는 것이 아닌가. 곽사는 순간 온몸에 소름이 확 돋는 것을 느낀다.

'아니 이런 해괴한 일이 있나? 이는 이각이 정권을 독점하기 위해 나를 독살하려고 행한 술수임에 틀림이 없도다. 얼마

전에 번조를 주살하고는 나를 안심을 시키기 위해 자기의 비첩까지도 내게 내어주는 호의를 부린 것도 나에게 경계심을 풀게 하려는 소리장도(笑裏藏刀) 술수였으리라. 네 놈이 혼자 정권을 독점하도록 내가 용납할 것 같으냐? 이 흉측한 놈아!'

곽사는 이내 깊은 생각으로 빠져든다.

'이대로 시간을 지체했다가는 번조가 당했듯이, 나 자신도 개죽음을 피할 수 없으리라'

이런 생각에 이르자 곽사는 자신이 먼저 이각을 도모하기로 작정하고, 수하의 갑병들을 총동원하여 이각에게 쳐들어간다. 곽사가 병사를 둘로 나누어 좌군은 황궁으로 난입하여 황제를 선점하도록 지시하고, 우군은 자신이 직접 이끌고 이각에게로 출격한다. 이로써 가후에 의해 아슬아슬하게 유지되어 오던 4인방 체재는 서로 간의 불신으로 인해 붕괴되고, 4인방 시대를 중재해 온 가후는 결국 이들에 대한 통제력을 스스로 포기한다.

2) 곽사, 삼보의 난을 일으키다

이각은 곽사의 급작스런 공격을 받아 장안성에서 군사를 동원할 수 없게 되어 곤경에 처하자 195년(흥평3년) 3월 25일, 가후의 차시환혼(借屍還魂:명분만 있는 사람일지라도 세력 확장과 실리에 활용함) 계책을 받아들여, 조카 이섬에게 헌제와 황후 복씨, 그리고 가후와 좌령을 호위하여 수레 3대에 각각 태우고 후재문을 나와 성의 북쪽으로 이어하도록 지시한다.

그 후, 자신은 급히 소집한 병사를 이끌고 곽사를 상대하려고 출진하니, 두 사람이 이끄는 병사들이 장안에서 서로 죽이고 죽는 혼전을 벌이면서, 장안성은 순식간에 아비규환의 현장으로 변한다. 한참 동안 곽사의 공격을 어렵게 막아내고 있던 이각은 이섬으로부터 헌제를 북궁으로 안전하게 이어시켰다는 전갈을 받고, 전 병력을 북궁으로 이동시켜 본영을 세우고 주변을 철저히 경계하도록 명한다.

헌제를 이각에게 빼앗긴 곽사는 자칫 잘못하면 역모를 뒤집어쓸 입장이 되자, 전 병력을 이끌고 이각의 본진을 향해 맹렬히 돌격한다. 이 와중에 무고한 백성이 수만 명이나 죽는 등 두 권력자의 아귀다툼으로 장안이 지옥불로 떨어지자, 헌제는 태위 양표, 장희, 유연, 사손서, 한융, 주준, 양소 등의 공경을 곽사에게 보내 이각과의 화해를 시도하게 한다.
 그러나 곽사는 오히려 공경들을 볼모로 잡아 정통성을 확보하려고 하는데, 이들의 극악무도함에 격분한 대사농 주준은 화가 끌어, 이각과 곽사를 격렬히 성토하고 피를 토하며 죽고 만다. 곽사는 자신에게 불리한 사태만이 계속 일어나고, 도무지 정국은 장악될 기미가 보이지 않은 채 헌제의 부재로 인한 자신의 권력누수가 장기화할 조짐이 보이자, 이각이 공작을 펼치면 헌제로부터 역모의 오명을 쓰게 될지도 모른다는 생각으로 이각의 수하 장룡과 장포를 포섭하기에 이른다.
 이로써 군사적 우위에 선 곽사는 야밤에 이각의 본영 앞까지 몰래 접근하여 이각을 기습할 수 있게 되면서, 곽사의 궁노수들이 쏘아대는 화살은 이각의 본영에 있는 헌제의 해가리개에까지 날라오고, 이각은 궁노수들이 쏘아대는 화살에 맞아 귀를 잃는다. 위기의식을 느낀 이각은 백파적 수령으로 있던 양봉까지 성안으로 끌어들여 곽사를 공격하게 한다.
 이렇게 시작된 '삼보의 난'은 전혀 수습될 기미를 보이지 않고 더욱 악화될 조짐만을 보이자, 헌제는 알자복사 황보력을 보내 이각과 곽사의 화해를 추진하도록 명한다. 곽사는 황보력의 화해 권유를 받아들이려는 반면, 황제를 볼모로 잡고 있는 이각은 끝까지 헌제의 뜻을 거부한다.
 "나는 여포를 토벌하고 4년이라는 기간 동안 국정을 잘 이끌어 삼보를 평안하게 보존시켰는데, 어찌 나를 곽사와 같은 무식한 말도적과 같은 선상에 놓고 화의를 종용하시오?"

황보력이 이각을 심하게 질타한다.

"미천한 백파적 출신인 양봉도 장군과 곽사의 잘못을 인정하고 있는데, 어찌 상장(上將)이라는 사람이 이를 인정하지 않는 것입니까?"

"곽사는 말 도둑에 불과할 뿐인데 방략과 용력을 갖춘 내가 어찌 곽사와 동등하게 협상의 자리에 나설 수 있겠소? 곽가는 지금 공경 대신들을 겁박하여 인질로 잡고 있는데, 그런 곽사를 용인할 수 있다고 보는 것이오?"

"지난날 궁후(窮后)의 예를 살펴보면, 궁후는 자신이 활을 잘 쏘는 것을 믿고 환난이 오지 않으리라는 생각에 패망의 길을 재촉했고, 가까운 시절에는 동탁의 세력이 강대했으나 여포에게 뒤통수를 맞은 것은 동탁이 용기만 있고 지혜가 부족했기 때문입니다. 오히려 장제와 곽사는 지혜가 있는데 여기에 안서장군 양정이 합류하여 묘책을 세우고 있습니다. 게다가 곽사는 공경 대신을 인질로 잡았을 뿐이고, 장군은 황제를 인질로 잡아 위협하고 있는데, 누구 죄가 더 가볍고 누구 죄가 더 무겁다는 말입니까? 한낱 백파적 수령에 불과한 양봉조차 대사마의 행위가 더욱 죄가 크다고 할 정도입니다."

이각이 격분하여 황보력에게 칼을 빼들고 협박한다.

"네가 나를 기망하려고 찾아왔다면, 네 놈의 목을 먼저 베어 강건한 나의 의지를 보이겠노라."

이때 가후가 이각의 앞을 가로막으며 이각을 진정시킨다.

"지금 황제의 칙사를 죽이면, 결국은 대사마께서 역도가 되는 것입니다. 그리되면 모든 제후들이 곽사를 도와 대사마를 도모할 것입니다."

가후의 제지로 이각은 황보력을 어찌할 수 없이 꾸짖어 보낸 후, 몰래 호분 왕창에게 황보숭을 추적하여 주살하도록 명한다. 그러나 호분 왕창은 황보력의 충직함을 존경해 오던 터라 일부러 행보를 늦춰 황보력의 목숨을 지켜준다.

이후, 이각은 독선과 독단에 빠져 스스로 대사마가 된 후부터 황제를 무시하기 시작하자 195년(흥평3년) 6월, 양봉과 이각의 군리 송과는 이각에 반발하여 이각을 제거할 것을 모의하지만 발각되어 수하의 병사를 이끌고 달아난다.

이각은 점점 세력이 줄어들어 고심하는 도중에 섬서현의 장제가 이각과 곽사를 화해시키기 위해 장안으로 와서 두 사람에게 중재를 제안한다.

"대사마와 곽사장군 두분은 서로의 아들을 인질로 서로 교류하기로 하여, 향후 화해의 뜻을 천하에 알리십시오."

이각과 곽사는 이 중재에 합의하지만, 막상 합의를 실행하려는 순간, 이각의 처가 아들의 볼모를 동의하지 않아 화해는 이루어지지 못한다. 이에 다급해진 헌제는 다시 가후에게 이각과 곽사의 화해를 간절히 요청하고, 가후는 새로운 제안을 헌제에게 올린다.

"폐하, 일단은 이각의 주력군인 강족과 호족에게 관직을 제수하고, 금은보화를 내려 고향으로 돌아가게 하면, 대사마 이각도 어쩔 수 없이 화의에 따를 것입니다."

헌제가 가후의 안을 받아들여 강족과 호족을 회유하면서, 이들이 북방으로 돌아가는 바람에 이각은 화의의 압박에 노정되지만, 화의가 깨진 것은 이각이 자신을 기망한 때문이라고 노여워한 곽사가 거세게 공격을 가해오는 바람에 헌제는 다시 위험에 봉착하게 된다.

이때 장제가 헌제에게 홍농으로 천도할 것을 권유하자, 헌제도 옛 수도 낙양의 생활을 떠올리며 이각에게 홍농으로 이어하기를 청한다. 처음에는 헌제의 이어를 거부하던 이각이 헌제의 거듭된 청에 접해 이를 받아들여, 거가가 홍농을 향해 출발하게 된다. 이때 대신들이 헌제에게 우려를 표명한다.

"곽사가 황제 폐하의 거가를 막아설 것이 우려됩니다."

조정대신들이 우려를 표명하자, 헌제의 황문시랑 종요와 상서랑 한빈이 혼수모어(混水模漁:상대를 교란시켜 혼미하게 함) 계책을 제시하며 황제의 이어를 지지한다.

"폐하, 신이 곽사에게 찾아가서 폐하께서 조만간 곽사의 군영으로 이어할 것이라는 말로 곽사를 교란시키고, 곽사가 잠시 공격을 멈춘 틈을 이용하여 장안을 빠져나갈 방안을 강구해 보겠습니다."

결국에는 종요와 한빈의 계책에 넘어간 곽사가 잠시 공격을 멈추고 숨을 고르는 틈에, 헌제는 선평문을 나와 가교를 지키는 곽사의 군사를 물리고 장안을 탈출하는 데 성공한다.

얼마 후, 곽사는 이각을 지탱하던 강족과 호족이 이각에게서 이탈된 것을 알고 이각을 궁지로 몰아넣으려 기도하자, 가후는 이각에게 다시 화의를 권유한다.

"대사마께서 곽사와 화의를 맺지 않으면, 다시 정국을 주도할 힘을 갖추지 못할 것입니다. 아들을 볼모로 화친을 맺기 어려우면, 따님을 볼모로 화의를 맺기로 하십시오."

이각은 강족과 호족이 떠나 세력이 현저히 위축된 후 마지못해 화의에 동의를 하고, 어가를 장제, 양정, 양봉, 동승에게 넘기고 자신은 조양(曹陽)에 주둔한다. 이때 화의를 중재하는 데 큰 영향력을 과시한 표기장군 장제는 실세가 되어 자신의 영향력을 강화시킬 구상을 구체화한다.

"폐하, 이제 이각장군과 곽사장군이 잠시 긴장을 해제한 때를 활용하여 빨리 이어를 하셔야 합니다."

헌제가 표기장군 장제의 권유에 따라 홍농으로 이어하는 과정에서 홍농으로 천도하려는 사실을 알게 된 곽사가 군사를 이끌고 뒤쫓아 나타나서 분탕질을 시작한다.

"황실의 공경 대신들이 주지하듯이 황제께서 홍농으로 이어를 한다면, 새로운 변화에 황제께서 크게 고통을 받게 될 것입니다. 황제 폐하는 고릉으로 돌아오셔야 합니다."

이때, 한황실의 공경들과 장제가 곽사의 의견에 반발하여 홍농으로의 이어를 계속 주장하면서, 곽사와 의견이 팽팽히 대립한다. 곽사는 황제의 일행을 강제로 미오성으로 이어시키려고 강권을 행사할 때, 헌제는 단식투쟁으로 곽사의 뜻에 강력히 저항한다. 곽사는 장제를 견제하려는 계획이 뜻대로 되지 않자, 새로이 장제와 협상에 나서 헌제를 홍농이 아닌 가까운 현으로 이어시키는 것으로 절충한다. 헌제는 곽사를 거기장군, 양정을 후장군, 양봉을 홍의장군, 동승을 안집장군으로 임명하여 자신을 안전하게 호위하도록 주문한다.

195년(흥평3년) 8월, 헌제 일행이 신풍에 도착하고 가후에게 향후의 대책을 부탁하지만, 이어(移御) 과정에서 신물이 난 가후는 헌제에게 관직 인수를 반납하고, 영집장군 단외에게 의탁하기 위해 무리를 떠난다. 천하의 책사 가후가 헌제에게서 떨어져 나가자, 곽사는 '이때다' 싶어 마음을 바꾸어 오습에게 새로운 지시를 내린다.

"그대는 학사를 불태우고 헌제를 미오성으로 끌어갈 준비를 하라."

이들의 밀담을 엿듣게 된 오습의 수하병사가 이 사실을 양봉, 양정에게 밀고하면서, 양봉과 양정 두 명의 소규모 군벌들은 천박한 충성심이 발동하여 '천자를 수호한다.'라는 명분하에 곽사에게 집중적으로 면박을 가한다.

두 군벌의 저항에 접한 곽사는 이들로부터 신변의 위해를 당할 것을 우려하고 황제의 대열에서 이탈한 후, 한참 시간이 흐르고 곽사는 양정과 양봉에게 보복하려고, 인근에서 과거 자신에게 은혜를 입은 용사 중 자신과 뜻이 맞는 용사들을 규합한 후, 곧바로 이들과 합류하여 황제의 어가를 막아서서 헌제를 호위하고 있는 양정과 양봉을 공략함으로써, 열세에 몰린 양정과 양봉을 물리치고 헌제에게 압력을 가한다.

"황제 폐하, 낙양으로 가시는 이어 행차를 멈추시고 서쪽 미오성으로 이어하시어야 정국이 안정되고 폐하께서 안전을 기하실 수 있습니다."

곽사는 억지로 헌제를 앞장세워 미오성으로 이어하려 한다. 이때 시중 유애가 곽사를 제지하며 말한다.

"거기장군은 폐하의 이어 문제에 깊이 개입하여서는 아니 됩니다. 천자의 이어 문제는 오직 황제 폐하의 의중을 따라야만 할 것입니다."

유애가 강력히 이의를 제기하지만, 곽사는 거기장군의 직함을 내세우며 강제적으로 미오성으로 이어할 것을 주장하고, 곽사에게 대응하여 헌제는 단식을 벌이면서 강력히 맞서는데 이때, 동승은 인근의 친위세력을 총동원하여 병력을 증강해서 황제호위군을 결성하고, 패주했던 양봉과 연합하여 헌제를 볼모로 잡고있는 곽사를 상대로 일대결전을 벌이게 된다.

곽사는 큰도끼를 휘두르며 공격하는 양봉의 부장 서황을 맞아 치열하게 격전을 벌이던 중, 동승이 양정과 연합작전으로 황제 호위군을 이끌고 거세게 공격해오자, 곽사는 대패하여 헌제를 버리고 퇴각한다.

헌제는 양표와 동승의 안내로 10월 5일에 화음에 도착한다. 이때 영집장군 단외는 가후의 조언을 받아들여 헌제와 공경들에게 지속적으로 생필품을 공급해주는데, 이 과정에서 단외가 거기장군이 된 양봉과 불화가 생기자, 양봉은 동승, 양정과 동조하여 헌제에게 단외를 모함한다.

"단외가 곽사와 함께 반역을 꾀하고자 합니다. 단외를 응징하지 않으면 후회를 하게 됩니다."

이에 대해 양표와 유애는 양봉의 주장을 반박한다.

"영집장군 단외는 결코 반역할 사람이 아니오."

양봉과 양정, 동승은 황제의 제가를 받지 못하자 독단으로 단외를 공략하지만, 이들은 10일이 지나도 단외의 본진을 함락시키지 못한다. 이런 와중에도 단외는 변함없이 헌제에게 생필품을 공급해주자, 결국 이들의 모함은 허위라는 것이 밝혀지고 헌제는 두 세력을 화해시킨다.

이렇게 해서 헌제가 차질없이 피난행렬을 일사불란하게 이행하는 것을 본 곽사는 천자를 수중에 잡아두지 못한 것을 깊이 후회하고 이각을 찾아가 화해를 청한다.

"장군, 우리가 분열한 것은 자멸의 길이었음을 알게 되었소이다. 구원을 털고 다시 연합하여 헌제를 되찾아옵시다."

이각과 곽사가 다시 연합하여 황제의 어가를 탈취하려 나서자, 장제와 양봉, 동승은 양정을 남겨 이각과 곽사의 군사를 대항하게 하고, 자신들은 어가를 이끌고 황급히 길을 떠난다. 이각과 곽사는 배가가 된 병력을 이끌고 양정을 협공하여 대파시키고, 대패한 양정은 헌제의 피난 행렬과 합류하지 못하고 형주 남전으로 달아난다.

이런 와중에 양봉, 동승은 4인방 중 하나이던 장제가 지난 이각 4인방 연합체제 시절의 영화를 회상하는 발언을 하는 바람에 장제를 의심하여 견제하게 되고, 이 바람에 장제는 양봉, 동승과 불화하게 되면서 이들의 무리에서 떠나, 다시 이각과 곽사에게 합류하여 홍농군 조양에서 헌제의 어가를 막는 데 앞장선다. 이때 양봉과 동승은 헌제를 호위하여 겨우 홍농의 동간에 이르렀는데, 이각과 곽사, 장제가 연합한 군사들과 전투를 벌이다가 수적 열세로 대패하고, 결국 헌제는 조양으로 도피하여 논밭에서 노숙하는 지경에 이른다.

이각과 곽사, 장제 3인방의 군사가 계속 황제의 이어 행렬을 추적하자, 양봉은 주변의 가까운 동료인 백파적 수령 이락, 한섬, 호재, 흉노족 우현왕 거비에게 까지 도움을 요청하지만, 수차례의 전투를 벌이는 동안, 이들은 결국 이각과 곽사, 장제 3인방의 연합군과의 전투에서 대패하여 군사의 태반을 잃고 그 와중에 헌제는 치중까지 빼앗기고, 치중을 빼앗긴 헌제의 일행은 보행으로 섬현까지 겨우 도피하여 북쪽 하수에 당도한다.

이때 이락이 배를 구해 와서 비단옷으로 연을 만든 다음, 헌제를 배에 태우고 떠나려는데, 헌제를 호위하던 군사들이 서로 배에 타려고 배의 난간을 붙잡아 배가 출범하지 못하자, 이락과 동승은 무리의 손가락을 칼로 찍어 내고 출범시킨다.

헌제가 하수를 건너 소달구지를 타고 안읍현에 도착하여 보니, 그 많던 공경 무리는 모두 사라지고 단지 태위 양표, 태복 한융 등 10여 명의 공경밖에 남지 않았다. 헌제는 이어에 큰 공을 세운 한섬을 정동장군, 호재를 정서장군, 이락을 정북장군으로 삼아 가절(假節)을 내리고, 삼공에게 내리는 개부(開府)의 권한을 부여한다.

이때는 날이 저물고 황충이 관중을 휩쓸고 간 시절이라 곡식이 없어, 시중을 두는 관원들은 대추와 채소로 끼니를 때우게 된다. 헌제는 울타리 문도 닫히지 않는 가시로 된 울타리에 기거하게 되는데, 이를 얕잡아 본 도적의 무리들이 헌제에게 능멸에 가까운 모욕을 표출하자, 헌제는 조회를 열어 자신의 신세를 한탄하며 새로운 방안을 찾아보도록 간청한다.

"짐을 호위하는 무리에게서도 능멸을 당하고 있으니, 현재 황실의 체면이 실로 한심스러울 정도요. 현 난국을 타개할 방안을 결코 찾을 수 없겠소?"

태복 한융이 헌제에게 건의를 올린다.

"폐하, 신이 이각, 곽사와 강화협상을 벌여, 승여(乘輿:임금이 타는 수레)와 거마를 얻어내고 공경대신, 궁인과 관리 등을 폐하께로 돌려보내도록 협의하겠사옵니다."

헌제는 한융에게 조서를 내려 이각과 곽사에게 보낸다. 협상은 원만히 체결되어 이각과 곽사 등은 헌제를 보좌할 궁인과 관리, 부녀자를 보내지만, 황충의 피해로 인해 식량은 구하지 못하고 대체할 식량으로 채소만을 공급받는다. 이각과 곽사로부터 풀려나온 공경 대신은 다시 헌제를 모시고, 낙양으로 돌아가려고 기관(箕關)을 나와 지도(軹道)로 내려간다.

이때, 하내태수 장양이 배웅을 나와서 헌제에게 쌀을 제공하고, 하동태수 왕읍은 비단을 제공하여, 비로소 헌제는 의식주를 갖춘 최소한의 권위를 세우게 된다.

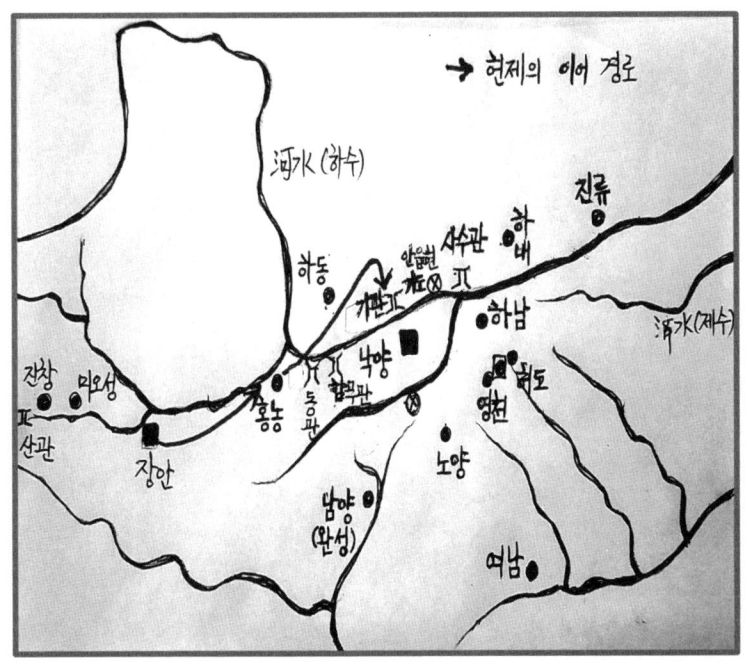

10.
협천자의 길을 선택하는 조조

10. 협천자의 길을 선택하는 조조

1) 조조는 순욱의 자문을 받아들여 협천자의 길을 가다

196년(건안 원년) 1월, 그동안 연주의 주도권을 놓고 여포와 싸움으로 여념이 없었던 탓에, 헌제가 놓여있던 위기를 간과했던 조조는 여포를 연주에서 몰아낸 후, 전반적인 정국타개를 위한 대책을 마련하기 위해 회의를 개최하고 이때, 순욱이 조조에게 웅대한 정국의 운용을 권장한다.

"지금 천자께서 이각의 손아귀에서 벗어나려다가 보니 어쩌다가 도적의 무리까지 끌어들이게 되어, 이제는 인간 같지도 않은 도적의 무리에게 온갖 수모를 겪으면서 낙양으로 환도하기 위해 몸부림치고 있다고 합니다. 이 기회에 차시환혼 (借屍還魂:실속은 잃었어도 명분이 살아있음) 계책으로 주군이 천자를 보호하여 협천자의 길을 가십시오. 원소에게도 심배, 전풍, 곽도와 같은 인사들이 협천자의 길을 제시했으나, 원소는 천자의 현재 정통성을 거부하고 유주자사 유우를 정통으로 옹립하려고 시도한 과거의 명분 때문에 쉽게 협천자의 길을 택할 수 없게 되어 있습니다. 한때는 장안의 조정을 거부하는 명분의 싸움에서 이겨 지금의 독자적 군웅의 자리를 차지할 수 있었으나, 지금은 그 명분이 자신의 발목을 죄는 족쇄로 작용하여 쉽게 차시환혼(借屍還魂:명분뿐이 없는 존재일지라도 활용할 가치가 있음) 계책을 흉내낼 수 없는 진퇴양난에 빠져있습니다. 한동안 자신이 내세웠던 장안조정의 정통성을 부정하는 명분론으로 키운 최고의 독자적 군웅의 지위를 버리기 어렵기 때문입니다. 주공께서 협천자의 길을 가게 되면, 원소의 수하에서 완전히 벗어나서 천자의 이름으로 호가호위(狐假虎威)를 할 수 있습니다. 설혹 원소를 손아귀에 완전히 장악하지는 못하더라도 천자의 틀 속에 원소를 가두어 통제할 수 있으므로, 원소가 함부로 황제의 명을 거부하고 섣부르게 행동을 할 수 없게 만들 수 있습니다."

조조는 순욱의 자문을 받아들여 협천자의 길을 걷기로 결심한다. 조조는 헌제가 안읍현에 주둔하여 있는데 끝까지 낙양으로 환도할 것을 결심하고 있다는 정보를 듣고, 헌제의 이어를 돕기 위해 조홍에게 선발대를 이끌고 먼저 천자를 영접하도록 파견한다.

그러나 원술의 사주를 받은 원술의 수하 장노가 험한 요새를 배경으로 삼고 조홍의 길을 막아, 조홍은 더 이상 진군을 하지 못하고 요새에 갇히게 된다.

조홍이 장노에 의해 진군이 어려워지자, 조조는 친히 예주 진국을 공격하여 무평에서 원술이 임명한 진국상 원사의 항복을 받아내고, 관중으로 통하는 통로를 확보한 다음, 조홍으로 하여금 철저히 헌제를 맞이할 준비를 하도록 지시한다.

그 당시 헌제를 호위한 무리 중에서 동승과 장양은 낙양으로의 환도에 적극적이었던 반면, 양봉과 이락은 미온적이었는데, 2월에는 헌제를 호위하는 무리에서 내분이 일어나 한섬이 동승을 공격하고, 이에 두려움을 느낀 동승은 야왕현의 하내태수 장양에게로 급히 피신한다.

하내태수 장양에게로 피신한 동승은 장양의 적극적인 도움을 받아 낙양의 황궁을 보수하는 데 총력을 기울이기 시작한다. 이때부터 헌제는 낙양천도를 반대하는 양봉, 이락, 한섬을 설득하여 이들도 낙양의 황궁을 보수하는 일에 참여시키고, 호재와 이락은 하동군에 남아 외부의 불순한 세력이 황제에게 접근하는 것을 막게 한다.

7월이 되어 헌제가 무사히 낙양으로 환도하여 장양을 대사마로 임명하고 낙양에 머물게 하는데, 장양이 정무에 개입하기 시작하자, 양봉과 한섬, 동승이 장양을 경계하면서 신변에 위협을 느낀 장양은 하내로 돌아가고, 양봉 역시 거기장군으로 제수되어 하남으로 돌아간다.

낙양에는 대장군 겸 사례교위로 임명된 한섬과 위장군 동승이 헌제의 곁에 남아 보위하게 되자, 그 이전부터 흑심이 있었던 한섬은 헌제를 호위한 일등공신 임을 내세워 정사를 제멋대로 주도하려 한다. 동승은 백파적 도적 출신이 국정을 장악하는 것이 합당하지 않다고 생각하여 한섬과 반목하다가,

드디어 동소와 연합하여 연주목 조조에게 밀서를 보내 협천자의 길에 오를 것을 청하기로 한다.

이에 호응하여 조조는 직접 군사를 이끌고 낙양을 향해 출정하는데, 이때 조조가 동승과 동소의 청에 의해 천자를 영접하러 떠난다는 소식을 들은 원술은 여남과 영천의 유벽, 하의, 황소, 하만 등 원술과 연계되어있는 황건농민군 잔당으로 원술연합군을 구성하여 길목을 막아서자, 조조는 예주에 있는 원술의 세력을 제거해야 헌제를 영접하는 일이 가능하다는 것을 뼈저리게 인지한다.

조조는 산발적으로 흩어져 낙양으로 통하는 길목을 하나도 빠짐없이 막고 있는 유벽, 하의, 황소, 하만 등을 가치부전(假痴不癲:어리석은 듯이 처세하여 방심하게 함) 계책을 활용하여 이들을 한곳으로 몰아넣고 일시에 토벌할 전략을 세운다.

"토끼몰이에 조인장군은 나서지 말고 후방에서 만일의 사태에 대비하도록 하고, 건무장군 하후돈은 하후연과 함께 각각 유벽, 하의가 장악한 길목의 앞에서 오랫동안 대치하고 있다가, 어느 시점에 아군 병사들이 7월의 따사한 햇살로 인해 나른해진 모습으로 긴장을 풀고 무장을 해제하는 흩어진 모습을 드러내도록 하라. 교위 전위와 만총은 각각 황소, 하만이 장악한 길목에서 이와 같은 방법으로 대치하다가, 이들이 공격을 시작하면 건무장군과 똑같이 무장을 해제한 채 신속히 면수 지류로 대피하라. 황건 잔당이 면수 지류로 몰려오면, 나는 교위 전위와 함께 대비하고 있다가, 이들을 삼중(三重)으로 포위하여 한꺼번에 토벌하겠노라."

조조의 계책대로 황소 등이 각자 책임지고 있던 낙양을 통하는 길목을 내어주고 면수의 지류로 총집결하자, 조조는 이들을 철저히 둘러싸고 관문착적(關門捉賊:문을 철저히 봉쇄하여 고사시킴) 전술을 펼쳐 숨통을 조이기 시작한다. 이 바람에 포위망을 뚫으려던 황소는 전위의 공격을 받아 전사하고, 벼랑에 몰린 유벽과 하의는 투항을 청하기에 이른다.

이로써 조조는 예주에서 원술의 영향력을 일소시킨 후, 하내에 이르러 대사마 겸 하내태수 장양에게 낙양으로 통하는 길을 빌려달라고 요청한다. 장양은 만일의 사태를 우려하여 조조의 요청에 응하지 않고 있을 때, 동소가 장양에게 천자의 조서를 내보이며, 지금 조조의 구원병이 없으면 헌제가 놓여 있는 난국을 타개하기가 어렵다는 것을 인지시키고 설득한다.

"하내태수께서는 조조의 가는 길을 막아서서 조조와 적대하게 되는 일이 없도록 하십시오. 조조가 지금은 비록 약해 보일지라도 향후, 원소와 같은 인물은 범접하지도 못할 정도로 뛰어난 천하의 영웅입니다. 지금의 이 순간 태수께서 하내의 길목을 쥐고 연주목 조조를 막아서지만 않는다면, 천자를 도우러 오는 조조가 태수와 척을 질 이유가 없습니다. 이번 기회를 조조와 친분을 맺는 계기로 만드시기를 바랍니다."

장양은 동소와 깊은 신의를 지니고 있었기에 동소의 말을 절대적으로 신봉하고 조조에게 순순히 길을 내어 준다.

  조조는 낙양으로 다시 환도한 헌제가 옛 중상시 조충의 집에 기거하다가, 대사마가 된 하내태수 장양이 궁궐의 수리를 완료하여 양안전이라 이름을 지은 궁궐에서 정착한 이후인 8월이 되어서야 헌제를 알현하게 된다.

  그 당시 낙양의 사정은 상상할 수 없을 정도로 악화되어 있어서, 백관들은 가시나무를 헤치고 담벽에 의지해 기거했으며, 장양 이외에는 천자에게 생필품을 공급하는 제후들이 없어, 관리들은 굶주리고 궁핍하여 상서랑 이하 관리들은 스스로 식량문제를 해결해야 했다. 상서랑 이하 관리들의 생활이 이러할 정도였으니, 일반 병사들의 생활은 더욱 가관이어서 이들은 힘이 없는 백성을 상대로 약탈을 하고 횡포를 부리는 바람에 수많은 백성들이 죽거나 다치면서, 백성들의 민심은 황건농민군의 기의(起義) 당시보다도 더욱 한황실을 혐오하고 증오하게 되었다.

  헌제는 낙양에 입성한 조조에게 진동장군 겸 녹상서사, 사례교위로 임명하고 비정후로 봉한다. 이때 한섬은 자신과 상의도 없이 낙양에 입성한 조조에 반발하여, 소리 소문 없이 조조를 제거하려다가 발각되고 양릉으로 도피한다. 이를 기화로 삼아 철저히 반대세력을 제거하고 헌제를 호위하게 된 조조는 자신의 입지를 확고히 하려고 영천군 허현으로 천도하고자 결심한다.

얼마 후 조조가 동소에게 허현으로의 천도를 권유하자, 동소는 헌제를 설득하여 우여곡절 끝에 황제로부터 윤허를 받아낸다. 얼마 후, 동소는 하남에서 군사를 이끌고 길목을 지키고 있는 양봉이 황제의 천도를 막아설 것을 우려하여 조조에게 긴급히 면담을 청한다.

"진동장군, 허현으로의 천도를 무리 없이 추진하기 위해서는 양봉을 설득해야만 안전하게 하남을 통과할 수 있을 텐데, 장군은 어떻게 양봉을 설득하려 하십니까?"

"양봉은 한섬과 한통속으로 백파적 출신의 도적들인데, 과연 이들이 말로 설득이 되겠습니까?"

"그러면 어떻게 해야 하겠습니까?"

"도적 떼들은 눈앞에 이익만 있으면 크게 보지 못하고 소탐대실한다는 점을 이용해야 할 것입니다. 혼수모어(混水摸漁:상대방에게 혼란을 주어 진위를 가리지 못하게 함) 계책을 활용하고자 합니다."

조조의 큰 틀을 제시받은 동소가 잠시 생각에 잠기더니 조조에게 비밀리에 귓속말을 건넨다.

조조가 고개를 끄떡이며 동조의 표시를 전하자, 동소는 다시 조조에게 당부의 말을 전한다.

"허현으로의 천도에 관한 사항은 나와 장군, 천자께서만 알고, 남에게는 절대로 발설하지 않기로 해야 합니다."

동소는 말을 마치고 양봉을 즉시 낙양으로 부른다.

"장군, 낙양에 식량과 생필품이 없어 천자의 생활이 최악에 달해 있습니다. 어쩔 수 없이 황제께서 노양으로 이어하여 잠시 노양에 머물다가, 낙양의 식량사정이 나아지면 그때 다시 낙양으로 다시 이어하게 될 것이오. 황제께서는 장군에게 보화를 내리시고, 당분간 낙양을 지켜 달라고 부탁하셨습니다."

양봉은 이를 진실로 받아들여 헌제의 이어를 용인한다. 양봉을 감쪽같이 속인 조조와 동소는 급히 길일을 잡아 헌제를 철통같이 호위하고 허현을 향해 출발한다.

이윽고 이어를 시작한 헌제가 노양을 훨씬 지나서 환원관(轘轅關)을 향해 나아가자, 양봉은 동소의 위계임을 알아차리고, 한섬과 함께 황제의 어가를 저지하기 위해 뒤를 쫓아온다. 헌제의 일행이 능선에 이르러 방향을 돌리려는데, 갑자기 언덕 위에서 함성이 일면서 일군의 군마가 앞을 가로막는다.

"조조는 황제의 어가를 멈추고 당장 황제 폐하를 낙양으로 모셔라. 황제 폐하를 겁박하여 볼모로 삼으려고 자유롭게 풀어드리지 않는다면, 나는 너희들을 한 놈도 남기지 않고 몰살시키겠노라."

양봉이 부장 서황을 보내 조조의 앞길을 막아서게 하자, 조조는 제법 위풍이 당당한 장수가 자신의 앞을 가로막는 것을 보고 전위에게 서황을 상대하도록 한다.

전위가 소리를 지르며 서황을 맞아 두 자루의 화극을 휘두르며 두 맹장이 50여 합을 맞섰으나, 손에 땀을 쥐게 하는 팽팽한 기류는 한 시진(時辰)이 지나도록 끝날 조짐을 보이지 않는다. 이 싸움을 흥미진진하게 지켜보던 조조가 갑자기 전위에게 퇴각명령을 내린다.

"전위에게 퇴각을 명하는 북을 쳐라."

조조가 퇴각을 명하는 북을 치자, 북소리를 듣고 전위가 등을 돌려 서황에게서 벗어나자, 서황이 전위를 쫓아오면서 큰 소리로 외친다.

"그대는 어찌 도망을 치는가? 자신이 있다면 나와 끝까지 승부를 보자."

"주군께서 부르시니 일단은 돌아가서 다시 싸울 때를 언질 받겠노라. 반드시 싸우러 나오겠으니 그때를 기다리고 고대하도록 하라."

전위는 서황의 외침에 침울하게 답변을 하며 행렬로 되돌아온다. 이어 행렬로 다시 돌아온 전위는 조조에게 아쉬운 듯이 투덜댄다.

"주군, 잠시만 시간을 더 주셨으면 서황을 처리할 수 있었는데 너무도 아쉽습니다."

조조는 전위의 투정에 대해 웃음을 띠며 밝은 목소리로 위무하면서 말한다.

"장군의 실력이 한 수는 위라는 것을 내가 보아도 알 수 있었으나, 서황은 참으로 비범한 장수여서 내 편으로 끌어들이고 싶은 욕심이 생겼소이다. 두 장수가 끝까지 결하여 어떤 누구라도 다친다면, 나에게는 큰 손실이 될 것이라 여겨지오. 나는 양봉과 한섬 따위는 추호에도 관심이 없소. 오직 서황이 탐날 뿐이오. 여러분들은 내게 서황을 사로잡을 계책을 일러 주기 바라오."

이때 행군종사 만총이 앞으로 나선다.

"주군께서는 크게 마음 쓰지 마십시오. 토끼몰이 전술로 양봉을 양원의 골짜기에 끌어들여 아군들로 복병을 배치한 골짜기 양편에 매복시키고 양봉을 이곳으로 몰아넣고 격파한 후, 서황을 양봉과 분리하여 생포하시면 어떻겠습니까?"

조조는 곧바로 만총의 계략을 실행에 옮긴다.

"교위 전위는 병사들을 이끌고 지금 당장 양봉의 군영으로 나아가 서황과 싸움을 부추겨 서황과 전투를 벌이면서, 서황을 가급적 양봉의 무리에서 멀리 떼어놓고, 자효(조인)는 교위가 서황을 상대로 전투를 벌일 때, 군사들을 이끌고 양봉에게 가서 양봉의 도적무리들과 전투를 벌여 이들을 양성산 골짜기로 몰아넣도록 하라. 묘재(하후연)는 양성산의 동,서편의 골짜기에 매복병을 배치하고, 산에 널려있는 통나무와 바위들을 활용하여 계곡의 양쪽 끝을 막아 양봉의 도적들이 골짜기를 빠져나가지 못하도록 하고, 원양(하후돈)은 전위가 짐짓 서황에게 패하여 서황의 군사를 유인해오면, 서황이 골짜기로 진입하지 못하도록 교위와 함께 반대편 산기슭으로 서황의 병사들을 토끼몰이하여 반대편 산기슭으로 몰아넣도록 하라."

조조의 명을 받고 전위가 서황과 몇 차례 합을 벌리다가, 짐짓 패하는 척하면서 서황을 양봉에게서 멀리 떼어놓으려고 계곡 쪽으로 도주한다. 양봉은 병사들을 이끌고 도주하는 전위의 수하들을 주살하면서 계곡 근처에 다다르는데 이때, 조인은 양봉과 서황을 떼어놓기 위해 사력을 다해 양봉을 막아서서, 천인 특유의 괴력으로 양봉을 골짜기로 몰아넣는다.

하후연의 매복병이 골짜기에 갇힌 양봉의 병사들에게 숨을 쉴 여유도 주지 않고 맹공을 펼치자, 양봉은 대부분 병사를 잃고 한섬이 뚫어준 계곡 남쪽 바위고개를 돌아 겨우 계곡을 빠져나온 후 원술에게로 달아난다.

한편, 하후돈과 전위의 병사들에게 이중으로 포위된 서황은 양성산 주변의 작은 구릉으로 도피하여 이들과 대치한다. 계곡에서 순식간에 양봉의 병사들을 섬멸시킨 조조는 전 병력을 이끌고, 서황이 도피한 구릉을 삼중 포위하여 서황을 투항시킬 계책을 청한다.

"장수들은 서황을 다치지 않고 생포할 수 있는 묘책이 있으면 건의해 주시오."

이번에도 만총이 나선다.

"소장이 한 말씀 올리겠습니다. 전투를 벌여 생포하기보다는 투항을 권유하는 것이 효과적일 것입니다. 소장은 산양군 창읍 출신이고, 서황은 하동군 양현 출신으로 같은 동향은 아니나, 젊은 시절부터 의기투합하여 동향사람보다도 더욱 친밀하게 교류해 왔습니다. 서황은 신의가 있는 인물로서, 친분도 없는 사람이 투항을 권유한다면 쉽게 응하지 않을 것입니다. 소장은 서황에게 저의 진실을 담아 투항을 이끌어 올 수 있을 것입니다."

조조는 만총의 말에 동조하여 만총을 매개로 삼고 서황에게 투항을 권하도록 하자, 만총이 서황을 찾아가서 면담한다.

"나는 지금 녹상서사 조조 진동장군의 휘하에서 행군종사로 봉직하고 있네. 자네가 허저 교위와 생사를 건 혈투를 벌일 당시, 녹상서사께서는 자네의 무용을 흠모하여 자네를 수하에 넣으려고 결투 중이던 전위를 거두어들였네. 그러다가 이번에 유인책을 써서 자네와 양봉을 분리시키고, 자네에게 투항을 권유하도록 나를 매개로 삼아 자네에게 보낸 것이네."

만총의 말을 듣고 있던 서황이 잠시 생각에 잠기더니 의아하다는 듯이 반문을 한다.

"녹상서사 조조에게는 맹장이 많은 것으로 아는데, 내가 왜 필요하다는 말인가?"

만총은 지모가 있는 문사답게 서황의 정곡을 예리하게 찌르는 설득을 펼친다.

"세간에 명군은 명장을 알아본다고 하지 않는가? 나 같은 인물도 정승반열에 들어있는 조조라는 영걸이 중용하는데, 자네 같은 맹장을 그대로 방치하겠는가? 자네는 애초에 양봉과 같은 졸장 밑에 있을 장수가 아니었네."

추호도 벗어남이 없는 만총의 논리에 서황은 한숨을 짓더니, 자신의 입지를 한탄하며 말을 잇는다.

"나도 행군종사와 같은 생각을 했으나, 어차피 맺어진 주종의 의리를 이제 와서 어떻게 저버릴 수 있겠는가?"

만총은 논리적으로 서황을 설득한다.

"성현이 이르시기를 지혜로운 새는 나무를 골라 둥지를 만들고, 현명한 사람은 주인을 가려 섬긴다고 하지를 않던가. 이제 자네에게는 진정 자네의 가치를 아는 주인이 나타났으니, 초창기 자네가 양봉을 만나 따르던 것이 운명이었듯이, 이제는 자네가 녹상서사를 따라야 하는 것도 운명일세. 양봉은 패주하여 자네는 안중에도 두지 않고, 자기 혼자 살겠다고 원술에게 의탁하러 도망치지를 않았는가?"

서황은 만총의 말을 수긍하며 마음의 결단을 내린다.

"알겠네. 수하의 부하들을 설득하여, 곧 녹상서사에게 투항하도록 하겠네."

만총이 본영으로 돌아가고 얼마 후, 서황이 수하를 이끌고 조조에게 투항해 오자, 조조는 크게 기뻐하며 서황을 도위로 임명한다. 이로써 황제의 허현천도를 막는 주변 세력을 깨끗이 정리한 조조는 천자의 어가를 호위하면서 허현성으로 입성한다.

2) 조조, 허도를 새로운 도읍지로 정하다

천자를 호위하여 허현으로 돌아온 조조는 196년(건안 원년) 9월, 허현을 허도로 개칭한 후, 황제가 거할 궁을 정하고 종묘사직을 신축하며, 성대와 사문 등 아문을 배치하고 성곽을 개축한다.

조조는 스스로 대장군 겸 녹상서사, 사례교위 직을 겸하고 무평후에 오르면서, 동소에게 낙양령을 제수케 하고, 서황을 투항시킨 만총을 허도령으로 발탁한다. 최고책사 순욱은 시중 상서령, 순유를 군사, 유엽은 사공연조로, 정욱을 동평상으로, 범성은 동소와 함께 공동 낙양령으로 추천한다. 모개와 임준은 전농중랑장으로 추천하여 자금과 양식을 독려하는 직분을 맡기고, 조인, 조홍, 하후돈, 하후연은 모두 장군의 칭호를 내리게 하고, 여건과 이전, 악진, 우금, 서황은 교위에 추천하고 전위를 도위에 임명한다. 그 외에 병사들은 전공과 재능에 따라 그에 합당한 둔후와 군장으로 임명한다.

이로써 허도조정의 모든 관직들은 조조의 수하들로 메워지게 되어, 정치와 행정, 군사권은 모두 조조의 손아귀에 들어가게 된다. 원소에게는 태위의 직분을 내려 명분상 최고의 지위를 부여하지만, 원소가 조조를 비방하며 받아들이지 않고 크게 반발한다. 조조는 원소가 크게 격노하고 있다는 소문을 듣자, 그의 위세를 두려워하여 순욱과 순유를 불러들이며 원소에 대한 대책을 구한다.

이때 순욱이 조조에게 획기적인 제안을 올린다.

"주공께서 지금 원소와 전쟁을 치른다면, 원소를 물리칠 수 있습니까?"

"불가하오."

"그렇다면, 원소에게 대장군 직을 양보하고 원소의 비위를 맞춰주다가, 때가 왔을 때 원소를 도모한다면 그까짓 대장군이 문제입니까?"

조조는 깨닫는 바가 있어 자신은 사공 겸 거기장군을 맡고, 원소에게 대장군의 직위를 넘겨주기로 한다.

이때 순욱이 다시 묻는다.

"주공께서 과연 기주,청주,병부,유주에 영향력을 행사할 수 있습니까?"

"불가하오."

"그렇다면, 기주목 원소에게 청주,병주,유주의 도독까지 겸임하도록 하고 지절과 부절을 부여해 주어, 어차피 원소가 제멋대로 권력을 휘두르는 지역에 특권을 주는 것으로 생색을 내십시오."

이렇게 해서 원소는 대장군의 직위에 기주목을 더하며, 청주,병주,유주 도독을 겸임하고 지절을 부여받으니, 관할구역 내 민간인과 2천석 이하의 관리를 법에 따라 처결할 수 있으며, 부절의 특권을 얻어 자의적인 사법적 재량권을 행사해도 면책을 받는 특권을 가지게 된다.

원소는 호분의 특권까지 부여받아 자체적으로 군을 편성할 수 있으며, 궁시를 통해 역적으로 낙인찍힌 인물을 마음대로 토벌할 권한이 주어진다. 원소는 직분이 의미하는 그대로 황제의 다음가는 상징적 실력자로 인정된 것이다. 원소에게 대장군을 넘기고 사공이 된 조조는 천하를 향한 미래의 정책과 수없이 많은 인재들을 천거한 순욱에게 노고를 치하하며, 마음속에 담고 있는 답답한 심정을 숨김없이 토로한다.

"내가 미처 군략을 지닌 책사들을 많이 보유하지 않았던 시절, 시중상서령이 천거해준 희지재에게 많은 군략을 의존했는데, 그가 일찍 죽는 바람에 지금은 군략을 논할 사람이 적어 아쉬움이 많다오."

시중상서령이 된 순욱이 이에 대한 답으로 새로운 은사(隱士)를 천거한다.

"영천 양책현 출신 곽가를 불러들이시면 어떻겠습니까? 그는 어려서부터 원대한 기상이 있어 한황실이 어지러워지자 세상에 나오지 않고 영걸들과만 교제하여 일반 사람들은 아직 그를 잘 모르고 있으나, 식견과 격물치지에 능한 사람들은 그를 높이 추앙합니다. 일찍이 신평과 곽도의 추천으로 원소를 찾아 기주에 간 적이 있었으나, 원소와 면담한 후에는 '원공은 인재 등용의 중요성을 잘 알지 못한다. 많이는 알고 있으나 핵심은 없고, 묘책은 있으나 너무 평판에 신경을 써서 결단력이 부족하니, 그는 대업을 이루기는 어려울 것 같다.' 하고는 원소 곁을 떠났다고 합니다. 사공께서 잘만 기용한다면, 가히 사공의 책사로서 군략을 논하기에 조금도 부족함이 없을 것입니다."

조조는 순욱의 조언을 따라 곽가를 초청하여, 하루 온종일 그와 천하의 흐름과 변화 등에 대해 의견을 교류하고도 끊임이 없이 이어지는 곽가와의 담론을 마음껏 즐기더니, 해가 서산으로 넘어가고 날이 저물어서야 담론을 끝내며, 매우 흡족한 표정으로 측근들에게 호평을 늘어놓는다.

"고(孤)에게 대업을 이루도록 할 사람은 바로 곽가로다."

곽가도 주변의 사람들에게 들뜬 마음으로 조조에 대해 더할 수 없는 찬사를 보낸다.

"천하를 한주먹에 움켜쥐고 있는 조 사공이야말로 진실로 나의 주인이시다."

조조는 곽가를 사공군사좨주로 삼아 자신의 지척에서 보좌하도록 한다.

11.
손책, 강동 정벌안으로 독자적 길을 모색하다

11. 손책, 강동 정벌안으로 독자적 길을 모색하다

동오에서 그동안 독립된 지휘권이 없이 원술의 휘하에서 부장의 역할만 하던 손책은 원술이 여강전투를 승전으로 장식하면 여강태수 자리를 자신에게 주겠다고 한 약속을 믿고, 처음으로 독립적 지휘권을 지닌 장군이 되어 첫 번째 전투인 여강전투를 승전으로 장식하였다.

그러나 원술이 여강태수 자리를 자신에게 주겠다고 한 약속을 파기하는 등 자신을 박대하는 것을 가슴 깊이 증오한다. 어찌 되었든 손책은 지휘권을 부여받은 후 거둔 최초의 여강전투에서 대승을 이룬 덕에 주변으로부터 장군으로의 능력을 인정받는다. 옛 손견 휘하에서 전공을 세운 수많은 인사들이 이런 소문을 듣고 손책의 주변으로 몰려들기 시작한다.

이때 손견의 옛 부곡 주치는 원술의 인물됨이 변변치 않음을 알고, 손책에게 강동을 평정하여 자립할 계획을 세우도록 큰틀을 제시한다. 주치가 주동이 되어 참모진을 구성하여, 손책을 원소의 객장 신세에서 독립적 세력을 갖게 하기 위해서는 강동을 점유하는 것이 현실적으로 가장 실현성이 있는 방안임을 제안하고, 이 방안을 성공시켜 독자적 군웅으로 성공하는 것이 중요하다고 주지시키며, 그러려면 무엇보다도 원술의 협조를 받아내는 것이 최우선적 과제임을 강조한다.

195년(홍평3년) 어느 날, 때를 엿보던 주치는 손책이 여강태수 육강을 몰아내어, 장강 유역에서의 영향력이 강화된 지금이야말로 양주자사 유요를 축출하여 강동을 정벌할 적시임을 주장하면서, 손책에게 원술을 찾아가서 '강동 정벌안'을 의제로 내어놓도록 조언한다.

그러나 당시 원술 진영의 분위기는 유비를 도모하고 서주를 정복하는 계획에 모든 계획과 예산, 병마와 군량 확충, 군사적 용병, 전략전술을 집중하고 있어, 손책이 주장하는 '강동 정벌안'은 한참 분위기에 맞지 않는 어린아이의 주장으로 여겨지는 탓에 다른 사람들의 관심을 끌어내지 못하고 있었다. 손책은 자신만이라도 단양으로 출병할 수 있도록 명령을 내려달라고 간청을 하지만, 아무도 손책의 간청에 호응을 보내지 않자, 손책은 손견이 원술에게 건네준 진시황의 전국옥새 문제를 꺼내며, 원술과 참모, 제장의 관심을 한군데로 집중시킨 후 강동을 정복해야 하는 필요성을 주창한다.

손책이 원술에게 절절하게 '강동 정벌안'을 주장하지만 원술의 반응이 시원치 않자, 손책은 강동정벌을 떠나서 유요를 제거하고 강동을 평정하지 못한다면, 옥새를 원술에게 완전히 넘겨주는 조건을 걸고 겨우 원술의 허락을 받아낸다.

전국옥새를 담보로 강동을 평정하기 위해 출병한 손책도 양주자사 유요, 회계태수 왕랑, 산월족장 엄백호 등 강동에 뿌리를 깊이 내리고 있는 군벌을 상대로 싸우는 것이 결코 손쉬운 일은 아니라는 것을 잘 알고 있었다. 그러나 위험을 감수하지 않고는 결코 독자적 기업을 일으킬 수 없는 현실을 냉정하게 받아들여 일찍이 모험을 벌이기로 결심한 것이다. 원술 또한 원술 나름대로 손책이 결코 이들을 쉽게 제압하지 못하리라고 생각하고 깊은 사색에 잠긴다.

 '손책은 전혀 가능성이 없는 일에 매달려 나를 들볶고 있으니, 일단은 손책을 달랜다는 개념으로 서주정벌에 차질이 생기지 않을 정도의 지원을 해주면서 생색은 생색대로 내고, 전국옥새를 영구히 나의 것으로 만드는 일도 결코 손해를 보는 일은 아닐 것이다. 게다가 손책이 자신의 외숙부 오경을 도와 양주자사 유요와의 전투에서 최소한 전선을 소강상태로 유지만 하더라도, 내가 서주정벌에 나서 유비를 격파하는 일에만 총력을 기울일 수 있으니 잘하면 일석삼조(一石三鳥)가 될 수도 있을 것이다.'

 원술은 여기까지 생각이 미치자 손책의 뜻을 받아들인다.

 "손랑이 간절히 부탁하는 관계로 내가 군사 1천여 명과 기마 50필을 내어줄 터이니, 무리하지는 말고 중랑장 오경, 손분과 힘을 합쳐 단양을 수복하는 일에 힘을 보태도록 하거라. 약관의 어린 나이에 군대를 지휘한다고 하면 수하의 병사들에게 영이 제대로 서지 않을 우려가 있어, 자네에게 절충교위 겸 진구장군의 인패를 내리겠노라."

손책이 처음 수춘을 떠날 때 원술에게서 건네받은 병마는 보병 1천여 명에 기마 50필이었으나, 손책이 강동을 정벌하기 위해 원정을 떠난다는 소문을 들은 옛 손견의 장수 황개와 한당, 정보가 다시 남양용사대를 결성하여 손책에게 합류하고, 손책이 억양에 도착할 무렵에는 여범이라는 무사가 손책을 만나기 위해 수하 1백명을 이끌고 와서 합류하여 군사가 수천으로 증가한다.

여범은 여남군 세양 출신으로 어린 나이에 수춘으로 이주하여 원술 수하에서 현의 관리를 지내며, 수춘에서 만난 손책과는 또래라는 점 때문에 서로 가깝게 지내오며 친구 관계를 맺고 있었다.

"젊은 장군이 용맹하여 어려운 전투를 모두 승리로 이끌고 있다는 소문이 자자하던 중, 이번에도 지휘관이 되어 강동으로 정벌을 떠난다는 소문을 듣고, 어찌 친구가 되는 입장에서 강동정벌에 나서는 백부(伯符:손책의 자)를 홀로 전장으로 보내고 후방에서 편히 쉴 수 있겠소? 부디 함께 참전함을 허락해주시오."

용모와 자태가 수려한 비슷한 또래의 여범이 우정을 앞세우며 병사를 이끌고 전투에 참여하겠다는 패기를 보이자, 손책은 지난 시절 자신의 자화상을 보는 듯하여 쾌히 승낙한다.

손책이 한참을 이동하여 역양에서 장강을 건너려는데, 멀리 건너편에서 한 떼의 군마가 먼지를 일으키며 달려온다.

손책이 잠시 멈추어 군마 쪽을 바라보는데, 또 한명의 젊은 무사가 선두에서 말을 몰고 손을 흔들며 소리를 지른다.

"백부(伯符) 형님!"

손책이 소리가 나는 쪽을 유심히 바라보니, 몸놀림이 날렵하고 옥같이 흰 살결에 용모가 수려해 보이는 풍채가 당당한 젊은 무사가 손을 흔들면서 전속력으로 말을 몰아 역양을 향해오고 있었다. 손책이 무사의 얼굴이 뻔히 보일 때까지 쳐다보다가 얼굴의 윤곽이 뚜렷이 보이자 소리를 지르며 반긴다.

"여! 공근이 아닌가? 어떻게 알고 여기까지 왔는가?"

공근은 손책의 의형제 주유의 자(子)이다.

"형님이 단양을 정벌하러 원정을 떠난다는 소식을 듣고, 나의 조그만 힘이라도 보태고 싶어 찾아왔습니다."

주유의 자는 공근으로 여강군 서현 사람이다. 태위 주충의 조카이며, 고조부 주영 이래 대대로 고관을 지낸 명문가 자손이다. 주유는 손견이 반동탁연합군에 가담했을 때 서성에 머물던 손책과 만나, 지금까지 단금지교를 맺어 형제같이 지내고 있었다. 주유는 원술이 주유의 종부 주상을 단양태수로 임명하여 단양에 따라가 있다가, 이번에 역양에서 군사를 이끌고 의형제의 의지를 전하려 원정에 참여하기로 한 것이다.

손책은 주유의 말을 듣고 나더니, 조용히 주유의 귀에 대고 자신의 포부를 밝힌다.

"공근, 이번 출정은 외견으로는 단양의 정벌이지만 사실은 강동정벌의 첫발로 삼고 향후, 내가 강동에서 독립하는 초석을 마련하고자 하는 큰 그림의 시발이라네."

주유는 손책의 말에 매우 기뻐하며 책사를 추천한다.

"형님이 그런 큰 뜻이 있다면, 강동의 2장(張)이라고 불리는 장소와 장굉을 찾아가서 도움을 청하시지요."

"장소와 장굉, 그들이 어떤 인물이기에 아우님이 나에게 이다지도 긴밀히 추천을 하는가?"

"강동에서 자립하여 독자세력을 구축하려면, 그 두 현인을 초빙하여 책사로 삼아야 할 것입니다. 형님에게는 용장, 지장은 있으나, 전적으로 책략을 이끌어낼 책사가 부족한 것으로 알고 있습니다. 장소는 팽성 출신으로 일찍이 효렴에 천거되었으나, 관직에 오르지 않고 혼란을 피해 양자강(장강)을 건너 양주로 이주하여 이곳 초야에 묻혀 세상을 낚으며 살고 있다고 합니다. 장굉은 서주 광릉구 출신으로서 대장군 하진, 태위 주준, 사공 순상이 무재로 천거했지만 부름에 응하지 않고 강동의 초야에 묻혀 지금까지 지내고 있다고 합니다."

"고맙네, 공근. 사실은 나도 책략을 이끌어낼 책사가 부족한 것을 가장 취약점으로 생각하고 있었는데, 좋은 사람을 추천해 주어서 고맙네. 그러나 이미 높은 지위에 있는 사람들이 불러도 응하지 않았다는데, 그들을 어떤 방법으로 나에게 오도록 할 수 있겠나?"

손책이 자신의 현재 보잘 것 없는 현재의 입지를 정확히 간파하고 있어 침울하게 묻자, 주유가 신중하게 대답해 준다.

"그들은 권력으로도 설득이 쉽지 않고 재물로도 설득이 쉽지 않지만, 진실을 보여 그들을 격에 맞게 예우한다면 의기가 상통할 수도 있을 것입니다. 형님이 직접 찾아가서 스승의 예를 갖추어 깊은 경의를 표하며, 형님이 품은 포부를 밝힌다면 혹여 기적적인 일이 일어나지 않을까 생각합니다."

손책은 주유의 생각을 받아들여 피하지 않고 패기 있는 장부의 기개로 부딪쳐 보기로 한다. 손책은 아버지뻘이 되는 어른에 대한 예의를 갖추기 위해, 군사를 황개, 정보 등에게 잠시 맡기고, 주유와 함께 직접 장소가 칩거하고 있는 양주의 초야를 찾아간다.

"어르신의 명망을 오래전부터 익히 알고 있었으나, 소장이 워낙 미천하여 뵙기를 두려워하다가, 이번에 '강동 정벌전'을 나서면서 용기를 내어 어르신께 왕림하게 되었습니다. 부디 소장에게 큰 가르침을 주시어 이번 정벌이 성공하고 돌아와서, 어르신을 스승의 예로 모실 수 있도록 해주십시오. 이번 단양전투는 단순히 단양을 수복하는 것이라기보다는, 강동 전역을 정벌하는 전초기지를 만들어 국태민안을 이루겠다는 신념으로 임하고 있습니다. 비록 소장이 지금은 미약하지만, 어르신의 가르침으로 한황실의 굳건한 기반을 다지게 되면, 어르신의 뜻을 펼치실 수 있도록 혼신을 다 바치겠습니다."

"군의 뜻은 고마우나, 나는 아직 수양해야 할 과제가 있어

지금 움직이기는 어려울 것 같네. 다만, 군의 패기와 예절을 보아 인간의 됨됨이를 감지할 수 있어 약간의 도움을 주고자 하네. 지금 단양전투에 임하게 되면 필경 장강을 건너 당리구 쪽으로 도강하여 전투가 시작될 것으로 생각하네. 휴식도 없이 먼길을 달려온 병사들이 곧바로 당리구에 상륙하게 되면, 장영이 야간에 기습하게 되더라도 군사들이 피로하여 제대로 싸울 수가 없을 것이네. 따라서 당리구로 상륙하기 전에 군사들에게 충분한 휴식을 취하게 하고 영양을 충분히 공급하도록 하게. 그리고 당리구로 도강하여 군영을 세우게 되면, 한밤중에 장영이 갑자기 들이닥쳐 기습을 펼칠 것을 대비하게. 장영은 어린 지휘관이 온다는 정보를 듣고, 병법에 미숙하리라 여겨 반드시 이일대로(以逸待勞) 전략을 적용할 것이네."

장소는 손책의 패기와 인의, 사람됨에 반했으나 쉽게 움직이지는 않는다. 그도 그럴 것이 장소는 지난날 서주자사 도겸이 무재로 천거했음에도 움직이지 않은 인물인데, 아직 기반도 없이 원술의 객장으로 있는 아들과도 같은 손책의 일고초려에 쉽게 움직일 리가 없었다.

손책도 이미 이를 간파하고 있었기 때문에 용기를 내어 찾아뵙고 어렵게 운을 뗀 것으로 만족하고, 장소가 내어준 헌책을 받아들여 전투에 임하고자 한다. 손책은 장굉에게도 왕림하였으나, 장굉 또한 대장군 하진의 부름에도 응하지 않은 명사인데, 아들뻘도 안 되는 기반도 없이 원술의 객장으로 있는 손책의 간청을 쉽게 받아들일 리가 없었다. 손책은 이들에게 좋은 인상을 남긴 것으로 만족하고, 강동을 정복한 후에 이들을 다시 보기로 작심하면서 장강을 건널 계획에 몰입한다.

손책은 주유가 모병한 사병들까지 원정대에 합류시키니, 병사가 5천~6천명에 이르는 대군을 형성하게 된다. 금상첨화 격으로 시간이 흐를수록 부친 손견의 옛 동지들이 점점 원정대에 합류하여 군세가 강성해지자, 손책과 수하들은 사기가 크게 진작되어 그 여세를 몰고 힘들지 않게 당리구와 마주보는 위치에 군사를 집결시킨다.

유요는 원술이 단양을 수복하기 위해 대군을 파견했다는 소문을 듣고, 오래전부터 휘하의 막료들과 제장을 불러들여 대책을 논의하고 있었다. 대책회의에서 선봉장 장영이 앞으로 나서며 자신감을 드러내며 발언한다.

"소장에게 선봉을 맡겨 주시면, 당리구로 나아가 진형을 펼쳐서 원술의 애송이 장수를 생포해오겠습니다."

유요는 선봉장 장영의 지모와 용맹으로 원술이 파병한 혜구와 오경, 손분 등이 유요를 공략하지 못하고 있는 것을 높이 평가하여 장영을 무한히 신뢰하고 있었다.

"그대가 적군을 맡아 방비해 준다면 안심이 되지만, 이들이 도강할 때의 대책은 강구가 되어있는가?"

장영은 이미 이에 대한 대비책을 가지고 있다는 듯이 힘차게 대답한다.

"소장은 손책이 도강을 마칠 때까지 소극적으로 견제만 하다가, 이들이 도강을 완료하여 강의 어구에 집결하면, 우저를 향해 더 이상 진격하지 못하도록 강력한 방어형 진형을 구축할 것입니다. 그 후, 그들이 안심하고 휴식을 취할 때 야음을 틈타 기습하려고 합니다."

장영의 전술에 대해 유요가 걱정스럽다는 듯이 되묻는다.

"이들이 도강하여 장강을 뒤로 깔고 배수진을 치게 되면, 이들은 물러설 길이 없어 죽기 살기로 싸우려고 할 것이 아닌가?"

이에 장영이 반론을 제기한다.

"병법에는 그렇게 씌어 있지만, 이 전술은 자신들의 세력이 미약할 경우에는 살기 위해 크게 긴장하여 전력을 다하게 됩니다. 이때에는 죽기를 각오하고 싸우는 병사들을 상대하기가 다소 벅찰 수가 있습니다. 반대로 이들의 기세가 강성할 때에는 이들의 사기를 삭일 만큼의 시간적 여유를 주는 것이 좋습니다. 이들이 어렵지 않게 도강하여 군막을 꾸리고 진지를 구축하게 되면, 크게 긴장하지 않고 안심하고 휴식을 취하게 될 것입니다. 사기가 충천한 이들에게 긴장을 늦출 수 있게 여유를 주는 동안, 이들의 사기는 잠시 동안이라도 가라앉게 될 것입니다. 이들이 잠시 숨을 놓고 방심할 때는 그들이 배수진을 깔고 있다는 생각을 잠시 잊게 됩니다. 이때를 기다려 야음을 끼고 적을 기습하려고 합니다."

장영이 자신 있게 펼치는 전술을 듣고 다소 안심이 된 남양주자사 유요는 우저의 성채에 수십만 석의 군량을 비축시키고, 장영에게는 군사 1만을 주어 당리구의 강어귀로 보내 손책을 상대하게 한다.

우저는 앞으로는 양자강을 끼고 뒤로는 험한 산을 등져 장강의 요해로 불리는 군사적 요충지이다. 유요는 만일의 경우를 대비하여 우저에 장기적으로 농성할 대책을 갖춘 것이다.

장영은 손책의 군사들이 원정을 오는 동안 휴식을 취하지 못해 피로가 쌓여 깊은 잠에 빠져있을 축시(丑時)를 기하여 손책의 군영을 기습하기로 한다.

그러나 손책은 장소의 헌책을 받아들여 유요의 야간기습에 대비하였기 때문에 당리구에서 장강을 도강하기 전에 미리 군사들에게 충분한 휴식을 취하게 했었다. 동시에 손책은 장영이 야습하기 이미 오래전에 대책을 세워 두었던 그대로 영채를 비워두고, 군막 안에는 인화성 물질을 가득 채운 후, 영채의 주변에는 매복병을 철저히 은폐시켜 놓고 있었다.

장영과 부장들이 축시(丑時)를 기하여 고함을 지르며 손책의 영채를 기습 공격한다.

"적의 영채에 들어가는 순간 군막에 불을 붙이고, 병사들이 잠결에 뛰쳐나오면 닥치는 대로 주살하라."

장영이 영채를 들이치면서 이같이 명을 내린 후, 군사들을 이끌고 손책의 영채 안으로 들이닥친다. 장영의 병사들이 군막마다 불을 지르는데도 손책의 군막에서는 아무도 튀어나오지 않고, 장영의 병사들이 내지른 횃불로 군막에서는 손책이 늘어놓은 인화물질만이 잇달아 터지자, 순간적으로 장영은 '아차'하며 황급히 퇴각명령을 내린다.

"모두 퇴각하라. 함정이다."

장영이 군사들을 향해 소리를 지르는 순간, 밝은 불길을 따라 손책의 군사들이 영채에 쌓아둔 마른 짚단과 화약 등의 발화물질에 불화살이 날아든다.

"적이 퇴각할만한 퇴로에 인화성 물질을 던지고 불을 질러, 적들이 도주하지 못하도록 저지하라."

손책과 주유, 정보, 황개, 한당 등 각 출구를 책임진 장수들의 외침에 따라 병사들은 군영의 출구에 최대한의 폭발물질을 투척한다. 손책의 군영 출구는 개미 새끼 한 마리 온전할 수 없을 정도로 거센 화염에 휩싸인다.

장영이 불길에서 갈피를 잡지 못하는 군사들을 재촉하여 퇴각하려고 출구를 찾으나, 이미 모든 출구는 거세게 타오르는 불길로 막혀있었다. 손책의 군영 안에서 화염에 둘러싸여 벗어나지 못한 채, 장영의 군사들은 불길에 타 죽거나 손책의 군사들이 쏘아대는 불화살에 맞아 허무하게 목숨을 잃는다.

손책의 장계취계(將計就計)에 빠져 대군을 몰살시킨 장영은 겨우 군사 수천을 이끌고 우저로 퇴각한다. 이로써, 장기간 대치했던 유요의 최전선 방어진이던 당리구는 장영이 손책의 유인책에 넘어가 대패하면서 완전히 궤멸되고, 당리구가 붕괴되며 당리구와 솥발형세를 구축하여 균형을 이루던 황강진이 솥발의 형세를 이룰 수 없게 되면서, 손책이 승리의 여세를 몰아 황강진으로 쳐들어오자, 유요의 부장 번능과 우미는 싸우지도 않고 우저로 도주한다. 유요는 당리구에서 장영이 대패하고, 번능과 우미 또한 제대로 싸우지도 않고 우저로 도주하자, 이들의 처리를 위해 군사회의를 개최하여 논한다

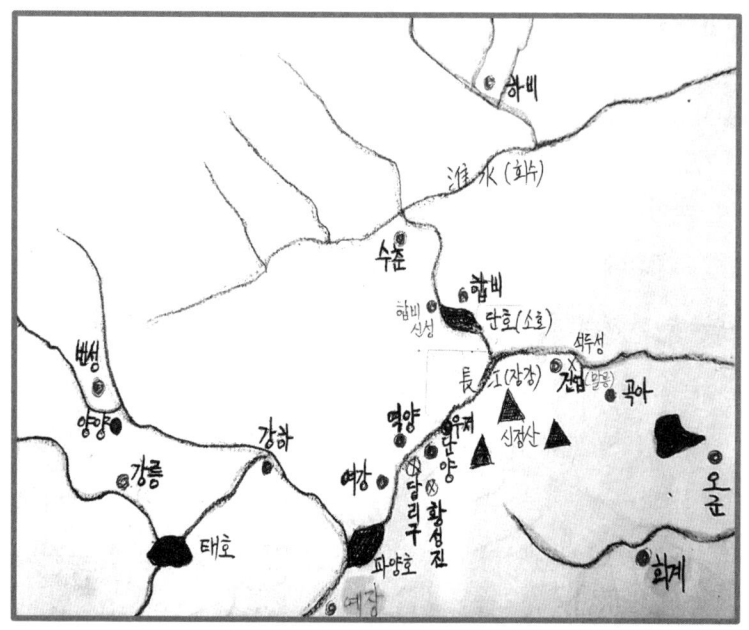

"장영은 적장의 전략을 살펴보지도 않고 경솔하게 움직여 대군을 잃고, 결국은 솥발형세를 유지하던 황강진의 균형까지 깨뜨려, 이제는 우저까지 위기에 처하게 했으니 그 책임이 막중하오. 장수들은 장영을 어찌 처리했으면 좋겠소?"

평상시 차분하던 유요가 분기탱천하여 심기를 숨기지 못하고 큰소리를 지르자, 휘하 장수와 막료들은 유요를 최대한 진정시키며 장영의 사죄를 청한다.

"그의 죄가 비록 크기는 하나, 지금은 장수 한 사람의 중요성이 어느 때보다도 필요한 시점입니다. 그런 이유뿐만 아니라 장영은 그동안 공과도 많이 있었습니다. 병서에서 말하기를 '장수에게 있어서 한 번의 패배는 병가의 늘상 있는 일(將帥 一敗 兵家之常事)이라'고 합니다. 부디 넓은 마음으로 장영을 용서하고, 다시 공을 세울 수 있도록 배려해 주십시오."

유요는 장수들이 줄기차게 사죄를 청하자 마지못해 장영을 용서한다. 얼마 후, 유요가 수세에 몰린 심각한 상황을 전환시키고자 좋은 방책을 구하자, 몇몇 장수가 유요에게 손책을 상대로 싸울 장수로 태사자를 추천한다.

"자사께서는 왜 태사자와 같은 용장을 활용하지 않으시고 이대로 버려두시는지요?"

이에 대해 유요는 어이없이도 터무니없는 자신의 의중을 털어놓는다.

"허소는 태사자를 필부로 평가하고 있는데 내가 그를 기용하면, 허소가 나에게 주변에 그렇게 사람이 없어 태사자와 같은 인물을 기용하느냐고 비웃을 것이오. 그래서 태사자에게 군사를 맡기지 않고, 정찰의 책임만을 맡기고 있는 것이오."

회의에 참석했던 장수들은 모두 할 말을 잊고 입을 닫아버린다. 이 무렵 태사자는 척후의 임무를 띠고 정찰을 나서고 있어, 막료들의 회의에는 참석하지 못하고 있었다.

손책은 유요의 최전선 당리구와 황강진을 붕괴시킨 여세를 몰아, 유요가 방어선을 구축한 우저로 쳐들어온다. 유요는 장영에게 우저의 영릉성을 맡겨 수비에 만전을 기하게 하고, 자신은 번능과 우미를 이끌고 건업의 말릉성과 곡아를 동시에 견제하기 손쉬운 신정령을 향해 나아간다. 유요는 1만여 명의 군사를 이끌고, 신정산의 유리한 지형을 차지하고자 북쪽을 향하는데, 이미 손책은 1만에 육박하는 군사를 확보하고 이들을 휘동하여 신정산 북쪽을 선점하고 있었다.

손책은 신정산을 점령하게 되면 말릉성과 곡아를 공략하기 한결 손쉬운 상황이라 우저전투에 심혈을 기울이고자 한다. 신정산을 가운데 두고 오랜 시간을 대치하던 손책은 척후병에 의존하지 않고, 자신이 직접 주변의 형세를 파악하기 위해 신정령을 정찰하기로 하자, 측근의 막료와 장수들이 손책의 결정에 크게 우려를 표하며 말한다.

"신정산의 남쪽에는 유요의 본진이 우리보다 2배 가까운 병력을 이끌고 대척하고 있소이다. 장군께서 직접 정찰에 나서는 것은 위험부담이 매우 큰 행위이니, 재고해 보십시오."

손책은 자신의 단호한 결의를 밝힌다.

"아군이 유요의 군사보다 지형적으로는 유리한 고지를 점하고 있으나, 적군은 아군의 2배 가까운 병력을 가지고 있어 용병을 잘못하면 패배하게 될 가능성이 있습니다. 이것이 내가 직접 주변의 형세를 파악해야 하는 이유입니다. 내가 직접 적진을 둘러보아야 지형과 환경에 맞는 전략을 세울 수 있을 것 같습니다. 내가 날랜 기병 13기와 함께 직접 적의 군영을 살펴보겠습니다."

손책은 송겸과 같은 장수를 포함한 기병 13기를 이끌고 신정령을 넘어 산의 중턱까지 다가간다. 이곳에서 유요의 군영이 훤히 보이는 위치에 이르러 남쪽 평원을 굽어본다. 이때 유요의 척후병들이 손책의 무리를 발견하고 곧바로 유요에게 보고를 올린다.

"적장 손책이 기병 10여 기를 이끌고, 바로 우리 군영의 가까이로 다가와서 아군을 정찰하는 것 같습니다."

유요는 반신반의하며 척후병에게 되묻는다.

"그것이 과연 있을 수 있는 일이겠느냐? 다시 한번 확실히 정찰하도록 하여라."

유요의 엄명을 받고 재차 정찰을 나간 척후병이 돌아와서 다시 똑같은 보고를 한다.

유요는 정찰병의 보고를 듣고는

"이것은 손책의 유인책일 것이다. 함부로 움직이는 일이 없이 신중하게 적의 동향을 살펴보라."

하며 움직이지 않는다.

앞선 전투에서 손책의 위계에 빠져 대패했던 장수들조차

유요에게 동조하는 바람에 손책은 주유와 함께 여유 있게 유요의 군용을 살필 수 있게 된다.

이때 신정산 남쪽 산기슭의 정찰을 맡아, 척후병 3기와 정찰을 돌던 태사자가 산기슭 근처에서 조심스럽게 움직이는 일단의 무리를 발견한다. 태사자가 숨을 죽이고 다가가서 살펴보니, 손책이 10여 기의 기병을 이끌고 유요의 군영을 정찰하는 것이다.

"내가 손책과 결투를 벌일 테니, 그 사이에 너희는 속히 자사에게 가서 손책을 도모하러 병사를 이끌고 오도록 보고하게. 잘하면 내가 손책을 도모할 수도 있을 것이네."

수하의 척후병들이 깜짝 놀라며 반대한다.

"적은 용맹스러운 손책에 날랜 장수들입니다. 손책만을 상대해도 어려울 판국에 기병 10여 기를 어떻게 감당하겠다는 말입니까?"

태사자가 자신이 있다는 듯이 대답한다.

"손책은 무용에 대한 자부심이 남달리 강해서 내가 일기토를 제안하면, 절대로 다른 장수들이 나서지 못하도록 할 것이네. 아무런 걱정을 말고 곧바로 자사에게로 가서 이 상황을 보고하게." 하며 수하의 척후병을 유요에게 보내고는 손책의 무리를 향해 말을 달린다.

"손책은 당장 나와서, 나와 승부를 겨루어보자."

숨소리조차 들리지 않던 고요한 적막을 깨고 갑작스러운

일갈이 산기슭을 때리자, 모두가 깜짝 놀라 소리가 나는 쪽으로 고개를 돌린다. 순간 아름다운 수염을 바람에 휘날리며, 원숭이같이 긴 팔에 창을 비껴든 장신의 무사가 손책을 향해 달려오는 것이 아닌가?

손책의 일행들은 일단 매복병이 아니라는 것을 발견하고는 안도의 한숨을 돌리면서도 경계심을 가지고 묻는다.

"너는 도대체 누구이기에 겁도 없이 달려드느냐?"

손책이 큰소리로 꾸짖듯이 외치자, 태사자 또한 손책에게 큰소리로 대꾸한다.

"나는 유요자사의 동향사람으로 유요자사의 총애를 받고 있는 동래 황현 사람 태사자이다. 손책은 자신이 있으면 나와 일기토를 겨루어보자."

모두가 어이가 없어 비웃는 사이, 태사자의 창이 손책을 향해 날아들자 주변의 장수들이 외친다.

"장군은 뒤로 물러서시오. 이런 미친 병졸은 장군이 나설 계제가 아닙니다."

태사자는 이들의 말을 듣는 척도 하지 않고, 전혀 두려워하는 기색이 없이 손책에게 창을 겨눈다. 마치 전장에서 죽는 것이 큰 명예인 양 정신무장을 갖춘 정신이 나간 사람 같았다. 그러나 손책은 용맹과 무예에서는 일가견이 있는 맹장이다. 손책에게 겨누는 태사자 창의 예기를 느낀 손책은 주변을 물리치고 태사자의 도전을 받아들인다. 말과 말이 어우러지고, 창과 창이 불꽃을 튀기며 어우러지기를 50여 합이 되어도 승부가 가려지지 않는다. 이를 지켜보는 손책의 무리는 손에 땀을 쥐면서 명승부에 크게 탄복한다. 태사자는 손책의 무예와 체력에 감탄하고, 손책은 태사자의 배포와 용기, 창술에 내심 놀란다. 한참을 겨누던 태사자는 잠시 생각에 빠진다.

'비록 손책의 무리가 지금은 손을 놓고 지켜보지만, 만일 손책이 불리한 입장이 되면 끼어들 것이 자명하다. 내가 이를 우려하여 심리적으로 위축된 상태에서 손책과 싸우는 것보다는 손책을 이들과 격리하여 외진 곳에서 겨루는 것이 심리적으로 도움이 될 것이다.'

이런 생각에 이른 태사자는 격렬하게 일기토를 벌이다가 잠시 주춤하더니, 말머리를 돌려 정찰 도중에 발견했던 숲속의 빈터로 말을 달린다.

"태사자는 당대에 알려지지 않은 명금(鳴禽:뛰어난 무예를 비유적으로 인용하는 말)이로다. 이 무명의 명금을 사로잡아 내 우리에 가두어 놓고 길들이면, 이는 천하에 큰 명창을 전하게 되리라." 하더니, 손책은 태사자를 자신의 수하로 만들고 싶은 욕심에 태사자의 뒤를 좇아가서 숲속의 빈터에 다다른다. 한참을 도망치던 태사자는 숲속의 빈터에서 말머리를 돌리더니 큰소리로 외친다.

"여기까지 따라오느라고 수고가 많았다. 이제 멋진 승부를 가려 보자꾸나."

손책이 태사자의 말을 받아 대꾸한다.

"너의 용기와 담력, 무예에 감탄했다. 나와 함께 동행하고자 하는 생각은 없느냐? 그대와 같은 사람과 함께 한황실을 일으켜 보고 싶었다."

태사자가 비웃듯이 대답한다.

"말로는 한황실을 팔면서 조정에서 임명한 양주자사를 핍박하고, 원술과 같은 소인배를 따르는 이유가 무엇이냐? 말과 행동이 다른 이중적 행위를 하지 말라!"

손책이 아무런 대꾸를 하지 못하자, 태사자는 손책을 향해 날카롭게 창을 겨냥한다. 손책이 큰칼을 뽑아 태사자를 향해 휘두르자, 태사자가 창을 들어 손책의 양미간을 향해 들이민다. '눈 깜짝할 사이'라는 말이 이럴 때 쓰이는 말이리라.

손책은 순발력 있게 말갈기 속으로 얼굴을 파묻는다. 태사자의 창이 손책의 투구덮개를 스치며 지나간다. 손책이 무예에 일가견이 있는 장수가 아니었더라면, 손책은 이미 이 세상 사람이 아니었을 것이다.

태사자의 창끝을 동물적 감각으로 피한 손책은 큰칼로 태사자의 심장을 향해 찌른다. 태사자는 창을 휘둘러 칼을 걷어낸다. 시간이 지나면서 두 사람의 기합소리와 거친 숨소리로 숲속의 빈터 주변에 고요히 흐르던 정적은 완전히 깨어진다. 100여 합이 다 되도록 어느 누구도 지치는 기색이 없이 갈수록 더욱 맹렬한 혈투가 벌어진다. 비 오듯이 흐르는 땀과 거친 숨소리만이 이들의 피로를 대변할 뿐, 이들의 투지는 조금도 흐트러짐이 없었다.

"내 칼을 받아라."

"내 창의 맛이 어떻더냐?"

서로가 입씨름까지 벌이면서 창, 칼을 교류하더니 서로가 어느 정도 힘이 빠지자, 이제는 말을 이용한 기마전을 벌인다. 기마전은 말고삐를 능숙하게 다루어 적의 빈틈으로 치고 들어가야 한다. 손책이 말머리를 돌려 태사자의 허리를 치려 하면, 태사자는 어느 사이 말머리를 앞으로 빼어내고 다시 손책의 말 옆구리로 파고든다. 손책의 말이 태사자의 말꼬리를 노리고 들어가면, 태사자는 말머리를 빙그르르 돌려 손책의 말꼬리를 치고 들어가 후면을 공략한다. 그 모습은 곡예사의 기마 훈련보다도 더욱 흥미진진했다. 양쪽이 서로 잘 어울리는 호적수로서, 손책이 21세의 팔팔한 청년임에도 30세의 태사자는 조금도 힘에 밀리지 않고 괴력을 발휘한다.

손책은 태사자가 찌른 창을 날쌔게 피하며 자루를 껴안았고, 태사자는 손책이 내리친 칼을 피하여 손책의 손목을 잡았다. 서로 밀고 당기다가 두 사람은 말 등에서 함께 굴러떨어진다. 서로 옆구리를 부딪치어 등자에 찔린 말들은 앞을 다투어 달아나 버리고, 태사자와 손책은 서로 맨주먹으로 맞붙어 싸우더니 급기야는 서로 맞붙잡고 나뒹굴기 시작한다.

두 맹장의 갑옷은 모두 걸레조각과도 같이 너덜거렸고, 투구의 끈과 띠가 풀어져 눈의 앞을 가린다. 손책이 한순간 비틀거리더니 태사자의 목덜미를 끌어당긴다. 이어서 태사자의 등에 있는 단검을 빼앗아 태사자의 가슴을 겨냥한다.

"내 칼을 받아라."

태사자는 손책의 투구를 얼른 벗겨 단검을 막아낸다.

"어림도 없는 소리는 하지도 마라."

이들이 한참 육박전을 벌이고 있는데, 유요 척후병의 보고를 받고 출동한 1천여 명의 군사들이 두 사람이 싸우는 현장을 향해 다가오는 시끄러운 소리가 들린다. 그 소리를 따라 손책의 기병 13기가 내달려온다. 태사자가 손책의 투구를 벗기고 구원병의 말에 올라타자, 손책도 송겸이 끌고 온 말에 뛰어오른다. 손책의 장수 13명이 유요의 구원병들과 좁은 골짜기에서 혼전을 벌여 뒤로 밀리고 있을 때, 정보가 병사 5백여 명을 이끌고 유요의 군사와 혼전을 벌이는 손책의 무리를 향해 전속력으로 말을 몰아온다.

"장군, 우리가 왔습니다. 용기를 내십시오."

큰소리로 외치는 정보의 목소리와 군사들의 함성에 유요의 구원병들이 움찔한다. 정보는 정찰을 나간 손책이 하루해가 다 지나도록 돌아오지 않자, 군사를 이끌고 손책을 찾아 나섰던 것이다. 좁은 골짜기에서는 양군이 서로 싸울 수 있는 공간이 없어 서로 제대로 된 전투를 벌이기가 쉽지 않았다.

정보는 손책을 보호하려는 조기의 목적을 달성하였기에, 지친 손책을 보호하여 군사를 이끌고 진지로 돌아간다. 유요의 구원병들도 지친 태사자를 보호하여 본영으로 돌아간다.

진지로 돌아온 손책은 먼저 주유와 전략을 논의한 후, 휴식도 취하지 않고 장수들을 불러 모아 유요를 공략할 대책을 설명하며 하루의 소회를 밝힌다.

"오늘은 너무도 멋진 하루였습니다. 무명의 장수중에도 태사자와 같은 걸출한 명장이 있다는 것을 알게 되었다는 점입니다. 동시에 적진을 살피면서 적을 궤멸시킬 전략을 얻게 되었습니다. 우리가 신정산 북쪽을 선점하고 신정령을 차지했기에 유리한 입장이라고는 하나, 이곳은 수비에는 유리하지만, 골짜기 좁은 길을 통해 군사들을 순식간에 대대적으로 이동시킬 수 없는 한계로 인해 공격에는 다소 어려움이 있습니다.

반면에 유요는 남쪽 산기슭의 평원에 자리한 관계로 경비에는 부적합한 지형입니다. 그렇기에 이들은 수비를 위주로 전략을 펼치는 형세를 구축하고 있습니다. 이런 경우에는 수비가 목적이 아닌 아군은 공격을 효율적으로 하기 위해서라도 우리에게 유리한 위치로 병사를 이동시켜야 합니다. 만일 우리가 산기슭 평원에 주둔한 유요의 진지 가까이만 갈 수 있다면 적병을 쉽게 격파할 수 있지만, 아군이 좁은 골짜기 길을 따라 군사를 이동할 때, 좁은 길 하나를 따라 평원으로 내려보낼 수 있는 군사에 한계가 있는 관계로 적병이 협로를 막고 방어만 하면, 우리는 효율적으로 공격진을 이룰 수가 없습니다. 따라서 나는 한밤중에 깊은 야음을 통해 산기슭으로 몰래 군사를 집결시켜놓고, 말에게는 재갈을 물리게 하여 기병으로 적진의 가까이에 접근하게 한 후에 유요의 진용을 기습하고자 합니다. 기병들이 온 진용을 헤집고 다니면서 진을 붕괴시키고, 그 후, 보병이 쳐들어가 전면전을 펼치는 형국에 이르면 승산이 있습니다."

손책의 전술에 대해 대부분의 장수들이 동의하는 가운데, 정보가 다른 의견을 제시한다.

"장군의 전략이 좋다고는 생각되지만, 굳이 한밤중에 공략할 필요가 있을까요? 한밤에는 전투에서도 피로도가 더 하고, 또한 피아의 구분이 어려워 자칫 아군끼리 싸우게 될 수도 있소이다."

주유가 손책에게 힘을 실어주며, 장보의 주장에 대해서는 보충적으로 대안을 밝힌다.

"오히려 야음을 이용하는 것이 더욱 효과적이라고 생각합니다. 적들은 우리 군의 전략을 모르기 때문에 낮에도 긴장하여 방비를 했을 것이고, 저녁에도 긴장하여 충분한 휴식을 취하기에는 다소 어려움이 있습니다. 우리 군사들에게 야습을 대비하여 낮에 충분한 휴식을 취하게 한 후, 야음을 통해 일시에 기습하면 대승을 거둘 수 있을 것입니다. 어둠으로 인한 피아의 구분은 모든 병사에게 왼쪽 팔목에 흰 천을 둘러매게 하여 아군이라는 표시를 하도록 하면, 우리 군사끼리의 큰 혼란은 피할 수 있을 것입니다. 또한, 어둠으로 인해 우리 기병이 적진을 향해 내달아도 적의 궁노수들이 화살과 쇠뇌로 기병의 접근을 막을 수 없다는 이점도 있습니다. 다행히 적은 산기슭에서 불과 10리도 되지 않는 평지에 주둔해 있는 까닭에 기병들이 적진까지 돌격하는데, 불과 10분도 채 소요되지 않습니다. 더욱이 우리 군사들은 미리 야음을 통해 산기슭으로 이동하기 때문에 총집결시키더라도 우리의 동선이 발각되지 않지만, 적진은 군막에 불이 밝혀져 있기에, 아군이 공격의 방향을 확실히 설정할 수 있다는 것이 우리에게 유리한 점입니다."

손책은 주유의 의견을 따라 야습을 대비하여 전 병력에게 휴식을 취하도록 명하고 그날 자시(子時)경이 되자, 장수들과 군사들에게 유요의 진용을 공략할 준비를 철저히 갖추도록 지시하고 그로부터 얼마 후 축시(丑時)가 되자, 5백의 기병과 전 보병들이 남쪽 산기슭에 집결한 후 공격명령을 기다린다. 축시가 끝날 무렵, 모든 미물도 곤히 잠든 시간에 손책은 5백 기병의 말에 재갈을 물리고, 조용히 적진 바로 앞까지 접근하도록 하고 보병들은 조용히 그 뒤를 따르도록 한다.

손책은 주유와 함께 중군을 맡고, 황개와 한당에게 각각 좌군, 우군을 맞기고, 정보에게는 기병을 이끌며 선봉장을 맡아 신속히 적진으로 돌격하도록 명한다.

정보는 기병을 이끌고 적진을 향해 돌진하여 군영을 헤집고 다니면서, 군막에서 튀어나오는 유요의 군사들을 닥치는 대로 주살한다.

번능과 우미가 군사를 수습하여 손책의 기병을 막아내려고 안간힘을 쓰는 사이에 손책과 주유가 이끄는 중군과 좌군, 우군이 함성을 지르며 유요의 진용에 들이닥치자, 아무런 대책도 없이 무방비로 있던 유요의 군사들은 1만에 가까운 손책의 군사들이 함성을 지르며 쏟아지자, 이들은 손책의 군사들에 압도되어 속수무책으로 무기를 버리고 달아나기 시작한다.

유요의 감군이 도주하는 자는 참살한다고 악을 쓰지만, 감군 자신도 어둠 속에서 아군이 누구인지 적군이 누구인지를 제대로 구분하지 못하며 감군의 역할 자체도 불가능해지자, 번능과 우미는 전군에게 말릉으로 퇴각하라는 명령을 내린다.

손책은 우저를 점령하여 유요가 비축해 놓은 군량과 군수품을 모두 수중에 넣고, 황개에게 우저의 수비를 맡긴 후, 곧바로 유요의 뒤를 추적하여 건업 말릉성으로 진격한다.

손책이 유요를 추적하자, 말릉의 남쪽 길목에서 매복하고 있던 하비상 착용이 구릉의 유리한 지형을 이용하여 손책을 기습 공격하지만, 손책은 주유에게 구릉의 후면을 돌아 착용의 배후를 치게 하고, 자신은 구릉의 전면에서 구릉을 향해 불화살을 날리며 물러서지 않고 저항하자, 양쪽에서 협공을 받게 된 착용은 더 이상 대적할 수 없어 군사 5백여 명을 잃은 채 말릉성으로 퇴각한다.

하비상 착용과 함께 말릉(후에 오나라 건업이 됨)을 지키고 있던 팽성상 설례는 말릉성과 솥발형세를 이루기 위해 인근의 성으로 돌아간다. 손책이 패주한 착용을 좇아 대군을 이끌고 말릉성을 총공격하자, 착용은 고랑을 깊이 파고 보루를 높여 성벽을 확고히 한 후, 성 위에 정병을 배치하고 성안에서 수성에만 전념한다.

워낙 말릉성이 견고하여 쉽게 함락을 시키는 것이 어렵고, 자신의 의지와는 달리 하염없이 시간만 허송하게 되자, 손책은 수하의 장수들을 불러들여 대책을 묻는다.

"말릉성이 워낙이나 견고하여 말릉성을 공격하다가 세월을 모두 날려버릴 것 같습니다. 조호이산(調虎離山)전략으로 착용을 성 밖으로 끌어내려 해도 결코 성을 나오려 하지 않고 더욱 농성에만 치중하니 참으로 가슴이 답답할 뿐입니다."

정보가 그동안의 전략과 전술, 각개전투의 문제점을 열거한 후 공략대상을 변경하도록 권한다.

"우리가 팽두이숙(烹頭耳熟:근본을 치면 부분은 자연히 따라오게 됨) 전략으로 계속 말릉성 만을 공격하기 때문에 착용은 안심하고 성을 지키고 있는 것입니다. 천혜의 요새인 말릉성을 무너뜨리려면 아군의 군사력으로는 총력을 기울여도 쉽지 않을뿐더러 최악의 경우, 말릉성이 함락될 위기에 처하더라도 그때에는 기각지세를 형성하고 있는 팽성상 설례가 군사를 이끌고 협공을 취하게 되면 말릉성을 함락시키기도

전에 아군이 수세에 몰리게 된다는 것을 확신하고 있기 때문입니다. 팽성상 설례가 군사를 이끌고 협공에 임하면, 아군은 이미 말릉성을 공략하느라고 아군의 기력이 모두 쇠진되어 있어 각개 전투할 여력이 없으므로 아군은 심히 위기에 봉착할 것입니다. 따라서 우리는 우선적 공략대상을 바꾸어 공략하기 쉬운 팽성상 설례의 성을 먼저 공략하여 함락시키면, 착용은 심리적으로 공황에 빠지게 되어, 그 이후 아군이 말릉성을 공략하는 것은 한층 수월해질 것입니다."

손책은 정보의 전략전술을 받아들여 착용을 말릉성 안에 묶어둔 채, 솥발형세를 깨부수기 위해 먼저 팽성상 설례를 공략한다. 설례는 손책의 공격을 받아 얼마간을 버티다가 성곽이 무너질 위기에 몰리자, 몰래 성을 버리고 나와서 곧바로 번능, 우미와 함께 손책의 부장 황개가 지키는 우저를 대신 점거하려고 급습을 가한다.

그 당시 손책은 황개에게 우저를 지키도록 부탁했으나, 대부분 황개의 정예병이 말릉성을 공략하기 위해 차출되어, 황개는 소수의 비정규병력만으로 성을 유지하고 있었다. 우저를 사수하는 것이 결코 쉽지 않은 상황을 맞게 된 황개는 중과부적으로 어쩔 수 없이 우저를 버리고 손책에게로 퇴각한다.

말릉성을 공략하는 일에 몰입하다가 엉겁결에 군사요충지인 우저를 빼앗긴 손책은 전 병력을 이끌고 다시 우저로 돌아와서 성을 탈환하기 위해 총력전을 펼친다.

이때 주유가 손책에게 군사를 5진으로 나누어 번갈아 가면서 우저를 공략할 것을 건의하자, 손책은 주유의 건의를 받아들여 분산투입 전술을 명한다.

"일진은 황개 숙부가 맡고, 2진은 정보 숙부가, 3진은 주치 숙부가, 4진은 장흠과 주태 두 장수가 맡고, 5진은 나와 주유가 맡아 번갈아 돌아가면서 순서대로 적진을 유린하여 적병이 화살과 쇠뇌가 다 떨어지도록 유도하십시오. 이후 이들의 화살 공세가 뜸해지면 그때 전 병력을 이끌고 전면전을 펼치도록 하는 것이 좋겠습니다."

손책의 5진이 돌아가면서 우저의 진지를 농락하자, 손책의 용맹을 두려워한 우저의 병사들은 손책의 군사들이 접근하는 것을 막기 위해 마구잡이로 화살을 날리면서 순식간에 성안에는 모든 궁노가 고갈된다. 이때를 놓치지 않고 손책이 전군을 몰아 공격하자, 손책의 광폭함을 두려워한 우저의 병사들이 크게 동요하고, 결국 설례와 번능, 우미는 전군에게 말릉성으로 퇴각할 것을 명한다.

이때 손책은 우저에서 미처 도주하지 못한 남녀 1만명을 사로잡아 포로로 삼는다. 우저를 다시 장악한 손책은 전군을 이끌고 말릉으로 돌아와서 성을 포위한다.

손책이 말릉성을 둘러보면서 성의 허술한 곳을 공략하려 하기를 여러 차례 반복했으나, 착용은 성안에서 아무런 반응도 보이지 않고 숨을 죽이고 손책의 행동만을 관찰한다.

며칠을 계속하여도 아무런 일이 벌어지지 않자, 손책은 이전보다 조금 더 성의 가까이 접근하여 허점을 찾으려는데, 이 때 성안에서 아무런 반응도 보이지 않고 기회를 노리던 착용이 갑자기 성 위에서 기습적으로 화살을 쏘아대기 시작한다.

너무 급작스러운 기습인지라 손책은 화살을 피하지 못하고, 왼쪽 허벅지에 화살을 맞은 채 그대로 말에서 떨어진다. 손책이 착용의 만천과해(瞞天過海:눈에 익은 일에는 경계심을 풀게 됨) 계책에 넘어가는 순간이었다. 놀란 장수들이 급히 달려들어 손책을 다시 말에 태우고 군영으로 옮겨, 허벅지에 꽂힌 화살을 뽑은 후 급히 군의를 불러 치료를 받게 한다.

한편, 말릉성에서는 화살에 맞고 말에서 떨어진 손책이 오랫동안 보이지 않고 군사의 동향도 잠잠해지자, 착용은 정찰병을 보내 손책의 군영을 살펴보도록 명한다. 이때 손책의 군영에서는 주유를 비롯한 장수들이 치료를 받고있는 손책의 주위에 모여 말릉성을 탈취할 계략을 세우고 있었다.

"어떤 면에서 보면, 우리가 착용의 만천과해 계책에 당한 것이라 볼 수 있습니다. 그렇다면 이를 역으로 착용을 도모하는 계책을 세우는 것이 어떻겠습니까?"

주유의 의견에 모두 동의하여 이구동성으로 말한다.

"계책이 있다면 좋은 일이 아니겠소? 공근(주유)는 어떤 전략을 가지고 있는가?"

작전회의에 참석한 장수들이 큰 관심을 보이자, 주유가 빙

그레 웃으며 엉뚱하리라 여겨지는 계책을 제시한다.

"손책장군께는 송구스러운 일이지만, '장군께서 예기치 못했던 화살 공세를 받고 사망하여, 군영에서는 며칠 후 비밀리에 장례를 치르게 되었다'라고 거짓소문을 퍼뜨립니다. 그리고 군사들에게도 함구를 시키고 비밀리에 장례를 치를 듯이 하면, 착용이 정찰병의 정보를 통해 주공의 장례식에 기습을 가하려고 할 것입니다. 그때를 놓치지 않고 공격을 하면 착용을 격파할 수 있을 것입니다."

모두가 손책의 눈치를 보자, 오히려 손책이 크게 기뻐하며 주유의 계책에 동조하고 허위장례식을 은밀히 추진한다.

며칠 후, 손책의 장수들이 비밀리에 빈 상여를 이끌고 후방으로 이동하자, 손책이 화살에 맞아 죽었다는 소문을 확실히 믿게 된 착용이 설례와 번능, 우미를 이끌고 손책의 행렬을 공략하기 위해 뒤를 추적한다.

손책의 군사들이 산골짜기에 이르러 손책의 빈 상여를 내팽개치고 착용을 대적하기 위해 방향을 완전히 돌리자, 양쪽 골짜기에서 참호를 파고 은폐하여 있던 복병들이 쏟아져 나오고, 뒤에서 손책이 우렁찬 목청으로 소리를 지른다.

"손랑이 어떻게 되었다고 하느냐?"

착용과 설례 등이 깜짝 놀라 뒤를 돌아보는데, 손책이 버젓이 살아있음을 알게 되고 말릉의 군사들은 온몸이 얼어붙는다. 이때를 놓치지 않고 손책의 군사들이 착용과 설례 등을 사면으로 포위하여 공격하자, 이들은 수천의 병사를 잃고 성 안으로 도주한다.

손책은 착용이 말릉의 튼튼한 성벽을 의지하여 죽기 살기로 저항하자, 일단 손쉬운 성을 먼저 공략하기 위해 말릉성에 대한 공성을 포기하고, 곧바로 군사를 돌려 유요의 본진을 공격해 해릉과 호숙, 강승 등을 격파한 후, 유요가 주둔해 있는 곡아에 당도한다. 손책이 수춘을 떠난 지 불과 몇개월 만의 일이다.

양주자사 유요는 곡아에서 솥발형세를 기대했던 호숙, 강승 등이 모두 격파를 당하면서 성을 버리고 도피하자, 처음에는 왕랑을 의지하여 회계로 달아나려다가, 허소의 권유로 조조와 유표의 원조를 기대할 수 있는 예장으로 방향을 돌려 팽택에 주둔한다. 이를 확인한 정보가 손책에게 예장을 공략하자고 주문하나, 손책은 정보의 주문을 거부한다.

"예장에는 유요를 돕는 허소가 있습니다. 허소는 옛 주군에게 의를 지켰고, 옛 벗들에게는 진실함이 있으니, 이는 장부의 기상입니다."

손책의 내심은 예장으로 패주한 유요가 최악의 경우에 유표에게 도움을 청하게 되면 형주의 유표가 전쟁에 개입함으로써 전선이 확장될 것을 우려한 한편, 인물에 대한 평가에서 천하에 이름을 날리고 있는 허소에게 인물평을 잘못 받으면, 백성들에게 인망을 못 얻게 되리라고 우려한 것도 중요한 이

유 중의 하나인데, 대부분의 명사들이 백성의 이목은 우습게 보면서, 명망가에게 좋은 평판을 받아 민심을 쉽게 얻으려는 우를 범하는 경우가 이번 손책의 경우 또한 예외가 아니었다.

유요가 허소 등 수하의 측근과 함께 황급히 예장으로 도주할 때, 유요의 일행과 떨어지게 된 태사자는 무호로 도주하여 인근 산속으로 피신한다. 그때는 이미 손책이 선성의 동쪽을 완전히 평정하고, 단지 경현 서쪽의 6개현만을 아직 평정하지 못하고 있었다.

태사자는 손책의 손이 닿지 않은 경현으로 나아가 둔부(행정기관)를 세우고, 귀부하는 산월족을 끌어들여 그곳에 진지를 구축하고, 병사 2천명과 산월족을 규합하여 스스로 단양태수를 칭하면서 손책이 공격해 올 것을 대비한다. 손책은 이번에는 경현 주변의 모든 현을 정벌하고, 강동의 동서남북을 종횡무진하면서 군사를 이끌고 최종적으로 경현성에 다다른다.

"경현성이 비록 작은 성이라고는 하나, 북쪽으로는 늪지대가 널려있고, 그 뒤쪽으로는 산을 등지고 있어 요새로서의 요건을 갖추고 있습니다. 게다가 성안에는 태사자와 같은 영걸이 수천의 정병을 이끌고 있어, 이들이 죽기를 각오하고 싸운다면 결단코 쉽지 않은 전투가 될 것입니다. 제장은 함부로 경거망동하지 마십시오."

손책은 수하의 군사력이 강함을 과시하지 말고 신중하게 경현성의 동정을 살피도록 지시한다. 손책이 과격한 공세를 취하지 않는 이유 중에는 태사자에 대한 흠모도 있어, 태사자를 사로잡아 자신의 수하 장수로 만들고 싶은 생각도 하나의 이유였다. 손책은 장수들을 불러 모아 경현성을 함락시킬 방책을 묻는다.

"적군은 독 안에 든 쥐의 형국이 되어, 죽기 살기로 저항을 할 것입니다. 우리 군사의 피해를 줄이면서 적을 공략하여, 태사자를 생포할 전략이 있으면 기탄없이 말해 주십시오."

주유가 오랫동안 관찰했다는 듯이 자신감을 가지고 발언대에 나선다.

"용력이 있는 장수를 주장으로 날랜 병사 10여 명을 붙여 성안으로 잠입시킵니다. 그들이 발화물질과 화약, 기름을 먹인 천을 소지하고 성안의 곳곳에 불을 지르게 하여, 성안을 혼란하게 만든 후에 경현성의 사람들이 불을 끄려고 성벽의 방비를 소홀히 할 때, 일시에 성벽을 타고 올라가 대군으로 이들을 압박하는 전술을 쓰는 것이 어떻겠습니까?"

손책이 궁금증을 가지고 묻는다.

"아우님은 성벽을 넘어가는 방법을 강구하여 보았는가?"

"소장이 성의 주위를 살펴본 결과, 적군들은 성의 북쪽 늪지대의 성벽으로는 아군들이 침투할 수 없다고 생각을 하는지 방비가 다소 허술합니다. 며칠 후, 그믐이 되어 달빛이 약한 시점을 맞춰, 병사들이 늪지대를 지나 북쪽 성벽의 밑으로 숨어들게 합니다. 성벽은 돌담이 아니고, 뜨거운 열로 구운

전(輾)이라는 기와 같은 것이어서, 기와와 기와 사이를 단검으로 박아 놓으면 칼로 만든 사닥다리가 됩니다. 칼 사닥다리를 타고 성벽을 올라 성안에 잠입하여, 각자 떨어져서 초가에 불을 지르도록 하고, 성안에 불길이 오를 때 동·서·남의 세 방면을 공략하고 북쪽을 허술히 하면, 이들은 북쪽의 늪지대가 아군들이 진입하기 어려운 것을 알기 때문에 북쪽으로 도주할 것입니다. 이들이 늪지대를 빠져나와 육지에 오를 때 이들을 포위하면, 거의 무장이 해제되어 있을 것이므로, 태사자의 무리를 생포하는 것이 그다지 어렵지는 않을 것입니다."

손책과 장수들이 주유의 방책에 동의를 표하며 묻는다.

"그러면 누가 결사대를 이끌 적임자이겠는가?"

이때 별부사마 진무가 자청한다.

"제가 여강 출신으로 이 지형을 잘 알기 때문에 적임자가 아닐까 생각합니다."

손책은 자신이 세상에 출사한 이후 처음으로 자신을 찾아 의탁한 진무를 아끼던 중, 진무가 자진하여 위험을 무릅쓰고 나서자, 그의 용기를 치하하며 10명의 결사대를 뽑을 권한을 준다. 진무가 손책의 주문대로 '임무를 성공적으로 수행하는 병사에게는 1백 명의 병졸을 거느리는 졸백에 임명하고, 그에 준하는 상금을 내린다'라고 공표하자, 일시에 수백 명이 결사대에 지원한다. 진무는 이 가운데 지형을 잘 아는 병사를 기준으로 10명의 결사대원을 뽑고 며칠 후, 그믐이 되어 바람이 세차게 불고, 금상첨화로 그믐달조차도 먹구름에 가려 한층 어둠이 더해지자, 진무는 결사대원을 이끌고 늪지대를 헤치며 북쪽 성벽의 밑으로 숨어든다.

진무가 기와와 기와 사이에 단검을 꽂은 후, 칼 사닥다리를 만들어 먼저 성안에 잠입하고 순서대로 결사대원들이 모두 성벽을 오르자, 진무는 이들에게 급히 명을 내린다.

"각자 흩어져서 방화하기 쉬운 초가를 중심으로 기름천과 화약을 던져 불을 붙여라. 성안의 도처에 불길이 일어나면 호들갑을 떨면서 성안에서 혼란을 일으켜, 성민들이 최대한 불안에 떨도록 분위기를 조성하라."

그리고는 곧바로 행동 개시에 들어간다.

"불이야!"

불을 지른 결사대원들이 호들갑을 떨면서 성안을 헤집고 다니자, 일반 성민들은 불안에 떨면서 진화에 나선다. 그날따라 바람이 거세 불길은 점점 더 강하게 타오른다.

워낙이나 불길이 심해 성민들만으로는 진화에 어려움을 겪게 되자, 성벽을 지키던 병사들까지 진화작업에 나서게 된다. 그 사이 손책의 돌격대원들이 성문으로 가서 성문을 열어젖히자, 손책의 모든 병사들이 성안에 진입하면서 모두가 고함을 지르고, 북을 치고, 징을 치고, 나발을 불어대니, 성민과 성안의 태사자 군사들은 어찌할 바를 모르고 갈팡질팡한다. 이때 성안의 형세를 살피던 태사자가 큰소리로 외친다.

"북쪽 성문을 통해 퇴각하라. 북쪽은 늪지대여서, 적병들이 군사를 몰고 진입하지 못한다."

명을 내린 태사자는 탈출한 병사들과 함께 말을 몰아 북문을 빠져나간다. 북쪽 성문의 주변은 늪이나 호수, 작은 웅덩이가 많은 곳이었다. 장강의 물이 호수로 들어가고, 그 호수의 물이 다시 벌판의 무수한 웅덩이로 흘러들기 때문에 태사자는 늪지대를 들어서면서 움직임에 많은 어려움을 겪는다.

태사자가 병사들과 함께 늪과 벌판에 깔려있는 갈대를 헤치며 간신히 육지에 이르렀을 때, 이미 태사자의 군사들은 모두 무장이 해제된 상태였다.

"저기 태사자가 있다. 태사자를 잡아라."

태사자를 알아본 병사가 큰소리를 지르자, 주변의 수많은 병사들이 태사자와 패잔병을 둘러싸고 일시에 포박한다.

"아! 태사자의 운명이 이로써 끝이란 말인가? 남아로 태어나 제대로 뜻을 펼쳐보지도 못하고 여기에서 모든 것이 끝나다니 너무도 아쉽도다."

손책의 군사들에게 포박되어 손책의 군막 앞에 무릎을 꿇린 태사자는 모든 것을 체념하고 조용히 눈을 감는다.

"누가 천하의 영걸을 몰라보고 이리 무례하게 대했느냐?"

누군가 군사들을 향해 크게 꾸짖는 소리에 놀라 태사자가 소리가 나는 쪽으로 고개를 돌려보는데, 그 사람은 다름이 아닌 그 장수, 자신과 사투를 벌였던 손책이 아닌가?

태사자가 어리둥절해서 쳐다보는데 손책은 태사자에게 서서히 다가오더니, 태사자의 포박을 풀어주며 그의 손을 잡고 다정스레 말을 건넨다.

"그대는 신정령에서의 일을 기억하시오? 만약 그때 경이 나를 붙잡았으면 어떻게 하셨겠소?"

"나도 짐작할 수가 없습니다. 지금은 내가 장군에게 포로가 되었으니, 더는 수치스럽게 목숨을 구걸하는 것보다는 죽음을 택하겠소."

이런 점에서 조직을 이끄는 자와 일반의 차별이 구분되는 것이리라. 조직을 이끄는 자는 목숨을 걸고 싸우는 악전고투 중에도 향후, 조직의 활성화를 위해 다음으로 나아가는데 필요한 행보, 즉 자신에게 필요한 인재를 구하는 등의 행보를 꾸준히 추구한다는 점이다.

태사자의 대답에 손책이 크게 웃으며 화답한다.

"과거에 경은 북해태수를 위해 주의 문서를 빼앗았고, 위기에 빠진 북해상 공융에게 은혜를 갚기 위해, 목숨을 걸고 평원상 유비에게 구원을 청하러 갔던 적이 있다고 들었소. 이는 의열한 행위이며, 천하의 지사라 할 만하오. 게다가 경은 당대 최고의 명궁이라고도 들었소. 이런 사람이 여태까지 의탁할 만한 사람을 만나지 못해 지금과 같은 신세가 되었으니, 이제 나는 그대와 함께 한황실을 일으키는 대업을 성취하고자 하는데, 경의 생각은 어떠하오?"

태사자가 묵묵부답으로 고개를 떨구고 있자, 손책이 태사자의 자존심을 살리면서 다시 말을 잇는다.

"나는 경이 진정한 대장부임을 알고 있소. 나를 도와 대장부의 포부를 펼쳐봅시다. 지금 죽으면 인생이 너무도 허무하지 않겠소?"

손책은 자신이 입은 전포를 벗어 태사자에게 입혀 준다. 자신에게 사로잡혀온 패장에게 항복을 강요하는 적장이 아니라, 오랜 옛 친구를 대하듯이 하는 손책의 따뜻하고 정중한 태도에 태사자는 마음이 움직인다.

"장군과 같은 영웅과 함께 일을 하게 된다면, 영광이리라 생각합니다. 소장을 거두어주신다면 혼신을 다해 장군을 보좌하겠습니다."

손책은 태사자를 자신의 군막 안으로 데려가서 장수들과 함께 주연에 참석하게 하고, 태사자에게 술을 권하며 협조를 구하는 부탁 조로 겸손하게 말한다.

"유요의 남은 장수들과 병사들을 적극적으로 도모할 수 있는 방법을 알고 싶은데, 좋은 계책이 있으면 주저하지 말고 말해 주십시오."

"패전의 장수는 군사에 관해 논의하지 않는다고 합니다."

태사자는 예의 겸손하게 대답하자, 손책이 태사자의 말을 받아 곧바로 반문한다.

"옛날 한신은 항복한 장수 광무군에게 의견을 구하여 계책을 정했다고 합니다. 지금 나는 해결책을 찾기 위해 현명한 이에게 물어보는 것인데, 그대는 어찌 패장을 거론하며 사양하십니까?"

태사자는 잠시 생각에 빠지는 듯하더니 입을 연다.

"그럼 장군의 일원이 된 징표로 한 가지 안을 올리겠습니다. 유요 자사의 군대가 붕괴된 것이 오래되지 않은 탓에, 많은 장수와 군사들이 어찌할 바를 모르고 있습니다. 만약 이들이 이대로 흩어진다면, 이들을 다시 모으기는 힘들 것입니다. 소장이 가서 남은 무리들을 달래어, 장군의 방패가 될 만한 정병으로 만들어 다시 이끌고 돌아오겠습니다. 장군께서는 소장을 믿고 보내주실 수 있겠습니까?"

손책은 태사자의 요구를 선뜻 받아들인다.

"진실로 내가 바라던 일입니다. 언제까지 시간을 주면 되겠습니까?"

"내일 오시(午時)까지는 돌아오겠습니다."

이때 몇몇 장수들이 아연실색하며 손책에게 건의한다.

"장군, 다시 한번 생각해 보시지요."

손책은 이들의 건의를 묵살하며 자신 있게 말한다.

"태사자는 청주에 있던 과거에도 신의를 중시한 선비형 맹장입니다. 그는 결코 나를 기망하지 않을 것입니다. 만일 나를 속이고 신의를 저버린다면, 다시 돌아오지 않아도 나는 하나도 아까울 것이 없습니다."

손책이 태사자에게 한필의 명마를 내어주고 군영에서 풀어주자, 손책의 진중에서는 우리 안의 호랑이를 산 중으로 풀어준 것이라는 우려를 표명하는 자들이 뒷 담화를 펼친다.

손책은 이들의 말은 귓전에도 담지 않고 다음 날 아침이 되자, 미리 술과 음식을 차려놓고 휘하의 장수들을 초청한 후, 군영의 중앙광장 앞에 장대를 세우고 시간을 측정해 오시(午時)가 되면 알리도록 지시한다.

이것은 일명 해시계로서, 진시황제가 처음으로 시간을 측정하기 위해 발명한 것이었다. 이윽고 시간이 흘러 해시계가 오시를 가리키자, 해시계를 관장하는 병사가 소리를 지른다.

"오시(午時)입니다."

"모두 남쪽 영문을 보라."

제장과 제군들은 손책이 손가락으로 가리키는 쪽을 바라보는데, 태사자가 수많은 병사를 이끌고 남쪽 벌판 끝에서 흙먼지를 날리며 말을 몰아오는 것이 보인다. 손책의 배포와 태사자의 신의에 탄복한 장수들은 너무도 기쁜 나머지 두 손까지 들고 환호하며 이들을 맞이한다. 손책은 태사자와 그가 이끌고 온 투항병들을 위해 멋진 연회를 베풀어, 모든 병사들이 배불리 먹고 마시고 즐기면서 새로이 사기를 드높인다. 손책은 태사자에게 문하독의 관리로 임명하면서 명언을 남긴다.

"용이 구룡(九龍)이 되어 하늘 끝까지 날아오르려면, 먼저 척목(尺木)을 딛고 발돋움을 해야 하는 것입니다."

12.
지방 군웅의 각축장이 된 천하

12. 지방 군웅의 각축장이 된 천하

헌제를 옹위하여 허도로 천도한 후, 조조는 실질적인 2인자의 위치에 서게 되자, 사마의의 건의를 받아들여 둔전제를 확립시켜 농업에 종사하는 농민을 확충하고, 허도 주변을 둔전으로 제공함으로써 양곡을 1백 만석 이상을 항시 비축할 수 있도록 정비한다.

새로운 제도의 도입과 효과적인 행정개혁으로 재정이 확충되어 정치가 안정되자, 조조는 조정에서 절대적인 힘을 얻게 되면서, 조정의 중대사는 조조를 거쳐서야 황제에게 상주할 수 있게 되고, 조조가 조정에 출입할 때에는 갑주를 입은 정병 3백 명이 무장을 한 채로 호위를 받는 특권을 갖게 된다. 조조는 천도 이후 처음으로 모든 책사와 장수들을 불러들여, 향후 조정이 나아갈 정국의 운영방안을 논의한다.

"유비는 공적도 없이 서주자사 도겸의 뒤를 잇더니, 얼마 전에는 후환거리 여포를 받아들여 소패에 주둔시키는 등으로 나를 능멸하고 있소이다. 이 둘은 모두 나에게 있어서 눈에 가시와도 같은 존재들인데, 이들을 도모할 좋은 계책이 있으면 기탄없이 건의해 주시오."

조인이 선뜻 나서서 우렁차게 자신의 뜻을 표명한다.

"소장에게 군사를 맡겨 토벌을 명하신다면, 서주를 평정하고 유비와 여포를 산 채로 잡아 오겠습니다."

이때 순욱이 조인의 말을 가로막으며 자신의 구상을 상세히 밝힌다.

"지금은 천도를 시행한 지 얼마가 되지 않아, 막대한 비용으로 성곽을 중축하고, 궁궐을 신축하고, 종묘사직과 병참 등을 축성하느라 재정은 바닥을 치고 있습니다. 비록 재정은 막대한 지출로 인해 고갈되었으나, 정치가 안정되고 농업이 안정된 덕에 황실의 권위가 드높아져, 이로써 협천자의 지위는 하늘을 찌를 정도의 위상이 되었습니다. 따라서 지금은 군사를 일으켜 쓸데없이 재정을 축낼 때가 아니고, 오로지 재정이 소요되지 않는 계교로서 천하를 도모할 때입니다."

조조는 순욱의 발언을 들으며 흥미를 느낀다.

"그렇다면, 시중상서령께서는 묘책이 있소?"

순욱은 자신이 그동안 생각해온 바를 구체적으로 밝힌다.

"소신은 이호경식(二虎競食)계책을 생각하고 있습니다. 유비와 여포의 두 호랑이를 서로 싸우게 해서 양쪽의 힘을 빼낸 다음, 살아남은 하나를 힘 하나도 들이지 않고 한꺼번에 복속시키는 전략입니다. 유비는 스스로를 서주목이라고 주장하지만, 새로이 허도로 천도한 천자께서 아직까지도 봉직을 내리지 않고 있습니다. 주공께서 유비에게 서주목의 지위를 공인하고 밀서를 보내 여포를 제거하도록 하시면, 유비는 이러지도 저러지도 못하고 진퇴양난에 빠져 고민을 하게 될 것입니다. 설혹 유비가 여포를 제거하지 못하더라도, 언젠가는 이 사실을 알게 될 여포가 유비와 암투를 벌이게 될 것입니다. 이로 인해 서로 싸워 군사력을 소진한 두 호랑이를 주공께서 잡는 것은 어렵지 않을 것입니다."

조조는 협천자 입지를 활용해서 유비에게 서주목 지위를 공인하고, 진등장군 겸 의정정후로 천거하는 동시에 유비에게 의탁해 있는 여포를 도모하도록 사자를 통해 은밀히 밀서를 전한다. 조조가 보낸 밀사가 서주에 당도하자, 유비는 정성을 다해 조조의 밀사를 접대한다. 유비는 조조가 보낸 밀서를 읽고 밀사를 숙소로 보낸 후, 관우와 장비, 미축, 손건을 불러들여 서로의 의중을 교환한다.

이 자리에서 여포를 극히 혐오하는 장비는 즉석에서 유비에게 건의한다.

"형님, 이번 기회에 여포를 제거하고, 조정으로부터 신임을 얻어내는 방법을 강구하는 것이 좋겠습니다."

관우도 장비의 말에 동조를 하자, 유비는 이들이 자신의 의도를 읽지 못하는듯하여 안타깝다는 듯이 반론을 펼친다.

"조조가 노리는 것은 여포와 내가 이전투구(泥田鬪狗)하기를 기다리는 것일세. 우리 둘이 싸우면 어느 하나는 제거되고, 남은 하나도 힘이 빠져 결국은 조조에게 먹히게 되어 있네. 방휼지쟁 어부지리(蚌鷸之爭 漁父之利) 혹은 이호경식지

계(二虎競食之計)를 조조가 노린 것이야. 조조의 계교에 넘어가면 우리에게 미래는 보장받을 수 없게 될 것이네. 비록 여포가 미워도 우리의 안보를 위해 여포를 도닥여야 하네."

관우가 옆에서 다시 한마디 우려를 표명한다.

"그렇기는 해도 여포가 언젠가는 우리를 배신할 것입니다."

유비도 이에 대해서는 강력히 반박하지 않고 대답한다.

"여포가 차차 신의를 지닌 영걸로 바뀌도록 온 힘을 기울여 교화를 시키도록 해보세."

유비가 확고한 뜻을 밝히자, 관우와 장비는 더 이상 이 문제를 언급하지 않는다. 이튿날 아침이 되자마자, 여포는 유비가 서주목으로 임명된 것을 축하할 겸 정황을 파악하러 하비성으로 찾아온다.

"유공이 조정으로부터 서주목에 제수되었다는 소식을 듣고, 내가 몹시도 기뻐서 한달음에 달려왔소이다. 그런데, 이상한 것은 조조가 호시탐탐 서주를 노리고 있었는데, 어떤 연유로 갑자기 유공에게 서주목을 제수하는 호의를 베푼 것일까 궁금할 뿐이오."

이때 장비가 불쑥 칼을 빼어들더니 여포에게 달려든다.

"잘 보았노라. 너같이 의리부동한 자를 없애라고 조조가 밀서를 보냈느니라."

여포는 깜짝 놀라 뒷걸음질 치면서 묻는다.

"이것이 도대체 무슨 소리요? 조조가 유공에게 나를 도모하라고 밀서를 보냈다는 것이 진정 사실이오?"

유비는 장비의 경거망동을 책하고는 곧바로 여포에게 사과를 올린다.

"장군, 미안합니다. 부디 아우의 행위를 용서해 주십시오. 조조가 밀서를 보냈다는 것은 사실이나, 나는 결코 조조의 계략에 놀아나지 않을 것입니다. 안심하십시오. 익덕은 당장 칼을 거두고 자택으로 돌아가거라."

여포는 유비의 변명을 듣고 내심 안심하면서도 다시 한번 유비의 의중을 확인하고자 말을 건넨다.

"유공은 간특한 조조가 모사꾼이라는 것을 정확히 간파하고 계시구려."

유비는 재차 여포를 안심시킨다.

"장군께서는 아무런 염려를 하지 마십시오. 나는 결코 신의를 버리는 일은 하지 않을 것입니다."

여포가 유비의 확고한 소신을 듣고 소패로 돌아간 후, 유비는 조정에서 보낸 밀사를 찾아가서 자신의 의지를 완곡하게 전달한다.

"사자께서는 이 전서를 사공께 전해주시고, '유비가 전하신 밀서대로 행하겠다는 맹서를 재차 다짐했다'라는 점을 꼭 전달해주시기를 바랍니다."

조조가 보낸 밀사는 허도로 돌아가서, 조조에게 유비의 전서를 전달한다.

"먼저 베풀어주신 후의에 감사하오며, 서주목 유비는 사공의 뜻을 언제든지 따르겠습니다. 그러나 여포는 간단히 처리할 수 있는 인물이 아니오니, 추후 기회를 보아 반드시 여포를 도모하겠습니다."

유비의 전서를 건네받은 조조는 순욱과 함께 너털웃음을 지으며 냉소적으로 말한다.

"허허, 약아빠진 유비가 약삭빠르게 빠져나가면서, 최대한의 시간을 벌려고 하는구려."

한편, 형주 남양에서는 한때 장안조정의 4인방 중 한명이었던 장제가 기반을 잃은 후 정처도 없이 방황하고 있었다. 장제가 천자를 끼고 있을 때는 협천자의 위치에서 천하의 군권을 이각 등 4인방과 분리하여 관장했으나, 천자를 조조에게 빼앗긴 순간에는 아무도 그를 인정하지 않으니 순식간에 도적으로 추락하고 말았다.

황명을 잃은 장제에게는 백성들이 법적으로 조세를 바칠 의무가 사라지게 된다. 설상가상으로 장제는 관동을 휩쓸고 간 황충의 여파로 인해, 둔전을 활용하여 군량을 확보하는 것도 어려워지면서, 그는 군사력을 유지할 군비와 양곡이 떨어지고 이에 장제의 군사들이 크게 동요하자, 부득이하게 장제는 유표에게 사자를 보내 군수지원을 요청한다.

"형주자사께서는 천하에서 인의와 인애로 도량이 넓은 대인으로 알려져 있습니다. 부디 소장을 도와주십시오. 소장은 지난날 자사 어른을 위해 장안의 조정에서 동 태사에게 많은 힘을 실어드렸던 것을 자사께서는 인정하실 것입니다. 부디 소장을 도와주십시오. 소장은 지금 수하들과 너무도 어렵게 하루하루를 영위하고 있습니다."

유표는 장제의 군수지원 요청에 대해 주변의 눈총을 의식하여 고심하다가 완곡히 거절의 뜻을 전한다.

"지난날 장군이 고(孤)에게 배려한 고마움을 알고는 있으나, 황충의 여파는 우리 형주에도 예외가 아니어서, 고는 장군에게 군량을 지원할 여력이 없다는 점을 밝히오니, 장군께서는 부디 넓은 마음으로 양해해 주시오."

유표가 완곡하게 거절의 의사를 밝히자, 장제는 유표의 처사에 대해 크게 분개하여 수하들에게 명한다.

"이 늙은이에 대해 천하에 알려진 것은 모두 허상이었도다. 신의와 인애로 인품을 갖추었다는 말은 모두 위선과 가식일 뿐이다. 내가 이 늙은이를 위해 장안에서 베푼 지난날이 억울할 뿐이다. 내가 형주를 약탈하여 초토화시켜도, 이 늙은이는 나를 탓할 수 없을 것이다."

장제는 군량을 충당하려고 군사들을 총동원하여 남양을 침범한다. 장제가 남문의 해자 앞에 군사를 집결시켜 공격명령을 내리려는 순간, 성가퀴에 매복하여 숨어있던 남양 완성의 궁노수들이 일제히 일어나 장제를 향해 궁노를 날린다.

장제는 예기치 않던 기습적 공세에 속수무책으로 있다가 갑작스럽게 날아온 화살에 맞아 죽는다. 형주의 관료와 백성들이 도적을 토벌했다고 모두 기뻐하지만, 막상 유표는 수하들에게 장제를 애도하듯이 말한다.

"너무 들뜨지 마시오. 장제장군은 곤궁하여 의탁하러 왔는데, 주인이 넉넉하지 못하여 도움을 주지 못하고 죽음에 이르게 했으니, 고가 손님에 대해 주인의 예를 지키지 못한 것으로 이는 조문을 받는 것이 마땅하지 축하할 일이 아니오."

이 소식을 들은 장제의 남은 수하들은 유표의 인격에 감동하여 귀의하기를 청하자, 유표는 장제의 종질 장수에게 사자를 보내어 자신의 뜻을 전한다.

"고가 한참 부족하여 장제장군을 돕지 못하고 곤궁에 빠뜨렸으나, 장제장군의 종질이 되시는 그대가 장제의 뒤를 이어 남양에 주둔하면서 형주의 경계를 지켜준다면, 고는 장제장군과의 옛정을 생각해서 종질되는 그대를 최대한 지원하여 함께 동행 하겠소."

장수는 유표의 포용심에 반하여 유표에게 충성을 맹세하고 유표에게 의탁하기로 결정한다.

한편, 중원에서 삼보의 난으로 천하가 뒤숭숭했을 때, 강동에서는 원술이 천하에 대한 흑심을 보이기 시작하더니, 결국에는 원술이 수하들을 소집해서 자신이 품은 야심을 은근히 설파하기 시작한다.

"현재 해내는 솥에서 끓는 물처럼 요동치고, 한나라 황실은 미약한 데 반하여, 우리 원씨 가문은 4세 3공으로 착실히 공덕을 쌓아 와서 백성들에게 인정을 받고 있습니다. 나는 천명과 민의에 순응하여 황조를 새로이 열려고 하는데, 여러분들은 어떻게 생각하십니까?"

이에 주부 염상이 앞으로 나서며 강력히 반대한다.

"옛날 주나라는 후작부터 문왕에 이르기까지 공과 덕을 쌓아, 천하의 7할을 가지고도 은나라를 섬겼습니다. 원씨 가문이 대대로 명문가라고 해도 주나라에 견줄 수 있겠습니까? 한나라 황실의 황제가 비록 미약하지만, 주왕만큼 패악을 저지르지도 않았습니다."

원술이 이번에는 장범을 소환하여 뜻을 듣고자 하는데, 장범이 칭병하며 종제 장승을 대신 보내자, 장승에게 조심스럽게 접근하여 그의 의중을 떠본다.

"역사를 보면 주나라가 쇠하자, 제환공과 진문공이 패자가 되었고, 진시황이 실정하자 한나라가 건국됐소. 나는 영토와 백성, 군사가 넉넉하고 물자도 풍부하므로, 한고조를 본받아 새로운 국가를 건설하는 일에 부족함이 없다고 생각하는데 그대의 생각은 어떠하오?"

장승은 답변하기를

"새로운 국가를 건설하는 대업에 있어서는 백성의 수와 물자가 중요한 것이 아니고, 치자(治者)의 덕이 중요한 것입니다. 천하의 뜻을 거스르지 않는 덕을 가졌다면, 필부라도 패왕이 될 수 있습니다. 그러나 법도와 분수를 모르고 함부로 한다면 천자라도 백성들이 등을 돌릴 터인데, 누가 감히 황제를 칭할 수 있겠습니까?"

원술은 핵심 관료까지도 반대가 심하게 일어나자, 황제로 등극하는 대사는 일시적으로 보류하기로 마음을 먹고, 196년 (건안 원년) 가을에 이르러 장사 양홍, 대장군 장훈, 기령, 교유를 비롯한 상장 뇌박, 진란 등 기라성과도 같은 중신을 불러들여, 향후 자신이 천하를 장악하기 위해 디딜 발걸음을 조심스럽게 주문한다.

이때 장사 양홍이 자신의 의사를 밝힌다.

"지금 주공이 나아갈 방향은 3가지라고 생각합니다. 첫째는 기주의 원소와 싸워 기주, 청주로 진출하는 길이고, 둘째는 형주를 쳐서 유표를 복속시키는 방법이며, 셋째는 서주를 공략하여 유비를 제거하는 길입니다. 그런데, 원소와 유표는 기반이 단단하여 쉽게 도모하기 어렵지만, 서주의 유비는 아직까지도 완벽하게 서주를 장악하지 못하고 어느 정도는 여포를 의지하고 있습니다. 지금은 비록 유비가 궁여지책으로 여포를 받아들였으나, 결국은 여포에 의해 큰 내우외환을 겪을 것입니다. 이런저런 여러 가지 정세를 살펴본다면, 지금은 주공이 서주를 먼저 복속시켜 우리의 국력을 강화시키는 것이 천하를 향하는 가장 손쉬운 방향일 것입니다."

원술은 장사 양홍의 견해가 순리라고 여겨 우선적으로 서주의 유비를 도모하기로 결정한다. 원술이 도독 기령을 선봉장으로 삼아 10만 대군을 이끌고 우이현에 당도하자, 서주목 유비는 우이현으로 출진하면서 사마 장비와 하비상(下邳相) 조표에게 반목하지 않기를 신신당부한다.

"사마 장비와 하비상 조표는 서로 조금씩 양보하여 의견충돌을 일으키지 말고 잘 협의하며 성을 굳건히 지키도록 하라. 그리고, 사마 장비는 성 밖으로 나가서 싸우는 것을 자제하고 행동을 극히 신중하게 하라."

하비성을 수성해야 하는 주역이 된 장비와 조표는 자신들에게 신신당부를 청하는 유비에게 굳게 약속한다.

"서주목의 뜻을 깊이 각인하고 착오 없이 행하겠습니다."

유비는 관우를 대동하여 원술의 공략을 막기 위해 하비국 우이현을 향해 출격한다. 원술이 선봉장 기령에게 유비를 상대하도록 명하자, 기령은 무게가 50근이나 되는 삼첨도를 휘두르며 유비의 본진을 향해 맹렬한 공격을 개시한다.

"서주목 유비는 어떤 연유로 간특한 조조와 내통하여 천하를 혼란스럽게 하느냐? 지금도 늦지 않았으니 냉큼 항복하고, 서주의 진정한 주인인 양책후 원술 좌장군에게 서주를 양보하라. 그리하면 그대와 휘하의 제군들이 평안한 여생을 마치도록 보장하겠노라."

"나는 천자의 명을 받아 서주목으로 임명되었거늘, 어찌 조조와의 내통 운운하느냐? 원술 좌장군은 요즈음 천자가 될 야심을 드러낸다고 하는데, 이것이 역모가 아니냐? 그대는 나의 상대가 아니니 당장 군사를 물리고 돌아가서, 원술에게 엉뚱한 생각을 버리고 평안한 삶을 영위하도록 권유하거라."

말을 마치자 유비는 관우에게 돌격명령을 내린다.

"선봉장 관우는 적장 기령의 진형을 붕괴시키고, 다시는 서주를 넘보지 못하도록 혼쭐을 내도록 하라."

관우가 휘하병사를 이끌고 기령의 진형을 향해 진격하자, 기령은 일진 부장에게 군사 1만을 주어 대적하도록 한다. 관우가 기령의 1진 군사들을 회수 강변으로 밀어붙여 포위를 취하고, 1진의 군사들을 상대로 무섭게 청룡언월도를 휘두르자, 기령의 군사들이 추풍낙엽으로 바람에 휘날려 사라진다. 기령의 1진 부장은 난투 중에 부닥친 관우의 청룡언월도를 맞아 몇 합을 받아냈으나, 곧바로 청룡언월도의 번쩍임과 동시에 몸이 두 동강이 나면서 강물 속으로 떨어져 물고기의 밥 신세가 된다. 1진의 부장이 죽자 겁을 먹은 병사들이 부리나케 기령의 본진으로 도주하고, 기령은 병사들의 사기를 저하시키지 않으려고, 직접 3만의 군사를 이끌고 저돌적으로 공격해 오는 관우를 향해 돌진한다.

"적장은 나의 삼첨도 맛을 보아라."

기령이 50근이 넘는 삼첨도를 휘두르며 관우 앞으로 나아가자, 관우는 오랜만에 호적수를 만난 듯 반가워하며 기령에게 의미심장한 말을 한마디 건넨다.

"적장의 기세를 보아하니 제법 검술을 익힌 듯하구나. 오랜만에 제대로 된 장수와 무용을 접하게 되니 참으로 흥이 넘치노라."

기령이 관우에게 삼첨도를 휘두르고, 관우가 이를 간단히 처리하면서 30여 합이나 어우러졌으나, 승부는 나지 않고 점점 기운이 빠진 기령은 전군에게 퇴각명령을 내리고 본진으로 돌아간다. 기령은 회음의 하구로 진지를 물리고, 이후에는 수비로 전환하면서 소규모 전투로만 임한다. 유비는 소수의 병력으로 기령의 10만 대군을 전면전으로는 상대를 할 수가 없다고 생각하고, 적진의 움직임을 날카롭게 관찰하며 신중히 빈틈이 생기기를 기다린다.

결국, 유비는 원술과 회수(淮水)를 사이에 두고, 하비국 우이현과 회음현 일대에서 한달 여 동안을 일진일퇴하며 장기간 소강상태를 유지하는데 이때, 하비성에서는 하비상 조표와 사마 장비가 서로 주도권 다툼을 벌여 극한적인 감정 대립을 하고 있었다.

하비상 조표는 원래 단양 출신으로 도겸이 아끼는 충성스러운 무장이었다. 조표는 서주호족 진등이나 미축과 사이가 좋지 않아 유비의 서주목 승계를 달가워하지 않았으나, 도겸이 유언으로 유비를 서주목에 천거하고 공융이 자신의 욕망을 버리면서까지 유비를 추대하자, 대세를 따라 유비의 수하로 들어가서 하비상으로 임명된 장수였다. 따라서 유비에 대한 충성심이 높다고는 볼 수 없는 무장이다.

하비상 조표는 장비와 함께 하비를 지키면서, 사마 장비가 상관인 자신에게 사사건건 이의를 달고, 명령을 따르지 않는 것을 내심 불쾌하게 생각하고 있었다.

조표는 이 모든 것이 장비가 서주목 유비의 의형제라는 친분으로 상관인 자신을 능멸한 것이라 여겨 장비를 징벌하려고 한다. 이로 인해 서로 간에 큰 의견충돌이 일어나고 급기야 장비가 조표를 주살한다. 장비의 돌발적인 행위에 놀란 단양병들은 신변의 위협을 느끼고 하비성의 서문으로 피신하여 총집결하고, 단양사람 중랑장 허탐은 장광을 통해 여포에게 은밀히 긴급연락을 취하며 도움을 청한다.

"하비성에서 장비가 사사건건 하비상 조표의 명을 따르지 않고 대립하여, 이에 노한 조표가 장비를 징벌하려 했습니다. 그러나 이 사실이 사전에 누설되어 장비가 조표를 먼저 주살하는 바람에 조표 휘하의 단양병사들이 불안에 떨고 있습니다. 여포장군께서 즉시 군사를 이끌고 하비성으로 오시면, 단양병은 서문을 열고 여포장군에게 내응할 것입니다."

여포는 중랑장 허탐에게 자신의 뜻을 전한다.

"내가 조표의 불상사를 듣고 보니, 더 이상 이를 묵과할 수 없어 중랑장의 뜻을 따라 거병하겠소. 내가 거병하려면 원술의 협조가 필요한 만큼, 잠시만 참고 기다려 주기를 바라오."

당시 여포는 유비에게 의탁하여 소패에 주둔하고 있었는데, 하비상 조표의 최측근 중랑장 허탐의 전갈을 받은 후 곧바로 원술에게 협조를 구하는 사자를 보내고, 여포의 사자로부터 서주의 사정을 전해들은 원술은 여포에게 충동질을 유도하는 답신을 보낸다.

"내가 동탁을 도모하기 위해 천하 18로 제후와 연합하여 관동에서 거병했으나 결국에는 동탁을 도모하지 못했습니다. 그런데, 장군은 장안에서 의거를 일으켜 역적 동탁을 척살하고 우리 집안의 원수를 갚아주어, 원씨 가문의 면목을 세우게 한 영웅입니다. 이때 나는 장군에게 첫 번째로 은공을 입었던 것입니다. 그다음으로 나의 수하 장수 김상이 봉구현에 이르러 조조에게 참패하고 방향을 잃어 헤맬 때, 장군이 연주에서 조조를 상대로 크게 이겨 조조의 간담을 서늘하게 만들어줌으로써, 장군은 두 번째로 내 면목을 살려주었습니다. 내가 태어나서 여태까지 천하에 유비가 있다는 소문을 들어본 적이 없는데, 유비가 내게 싸움을 걸어 싸우게 되었습니다. 이때 나는 장군의 위령에 힘입어 유비를 격파하고 장군에게 세 번째의 큰 은공을 입었습니다. 장군과 같은 영웅이 어찌 유비와 같은 피라미에게 의탁할 수 있겠습니까? 유비는 자기 노력은 하나도 없이, 장군이나 나에게 넘어와야 할 서주를 냉큼 집어삼킨 졸장부입니다. 내가 그동안 장군의 은공을 생각하여 군량 20만 곡을 지원할 테니, 장군은 유비를 몰아내고 나와 함께 힘을 합쳐 조조와 싸웁시다. 앞으로도 장군에 대한 지원을 계속할 테니, 양곡과 병기, 전쟁 물자에 부족함이 있으면 기탄없이 연락하시기를 바랍니다."

여포는 원술의 서신에 크게 고무되어 즉각 군사를 일으켜, 그날 밤늦게 하비성 서문 40리 지점에 당도한다. 여포는 하비성의 실정을 파악하기 위해 서주중랑장 허탐과 즉시 전통을 꾀하자, 허탐은 야음을 이용하여 사마 장광을 여포에게 보내 접선하도록 지시한다.

"사마 장비가 하비상 조표를 주살하여 성중에 혼란이 일어났습니다. 단양병들은 장비를 신뢰하지 못하고 대피하여 성의 서쪽 백문성에 주둔하고 있었는데, 장군께서 서문 40리 지점에 도착했다는 소식을 듣고, 모두 구세주를 만난 듯이 기뻐합니다. 장군이 야음을 통해 군사를 이끌고 서문으로 향하면, 단양병들이 성문을 열어 장비를 몰아내고 하비를 탈취하게 할 것입니다."

사마 장광의 계책에 한층 기운이 솟구친 여포는 즉시 병사를 이동시킨다. 한밤중에 군사를 이동하여 새벽녘에 서문 앞에 도착하자, 단양병들이 성문을 열어 여포의 군사들을 반갑게 성안으로 맞이한다. 여포가 단양병과 힘을 합쳐 장비를 공격하자, 장비는 대패하여 유비의 처자식과 군자금, 군수품 등을 내버린 채 회음으로 도주한다.

진궁은 하비성을 수중에 넣은 여포에게 신속히 백성들을

위무하는 방문(榜文)을 내게 하는 등의 후속방침을 즉시 펼치도록 건의한다.

"분무장군 여포가 서주의 백성들에게 삼가 아룁니다. 나는 오랫동안 현덕 공의 보살핌을 받으며 서주의 방비를 위해 노력해왔으나, 불미스럽게도 하비성에서 사마 장비가 하비상 조표를 주살하는 하극상이 생겨, 분무장군 여포 부득이 하비성 백성의 안전을 위해 거병하여 장비를 축출했습니다. 이는 현덕 공을 배격하고자 함이 아니요, 오직 하비성의 평화와 안정을 위한 조처임을 인지하시고, 백성들은 아무런 걱정하지 말고 각자 생업에 전념해 주시기를 바랍니다."

여포는 방(榜)을 올린 데 이어 하비성에 있는 모든 병사들을 소집하여 엄명을 내린다.

"성안에서 백성들에게 추호의 민폐라도 끼치는 자가 있다면, 일벌백계로 다스리겠노라."

동시에 여포는 유비를 지지하는 세력에게도 안심하게 하려고 군사 1백명을 배치하여 유비의 가택을 보호한다.

하비를 탈출한 장비는 18기의 부장을 이끌고, 원술과 대치하고 있는 유비의 회음으로 찾아오자, 유비와 관우는 느닷없이 나타난 장비의 몰골을 보고 깜짝 놀라 묻는다.

"하비성은 어떻게 하고, 이런 초라한 몰골을 하고 예까지 찾아왔는가?"

장비는 면구스러움에 고개를 푹 숙이고 아무런 말도 하지 못한다. 이때 장비의 부장이 하비성에서 발생한 불상사에 대해 보고하자, 장비가 기어들어 가는 목소리로 말한다.

"살아있음이 부끄럽습니다. 오직 상황을 알리고 죄의 값을 청하기 위해 면목도 없이 예까지 찾아왔습니다. 부디 벌을 내려 주십시오."

장비가 유비에게 단죄를 청하자, 유비는 크게 한숨을 내쉬며 탄식한다.

"성을 하나 얻었다고 기뻐할 것도 없고, 성을 하나 잃었다고 의기소침할 것도 없다. 하늘의 뜻이 있다면 반드시 다시 찾아오게 되리라."

"주공의 식솔들은 어떻게 되었느냐?"

관우는 어이가 없어 하며 묻는다.

"경황이 없어 모셔오지 못했습니다. 아마 아직도 하비성에 계실 것입니다."

장비가 더욱 면구스러워 하며 대답한다.

"다른 것은 몰라도 가족의 안위는 목숨을 걸고라도 지켜야 하는 것이 아니냐?"

관우의 질타에 장비는 어찌할 바를 몰라 하다가, 갑자기 칼을 뽑아들고 목을 베려고 한다. 유비가 깜짝 놀라 급히 칼을 빼앗자, 장비가 자책하며 죄를 청한다.

"형님, 그 칼로 저의 목을 베어 주십시오. 죽음으로 죄의 값을 치르겠습니다."

"성현이 이르기를 형제는 수족과 같고, 처자는 의복과 같다고 하였네. 우리는 도원에서 '형제의 의', '군신의 의'를 맺어, 태어난 날은 달라도 한날한시에 죽기를 약속하지 않았는가? 한때의 잘못으로 대장부가 의미도 없이 죽음을 택할 수는 없는 일이네. 아무리 여포가 신의가 없다고 하나, 가족이나 아녀자를 건드릴 정도로 졸장부는 아닐세. 별다른 사태는 없을 것이야."

유비가 눈물을 흘리며 자신의 의중을 밝히자, 주변의 장수들이 모두 안타까워하며 함께 눈물을 흘린다.

한편, 원술은 하비성을 탈취한 여포에게 사자를 보내 이번 기회에 유비를 서주에서 완전히 축출하자고 제안한다.

"분무장군이 나와 함께 현덕을 도모한다면, 지난번에 약속한 양곡 20만석과 군마 1백필, 금은보화 1만냥, 비단 1천마를 보내겠소."

여포는 원술이 제안한 제의를 받아들여, 고순에게 5만의 병사를 주고 유비의 후미를 공략하게 한다. 이때 관우와 장비가 앞으로 나서며 고순을 상대로 싸우기를 청한다.

"제가 기령을 상대하고 장비가 고순을 상대한다면, 어렵지 않게 상대할 수 있을 것입니다."

안이하게 생각하는 이들을 유비가 설득한다.

"지금 우리에게 드리워진 전황은 결코 바람직한 형세가 아닐세. 설혹 아군이 회음과 우이에 주둔해 있는 원술의 선봉장 고순과 기령을 막아낸다고 하더라도, 결국은 여포가 개입하여 제3의 방향에서 아군을 공격할 걸세. 이들에게 3면에서 포위되기 전에 빨리 퇴각을 하는 것이야말로, 우리가 다음을 기약할 수 있는 최선의 방책일세."

유비는 말을 마치고 곧바로 군사를 수습하여, 광릉 해서를 향해 방향을 돌린다. 유비는 잠시도 지체하지 않고 여포의 영향권에서 벗어나고자 혼신을 기울인 결과, 여포의 선봉장 고순이 유비의 군사들이 주둔했던 우이에 도착했을 때는 개미새끼 한 마리도 남아있지 않았다.

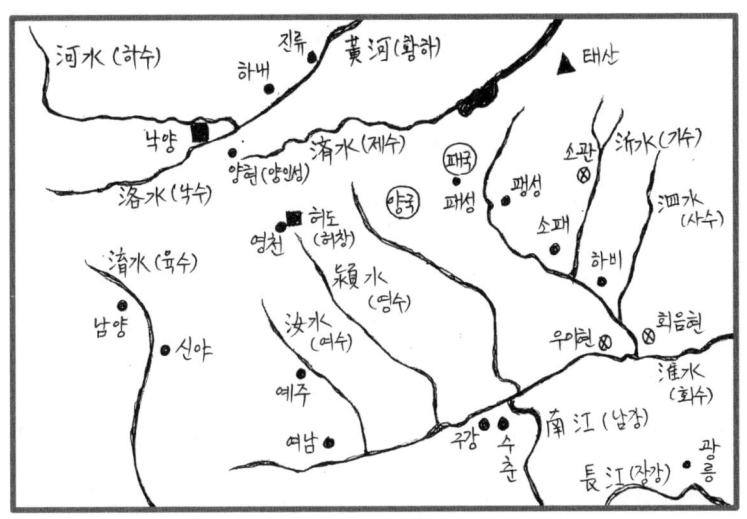

협공을 취하기로 했던 원술의 선봉장 기령이 회수를 건너 우이로 진입해 들어오자, 여포의 선봉장 고순은 여포가 지시한 대로 기령에게 전서를 전달한다.

"우리가 협공하여 유비를 몰아내게 되면, 좌장군께서는 반드시 약속을 이행해 주시기 바랍니다."

기령은 여포의 전서를 다시 원술에게 전하자, 원술은 여포에게 다시 사자를 보내 빨리 유비를 척결할 것을 채근한다.

"비록 고순이 우이현을 도모했으나, 이미 유비는 광릉으로 퇴각하여 유비는 사라진 후였소. 우리가 협공하여 유비를 척결한 후에 약속사항을 이행하겠소이다."

원술의 사자로부터 전서를 받은 여포는 불같이 화를 내며 원술을 비방한다.

"원술은 원래 신의가 없는 인물인 줄 알고는 있었지만, 나에게까지 허언하리라고는 상상도 못 했도다. 나는 지금 즉시 군사를 일으켜 원술을 도모하겠노라."

여포가 펄펄대며 날뛰자, 진궁이 여포를 진정시킨다.

"장군, 원술이 비록 허언을 했을지라도, 사실은 원술의 덕에 서주를 차지하지 않았습니까. 지금 장군이 원술을 도모한다는 것은 모든 면에서 불가한 일입니다. 오히려 광릉으로 도주한 유비가 언젠가는 장군에게 의탁하게 될 터이니, 그때까지 기다렸다가 유비가 의탁할 뜻을 보이면, 소패에 주둔하게 하여 군사력을 증강시키는 것이 가장 급선무입니다."

진궁의 예측대로 유비는 광릉 해서에 주둔하여 기반을 다시 구축하려고 했으나, 이 지방이 워낙 황폐화한 지역이어서,

유비는 극도로 악화된 식량의 사정으로 한 달을 넘기지 못하고 여포에게 투항의 뜻을 표명한다.

이튿날, 여포가 유비에게 아무런 조건 없이 의탁을 받아들이겠다는 뜻을 전하자, 관우와 장비는 이구동성으로 여포의 신의없음을 탓하며 여포를 경계하여 말한다.

"여포는 원래 표리부동한 자입니다. 그자에게 어떤 꿍꿍이가 있을 수 있습니다."

"너무 상대를 의심하면, 현재 설 땅을 잃게 될 수 있네."

유비가 서주로 돌아갈 뜻을 확고히 세우자, 관우와 장비는 하는 수 없이 유비의 뒤를 따른다. 유비의 일행이 서주에 당도하자, 여포는 자신에 대한 의심을 풀게 하려고 유비의 가족을 유비에게로 보낸다. 유비의 노모, 첫째 정실부인과 그의 식솔들은 유비를 반가이 맞으며, 여포의 통치하에서 그동안의 생활에 대해 언급한다.

"여포 분무장군께서 우리 가족들이 부족함이 없도록 극진히 보살펴 주셨습니다."

유비는 예의상 여포에게 감사를 올리며 소패로 향하려 하는데, 이때 여포가 유비를 불러 세우며 한마디 말을 건넨다.

"유공은 떠나기 전에 내 말을 좀 들어보시오. 내가 하비성을 차지한 것은 하비성 내부에서 벌어진 분열을 막기 위함이었으나, 이제 서주가 안정이 되었으니 유공에게 서주를 다시 돌려주겠소이다."

여포가 마음에도 없는 말을 하자, 유비는 여포의 의중을 이미 간파하였기에 겸허히 사양의 뜻을 표명한다.

"내 일찍이 서주를 장군에게 사양하겠다는 뜻을 피력한 바 있습니다. 이제 제대로 된 주인이 왔으니 마음이 크게 놓일 뿐입니다."

유비는 일행을 휘동하여 소패로 돌아온다. 소패로 돌아온 관우와 장비가 여포를 도모하자고 목청을 높이자, 유비는 조용히 이들을 달랜다.

"우리가 처해있는 현실을 직시하여 몸을 낮추고, 천시를 기다리도록 하세. 교룡(蛟龍)이 연못에 숨어있는 것은 구룡(九龍)이 될 때까지 힘을 키워, 단숨에 하늘 끝까지 오르기 위함일세. 용이 하늘로 날기 위해서는 발을 딛고 일어설 척목(尺木)이 필요한 것이네. 천명을 거스르고 역리를 따름은 패망으로 통하는 첩경일 뿐일세."

여포의 식객으로 전락하여 196년(건안 원년) 10월, 소패에 주둔하게 된 유비는 심기일전 힘을 키우기 위해 총력을 경주한다. 이때 미축은 노객 2천명과 금은보석을 통째로 털어 유비에게 군자금으로 내주어 유비에게 재기할 터전을 제공한다. 동시에 미축은 최근에 죽은 유비의 정실부인을 대신할 규수로 자신의 여동생을 유비의 부인으로 보내면서, 유비와의 유대관계를 서주의 인근에 확고히 알리고자 한다.

이런 사실을 알게 된 원술은 예전부터 자신이 눈독을 들이던 서주를 유비가 특별한 노력도 없이 공짜로 차지했다고 생각하여 몹시 혐오하고 있었는데, 그런 유비가 여포에게 의탁하여 아직도 소패에 근거를 두고 있다는 것을 알게 되자, 일차적으로 제거하기 손쉬운 유비를 도모할 계획을 다시 세우고, 여포에게 사자를 보내 자신의 강력한 의지를 전한다.

"나는 오래전부터 기회주의 성향을 띠고서도, 마치 인덕과 신의가 있는 것처럼 가면을 쓴 유비를 혐오해 왔소. 이번에 장군께서 유비를 완전히 제거하리라 여겼으나, 장군이 유비를 소패에 거두어들이면서 장군은 나의 기대를 완전히 무산시켰소이다. 이에 이번에는 내가 직접 유비를 척결하고자 하오. 나가 세운 계획 그대로 유비를 척결하게 되면, 나는 아무런 조건도 없이 수춘으로 되돌아가겠소이다."

원술이 '종국에는 서주 전체를 도모하겠다.'라는 자신의 속내는 감춘 채, '유비를 척결하면 자신은 더는 서주에 미련이 없다'라고 취지를 여포에게 전하자, 여포는 원술의 뜻을 거역했을 때 발생하게 될지도 모르는 대대적 전쟁을 피하려고, 일단은 원술의 구상에 반박을 가하지 않고 이 두 사람의 분쟁을 방관하기로 한다.

원술은 여포가 자신의 계획에 반발하는 기색을 내보이지 않자, 즉시 기령에게 출정명령을 내린다.

"도독 기령은 5만의 군사를 이끌고 소패로 출전하여, 유비를 완전히 궤멸시키도록 하라."

원술의 명령을 받은 기령이 군사를 이끌고 소패를 향해 출정하자, 다급해진 유비는 여포에게 긴급히 구원을 청한다.

"장군, 원소가 나를 정벌하기 위해 소패를 공략한다고 주장하는 것은 실상은 장군을 기망하는 것입니다. 원술은 가도멸괵(假道滅虢:우의 길을 빌려 괵을 친 후, 우까지 점령함) 전략으로 나를 먼저 제거한 다음, 기회를 엿보다가 종국에는 서주 전체를 손아귀에 넣으려는 계략입니다. 장군과 나는 순망치한(脣亡齒寒)의 관계입니다. 내가 무너지면 향후 장군의 안위도 또한 보장받을 수 없을 것입니다. 부디 기령의 공격을 장군께서도 막아주시기를 바랍니다."

서주목 여포는 자신의 관할지 서주로 원술이 군사를 파병하고, 유비가 지원을 요청하자 긴급히 대책회의를 개최한다. 이때 진궁이 단호한 어조로 자신의 뜻을 밝힌다.

"원술이 '서주에는 관심이 없고 오로지 소패의 유비만을 응징하겠다.'라고 하지만, 이것은 원술의 꼼수에 불과합니다. 원술은 소패를 정벌하면 조만간 서주 전체를 탐낼 것입니다. 그렇다고 우리가 노골적으로 원술의 출정을 막으면, 원술의 적대국이 되어 유비 대신 싸움에 휘말리게 될 것입니다. 이런 정세분석을 기저에 깔고 묘책을 세워서 유비를 도우면서, 동시에 원술도 자극하지 않고 물리치는 방안을 강구합시다."

진궁의 현실적 대안에도 불구하고 유비를 고깝게 보는 여포의 장수들은 원술을 이용해서 유비를 도모하자고 주장한다.

"이번 기회에 얄미운 유비를 제거하여 명실상부한 서주의 주인이 되어야 합니다."

진궁은 장수들의 의견을 제지하며 원술이 품고 있는 의중을 유추하여 가장 합리적인 안을 피력한다.

"유비를 원술의 선봉장 기령의 공격으로부터 대책도 없이 방치하게 된다면, 우리는 원술의 가도멸괵(假道滅虢)계략에 빠지게 될 것입니다. 우리가 유비를 돕든 아니면 방치를 하든 간에, 원술은 우리에게 내놓을 패를 모두 가지고 있습니다. 이를 극복하려면 장군께서 원술과 유비의 싸움을 중재하도록 하는 방법 외에는 묘수가 없을 것 같습니다."

그 당시 여포는 원술이 식량을 지원하겠다는 약속을 하고도 지키지 않았기 때문에 원술에 대한 불만이 고조되어 있었다. 그런 연유로 여포는 수하 장수들의 건의를 무시하고 진궁과 뜻을 같이한다.

"유비가 제거되면 서주에 욕심이 있는 원술은 북쪽의 장패, 손관 등과 합세하여 서주를 포위하여 공략할 것이오. 최선의 방법은 두 진용의 싸움을 중재하는 것이외다."

유비를 방패로 앞세워 조조와 원술의 침략을 경계하려 하는 여포는 원술이 기령을 선봉장으로 삼아 소패를 향해 출정하자, 친히 기병 2백과 보병 1천을 이끌고 소패로 나아간다.

선봉장 기령은 뇌박, 진란을 부장으로 삼아 대군을 이끌고 소패로 향하는데 그 기세는 하늘을 찌를 듯했다. 낮에는 수많은 깃발이 펄럭이며 하늘에 수를 놓고, 밤에는 병사들이 피워 놓은 모닥불로 천지를 밝힐 정도로 위세가 당당하자, 유비의 군사들은 싸울 의욕을 잃고 미리 불안에 떨기 시작한다.

기령이 소패성의 40리 앞에 군영을 세우고 총공격에 돌입할 태세를 갖추었을 때, 여포가 유비에게는 알리지 않고 기령을 소패의 중간지점으로 불러들이고, 유비에게도 소패의 중간지점에서 회동하자는 전갈을 보내자, 유비는 관우, 장비와 함께 도착하여 여포가 마련한 자리에 앉으며 인사를 올린다.

"장군께서 베풀어주시는 은혜를 반드시 보답하겠습니다."

여포가 유비에게는 미리 원소와 중재를 하려고 한다는 말을 보내, 유비는 한결 편안한 마음으로 여포에게 감사의 인사를 올린다. 잠시 후, 기령이 당도하여 회담장으로 들어오다가, 여포와 함께 좌석에 앉아 있는 유비를 보자마자 깜짝 놀라며 뒷걸음질을 친다. 순간 여포가 기령에게 다가가서 팔목을 꽉 잡더니 유비의 옆자리에 앉게 한다.

"장군, 이런 경우가 어디에 있습니까? 상대방에게 어떤 언질도 주지 않고 적장과 한자리에 있게 하는 법은 세상천지에 없습니다."

기령의 거센 항의에 여포가 냉소적으로 대답한다.

"내가 만일 유비 공과 함께 회동한다고 했으면, 과연 장군은 이 자리에 참석을 했겠소이까? 장군을 참석하게 하려고 미리 알리지를 않았던 겁니다."

기령이 더욱 의아해하며 묻는다.

"도대체 어떤 의도로 소장의 양해도 없이 적장과의 합석을 주선하셨습니까?"

여포는 기다렸다는 듯이 대답한다.

"나는 원술장군과 유비 공이 실익이 없는 싸움을 중단하도록 중재하기 위해 이 자리를 만들었소이다."

기령이 어이가 없다는 듯이 대꾸한다.

"전쟁을 중단하도록 중재한다고 하는데, 이미 전쟁이라는 화살은 과녁을 향해 날아가고 있습니다."

여포가 장난을 치듯이 화답한다.

"바로 그것입니다. 내가 바로 활시위를 날린 화살로 전쟁의 중재 여부를 결정하려고 하오."

하더니 여포는 졸백에게 명하여, 백오십 걸음 떨어진 자리에 화극을 세우게 하고는 유비와 기령을 불러내어 위압적으로 말한다.

"여기서 화극까지는 대략 백오십 보 정도의 거리가 될 것이오. 내가 화극의 곁가지를 겨냥하여 활을 쏘겠소. 만일 내가 화극의 가지를 맞추게 되면, 하늘의 뜻이라 생각하여 전쟁을 중단하고 각자 물러나도록 하시오. 화극의 곁가지를 맞추지 못하면, 이는 천명이 싸우라는 것으로 받아들여 나는 이번 분쟁에서 손을 떼겠소이다. 이렇게까지 싸움을 중재하려는 나의 제안을 받아들이지 않는 사람이 있다면, 나는 그를 먼저 척결할 생각이니 그리들 아시고 처신하기를 바라겠소이다."

여포가 서슬이 시퍼렇게 안색을 바꾸며 말하자, 여포의 무예를 익히 알고 있는 유비와 기령은 간담이 서늘해진다. 유비와 기령 모두에게 예상치도 못한 제안이어서, 유비와 기령은 자신들이 원하지 않는 결과가 나올 것을 우려한다.

특히 기령은 원술로부터 유비를 반드시 제거하고 돌아오라는 엄명까지 받은 바가 있어, 여포의 장난과도 같은 제안을 받아들이기가 어려웠다. 그러나 기령은 서슬이 시퍼런 여포를 보고, 이를 받아들이지 않을 수도 없는 진퇴양난에 빠져 잠시 깊은 생각에 빠진다.

'여포가 아무리 뛰어난 활솜씨를 지니고 있다고 하더라도, 저렇게 장거리에서 화극의 곁가지를 맞춘다는 것은 거의 불가능한 일이 아닌가? 이는 여포가 유비의 간청으로 끼어들게 된 중재에서 손을 떼려는 명분을 확보하기 위함일 수도 있다. 여포가 화극을 맞추지 못해 중재에서 손을 떼겠다는 약속을 받아내게 되면, 향후 전투가 유비에게 불리하게 돌아가더라도, 여포는 나중에라도 끼어들 명분을 잃게 될 것이다.'

이런 생각에 미친 기령은 마지못해 여포의 제안을 받아들인다. 유비는 억지로라도 자신에게 유리한 방향으로 이루어지리라는 심리적 안정을 취하며 여포의 뜻을 따른다.

얼마 후, 여포는 전포의 소매를 걷어 올리고 시위에 화살을 메겨 활줄을 당기더니 시위를 놓는다.

"쌩-----"

화살은 햇빛에 반사되어 평소보다 유난히 반짝이며 날아가더니 화극의 곁가지에 정확히 꽂힌다.

"우와! 우와! 우와!"

군막 안에 있던 장수들과 병졸들이 모두 우레와 같은 함성을 지르며 여포의 활솜씨에 크게 감탄한다.

여포는 스스로에게도 감탄했는지 얼굴에 홍조를 띠고, 유비와 기령의 손을 겹쳐 잡으며 말한다.

"이제 약속대로 두분은 군사를 거두어 돌아가시오."

한동안 여포의 신기에 놀라 넋을 놓고 있던 기령은 여포가 회군을 언급하자 그때에야 제정신으로 돌아온다.

"장군, 나는 장군과 약속을 했으니 어쩔 수 없으나, 나의 주군께서는 이런 사실에 대해 납득하지 못할 것입니다."

여포는 의기양양해져서 기령에게 서찰을 주며 말한다.

"원술 좌장군은 내가 자신과 불화할 것을 우려하고 있소이다. 장군이 돌아가서 좌장군에게 내 뜻을 전하면, 그 다음은 좌장군이 알아서 할 것이오."

기령이 여포의 서찰을 가지고 수춘으로 돌아가자, 여포는 유비에게 거드름을 피우며 공치사를 펼친다.

"유공은 나에게 입은 은혜를 잊지 말도록 하시오."

유비는 여포에게 감사를 표명하고 소패로 돌아간다.

여포의 중재로 원술의 침공을 물리치고 196년(건안 원년) 12월, 소패로 돌아간 유비가 다시 힘을 키우면서 기반을 갖춰나가기 시작하는데, 사방에 흩어졌던 유비의 군사들이 다시 몰려들어 순식간에 1만의 군사가 증원된다. 소패에 있는 유비를 요주의 인물로 간주하여 수시로 유비의 동향을 감시하던 진궁은 유비의 세력이 통제하기 어려운 지경까지 커진 것을 못내 두려워한다.

"장군, 조조와 원술의 야심을 통제하려고 유비를 소패에 거두어 기각지세를 펼쳤으나, 지금은 생각지도 않던 군자금이 유비의 주변으로 몰리고, 흩어졌던 유비의 군사들이 소패로 다시 모여들어, 자칫 잘못하면 원술을 척결하기도 전에 우리가 유비에게 당할 수 있습니다. 처음과 달리 서주의 민심도 점점 유비에게 동정적으로 흐르고 있습니다. 유비의 세력이 더 이상 커지기 전에 유비를 도모해야 할 것입니다."

여포는 진궁의 말을 듣고 급히 유비를 하비성으로 불러들여 유비에게 질책을 가한다.

"유공은 서주에 대한 탐욕을 버리지 않고 계속 군사를 증원하여 군세를 강화한다고 하던데, 과연 유공이 은혜를 모르고 이래도 될 일이오?"

유비는 여포가 생트집을 잡으면서까지 책임추궁을 가하자, 자신이 놓여 있는 입장을 차분히 설파한다.

"장군, 원술은 호시탐탐 서주를 도모하려고 혈안이 되어있습니다. 내가 원술의 침략을 막아내려면 현재로서는 군비증강을 통해 사전에 원술의 야욕을 잠재우는 것이 최우선입니다."

여포는 가당치 않다는 듯이 대꾸한다.

"원술이 공격을 하려고 했으면, 지난번에 내가 기령을 몰아내었을 때 군사를 일으켰을 것이오. 원술은 나를 두려워하고 있어서 쉽게 군사를 일으키지 못할 것이오. 유공은 변명을 만들지 말고 이달 초순까지 군사를 해산시키도록 하시오. 만일 내 말을 거역하면 내가 먼저 공을 응징하러 출진하겠소이다."

유비는 변명할 여지도 없이 하비성을 나와 소패로 돌아와서는 관우, 장비, 미축과 함께 대책을 마련하려고 분주해진다.

"형님, 여포의 오만방자함을 이번 기회에 꺾어버리고 서주를 다시 회복합시다."

냉혹한 성품의 장비가 분개하여 여포와의 결전을 주장하자, 격정적인 성품의 관우도 이에 동조한다. 그러나 유비가 이들을 진정시키며 현재 놓여있는 상황을 자세히 설명한다.

"그대들의 뜻은 이해하겠으나, 지금 우리가 여포와 결전을 치르기에는 군수품, 군량, 군사의 모든 면에서 어림없이 부족하네. 이런 상황에서는 결코 여포와 싸움을 벌이는 것만이 능사는 아닐세."

이때 가만히 듣고 있던 미축이 끼어든다.

"그렇기는 하지만, 앉아서 병사를 해체한다는 것도 할 도리는 아닌 것 같습니다. 이곳에 모인 병사들은 먼 곳으로 도피했다가 우리 소식을 듣고 다시 찾아온 만큼, 이에 대한 배려도 생각해야 앞으로의 미래를 확실히 할 수 있을 것입니다."

한참을 생각에 잠겨있던 유비가 마지막 결심을 밝힌다.

"우리는 이달 초순까지 소패에 그대로 버티다가 여포가 군사를 이끌고 오면, 그때 상황을 보고 그다음 단계를 구상하기로 합시다."

시간이 흘러 초순이 되어도 유비가 군사를 해체하지 않고 그대로 소패에 머물러 있자, 여포는 장료를 선봉장으로 삼아 3만의 군사를 내어주고, 고순에게 군사 2만을 주어 좌군장을 맡기고, 위속은 우군장으로 명하여 소패를 공격하게 한다. 이들이 3갈래 길로 대군을 이끌고 소패를 향해 진격하자, 여포 군사들의 위세를 도저히 감당할 수 없다고 판단한 미축은 유비에게 긴급히 제안한다.

"지금 형세에서 우리가 여포와 결전을 벌인다고 하는 것은 달걀로 바위를 치는 것과 같습니다. 일단 소패성을 버리고 조조에게로 가서 의탁했다가, 때를 기다려 재기하는 것이 현명한 처사인 것 같습니다."

유비가 미축에게 의구심을 표하며 말한다.

"조조가 나를 받아들이겠소? 지난날, 조조는 서주를 탈취하고자 나를 겁박했었고, 나 또한 조조와는 늘 반대편에 서 있었는데, 조조가 나에 대한 인식이 좋을 리가 없지 않겠소?"

미축이 유비의 의구심을 단박에 거두어들인다.

"소신으로 하여 조조에게 사신으로 가도록 허락해주십시오. 그동안 조조는 서주에 대한 겁박이었지 주공에 대한 겁박이 아니었습니다. 지금 서주는 여포가 차지하고 있을 뿐만 아니라, 조조는 여포에 대한 깊은 원한을 가지고 있습니다."

유비는 미축의 말에 비중을 싣고 미축을 간옹과 함께 조조에게로 보낸다. 미축과 간옹이 조조에게 그동안 서주의 사정을 밝히고, 유비가 조조에게 의탁하기를 청한다고 하자 조조는 매우 기뻐하며 반긴다.

조조는 두 영걸 여포와 유비가 순치지교(脣齒之交)를 맺고 있어 연주 동쪽의 방비를 늘 우려하고 있던 중, 유비가 자신에게 의탁을 청한다는 의사를 전해오자, 이는 화살을 하나도 낭비하지 않고 동부 방면의 경비를 해결할 수 있는 계기가 되므로 기꺼이 유비의 의탁을 받아들이기로 한 것이다.

조조의 내락을 받은 유비는 관우, 장비와 군사들을 총집결하여 허도를 향해 이동하는데, 여포는 유비가 소패를 순순히 내어주고 떠나자, 더 이상은 유비를 추적하지 않고 대신 자신이 유비에게 신경을 쓰는 사이, 장패가 여포 자신의 측근 동해상 소건을 격파하고 서주의 물자를 노획한 사실에 분노를 일으키더니, 장패를 섬멸하기 위해 군사를 총집결시킨다.

여포는 과거 도겸에게 발탁되어 기도위로 활약했던 장패가 서주의 권역을 약탈하는 것을 묵과하지 않는다는 의미에서 대대적으로 장패를 공격하지만, 전면전을 피하고 유격전을 펼치는 장패의 유군전술을 제압하지 못하고 한참 애를 먹는다.

여포는 자신을 거부하며 서주의 외곽을 수시로 괴롭히는 장패를 의욕대로 징벌하지 못하면서, 한동안 팽팽히 대척하다가 급기야 이대도강(李代桃僵:복숭아나무 대신 오얏나무를 말라 죽게 함) 전략으로 방향을 수정하여 자신에게 조금이라도 더 활용의 가치가 있는 장패를 취하기로 하는 대신, 동해상 소건을 버리기로 하며 장패에게 화의를 요청한다.

장패 또한 여포와 화의하여 함께 공존하는 것이 향후 구도에 유리하다고 생각하게 되면서, 서로 간의 이해를 따라 화해하니, 이때부터 장패는 여포의 협조적 군웅으로 분류가 된다.

한편, 조조에게 의탁을 청한 유비가 손건과 미축의 안내를 받으며 성안으로 입성하자, 조조는 유비를 반갑게 맞이하여 사공부로 초치한다. 조조가 너무 반갑게 유비를 맞이하자, 정욱은 조조가 유비의 이면에 숨은 야심을 읽지 못하고 있는 것으로 판단하여, 조조에게 깊은 우려를 표명하며 자문한다.

"주공, 지금 유비는 비록 군세는 열악하나 웅재가 있는 자입니다. 그동안 유비가 수없이 패배하며 기반을 잃게 되면서도 민심을 잃지 않고 있는 것으로 보아, 유비는 끝내 남에게 의탁할 사람이 아닙니다. 이번 기회에 빨리 제거하는 것이 향후의 후환을 제거하는 첩경이라고 생각됩니다."

정욱의 조언을 들은 조조는 한동안 깊은 생각에 잠긴다.

'유비에게 웅재가 있음은 틀림이 없으나, 이는 미래의 포부일 뿐이지 현실의 반영은 아니리다. 현재 나에게 큰 골칫거리는 여포일 뿐이니, 나는 유비를 나의 우리에 가두어 두고, 유비를 통해 여포를 견제하는 이호경식(二虎競食)전략을 펼치는 것이 조금 더 효과적일 것이다. 내가 날개 떨어진 유비를 나의 우리에 가두어 보호해 주듯이 하면, 나는 서주와의 지난 원한도 잊고 통이 크게 서주를 포용하는 인물이라는 인식을 천하에 심어주게 되리라. 내가 천하를 평정하기 위해서는 적까지도 포용하는 조조라는 대인적 이미지를 천하에 알리는 것이 현재 내가 할 수 있는 최우선적 행위로서, 그 결과로 수많은 인재들이 나에게 귀의하게 되면, 서주의 민심도 새로이 도닥일 수 있고, 당분간 여포와 원술의 협공도 막아낼 수 있는 일석삼조(一石三鳥)의 효과를 누리게 될 것이다.'

조조는 이렇게 생각이 정리되자, 정욱에게 자신의 뜻을 확고히 밝힌다.

"나는 의병을 일으켜 우여곡절을 겪으며, 이제 바야흐로 천하를 안정시킬 수 있는 기반이 마련되었소. 바야흐로 천하의 인재들이 나에게 몰려오기 시작하는 때인데, 나에게 의탁하는 인재를 거두어들이지 않고 오히려 척살하는 것은 천하의 민심을 잃는 길입니다. 지금은 과거의 구원을 잊고 천하의 인재들을 받아들여 포용함으로써, 이들에게 믿음을 주어 큰 목적을 얻을 수 있는 창조적 변화를 꾀해야 할 시기이외다."

조조는 점잖게 정욱을 타이른 후, 유비를 맞아들여 명목뿐인 예주목을 제수하면서 온갖 생색을 다 펼친다.

"유공, 지금 예주는 비록 폐허가 되다시피 했으나, 서주의 여포를 도모하고 형주의 유표를 견제하면, 대장부가 웅비하기 가장 여건이 좋은 지역이오. 내가 황제께 유공을 예주목으로 봉해달라고 주청할 테니, 유공은 패국으로 가서 여포를 견제하도록 준비하시오. 나는 그대가 여포를 견제할 수 있도록 최대한의 지원을 아끼지 않겠소."

그리고는 유비에게 병사 3천을 보충해 주고, 병사에게 먹일 군량 만 섬을 제공하며 패국으로 출병하도록 명한다. 패국 패현은 서주에서 여포가 허도를 공략하려 할 때 중간에 반드시 거쳐야 하는 지역이다. 조조는 큰 선심을 쓰는 듯했으나, 실은 유비를 활용해서 서주의 여포라는 호랑이를 견제하기 위한 계책이었다. 유비도 이런 조조의 의도를 알고 있었으나, 현실의 난관을 극복하기 위해서는 조조의 명에 순순히 따를 수밖에 없었다.

"사공의 호의와 적극적인 지원을 기반으로 예주의 치안에 혼신의 노력을 기울이겠습니다."

유비는 조조에게 감사하며 패국으로 군사를 돌린다. 유비가 패국에서 다시 터전을 잡았다는 소문을 듣고, 소패성에서 흩어졌던 병사들이 다시 패성으로 몰려들어, 단기간에 유비는 소패성에서와 같은 규모의 군세를 패성에서도 형성하게 된다.

13.
조조의 남양 정벌전 - 완성전투

13. 조조의 남양 정벌전 - 완성전투

손견의 사망 이후 그 당시 형주의 정국을 살펴보면, 유표는 맹장 손견이 없는 원술의 모든 공격을 막아내고, 오히려 원술의 영지 회남에까지 세력을 급팽창시켜, 한실의 남부지역에서는 맹주로 평가될 정도의 힘을 보유하기에 이른다. 이에 두려움을 느끼게 된 조조는 유표를 견제하지 않으면 조조 자신이 위험에 빠질 수 있다는 고민에 빠져, 새로운 정국의 구상과 전략을 세울 방안을 강구하기에 이른다.

유표의 방대한 형주 지역과 장강 유역의 관할지 중에서도 남양은 중원의 유민 또는 난민들이 형주로 유입되는 관문이며, 북으로는 허도와 지근거리에 있어, 유표가 남양에서 거병하게 되면 곧바로 허도로 직결되는 급소이다. 조조는 허도를 방비하는 차원에서도 반드시 남양을 확보해야 하는데, 다행이도 남양은 최근에 유표에게 의탁하게 된 장제의 종질 장수가 유표의 원조에 의존하여 관리를 시작한 지 불과 몇 달이 지나지 않았기 때문에 상대적으로 공략하기 수월한 지역이라는 생각이 들자, 조조는 패성을 지키는 유비에게 전서를 보낸다.

"고는 군사를 이끌고 유표의 객장 장수를 도모하여 남양을 평정하려 하오. 그동안 유공은 패국의 패성을 철저히 지켜,

여포가 쓸데없는 야욕을 버리도록 사전에 빈틈이 없는 경계를 펼쳐주기 바라오. 만일 패성을 지키는데 군수물자가 필요할 경우에는 기탄없이 허도에 청하여 지원을 받도록 하시오."

조조는 애초에 유비를 받아들인 용도대로 잘 활용하고자 유비에게 전폭적인 군수를 지원하고 197년(건안2년) 정월, 유비를 통해 서주의 여포에 대한 대비책을 확보한 후, 곧바로 남양의 장수를 공략하는 원정길에 오른다.

조조가 친히 3만의 군사를 휘동하고 하후돈을 선봉으로 세워 3갈래 길로 남양으로 쳐들어가자, 하남 일대에 회오리가 휩쓸고 지나간 것처럼 초야가 뒤집힌다. 조조의 대군이 육수(淯水)에 이르러 진지를 세우는데, 진지와 목책이 10리 가까이 이어지는 볼만한 경관을 이룬다.

장수는 유표의 후원으로 남양에 주둔했지만, 그 기간이 워낙 짧아 기반이 완전히 갖추어지지 못했던 관계로 조조의 대군이 몰려오자, 이에 놀라 군사들이 크게 동요하는 탓에 위기감을 느낀 장수가 급히 가후를 찾아 대책을 구한다.

"대인, 우리가 뿌리를 내리기도 전에 조조가 침략해 왔는데, 저에게는 대안이 전혀 보이지를 않습니다. 달리 조조를 물리칠 방안이 있겠습니까?"

가후가 단호하게 말한다.

"지금으로서는 도무지 방법이 보이지 않으니 싸워서는 승산이 없고, 목숨을 걸고 싸울 것이 아니면 항복을 해야 하는

데, 기왕 항복할 것이라면 군사를 손상하기 전에 미리 항복하는 것이 나을 걸세."

장수는 느낀 바가 있어 곧바로 가후를 투항사절로 조조에게 보내 항복할 뜻을 전한다. 조조는 장수가 싸우지도 않고 항복을 결심한 이유, 현재 형주의 입지, 향후 천하의 형세 등을 천편일률적으로 설파하는 가후에게 깊은 관심을 표한다.

"대인은 어찌도 그렇게 명확하게 천하를 꿰뚫고 있소이까? 대인은 과연 천하 사람들의 인구에 회자가 될 만한 명사입니다. 대인은 장수에게 있어서 고(孤)의 순욱, 곽가와도 같은 존재입니다. 대인과 같은 분이 한명 만 더 고에게 있다면, 천하의 평정은 더욱 빨리 이루어질 수 있을 터인데....."

"사공의 칭찬에 몸 둘 바를 모르겠습니다. 사공께서 태수의 투항을 승낙했다는 것을 전하겠습니다."

가후는 인재를 탐하는 조조가 자신에게 관심을 보이는 속마음을 읽고 황급히 자리를 털고 일어난다.

조조는 가후의 혜안으로 손쉽게 남양을 얻어 성안으로 입성하게 되는데, 장수는 조조의 환심을 사기 위해 연일 잔치를 벌인다. 여색을 탐하는 조조가 연회를 즐기면서도 함께 즐길 아낙이 없어 아쉬움을 느끼던 중 어느 날, 밤늦게까지 연회를 마치고 숙소를 향하던 조조는 관사를 지나던 길에 스쳐 지나가는 아리따운 여인을 발견한다.

취기가 잔뜩 올라있는 조조에게 여인은 마치 선녀와도 같아 보였다. 조조는 옆에서 시중드는 종질 조안민에게 묻는다.

"얘야, 저 여인은 누구인데, 저리도 아름답더냐?"

조안민은 호색한(好色漢) 조조의 속내를 이미 읽고 있었던 관계로 즉시 조조에게 답변을 고한다.

"장수의 숙부로서 죽은 장제의 처가 되는 추씨입니다. 제가 백부님의 명이 있을 때까지 대비시키고 있었습니다. 지금 추씨를 백부님께 대령시킬까요?"

조조는 기쁘면서도 쑥스러운 듯이 얼버무린다.

"뭘 그렇게 까지....."

조안민은 조조의 의중을 확인하고는 갑병 50명을 보내 추씨를 관부로 데려온다. 조조는 눈앞의 추씨 모습이 방금 전에 바로 옆을 스치면서 만난 모습보다 월등 아름다워 보여 감탄사를 아끼지 않으며 묻는다.

"그대같이 아리따운 여인이 평생 과부로 늙기는 억울하지 않은가?"

추씨가 아무런 대꾸도 없이 다소곳이 눈을 내리깔자, 조조가 다시 묻는다.

"그대는 내가 누구인지 알고 있는가?"

"어찌 사공 어른의 위명을 모르겠습니까?"

"그렇다면 그대는 나를 받아 드릴 수 있겠는가?"

추씨는 얼굴에 홍조를 띠우며 대답한다.

"여인으로 천하의 영웅을 가슴에 품을 수 있다는 것이 얼마나 광영이옵니까? 천하는 남자가 정복하고, 남자는 여자가 움직인다고 합니다. 소첩은 사공 어른을 모실 수 있다는 것만으로도 세상에서 이보다 더 큰 홍복은 없을 것 같습니다."

포도송이 같은 입술이 오히려 앵두입술보다 더욱 애련해 보인다. 그 속에 감추어진 은근한 추파는 조조를 더욱 애끓게 한다. 조조는 추씨를 뜨겁게 감싸더니 어느덧 운우(雲雨)의 정을 나눈다. 그날 새벽녘이 되자, 추씨는 갑자기 조조에게 교태를 부리며 안기더니 속삭인다.

"사공 어른, 제가 불현듯이 숙질인 장수가 눈에 밟힙니다. 아무래도 이대로 오래 지속되다가는 숙질이 알게 될 것이고, 그로 인해 쏠리게 되는 남의 이목이 두렵습니다. 거처를 은밀히 성 밖으로 옮기면, 남의 이목을 두려워하지 않아도 되고 마음이 편하게 될 것 같사옵니다."

이튿날, 조조는 추씨의 요청으로 성 밖의 군막으로 숙소를 옮기고, 전위로 하여금 주변을 엄히 지키게 한다. 이후, 조조는 매일 밤낮없이 추씨와 운우의 정을 쌓는다. 추씨 또한 인물값을 하느라고 음욕이 상당하여, 남자를 다룰 줄을 알아 조조는 음락에서 벗어나지 못한다. 조조가 여러 날을 군영에서 벗어나지 않자, 소문은 꼬리를 물고 돌고 돌아 드디어 장수에게 알려지고, 장수는 주변 부장들에게 강한 분노를 표출한다.

"조 사공이 얼마나 나를 우습게보았으면, 나의 숙모를 탐한다는 말인가?"

이 말은 얼마 지나지 않아 조조에게 전해지자, 조조는 '이크' 하는 마음이 생겨, 안전을 위해 장수의 수하를 하나씩 매수하기 시작한다. 조조는 최우선적으로 장수의 제일가는 장수 호거아에게 장군에 준하는 금을 하사하며 회유를 시작한다.

"세간에서 말하기를 그대는 5백근을 짊어지고, 하루 7백리를 걷는 용력을 지닌 장수라고 하여, 내가 말도 되지 않는 소리는 하지도 말라고 했는데, 직접 만나보니 그 말이 크게 과장은 아닌 것 같네. 나는 그대와 같은 맹장과 함께 천하를 평정하는 대사를 삶의 낙으로 삼고 있네. 나와 함께 천하를 도모하는 데 동참할 생각은 없는가?"

비록 학문은 짧아도 호거아도 사내대장부이다.

"사공 어른의 뜻을 소장에 대한 격려로 삼아 가슴속 깊이 새기겠습니다."

호거아는 조조의 청을 완곡한 표현으로 거절한다. 조조는 호거아가 회피함에도 불구하고 장수 수하의 장수들을 차례로 회유하기 시작하자, 장수는 조조가 자신의 수족을 잘라, 조조의 치부를 덮으려는 의도를 지니고 있다고 생각하여 가후를 찾아가서 도움을 청한다.

"대인, 조조라는 호색한이 숙모를 욕보이고 수하의 장수들을 회유하고 있습니다. 제가 조조를 용납한다면, 천하의 사람들이 이 사람을 흉볼 것입니다. 조조를 도모할 수 있는 계책을 만들어주십시오."

가후가 한참을 생각하다가 비로소 입을 연다.

"내가 꾀하는 계략은 사전에 누설이 되면 효과가 없으니 은밀히 처리해야 하네. 이리 와서 잠시 나에게 귀를 빌려주시게. 쥐도 새도 듣지 못하게 해야 하네"

장수가 가후에게 귀를 내밀자, 가후는 귓속말로 상세한 계책을 일러준다. 이튿날, 장수는 천연덕스럽게 조조를 찾아가서 면회를 신청한다.

"사공 어른께 투항한 이래 소장 병사들의 기강이 무너졌습니다. 군용을 옮겨 군사들의 기강을 다시 세우고자 합니다."

"그대의 뜻대로 하게."

조조는 추씨에게 빠져 별다른 생각 없이 장수의 의견을 받아들인다. 장수는 그 길로 군사를 4대(隊)로 나누어 배치하고 만반의 준비를 갖추어 때를 기다리지만, 조조의 군막을 공격하는 문제에서 큰 어려움에 봉착한다.

장수는 조조의 곁에서 잠시도 떠나지 않는 호위대장 전위가 조조의 주변에서 자리를 비우게 할 방법을 찾지 못해 가후에게 찾아가서 다시 계책을 구한다. 가후는 잠시도 지체함이 없이 곧바로 계책을 일러준다.

"전위가 비록 맹장이라고는 하나 방비가 없는 상태에서 야습을 당하면, 천하의 전위도 방법이 없을 것이네."

장수가 가후에게 자문을 받은 후 경계가 느슨해지는 때를 노리던 중, 자신이 투항한 지 10여 일이 지난 어느 날 삼경

(三更) 무렵, 장수는 경비병이 교대하는 어수선한 빈틈을 노려 조조의 숙소를 기습한다. 조조의 호위대장 전위가 쌍철극을 들고 남쪽 문에서 버티고 막아서, 장수의 군사들이 전위의 기세에 눌려 방어벽을 뚫지 못하자, 장수는 전위가 버티는 남문에 정병을 남겨두고 3대(隊)의 군사들을 다른 문으로 침투하도록 명한다.

전위는 장수의 기습을 받고 십여 명의 호위무사를 이끌어 장수의 기습병 수백 명을 상대하는데, 시간이 지날수록 기습병의 수는 늘어나서, 전위의 호위무사들은 대부분 죽거나 부상을 당하고, 전위도 수십 군데 화살을 맞는 중상을 입게 된다. 하지만, 그런 가운데에서도 전위는 끝까지 군막을 지키며 조조가 도주할 시간을 벌어준다. 추씨와 깊은 잠에 빠져 있던 조조는 정신을 차릴 틈도 없이 본능적으로 호위병에게 애마 절영을 끌어오도록 명하여, 호위기병 수십 기를 이끌고 숙소를 빠져나간다.

수십 명의 기습병이 혼자 남은 전위를 향해 일제히 창을 찌르자, 전위는 조조의 대피가 끝날 때까지 눈을 부릅뜬 채 그 자리를 떠나지 않고 지키고 있다가, 조조가 안전하게 피신한 것을 확인하고서야 그 자리에서 무릎을 꿇는다. 조조는 도보로 뒤따라오는 조카 조안민을 이끌고 정신없이 도주하는데, 워낙 철통같이 에워싼 적병의 공습으로 조조는 오른팔에 화살을 맞고, 애마 절영도 여러 곳에 화살을 맞는다.

절영은 대완(大宛)의 명마여서 부상에도 불구하고 포위망을 뚫고 육수(淯水) 강가에까지 힘차게 내달린다. 조안민은 조조의 뒤를 따르다가 장수의 수십 추격병들에게 포위되어, 이들이 찌르는 창에 수십 군데 상처를 입고 아까운 나이에 목숨을 잃는다. 조조는 명마 절영의 덕으로 육수를 간신히 건넌 후, 심한 부상에도 불구하고 자신의 목숨을 살려준 애마에게 감사하는 마음으로 절영을 쓰다듬는다.

그 순간 절영은 자신의 사명을 다했다는 듯이 두 발바닥을 높이 들고 '히히힝' 구슬픈 비명을 외치더니 숨을 거둔다. 조조가 경황이 없어 좌우를 돌아보는 순간, 맏아들 조앙이 조조에게 다가오면서 외치는 소리가 들린다.

"아버님, 이 말을 타고 빨리 대피하십시오."

"오! 앙이로구나. 말을 잃는다는 것은 목숨을 잃는 것이다. 너는 어찌하고 애비에게 너의 애마를 건네려 하느냐?"

조앙이 비장한 말투로 대답한다.

"소자는 없어져도 천하에 큰 영향이 없으나, 아버님이 아니 계시면 천하는 평정이 되지 않습니다."

조조는 조앙이 가져온 말에 황급히 올라타고 내달리고, 조앙은 뒤쫓아 오는 추격병들이 쏘아대는 화살 공세에 고슴도치가 되어 그 자리에서 쓰러진다. 조앙은 조조가 용병을 가르치기 위해 처음으로 완성 전투에 참여시켰으나, 첫 참여에서 아무런 의미도 없이 목숨을 잃게 된 것이다.

조앙의 희생으로 구사일생 살아난 조조는 각기 흩어져 도망쳐온 장수들과 병사들을 이끌고 남양 무음현으로 돌아간다.

그때 하후돈이 몰골이 엉망인 청주병 일부를 이끌고 본영으로 돌아와서 조조에게 고한다.

"우금장군이 형님을 배반하고, 우리 청주병을 역공하여 이꼴로 만들었습니다."

순간 조조가 어이가 없어 놀라는 표정을 지으며 묻는다.

"우금이? 그럴 리가 없다. 잘못 알고 있을 것이다. 상세히 내막을 말해보라."

"우금장군이 군사를 거꾸로 돌려, 이유도 없이 청주병을 도륙하고 사라졌습니다."

"말도 안 되는 소리!"

우금을 철석같이 믿는 조조이지만, 삼인성호(三人成虎)라고 여럿이 똑같은 보고를 하자 조조도 흔들린다.

이때, 우금이 군사를 이끌고 조조의 본영 가까이로 다가오고 있는데, 그 뒤를 바짝 따라붙은 장수의 기병들이 맹렬하게 우금을 쫓고 있었다. 조조는 우금이 장수의 기병과 연합하여 공격하는 것으로 착각하고, 하후돈, 악진에게 방어태세를 갖추도록 명한다.

우금은 지척의 거리에서 승세를 탄 장수가 경기병들을 이끌고 우금을 도모하려고 근접해오자, 수하의 병사들을 멈추게 하고 신속히 장수의 경기병을 상대할 진형을 구축하도록 명한다. 바로 그때, 우금의 수하가 조조의 진형을 바라보다가 우금에게 긴급히 말을 건넨다.

"장군, 지금 사공 어른의 진형을 보니 무언가 이상합니다. 아무래도 청주병이 장군을 오해하여 사공 어른께 잘못된 정보를 올려, 사공 어른께서 우리를 배신자로 오해하고 우리를 공격할 진형을 짠 것 같습니다. 우리가 여기서 장수의 군사를 상대할 것이 아니라, 사공 어른에게 먼저 가서 우리의 무고를 알리고 난 연후, 장수의 기병을 대적해야 하지 않겠습니까?"

우금의 수하 장수가 심히 우려하여 말하자, 우금은 들은 척도 하지 않고 태연히 대꾸한다.

"주공은 밝고 현명하신 분이다. 지금은 우리의 무고를 변명할 때가 아니라, 당장 눈앞의 장수를 막아내어 진을 갖추지 못한 주군을 보호해야 할 것이다. 설혹 주군께서 나를 오해한다고 해도 그것은 작은 일이요, 장수의 거센 공세를 막는 것은 큰일이다. 큰일을 먼저 해결하고 난 후, 다음으로 작은 일을 해결하는 것이 현안을 처리하는 시말(始末)일 것이다."

의견을 마친 우금은 전면에 궁수를 배치하고 기병으로 쐐기진을 펼친 후, 자신을 뒤따라온 장수의 기병을 향해 일차적으로 무진장 화살 공세를 날린다. 이로써, 전속력으로 뒤쫓아 오던 장수의 경기병이 추격을 멈추자, 이때를 놓치지 않고 우금은 소수의 기병을 이끌고 용감하게 장수의 중앙에 있는 경기병을 파고들어 가서 장수의 경기병과 혈전을 벌인다.

후방에서 이를 지켜보던 조조는 우금에 대한 오해를 풀고 곧바로 우금을 지원하도록 지시한다.

"건무장군 하후돈과 이전장군은 신속히 기병을 이끌고, 장수의 경기병에게 돌진하여 남양 기병의 대열을 혁파하고 우금장군을 보호하라."

우금에 이어 하후돈, 이전이 사력을 다해 장수를 공격하여 장수의 경기병을 궁지로 몰아넣자, 장수는 조조의 군사들이 기력을 회복했음을 인지하고 경기병에게 퇴각을 명한다. 무음에서 물러난 장수는 양양에서 유표와의 기각지세를 확고히 할 필요성을 느끼고, 남양의 완성을 버리고 남양의 양성으로 거점을 옮기도록 유표에게 건의하면서, 조조는 완성 일대를 자신의 영향권으로 복속시키게 된다.

14.
손책의 단양전투 이후 강동의 정세

14. 손책의 단양전투 이후 강동의 정세

단양전투에서 손책에게 패해 예장으로 대피했던 양주자사 겸 진문장군 유요는 197년(건안2년) 정월, 예장태수의 자리를 둘러싸고 형주자사 유표가 임명한 제갈현과 조정에서 파견한 주호와의 사이에 다툼이 일어나자 주호를 지지한다.

유요는 착용을 주동으로 앞세우고 서성의 군민을 조종하여, 그를 통해 주호가 예장태수의 자리에 추대될 수 있도록 민란을 선동하게 한다. 이때, 착용을 관찰해온 허소가 조심스럽게 유요에게 조언을 건넨다.

"착용은 신의가 없고 명분 따위는 실리를 위해 쉽게 버리는 사람인데, 그를 경계해야 할 주호는 남의 감언이설에 쉽게 넘어가는 가벼운 인물이어서, 이에 대해 철저한 대비를 시켜야 할 것입니다."

"자장(허소)이 지닌 복안을 말해주시오."

"착용이 주호를 앞세우고 민란을 일으킬 때, 주호는 뒤에서 착용을 제거할 자객을 숨겨두고 소리장도(笑裏藏刀:상대가 경계를 풀게 하고 기습함) 전략으로 접근하여 착용을 안심시키다가, 결정적인 순간에 그 자객을 활용하여 착용을 제거하도록 지시해야 합니다."

유요가 허소의 조언을 받아들여 주호에게 소리장도(笑裏藏刀)계략을 마련하도록 주지시키지만, 주호는 착용의 감언이설에 완전히 얼이 빠져 아무런 대비도 하지 않는다.

결국에는 착용이 서성의 백성들을 선동해서 민란을 일으켜 제갈현을 살해하는 일에 성공한 후, 주호를 예장태수 자리에 추대하는 척하더니, 갑자기 주호를 살해하고 자신이 예장을 차지한다. 이에 분격한 유요는 착용의 배신을 응징하려고 군사를 총동원하여 수차례에 걸쳐 예장을 공략하여 착용을 도모하지만, 이미 예장을 차지하여 군사력을 확충한 착용을 도모하는 데 실패하고, 차시환혼(借屍還魂:버려진 것에 새 생명을 불어넣음) 계책으로 그동안 자신이 쌓아온 인망을 통해 주변의 많은 인사의 도움을 받아 병력을 몇 배로 증강시킨다.

유요가 착용보다 압도적으로 많은 군사력을 휘동하게 되면서, 유요는 마지막 젖 먹던 힘까지 총동원하여 착용을 격파한 후, 새로이 화흠을 예장태수로 임명한다. 그 후, 유요는 측근들의 배신으로 인해 받은 충격을 이겨내지 못하고, 마음의 병에 걸려 시름시름 앓다가 사망한다.

유요가 사망했다는 소식을 전해들은 손책은 예장에 있는 남양주자사 유요의 수하 1만여 명의 병사에 탐을 내고, 태사자에게 이들을 자신의 수하로 끌어들일 방안을 묻는다.

"나는 양주자사의 수하에 있던 군사들이 탐이 나는데, 이들을 우리 쪽으로 끌어올 방법이 없겠습니까? 절충중랑장은 예장태수 화흠과 동향사람으로 그 방법을 알고 있을 것 같으니, 그에게 가서 나의 의중을 전해주십시오."

절충중랑장 태사자가 손책의 간청을 받고 한참을 궁리하다가 조심스럽게 대답한다.

"소장이 예장의 화흠과는 같은 고향 출신이기에 그와는 친분이 남과 다르다고는 생각합니다. 소장이 그를 청해 예장과 여릉, 파양을 구슬리도록 권유해 보겠습니다."

"절충중랑장은 몇 명의 병사를 이끌고 가면 화흠을 설득할 수 있겠습니까?"

"화흠은 장군의 명망을 익히 알고 있는바, 많은 병사를 이끌고 가면 강압으로 느껴 오히려 오해를 받을 테니, 오해를 받을 일이 없이 기병 수십을 이끌고 다녀오도록 하겠습니다."

화흠을 방문한 태사자는 성심으로 협상에 임하여 그를 설득한 후, 손책에게 돌아와서 예장 주변의 정황을 보고한다.

"화흠은 훌륭한 인품을 지닌 인물이지만, 용병에 있어서 계책과 전략을 세우는 재주를 가졌다기보다는 행정을 이끄는 정치가 출신으로 우직하게 영지를 지킬 뿐입니다. 이러한데 단양의 동지는 여릉에서 제멋대로 군사를 일으켜서 자신이 조정의 조서를 받은 정통성을 지닌 태수를 자청하고, 파양에서는 토호 산월족이 종부(宗部)를 세워 별도로 군을 만들고 병사를 일으켜 경계를 지어 지키면서, 조정에서 정통성을 지닌 태수를 파견하면 그를 영접하겠다고 하며, 화흠을 인정하지 않고 있는데도 이를 속수무책으로 방치하고 있는 실정입니다. 이런 상황에서도 화흠은 여릉과 파양의 반발을 통제하지 못하고, 오직 해혼의 상료에 둔영을 세워 5,6천 가구를 관리하며 세금을 거둘 뿐 군사는 한명도 징발하지 못한 채, 그들의 처신을 지켜보고 있을 따름입니다."

손책은 손뼉을 치고 파안대소하며 말한다.

"내가 곧바로 예장으로 가서 화흠의 투항을 받아내고, 여릉과 파양으로 가서 그곳을 복속시키겠습니다."

손책이 수하 남양용병대를 이끌고 예장에 당도하자, 화흠은 흰두건을 쓰고 투항의 의식을 취하며 말한다.

"장군의 군략을 익히 아는바 장군에게 예장을 맡길 것이니, 여릉과 파양까지 정벌하여 속히 동오의 안정을 이루어주시기를 바라오."

손책은 화흠이 투항의 의사를 밝히자, 화흠을 상빈으로 우대를 하여 거두고, 곧바로 여릉과 파양을 향해 군사를 휘동한다. 손책은 회남윤 손분을 선봉장으로 삼아, 여릉의 출입구를 틀어막고 동지를 꼼짝 못하도록 포위하자, 동지는 출로를 확보하기 위해 군사를 이끌고 협로 쪽으로 진입한다. 그러나 손분이 창병을 이끌고 나아가 이들을 공략하여 고릉지대로 몰아넣자, 동지는 손분에게 쫓겨 고지대에서 대치하다가 병에 걸려 큰 고통을 겪는다.

이때, 손분이 이런 정보를 듣고 주유와 함께 파구로 올라가서 동지를 공략하자, 동지는 제대로 된 저항도 한번 못 해보고 순식간에 패망한다. 손책은 손분을 여릉태수로 임명하여 동생 순보와 함께 여릉을 관장하게 하고, 곧이어 파양의 산월족을 몰아내고 강동을 완전히 평정하는 데 성공한다.

단양, 예장, 파양 등을 정벌하여 강동에서 세력을 크게 확충하기 시작한 손책은 종제 손권을 불러 정복지를 맡기며 신신당부를 전한다.

"아우는 선성에서 나를 대신하여 군민들을 위무하면서, 어머니를 잘 섬기도록 하여라."

손견은 손책에게 선성을 관장하도록 주문하자, 손권은 손책에게 보좌할 인사를 청한다.

"형님의 말씀대로 차질 없이 수행하겠습니다만 이 아우에게 청이 하나 있습니다. 아우를 보좌할 인사가 필요한데, 부디 주태를 저의 수하에 두도록 배려해 주십시오."

손책은 손권의 청을 받아들여 주태를 손권의 부장으로 삼아 함께 선성을 지키게 하고, '강동 정벌전'이라는 야심찬 계획을 성공적으로 이끌기 위한 걸음을 계속한다.

또한, 손책은 어렵게 수복한 단양을 확고히 안착시키기 위한 일환으로 주유에게 단양에 대한 통치전권을 맡기고, 강동 정복 계획의 후속 조치인 오군을 평정하는 과업을 주치에게 주문하는 동시에, 본인은 회계를 정벌하기 위해 대대적으로 군사를 일으킨다. 손책이 무서운 기세로 회계로 진입하자, 손책의 맹폭함을 두려워한 우번이 회계태수 왕랑에게 조심스럽게 조언을 올린다.

"손책은 소패왕이라 불릴 정도로 용맹하고 포악합니다. 양주자사 유요도 손 한번 제대로 써보지 못하고 손책에게 당했습니다. 태수께서는 일단 손책의 예봉을 피하여, 예장으로 임시 대피하시는 것이 어떻겠습니까?"

왕랑은 우번의 간곡한 조언에도 불구하고 자신의 확고한 뜻을 표명한다.

"나는 황실의 관리로서 승패에 상관없이 성을 지켜야 한다. 회계는 성벽이 견고한 철옹성으로서, 성문 앞의 해자는 그 깊이가 한길이나 되어 적이 쉽게 건널 수 없다. 철저히 수성만 잘하면 얼마든지 적군을 물리칠 수 있도다."

얼마 후, 회계성 앞에 당도한 손책이 왕랑에게 투항을 권하지만, 왕랑은 손책의 권유를 일언지하에 거부하고 손책의 맹렬한 공성을 완강하게 막아내며 선전한다.

왕랑의 말 그대로 회계는 성벽이 견고한 철옹성이었다. 게다가 회계성과 의각지세를 이루는 사독에서 수시로 손책이 형성한 포위망의 배후를 협공하여, 손책이 회계성에 대한 집중적 공략이 혼선을 빚게 되자, 회계성의 해자 앞으로 나아가 큰소리로 왕랑에게 투항을 권유한다.

"왕랑은 성에 숨어 쥐새끼같이 농성만 하지 말고 당장 투항하라. 투항을 하면 그대의 명망을 보아 상빈으로 우대하고 예우하겠노라."

이때 성루에서 장수 하나가 왼손으로는 기둥을 잡고, 오른손으로는 손책을 가리키며 심한 비방을 퍼붓는다.

"하룻강아지가 범 무서운 줄 모른다더니, 여태까지 운이 좋아 승리한 것을 가지고 기고만장해하는 것을 보면 가소롭기 그지없구나. 이 애송이야. 당장 군사를 거두고 돌아가서, 어미젖을 더 먹고 돌아오너라."

이때 태사자가 장수의 비방에 분개하여 날쌔게 화살을 날리며 소리를 지른다.

"저 안하무인의 왼쪽 손등을 벽기둥에 처박아 버리리라."

태사자가 쏜 화살이 섬광같이 날아가 장수의 왼쪽 손등을 뚫고 성벽의 기둥에 박힌다. 순식간에 벌어진 신기에 가까운 태사자의 활 솜씨에 손책은 물론 주변의 모든 군사들까지 한결같이 감탄한다. 성루에 있던 왕랑의 병사들은 당황해하며 허겁지겁 장수의 손에 박힌 화살을 뽑아낸다.

태사자의 화살 단 한방으로 사기가 땅에 떨어질 대로 떨어진 왕랑의 군사들은 겁에 질려 꼼짝도 하지 않고 더욱 수성에만 치중하자, 손책은 철옹성과도 같은 회계성을 공략하는 것이 결코 쉽지 않음을 인지하고, 계책을 활용하여 승리로 이끌 구상에 돌입한다.

이때 손책의 숙부 손정이 암도진창 전략을 제시한다.

"회계는 배산임수의 지형적 장점을 지니고 있어, 적병이 고릉에서 수성을 하고자 하면 쉽게 공성이 어려울 것이라 여겨지네. 우리가 지금 취할 수 있는 최선의 방법은 암도진창(暗渡陣倉)전략을 펼쳐 아군을 두 부대로 분리시키고, 소수의 군사로 회계의 요지인 사독(査瀆)을 공략하는 척하면서, 고천둔(高遷屯)에 많은 군사를 숨겨두면 왕랑은 사독을 사수하지 않고는 의각지세를 유지할 곳이 없어져서, 군사를 분리하여 성 밖으로 군사를 이끌고 나올 것이네. 이때 고천둔(高遷屯)에 숨겨둔 군사를 돌려 함께 적병을 협공하면 왕랑의 원병을 어렵지 않게 격파할 수 있을 것이야. 그런 연후, 회계를 수성하는 군사들이 현격히 줄어들게 된 성을 공략하면, 충분한 대비가 없는 상태에서 예기치 못한 공격을 받은 이들이 당황하여 혼선이 일어날 것일세. 이런 상황에서 회계성을 공략하면 쉽게 성을 함락시킬 수 있을 것이네."

손책은 숙부 손정의 암도진창 계책을 따라 군사를 둘로 나누어, 일부를 사독으로 보내는 척하면서 몇 배로 많은 군사를 고천둔에 은폐시킨다. 사독은 회계의 요지이면서 회계의 군량미 태반을 저장해 두는 곳이다.

왕랑은 소수의 손책 군사들이 사독을 공략하려는 듯한 정황을 포착하자, 사독으로 향하는 손책의 군사들을 빨리 제압하고 회계성으로 병사들을 복귀시키기 위해 성안의 최정예 병사를 차출하여 사독을 지원하도록 파견한다.

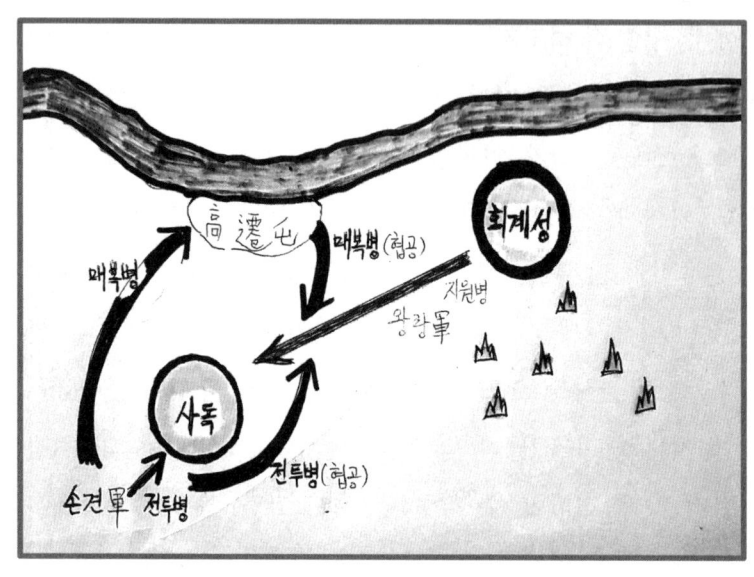

  왕랑의 명으로 사독을 지키기 위해 군사를 이끌고 허겁지겁 달려온 지원병 대장 주흔은 다수의 정예병으로 소수의 손책 군사를 일거에 격파하려 하지만, 사전에 철저히 대비한 손책의 기습에 막혀 일진일퇴를 거듭한다.

  이때 고천둔에 숨어있던 많은 손책의 군사들이 몰려와서 주흔을 협공하자, 왕랑의 지원병 대장 주흔은 대패하여 회계성으로 회군하던 와중에 태사자가 날린 화살에 맞아 그 자리에서 즉사한다. 왕랑은 대다수 군사를 이끌고 출성한 주흔이 대패하여 목숨을 잃자, 고릉을 수성할 병력이 절대적으로 부족함을 인지하며 성을 버리고 도주하여 며칠간 바다를 표류하다가 겨우 동야에 당도한다. 동부 후관장 상승은 자신을 의지하여 찾아온 왕랑을 경계하여 받아들이지 않으려 하는데, 이때 왕랑의 인품을 잘 아는 우번이 상승에게 왕랑이 지닌 한황실에 대한 충정과 충의를 설파하고서야 상승은 비로소 왕랑을 받아들인다.

손책이 동야에 당도하고 얼마 후, 이곳으로 왕성이 1만의 무리를 이끌고 와서 손책과 대치하지만, 왕성의 군사들은 군사적 훈련을 제대로 받아보지 못한 잡군일 뿐이었다. 손책은 동야에서 맹공격을 퍼부어 왕성의 무리를 대파하고 왕랑과 왕성을 생포하지만, 왕랑의 명망과 유학적 도의를 존중하여 목숨을 보존해 준다.

이때 손책은 주변으로부터 왕랑을 향한 우번의 충의를 전해 듣고, 우번에게 직접 찾아가서 우번과 친구로 사귀기를 청하고 우번을 공조로 임명한다.

손책에게서 오군을 평정하도록 주문을 받았던 주치는 오군태수 허공을 격파하고 오군을 수중에 넣자, 오군태수 허공은 '동오의 덕왕'이라 불리며 수만의 병사를 이끌고 있는 산월족장 엄백호에게 의탁한다.

손책이 절강을 건너 회계에 군영을 세우고, 곧바로 동야로 진군하면서 민간인에게 까지도 무차별적 살상을 벌이자, 엄백호는 무고한 백성이 화를 입지 않도록 하려고 종제 엄여를 보내 화친을 제의한다.

손책이 화친을 받아들이지 않고 사신으로 보낸 엄백호의 장군인 종제 엄여를 주살하고 계속 진군하자, 엄백호는 현성에서 남쪽으로 50리 떨어진 석성산에 성을 쌓고, 손책이 파견한 별부사마 여몽과 석성산에서 대치한다. 엄백호는 허공과 현황을 타개할 대책을 강구한다.

"태수께서는 손책과 치열하게 전투를 벌였기 때문에 여몽의 전술에 대해 파악을 하고 있으리라 생각합니다. 여몽을 격퇴하려면 어떤 전략을 활용해야 하겠습니까?"

허공은 한참 생각에 잠기더니 차분히 말한다.

"여몽은 약관의 나이에 천한 신분으로 어린 나이부터 전장을 떠돌아다녀 용맹성은 있으나 지혜는 부족한데, 여몽을 도모하기 위해서는 주성의 주숙렴과 공조의 관계를 형성하여 두뇌로 대적해야 할 것으로 생각합니다."

엄백호는 허공의 조언을 받아들여, 현성에서 남동으로 24리 떨어진 주성에 주둔하고 있는 사위 주숙렴과 기각지세를 형성한다. 장기간 석성산성에서 여몽과 대치하던 엄백호는 군량이 떨어지자, 사위 주숙렴에게 밀사를 보내어 여몽을 협공할 것을 주문한다.

"사위는 밀사의 서신을 받는 즉시 군사를 이끌고, 은밀히 여몽의 후미를 공략하라. 그대가 여몽의 후미를 공략하기 시작하면, 나는 산정에서 군사를 이끌고 협공을 취해서, 여몽의 군사를 산 아래로 쓸어내리겠노라."

엄백호의 산성에서 밀사가 성을 몰래 빠져나가는 것을 본 여몽의 척후병이 곧바로 여몽에게 이 사실을 보고한다.

"장군, 엄백호가 주성에 있는 주숙렴에게 밀사를 보낸 듯합니다. 조금 전 몇명의 기병이 급히 말을 달려 주성으로 향했습니다."

여몽은 즉시 부장들을 소집한다.

"필시 엄백호가 주성으로 구원병을 요청하려는 것 같소이다. 우리는 짐짓 모른 체하며 밀사가 주숙렴에게 안전하게 당도하도록 방치한 다음, 이들의 계략을 역으로 이용하여 적을 도모하고자 하오. 부장들은 주성의 구원병이 올 것을 대비하여 병사를 배치하도록 하시오."

병법에서 말하는 일명 장계취계(將計就計)의 전략이다. 훗날, 손권이 무지한 여몽을 장흠과 함께 공부하도록 배려하여, 여몽이 괄목상대(刮目相對)라는 고사성어를 만들어내기 전의 역사였지만, 여몽은 학문에는 무지한 중에도 실전을 통한 경험으로 군략을 끌어낼 정도의 지혜가 있는 장수였다.

밀사가 주성에 무사히 당도한 것을 확인한 여몽은 주성의 구원병이 올 것을 대비하여 병사를 배치하고, 부족한 궁노수를 지원해 줄 것을 손책에게 요청하여 궁노수를 지원받은 후, 주성에서 석성산성으로 연결되는 협로의 산기슭 뒤편에 궁노수를 매복시킨다. 그리고 자신은 엄백호의 계획을 모르는 척하면서, 이들의 전략을 역이용하는 장계취계를 시도한다.

한편, 전혀 여몽의 의중을 알지 못하고 있는 엄백호는 주숙렴이 주성에서 군사를 이끌고 여몽의 후미를 공격하자, 산성에서 군사를 이끌고 나와 여몽의 선봉을 세차게 밀어붙인다.

한동안 일진일퇴를 거듭하던 양 진형의 균형은 손책의 지원병이 주숙렴의 후미에서 갑자기 화살과 쇠뇌를 무지막지하게 날리면서 나타나자 순식간에 무너진다. 석성산에서 대패한 엄백호는 필사적으로 여몽의 포위망을 뚫고, 예장 여항에 있는 허소에게로 달아나고, 도주하다가 여몽에게 붙잡힌 허공은 손책에게 투항을 청하며 식객이 되기를 원한다.

회계를 평정한 손책은 자신이 스스로 회계태수가 되고, 주치를 오군태수, 오경을 단양태수, 손분을 예장태수로 삼고, 예장의 일부를 떼어 노릉군을 만들고 손분의 종제 손보를 노릉태수로 삼는다. 이후, 장소, 장굉, 진송, 진단을 찾아가서 이들에게 간청하여 모주로 삼고, 수하들에게는 철저히 이들에게 예우를 갖추도록 명한다.

얼마 후, 원술이 손책의 뜻과는 달리 원윤을 단양태수로 파견하는데, 손책은 서곤을 파견하여 자신의 의지와 맞지 않은 원윤을 추방하게 하고 그 후, 손책은 원술과 서서히 거리를 두기 시작하다가, 원술이 황제를 참칭할 당시에는 공개적으로 원술과의 관계를 끊기에 이른다.

15.
뿌리도 없이 가지만 무성한 원술의 몰락

15. 뿌리도 없이 가지만 무성한 원술의 몰락

1) 원술, 황제를 참칭하면서 천하의 공분을 사다

원술은 휘하의 손책이 단양, 여릉, 파양에 이어 오군, 회계군까지 평정하자, 허영에 눈이 돌아가서 기어이 천명을 받았다며 국호를 중(仲)이라 하고 스스로 제위에 오른다.

197년(건안2년) 원술은 황제가 문무백관에게 내리는 관부의 명칭을 대(臺),성(省)으로 바꾸고, 공경과 백관을 임명하여 천자의 제례식을 지내는데, 이때 천자의 수레인 용봉련을 타고 문무백관을 양쪽 길에 배열하여, 장안조정의 천자제례식 때보다도 더욱 거창하게 제례식을 거행한다.

원술은 구강태수를 회남윤으로 승격시키고, 회남 건업을 중(仲)나라의 수도로 대외에 널리 알리는 동시에 아내를 황후로, 아들을 동궁으로 책봉한다. 이때 손책과 같은 무장들과 많은 백관, 관료들이 반대하지만, 원술은 허황된 황제의 행색을 멈추지 않고 계속한다. 이에 손책은 원술의 불충을 꾸짖으며, 장소에게 부탁하여 원술을 비판하는 공개서한을 보내고 원술과의 단교를 선언한다.

원술은 주변의 분위기가 싸늘하게 돌아서고, 이를 계기로 협천자 조조가 자신을 역적으로 지명수배하자, 대내외적으로 조여드는 궁지에서 벗어나려고 방법을 논의한다. 이때 패국상 서소가 앞으로 나서며 대안을 제시한다.

"당금의 정세를 보면, 우리 중(仲)나라에 불리한 현상들이 계속 벌어지고 있습니다. 그러하니 무엇보다도 시급한 것은 우리에게 우호적일 수 있는 세력과 동맹을 맺는 것인데, 우리가 협조를 구할 수 있는 세력은 아무리 둘러보아도 서주의 여포 이외에는 없는 것 같습니다. 그러려면, 여포를 우리와 맹약을 맺게 할 방법을 찾아야 하는데, 혼인동맹이 가장 효과적일 것 같습니다. 마침 폐하께서도 슬하에 장성한 자제가 있고, 여포도 부인 엄씨와의 사이에 딸이 하나 있는데 혼기가 찼다고 합니다. 혼인동맹만 맺어진다면, 소불간친(疏不間親: 친분이 약한 자는 친분이 강한 자를 이간시키지 못함)으로 어떤 세력도 반목을 시킬 수 없게 될 것입니다."

천하에 명망이 높은 패국상 서소가 혼인동맹을 제안하자, 원술은 이를 받아들이고 한윤을 매파로 삼아 서주를 차지한 여포에게로 보낸다.

"중(仲)을 세우신 폐하께서는 장군께 무한한 경의와 찬사를 올리고 있습니다. 이에 장군과 혼인동맹을 맺어 자자손손 함께 부귀영화를 누리고, 진진지의(秦晉之義: 秦과 晉의 두 나라가 혼인을 통해 관계를 돈독히 함)를 맺고자 하오니, 부디 받아들여 주시기를 바랍니다."

한윤이 여포를 만나 원술의 서찰과 예물을 전하면서 경건히 예를 올리고 원술의 뜻을 전한다.

"부인과 상의하여 뜻을 전하겠으니 그대는 잠시 기다리도록 하시오."

여포가 원술의 뜻을 부인 엄씨에게 알리자, 엄씨는 한층 들떠서 입을 다물지 못한다. 그녀는 한참 후에야 흥분을 가라앉히더니 들뜬 상태에서 말한다.

"중나라를 창건했다고 하면 천자가 된 것인데, 그만한 자질이 있으니 천자가 된 것이 아니겠습니까? 그만큼 훌륭한 혼처가 또다시 나타나겠습니까?"

부인 엄씨가 원술의 청혼에 대해 반기는 내색을 보이자, 여포는 원술의 혼약을 아무런 여과도 없이 받아들인다. 여포는 한윤을 극진히 접대하고, 사신 일행에게 노고를 치하하며 많은 답례품을 실려 보낸다.

며칠 후, 여포의 답례를 받은 원술은 혼인예물을 갖춰 한윤과 사신 일행을 다시 서주로 보내고, 다시 한윤 일행을 맞이한 여포는 이들을 극진히 대접하며 역관에서 편히 쉬도록 배려한다. 이때 진궁이 은밀히 한윤을 불러내어 속내를 터놓고 상의하고자 한다.

"공께서는 이 혼인의 의미와 혼인에 대해 장애가 될 만한 사항에 대해 생각해 본 적이 있습니까?"

한윤은 진궁의 뜬금없는 질문에 잠시 깊은 생각으로 빠져

드는 듯하더니, 갑자기 염화시중의 미소를 지으며 응답한다.

"아! 미처 그 문제를 생각하지 못했습니다. 이 혼사를 빨리 끝내야겠군요."

진궁이 고개를 끄덕이며 말한다.

"그렇습니다. 빨리 끝내지 않으면 소불간친의 계책도 무위로 끝나게 됩니다. 공이 장군을 만나 '중나라 폐하의 뜻은 잠시도 지체하지 말고, 곧바로 따님을 수춘으로 모시고 오도록 하라'는 명이었다고 전하십시오. 그러면 내가 '지금 바로 혼사를 맺는다는 뜻으로 따님을 중나라로 모셔야 한다'라고 설득을 하겠습니다."

진궁의 뜻을 이해한 한윤은 여포를 만나 혼사를 빨리 마무리 짓기 위해 허위보고를 올린다.

"폐하께서는 당장 따님을 모셔 와서 수춘궁전에서 지내게 하시다가 길일을 택해 혼사를 치르시자고 했습니다."

여포는 한윤의 말에 어이가 없다는 듯이 한동안 그를 쳐다본다. 이때 진궁이 나서서 한윤의 말을 거든다.

"장군, 천하의 관례는 정혼 날로부터 혼인날까지 신분에 따라, 천자는 1년, 제후는 6개월, 장군과 대부는 3개월, 서민은 1개월의 기간이 있습니다만, 장군께서는 어떤 기준을 따르려고 하십니까?"

"원공이 중나라 천자를 표방했으니, 천자의 관례를 따르면 되겠소?"

여포가 큰 의미를 두지 않고 묻자 진궁이 진지하게 답한다.

"관례를 따지면 천자의 예로 해야 하겠지만, 그렇게 한가한 시간이 없습니다. 무용에서 따를 자가 없는 장군과 천자의 위엄을 지닌 원가가 인척이 되는 일을 천하에 뜻을 둔 군웅이라면, 누구나 시기와 질투를 할 것입니다. 따라서 그들이 시샘을 일으켜 혼사를 방해하기 이전에 따님을 중(仲)나라의 수춘으로 보내 궁궐에서 시간을 보내게 하다가, 중(仲)나라의 관례대로 혼례식을 치르도록 하는 것이 최상입니다."

여포는 진궁의 말이 옳다고 여겨 즉시 이를 따르기로 하고, 원술에게 보낼 세간과 예물을 준비하는 동시에 황제의 혼사에 준하는 수레와 거개를 마련한다.

모든 준비가 완료된 이후, 여포는 송헌과 위속 두 장수에게 수천의 군사를 딸려 배행하도록 지시하니, 하비성은 새벽녘부터 북소리, 풍악소리, 나팔소리로 시끌벅적했다. 신부를 태운 호사스런 거개는 수많은 무사, 시녀, 시동에게 둘러싸여 그 길이가 성의 밖으로 10여 리에까지 이어졌다. 여포는 가족들과 관료들을 이끌고 친히 성 밖으로 나와 딸과 사신들을 환송한다. 이즈음, 진규는 노환으로 벼슬을 내어놓고 저택에서 요양 중이었는데, 새벽녘부터 들려오는 풍악소리, 나팔소리로 주변이 시끄러워지자, 요양 중인 방문을 열고 마당 앞에서 일하는 하인에게 연유를 묻는다.

"성안이 왜 이리도 시끄러우냐?"

"서주자사께서 따님을 중나라 황제 원술의 아들에게 시집을 보내는 신행 행렬 때문인 듯합니다."

진규는 깜짝 놀라 벌떡 일어나며 곧바로 하인에게 수레를 대령하도록 지시한다.

"너희들은 빨리 수레를 대령하여, 나를 속히 하비성으로 안내하도록 하라."

수레가 준비되자 진규는 하인들의 보호를 받으며 즉시 자사부로 향한다. 여포는 노환으로 바깥출입이 어려운 진규가 자신을 찾아오자, 이례가 없는 진규의 방문에 깜짝 놀라며 급히 마중을 나온다.

"대인께서 어인 일로 불편한 몸을 이끌고 이렇게 방문을 하셨습니까?"

"자사께 불미스런 일이 생길 조짐이 보여, 이를 막으려고 불편한 몸을 이끌고 왔소이다."

"불미스러운 일이라니요?"

"이번 혼인동맹은 결코 서주에 도움이 되지 않는 불미스러운 결과를 초래할 것이오."

진규가 여포에게 혼인동맹의 폐해를 알리며, 원술과의 혼인동맹을 적극적으로 말린다.

"원술은 스스로 천자를 참칭했습니다. 천하의 모든 사람들이 원소를 역적으로 매도하고 있는 이때, 그런 원술과 인척의 관계를 맺는다면 자사도 함께 역적으로 낙인찍히게 되어, 자사께서는 이 혼인동맹으로 인해 앞으로 많은 군웅들의 공격을 받게 될 것입니다. 천자를 받들어 국정을 이끄는 조조와 함께하지 않고, 천자를 참칭하는 원술과 손을 잡는 순간, 자사는 수많은 군웅들의 공적인 표적이 되어 서주는 누란의 위기(累卵之危)에 처하게 됩니다."

여포는 진규의 말을 듣고 '아차'하며 급히 장료에게 명해서 행렬을 돌리게 한다. 장료는 이미 신행을 나선 여포의 딸 일행을 30여 리 뒤따라가서 돌려세우고, 한윤을 붙잡아 급히 하비성으로 압송한다.

여포가 원술과의 청혼을 거부한다는 뜻으로 원술의 사자 한윤을 조조에게 보내자, 조조는 원술의 반란을 응징하는 뜻으로 한윤을 저잣거리에서 처형하고 그의 머리를 효수한다. 이런 황당한 보고를 받은 원술은 노발대발하여 때리는 시어미보다 말리는 시누이가 더 얄밉다는 심정으로 조조보다도 더욱 얄미운 여포를 정벌하려고, 회남에서 총동원령을 내려 10만에 이르는 대군을 일으키고, 이들을 7로 방향으로 나누어 하비성으로 출병시킨다.

"제1로는 대장군 장훈이 선봉군을 거느리고 서주대로 방향으로 출정하고, 2로는 대장군 교유가 하비 방향으로, 3로는 상장 진기가 소패 방향으로, 4로는 상장 뇌박이 낭야로, 5로는 상장 진란이 팽성으로, 6로는 한섬이 기도 방향으로, 7로는 양봉이 갈석으로 진격한다. 서주에 진입해서는 제1로, 2

로, 6로, 7로의 장수들은 대장군 장훈과 합류하여 대장군의 명을 받아 하비를 총 공략하라. 대도독 기령은 군수품과 군량과 마초를 운반하며, 군수공급에 한 치의 오차도 없이 시행하도록 하고, 각각의 대장들은 병사 1만씩을 거느리고 지금 즉시 출발하라. 짐은 이풍, 양강, 악취를 부장으로 삼아, 3만의 군사와 함께 7로 군사의 군수지원을 담당하겠노라. 이제 전 군사들은 서주를 향해 총진군할 것이며, 7로 군사의 앞길을 막는 자는 한놈도 남기지 말고 척살하고 그 주변을 초토화시키며 진격하라."

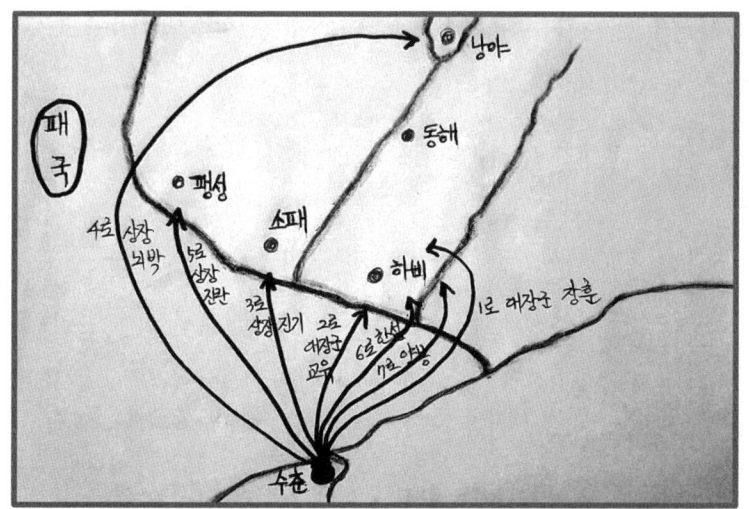

원술의 10만 대군이 일곱 방향으로 서주를 향해 돌진하니, 천지가 진동하고 말발굽이 일으키는 먼지와 군사들의 함성으로 천하가 뒤덮인다. 여포는 예기치 못한 원술의 대대적 공세에 사색이 되어 긴급히 대책회의를 개최한다.

"지금 서주의 입지가 풍전등화이외다. 원술의 총공세를 막을 대안을 기탄없이 밝혀 주시오."

원술과의 동맹만이 서주의 살길이라고 주장해온 진궁이 분개하여 말한다.

"나는 원술과의 혼인동맹만이 서주의 현재와 미래를 보장하는 최선의 선택임을 주장해 왔습니다. 그러나 진규,진등 부자는 다 된 혼사를 거꾸로 뒤집어, 지금 서주를 걷잡을 수 없는 위기로 몰아넣었습니다. 수습할 수 있는 길은 분개한 원술에게 진규,진등 부자의 목을 베어 수춘으로 보내고, 원술과 다시 옛 관계를 회복하는 것 이외에는 원술의 10만 대군을 막을 방법이 없습니다."

여포는 당장 눈앞에 10만의 대군이 몰려오자, 앞뒤 가릴 여유도 없이 진궁의 주장을 수용한다.

"당장 진규와 진등 부자를 끌어오라."

여포는 자신에게 끌려온 진규 부자에게 대로하여 말한다.

"그대들은 나에게 원술과의 혼인동맹을 막도록 권유했을 때, 종국에는 이런 사태가 오리라고 예측을 했겠지?"

진규는 여포의 신문에 대해 냉소적으로 대꾸한다.

"장군, 어찌 이 정도의 일을 예상하지 않고 진언을 올렸겠습니까? 그러나 장군께서는 겁내지 않아도 될 일을 두려워하고 계십니다. 원술의 7로군은 일곱 방향에서 몰려오는 농악을 즐기는 농군들과 조금도 다름이 없는데 무엇을 두려워하십니까. 소신은 단숨에 이들을 물리칠 복안을 가지고 있습니다."

여포는 귀가 번쩍 뜨여 이들의 계책을 듣고자 한다.

"원술의 7로 군을 물리칠 복안이 있다고 했는데, 그 복안이 무엇인지를 말해보시오."

여포는 진규 부자를 당장이라도 때려죽일 것처럼 했던 노기를 풀고, 자애로운 부모가 자식을 달래듯이 묻는다.

"지금 원술의 10만에 이르는 병사들의 구성을 보면 오합지졸을 모아놓은 수용집단에 불과합니다. 원술의 10만 대군은 황제의 제위에 오르려고 대외적으로 황제에 걸 맞는 위상을 세우기 위해 급조한 군사들로서, 이들은 정예훈련도 제대로 받지 않은 상태에서 동원되어, 식량만 축내는 식충으로 전투에 전혀 도움이 되지 못할 것입니다. 특히 6로의 한섬과 7로의 양봉은 애초에 헌제를 '삼보의 난'에서 구하여 일등공신이 될 수 있었으나, 조조와 불협하여 어쩔 수 없이 원술에게 의탁하였을 뿐만 아니라, 이들은 원술에게 귀속한 지도 얼마 되지 않은 탓에 원술에 대한 충성이 극히 미약합니다. 그뿐 아니라 이들은 재물의 유혹에 약하니 금은보화를 보내 이들을 매수하면, 이들은 금방 우리에게 투항해 올 것입니다."

여포는 즉각 진규 부자의 계책을 수용하여, 한섬과 양봉에게 뇌물을 전달하고 이들을 자신의 진용으로 끌어들이도록 청하자, 여포의 지침을 받은 진등은 이들과 맺었던 과거의 친분을 살려, 이들에게 은밀히 밀사를 통해 전서를 전한다.

"두 장군이 헌제의 어가를 호송하여 낙양으로 이어하게 만든 역사적 사실과 여포장군이 동탁을 주살한 사실은 천하의 어떤 누구보다도 한황실에 가장 큰 공로를 세운 것입니다. 이런 충신들이 어찌 원술과 같은 역적과 한패가 되어, 여포장군과 같은 충신을 토벌하는 일에 앞장서려는 것입니까? 황제를 참칭하는 원술은 천하의 공분을 사고 있습니다. 부디 역적의 앞잡이가 되어 평생을 불미스럽게 살지 말고, 여포장군과 같은 충신과 같이 힘을 합쳐 천하의 의인으로 남기를 바랍니다. 만일 우리와 힘을 합쳐 원술을 몰아낸다면, 이번 전투에서 노획한 군수품은 모두 장군들이 군사를 유지하는 데 도움이 되도록 배려하고 장군의 대열로 추대하겠습니다."

진등의 설득력이 있는 전서를 받은 양봉과 한섬은 오랜 친분이 있는 진등을 믿고, 여포와 동조하기로 하고 즉시 진등이 보낸 밀사에게 답서를 보낸다.

"우리의 군사가 대장군 장훈과 합류한 후, 서주목 군사들이 대기하고 있는 지점에서 5리가량 접근하면, 그때 선봉장 장훈과 중군장 교유의 좌측, 우측에 있는 우리가 군사를 돌려 장훈과 교유의 중군을 기습할 테니, 그때 서주목께서 경기병을 급히 출격시켜 장훈과 교유의 중군을 신속히 공격하고 진형을 붕괴시키십시오."

한섬과 양봉의 밀서를 주고받은 여포는 5만의 병력을 총동원하여, 3개 지대로 나누어 배치한다.

"제1군은 고순을 대장으로 삼아 소패를 지키고, 제2군은 장료에게 낭야를 지키게 하고, 제3군은 송헌과 위속이 팽성에서 진란을 방어하도록 한다. 각 군의 병사는 1만씩으로 배정하고, 나는 군사 2만을 이끌고 하비성으로 쳐들어오는 장훈을 상대하겠노라. 진궁은 나머지 군사들과 함께 성을 지키도록 하라."

여포는 하비성 앞 벌판에 경기병을 활용하기 용이한 쐐기진형을 구축하고, 원술의 대장군 장훈과 제2 대장군 교유의 군사가 도착하기를 기다린다.

원술의 대장군 장훈과 교유가 하비성 근처 20리 지점에서 합류한 양봉과 한섬을 좌군, 우군으로 배치하고, 장훈은 4개 지대장들에게 일자진을 구축하여 대열을 흩뜨리지 않고 전진하도록 엄명을 내린다.

장훈의 제1로 군사들이 질서정연하게 진군하여 여포의 군대 앞으로 5리가량 접근했을 때, 한섬과 양봉은 갑자기 군사를 돌려 장훈의 좌측, 우측 군사를 역공격하기 시작한다. 아무런 대비도 없이 방심하다가 기습을 당한 장훈과 교유의 군사들은 혼란에 빠진다.

장훈의 제1선 궁수들이 활을 쏘아 여포 기병의 공격을 방비하기도 전에, 여포의 경기병이 장훈군사의 행렬을 붕괴시키고 대장군 교유를 사로잡는다.

이어서 여포는 양봉, 한섬과 합류하여 패주해 달아나는 장훈의 뒤를 추격하여, 장훈의 군사들을 가을의 낙엽 쓸어내듯이 휩쓸면서 뒤쫓다가, 밤이 어두워지자 추격을 멈추고 야전에 병영을 세워 병사들을 야영시킨다.

새벽녘이 되어 구원병을 이끌고 온 기령과 합류한 장훈은 군을 재정비하여 여포의 군영을 기습적으로 공격하여, 양측이 한창 교전을 펼치고 있을 때, 승전에 대한 보답으로 얻은 전리품을 분배하고 여포의 본영으로 귀환하던 한섬과 양봉이 전투에 개입하여 좌, 우에서 장훈과 기령의 군사들을 공격하자, 갑자기 나타난 한섬과 양봉의 군사들을 접한 장훈은 여포의 지원군이 동원된 것으로 착각하고 퇴각을 명한다.

여포는 퇴각하는 이들을 뒤쫓아 회수를 건너 구강군 수춘현을 향해 수륙병진하며 주변의 군현을 차례로 정복해 들어간다. 전술적으로 큰 성과를 거둔 여포는 더 이상의 확전은 자신에게 도움이 되지 않으리라 여기고는, 군사를 종리현에서 회수의 북쪽으로 물린 후 원술에게 서신을 보내 일갈한다.

"그대는 수십만의 군세와 백만에 이르는 백성을 내세워 국부가 강대하다고 호언을 하며 중(仲)을 세우고 불충을 하지만, 내가 그대의 관할지인 회남을 누비고 다녀도 어떤 누구 하나도 나와 겨루려는 자가 없고, 더욱이 그대는 내가 두려워 수춘성에 숨어 꼼짝없이 칩거하고 있으니, 나는 그대를 정말 허풍장이라고 밖에는 말할 수 없노라. 그대는 자신이 있으면 당장 나와서 나와 일전을 결하여 보자."

여포의 맹렬한 반격에 엄청난 타격을 입은 원술은 끝까지 여포와의 교전을 회피한다. 예상치 않던 대승을 거두고 서주로 돌아온 여포는 승리 자축연을 베풀어 전쟁에 참여했던 모든 병사들을 위무하고, 이번 전투에서 공이 많은 진규 부자와 한섬, 양봉에게 큰상을 내려, 한섬에게 기도를 제수하고 양봉에게 낭야현을 맡긴다.

진규 부자는 이번 전투에서 큰 역할을 한 대가로 큰상을 받았으나, 여포의 변덕으로 인해 하마터면 목숨을 잃게 될 위기를 몸소 체험한 이후에는 더 이상 여포를 섬길 수 없다는 결론을 내리고, 언젠가는 조조에게 서주를 인양시키는 것이 서주와 자신들의 이익을 위해 필요하다는 생각을 굳힌다.

2) 조조, 원술을 제거하려는 전략에 여포를 끌어들이다

조조는 여포가 원술과 반목을 하여 크게 전쟁을 벌이기 시작하자, 여포를 자기편으로 끌어들여 원술을 제거하기 위해 방휼지쟁 어부지리(蚌鷸之爭 漁父之利)를 펼치기로 하고, 여포에게 평동장군 겸 평도후의 인장과 자수를 보내며 화의사절을 파견한다. 이에 여포는 진등을 사절로 보내 헌제와 조조에게 각각 따로 감사의 뜻을 전하게 한다.

"황제 폐하의 성은을 받아 소신 여포, 엄중한 책무를 소임 받았습니다. 폐하의 기대에 어긋남이 없이 한황실을 위해 혼신을 다 바치겠습니다."

"사공께서 폐하께 상주하시어 폐하의 성은을 받게 된 점을 마음속 깊이 각인하여 사공에게 충성을 다해 섬기겠습니다. 사공께서는 한황실을 능멸하는 신천자, 원소와 원술 등과는 다르게, 황제 폐하를 지키면서 백성들을 평안하게 이끌려는 청천자의 자세를 확고히 보여주고 있습니다. 부디 함께 한황실을 수호하기 위해 오랫동안 함께 하기를 바랄 뿐입니다. 아울러 이번에 보낸 사신을 통해 소인에게 서주목을 제수해 주신다면, 이 사람은 사공께 받은 은혜를 잊지 않고 평생을 걸쳐 목숨으로 보답하겠습니다."

여포는 헌제와 조조에게 각각 다른 전문을 보내며, 헌제와

조조에게 각각 따로 자신의 충의를 약속하는 처세술을 편다.

조조는 여포의 충의를 전하는 진등을 위시한 서주의 사신들을 초빙해 피로연을 베푸는데, 주연이 한층 무르익고 서로의 심중과 인물의 깊이를 어느 정도 간파하게 되면서, 조조는 진등에게 깊은 인간미를 느끼게 된다.

"공과 같은 명사를 둔 평도후는 참으로 행복하겠구려."

조조가 취중에 진등에게 자신의 속내를 터놓는다. 진등 또한 조조를 직접 만나본 후에는 천하의 영웅이라는 생각이 들어 홀로 흠모하고 있었는데, 조조가 자신에 대해 호감을 보이자 곧바로 자신의 속내를 드러낸다.

"사공께서 너무 치켜세워 주셔서 어찌할 바를 모르겠습니다. 소신도 사공 어른께 더할 수 없는 존경심을 갖고 있습니다. 소신은 서주 출신이라는 이유 하나만으로 여포장군과 연계되어 있지만, 인간의 정까지도 연계가 되어있는 것은 아닙니다. 지난 원술과의 전쟁에서 혼인동맹의 좌초로 인한 모든 책임을 소신의 부자에게 전가하는 것을 보면서, 여포장군이 더는 함께할 수 없는 인물이라는 생각을 하게 되었습니다. 사공께서 진정으로 천하를 안정시키시기를 원하신다면, 여포장군은 반드시 제거되어야 할 일차적 대상이라고 생각합니다. 하오나, 소신이 여포장군에게 신임을 얻기 위해서는 그를 서주목으로 공인하는 조서를 받아 가야만, 그가 진심으로 소신을 신임하게 될 것으로 생각합니다."

조조는 진등에 대해 무한의 신뢰를 보이면서도, 여포를 서주목을 공인하는 것에 대해서는 확답을 주지 않고 얼버무리자, 진등은 조조의 표정을 살펴본 후 조조의 의중을 대충 유추하고 입을 닫는다.

'사공 조조는 분명히 여포를 신뢰하지 못하고 있다. 황제로부터 공적으로 승인된 서주목을 그에게 제수하게 되면, 언젠가는 여포를 도모해야 할 때, 여포를 척결해야 하는 정당성을 상실하게 될 것을 우려하는 것이리라. 그렇다면, 지금 사공께서 나를 통해 여포와의 화해를 꾀하는 것은 주변의 강적인 원술, 유표, 원소 등의 숙적을 제거할 때까지, 오월동주(吳越同舟) 즉, 적과의 동침을 선택한 것이리라.'

이런 생각에 다다르자, 진등은 더 이상 조조에게 서주목에 대한 언급을 자제하고, 이런 진등의 심중을 읽은 조조도 조용히 미소로 화답한다. 조조는 연회를 통한 짧은 시간 임에도 진등과 서로의 진심을 통하게 되자, 자신의 속내를 조금도 망설임이 없이 솔직히 밝힌다.

"공과 나의 마음이 서로 통해 지음(知音)이 되었소. 이제부터 나와 손을 잡고 천하를 안정시켜, 백성들이 평안하게 생활할 수 있는 세상을 만들어 봅시다."

"후일, 사공께서 저희 부자의 도움이 필요하게 되면, 하시라도 견마지로를 다 하겠습니다."

진등은 자신을 인정해주는 조조에게 최대한의 경의를 표하며 속마음을 털어놓는다. 진등은 조조가 여포를 척결할 의도가 있다면, 언제이든 자신이 성안에서 협력하겠다는 약속을 은밀히 표명한 것이다. 조조는 진등의 은밀한 속내를 간파하고 진등의 손을 두 손으로 감싸면서 따듯하게 응대한다.

"고(孤), 오늘 천군만마를 얻은 것보다 더욱 기쁘오. 진공과 맺은 친분을 영원히 잊지 않고 간직하겠소."

이튿날, 조조는 서주로 떠나는 진등을 조회로 불러내어 헌제의 조서를 받게 한다.

"평도후 여포에게 좌장군을 제수하며, 前패상 진규에게는 2천석의 녹을 내리고, 진등은 광릉태수에 임명하노라."

황제가 불러들인 조회에 참여한 진등은 조회가 끝나자, 헌제와 조조를 위시한 백관들에게 감사의 인사를 올리고 서주를 향해 떠난 며칠 후, 서주에 도착하여 여포를 찾아가 그동안의 경과를 보고한다.

"사공께서는 장군께 평동장군에서 좌장군으로 승진시키고, 소신에게는 광릉태수를 제수케 하고, 아비에게는 2천석의 녹을 내리셨습니다."

여포는 자신이 그토록 기대하던 서주목에 대한 언급은 전혀 없이, 실질상의 권한이 없는 명목상으로 존재하는 좌장군을 조조가 주청했다고 하자 크게 격노하여 진등을 다그친다.

"내가 그대에게 그토록 강조하던 서주목에 대한 황제의 공적 승인은 어떻게 되었소?"

진등은 자신이 조조에게 서주목에 대한 언급을 했으나, 조조가 이에 대한 일언반구의 언급이 없었다는 말을 전할 수 없어, 차분히 여포의 눈치를 살피며 대답한다.

"사공께서 적당한 시점을 보아, 황제께 정식으로 서주목 건을 상주하겠다고 하셨습니다."

여포는 진등의 답변을 들으며 더욱 약이 올라 진등을 강도 높게 질책한다.

"그대는 조조가 나에게 명한 좌장군이라는 직책이 나의 입을 막기 위한 미끼라는 사실을 진정 모르고 있었소?"

진등은 짐짓 태연한 척하면서 여포에게 입에 사탕발림의 말을 올린다.

"소신은 사공께 좌장군의 서주목에 대한 언급을 하면서, 좌장군을 호랑이에 비유를 했습니다. 호랑이는 배가 고프면 사람을 잡아먹지만, 배가 부르면 사람을 잡아먹지 않습니다. 다시 말하자면, 사공께서 좌장군의 요구를 들어주지 않으면, 언제 좌장군이 돌아설지 모른다는 뜻으로 전했습니다."

여포는 흥미가 일어 진등에게 되묻는다.

"조조가 무어라고 답하던가?"

"사공께서는 좌장군이 호랑이라기보다는 매라고 평가를 했습니다."

"나를 매라고 하다니?"

진등이 여포의 흥미를 유발시키면서 궁금증을 풀어준다.

"사공께서 매는 배를 굶주려야 여우와 토끼를 잡을 수 있다고 했습니다. 소신은 여우, 토끼는 누구를 은유한 것인지를 물었습니다."

"그래, 여우와 토끼는 누구를 지칭한 것이오?"

"북방의 공손찬, 기주의 원소, 회남의 원술, 형주의 유표, 강동의 손책, 익주의 유장, 한중의 장로가 바로 여우와 토끼 무리라고 대답했습니다."

진등은 궁지에 빠지게 되자 자신도 놀랄 정도로 멋진 임기응변을 토해낸다.

여포의 경박함을 알고 있는 진등은 여포에게 듣기 좋은 말로 그의 분노를 풀어내자, 여포는 조조가 자신을 다른 군웅보다도 높이 평가한다는 사실에 흡족하여, 서주목에 대한 가치와 자신이 향후 취해야 할 입지를 간과한 채, 사신 일행의 노고를 치하하며 충분한 사례를 표한다.

3) 조조, 우여곡절 끝에 원술을 물리치고 수춘을 점거하다

197년(건안2년) 9월, 원술은 진왕 유총과 유총의 최측근인 진국상 낙준에게 부족한 군량을 지원해 줄 것을 청한다. 그러나 이들은 천하의 이목을 두려워하여 참칭한 원술을 경계하고 이를 거부하자, 원술은 장개양을 부려 이들을 살해하고 진국을 점령한다. 이에 분격하여 조조는 하후돈에게 허도를 수성하도록 지시하고, 원술이 점령한 진국을 탈취한 후 수춘을 정복하려고 군사 10만을 이끌고 친히 원정길에 나서는데, 군량미와 군수품을 실은 수레만도 1만 여에 달하여 진국으로 향해가는 길은 군사와 수레로 하나의 기다란 선을 잇는 장관을 이룬다.

원술은 지난 혼인동맹 전투에서 여포에게 체포되었다가 되돌아온 교유를 선봉장으로 하여, 장훈과 이풍, 양강, 악취를 전선에 배치하고 자신은 회남으로 되돌아간다. 교유는 호현의 부근에서 조조와 격전을 벌이지만, 10만 대군의 병력으로 총공세를 펼치는 조조에게 대패하여 장수들이 모두 죽고, 이들 중에서 대장군 장훈만이 간신히 회남으로 도주한다.

조조는 승리의 여세를 몰아 회남으로 출정하면서, 서주의 여포와 예주의 유비에게 조서를 보내 원술을 척결하는 전투에 합류할 것을 지시한다. 유비가 예주의 경계 탄현까지 나아

가 조조를 맞이하자, 조조는 유비의 환대에 감사의 뜻을 표하며 말한다.

"예주목의 신의에 감사드리오."

유비는 조조의 인사에 환대하는 표시로 두개의 수급을 조조에게 바친다.

"이것은 누구의 수급이오?"

"천자께서 천하에 수배를 내리신 지명수배자 한섬과 양봉의 수급입니다."

"이들의 수급을 어떻게 취했소?"

조조는 한섬과 양봉이 여포의 비호를 받으며, 낭야와 기도에서 노략질을 일삼아 양민을 괴롭히고 있는 것으로 알고 있는데, 유비가 느닷없이 이들의 수급을 내밀자 다소 의아하다는 듯이 묻는다.

"이들은 좌장군 여포에게 의탁하여 낭야와 기도에서 군림했는데, 수시로 산동지방으로 몰려다니며, 아녀자를 희롱하고, 양민의 재산을 노략질하여 백성들의 원성이 드높았습니다. 관리의 도를 벗어난 행동을 한 양봉을 연회에 초대하여 주살하여 수급을 취했고, 양봉의 죽음에 놀란 한섬이 도망치는 것을 저추에 주둔한 장선이 주살하여 소신에게 바친 것이옵니다. 사공의 승낙 없이 주살한 죄에 대해 사공께 벌을 청합니다."

조조는 유비를 위무하며 안심시킨다.

"유공은 관리의 자세를 확립시키려고 처형한 것인데, 내가 어찌 벌을 내릴 수 있겠소? 여포장군에게는 잘 설명하겠소."

조조가 유비를 안심시키고 유비와 함께 서주의 경계에 당도하자, 여포가 미리 이들을 마중 나와 기다리고 있었다. 조조는 여포에게 유비가 한섬과 양봉을 죽이게 된 내막을 말하며, 여포와 유비가 이 일로 반목하지 말기를 주문한다.

조조는 조인과 우금을 선봉장으로 삼고, 여포는 좌군장, 유비는 우군장으로 하며, 자신은 중군을 이끌기로 하고, 수춘성으로 점점 접근해 들어간다. 이에 대응하여 원술은 대장군 장훈을 선봉으로 세우고 군사 5만을 이끌게 하며 수춘성 주변에 본영을 구축하고, 구강태수 진기에게는 기병 3천과 2만의 중장보병을 지휘하게 한다.

이때 조인과 우금이 회수를 건너 상륙전을 펼치려 하자, 원술의 장사(長史) 양홍이 원술의 수하장수들에게 상륙전에 대비한 전술을 제시한다.

"회수를 전면으로 마주하고 궁노수를 일자진으로 배열하여, 조조 군사의 상륙을 최대한 지연시키시오. 조조의 군사들이 우여곡절 끝에 회수를 건너서 강변 백사장에 상륙하면, 장훈 대장군은 중장보병에게 녹각, 목책 등으로 철저히 장애물을 설치하게 하여 적병이 아군의 진형으로 침투하지 못하도록 하고, 강변의 백사장 가까이에 배치한 경보병들에게는 일제히 공격명령을 내리시오. 상륙전을 거치면서 지칠 대로 지친 조조의 군사들은 일순간에 궁지로 몰리게 될 것이오. 그때를 놓치지 않고 부장 진기는 언덕에 대기하고 있던 기병으로 조조군 보병의 대오를 붕괴시키고, 대장군 장훈은 경보병을 투입하여 다시 적의 보병과 격렬히 전투를 벌이게 하시오. 아군이 최대한으로 지연작전을 벌여 성공하게 되면, 후에 적병에게 아군이 밀려 수춘성으로 들어가 장기전으로 돌입하게 되더라도, 아군은 적군을 대적할 여유가 생기게 되는 반면, 적군은 식량의 보급에 차질을 겪게 되어 오래 버티지 못하고 머지않아 퇴군하게 될 것이오."

대장군 장훈은 조인과 우금의 군사들이 상륙전을 감행하자, 궁노수들을 강변을 향해 일렬로 배치하여 하늘을 향해 무수히 많은 화살을 날린다. 조조의 선봉이 하늘에서 쏟아지는 화살 공세를 받고 맥없이 무너지자, 원술 군사의 사기는 하늘을 찌를 듯이 드높아진다. 위기에 봉착한 선봉장 조인과 우금은 군사들에게 큰소리로 외친다.

"화살 공세를 최대한 피할 수 있도록 하늘을 향해 방패를 추켜올리고 최대한 몸을 집단 방패 속으로 은폐하라."

조조의 선봉군이 전력을 다해 집단 방패로 화살 공세를 막으려 하나, 워낙 많은 화살이 하늘로부터 비가 오듯이 쏟아지자, 거의 과반수에 이르는 군사들이 죽거나 손상한다. 겨우 상륙전에 성공한 병사들이 뭍에 오르자, 장훈은 미리 대기하고 있던 경보병을 보내 조조의 선봉군을 공격한다. 이일대로(以逸待勞)전략으로 충분히 체력을 안배하여 대기하고 있던 장훈의 군사들이 상륙전에서 기력을 거의 빼앗긴 조조의 선봉군을 몰아붙이자, 조조의 선봉군은 장훈의 군사에게 밀려 순식간에 강가 쪽으로 몰리고 만다.

이때 후발로 상륙한 여포의 좌군이 조조의 구원병 역할을 하면서 겨우 장훈의 경보병을 몰아붙이자, 장훈의 군사들이 서서히 뒤로 밀리기 시작하는데, 이때 원술의 기병장 진기가 기병을 이끌고 조조의 병사들을 공격하고, 아직 기병의 전열이 갖추어지지 못한 조조의 군사들은 진기의 기병에 밀려 다시 전열이 흐트러진다. 그런 와중에도 여포와 조인, 우금과 같은 맹장의 지휘를 받는 조조의 군사들은 크게 흔들리지 않고 원술의 군사들과 일진일퇴를 거듭한다.

이즈음, 상륙전에서 선봉군의 많은 병사가 상하는 것을 본 우군장 유비는 무모한 도하로 인한 손실을 피하려고, 일찌감치 회수의 상류로 올라가서 멀리 우회하여 원술 군사의 저항을 받지 않고 안전하게 회수를 건넌다. 회수를 우회하는 데 성공한 유비가 뒤늦게 전장에 나타나서 장훈의 우측면을 기습적으로 공격하기 시작하자, 장훈의 군사들은 갑자기 측면을 치고 들어오는 유비의 군사에게 밀려 마침내 힘의 균형이 깨지기 시작한다.

곧이어 조조의 중군이 회수를 건너 합류하여 좌군과 우군, 중군이 함께 공격하자, 힘에 밀린 장훈과 진기는 상륙전에서 이룬 대승에 만족한 채 병사들에게 퇴각명령을 내린다.

"아군은 이제 퇴각하더라도 상륙전에서 조조의 선봉군에게 치명적 피해를 남긴 만큼 아무런 아쉬움이 없도다. 전 병력은 속히 퇴각할 준비를 하라. 중장보병은 경보병의 엄호 아래 녹각 등 각종 장애물의 장비를 걷어내어 성문 앞에 중장비를 다시 설치하고, 경보병은 중장보병을 호위하면서 먼저 성으로 퇴각하고, 경기병은 중장보병과 경보병들이 모두 성안으로 퇴각할 때까지 적군을 막다가 이들이 모두 퇴각한 연후 성으로 돌아오도록 하라.

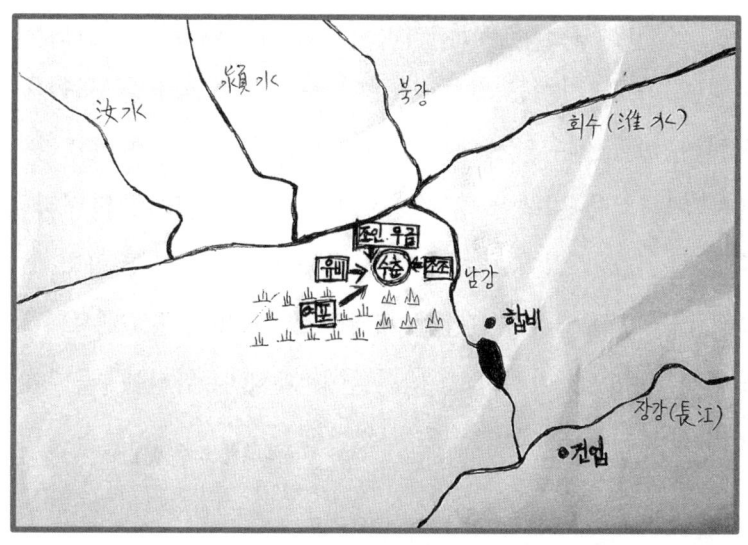

첫 전투에서 조조에게 막대한 피해를 입힌 원술은 성안으로 들어가서 여덟 개의 문을 굳게 닫고 수성에 임한다. 이후 원술은 조조 군사의 파상적 공세를 우려했으나, 첫 전투에서

대승한 자신의 군사들이 자신감을 가지고 사기가 고조된 상태에서 전투에 임하는 것을 보고 크게 안심을 한다.

상륙전에서 많은 병사를 잃은 조조는 다소 상심했으나, 천하의 맹장들이 있어 어려운 순간을 넘기고 전열을 빨리 정비할 수 있었다는 점에 큰 위안을 얻고, 조조는 심기일전하여 전 병력을 수춘성 주위로 집결시킨다. 수춘성은 두 갈래 회수가 모이는 동쪽과 북쪽이 회수 북강의 줄기로, 남쪽이 회수 남강의 줄기로 둘러싸이고 서남쪽으로 넓은 벌판이 있다.

조조는 기병을 주력으로 하는 여포에게 서남쪽 방면을 맡기고, 유비에게는 서쪽을, 조인과 우금은 북쪽을 책임지도록 용병을 하고, 자신은 동쪽을 맡아 수춘성의 숨통을 조이듯이 서서히 성을 에워싸기 시작한다. 당시 수춘성 주변 1백리 일대는 여름철에 발생한 홍수의 여파로 인해, 전답이 완전히 진흙으로 뒤덮여 있어 병사들이 진군하기가 수월치 않았다.

조조가 어렵사리 수춘성을 포위하고 진지를 구축했으나, 이곳에서 군막을 설치하고 병사들이 휴식과 취침에 들기에는 어려움이 커서 크게 고통을 겪는다.

결국은 수춘성을 에워싼 지 오랜 시간이 흘러서야 진용이 안정되었으나, 출정 당시에는 전투에 예상되는 기간을 계산해서 소요될 군량을 충분히 운송해 왔음에도 비전투적 요소에 많은 시간을 소비한 관계로, 군량의 대부분이 엉뚱한 곳으로 소모되어 터무니없이 부족하게 된다.

설상가상(雪上加霜)으로 수춘성 일대에 몰아친 홍수로 인해 현지에서 군량을 확보하는 것이 불가능하게 되자, 조조는 적극적으로 공성에 나서는 것만이 현재로서는 최선이라는 판단을 하게 된다.

그러나 수춘성은 어떻든 간에 황제를 참칭하는 원술의 주성(主城)이다. 성벽은 높고 견고했으며, 조조의 군사들이 성벽의 가까이 진입하기에는 해자가 너무도 깊고 넓었다. 서남쪽 방향의 기병을 중심으로 한 포위망을 빼고는 동, 서, 북쪽 방면의 병사들이 잠시의 쉴 틈도 주지 않고 몰아붙이지만, 천혜의 요새 수춘성은 끄떡도 하지 않는다.

성을 포위한 지 한 달이 지나도 성은 함락이 될 기미를 보이지 않으니, 10만의 군사들이 먹어대는 양곡은 완전히 바닥을 드러내기 시작했고, 시간이 흘러갈수록 조조는 걷잡을 수 없이 초조해지기 시작한다. 모든 전쟁에서 원정군은 원정한 현지에서 부족한 군량을 확보하는 것이 일반적인 현상이다. 그러나 수년간 계속되어온 가뭄과 홍수의 연속으로 수춘성 일대는 오래전부터 황폐되어 있었고, 백성들은 초근목피로도 연명이 어려운 실정이니 이곳에서 식량을 보충한다는 것은 어불성설이었다.

더구나, 이번 여름철에 발생한 홍수로 가옥과 가축까지 홍수에 휩쓸려 내려가고 민간인의 인명피해 또한 심하여, 현지에서 농민을 확보해서 둔전을 행하는 일 또한 불가능했다.

조조는 군수품 총책임관인 전농중랑장 임준을 비롯한 군수물자 담당관들을 은밀히 소집하여 비밀히 회의를 개최한다.

"지금 군량미의 사정은 어떠한가?"

전농중랑장 임준이 심각한 표정으로 보고를 올린다.

"아군은 예상을 벗어난 상태로 원정기간이 몇 개월 더 지연되는 바람에 10만의 대군이 먹어대는 군량이 막대하여, 지금은 소유한 양곡이 거의 바닥이 났습니다. 현지에서 부족한 군량을 보충하려고 했으나, 그렇게 하기에는 현지의 사정이 너무도 좋지 않습니다."

"그렇다면 손책에게 부탁한 양곡이 현지에 도착할 때까지, 병사들이 눈치 채지 못하게 하고 해결할 방법은 없겠는가?"

가만히 숨죽이고 있던 군량담당관이 꼼수를 제시한다.

"현재 1인당 5홉을 주던 곡(斛)을 3홉 5작의 작은 곡(斛)으로 바꾸면, 임시로 위기를 면할 수 있습니다."

이 당시의 식량 사정은 다른 담당관들도 동조하지 않을 수 없을 정도로 빠듯한 상황이었다.

"그 방법밖에 없다면 할 수 없겠지. 여기까지 어렵게 군사를 몰고 원정을 와서, 아무런 소득도 없이 허도로 돌아갈 수는 없는 일이지."

조조가 군량담당관의 답변을 듣고 시행을 명하려 하자, 군수품 총괄담당관인 전농중랑장 임준이 조심스럽게 이의를 제기하며 말한다.

"사공께서 놓여있는 현실의 어려움은 알지만, 이 방법 말고 다른 방법은 없겠습니까? 잘못하면 이보다 더 큰 난관에 봉착할 수 있습니다."

전농중랑장 임준은 지난 황충의 재해로 관동의 일대가 식량난으로 몹시 어려웠을 때, 우림감 조지가 주장한 둔전을 성공적으로 실행에 옮겨, 수년 후에는 각 관아의 창고에 넘치도록 군량을 확보하게 만든 공로자이다. 온후하고 관용이 있으며 남에게 베풀기를 좋아하고, 격물치지(格物致知)에 조예가 있어 정도(正道)에서 거의 어긋남이 없는 인물이다.

조조는 임준을 뚫어지게 쳐다본다.

"그렇다면, 다른 방법을 제시하지 못하는 그대는 철군을 주장하는 것이냐?"

조조는 임준을 괘씸하게 생각하면서도, 임준과 같은 인재를 아끼는 마음이 강한 조조는 징벌을 내리는 대신 야단으로 대체하고, 군량담당관의 건의 그대로 곡(斛)을 바꿔 실행할 것을 지시한다. 군량담당관은 조조의 명을 받아 곡을 줄여, 1인당 5홉을 공급하던 양곡의 됫박을 속여 3홉 5작으로 축소하여 공급한다. 이에 줄어든 군량으로 허기를 채우지 못하게 된 병사들이 여기저기에서 불평을 늘어놓기 시작한다. 드디어 5일째 되는 날, 뒤에서 불평을 늘어놓던 병사들이 폭도로 변할 조짐이 보이자, 군수품 총괄담당관 임준이 조조에게 찾아와서 상황의 심각성을 보고한다.

"지금 병사들의 동태가 심상치 않습니다. 사공께서 자신들을 속여 군량을 빼돌리고 있다며 난리를 일으킬 조짐을 보이고 있습니다."

조조는 두 눈을 질근 감고 조심스럽게 명한다.

"나도 군사들의 움직임을 예의주시하고 있다네. 이제 병사들이 참을 수 없는 임계점에 도달한 것 같으니, 수습책을 제시해야 하겠지. 일전에 곡(斛)을 작게 만들어서 배급을 줄이자고 제안한 군량담당관을 군막으로 데려오게."

임준은 의아해하며 군량담당관을 조조의 군막으로 데려온다. 이때 조조가 군량담당관에게 호소하듯이 말한다.

"여보게. 자네가 내게 선물을 하나 주어야겠네."

군량담당관은 의아해하며 묻는다.

"소인이 사공 어른께 무엇을 선물할 수 있겠습니까?"

"자네의 수급을 나에게 선물로 내어주게."

"네? 왜 저에게 수급을 내어놓으라고 하십니까?"

"지금 군사들의 동요는 자네의 수급이 없으면 가라앉힐 수가 없네. 자네 한사람의 죽음으로 인해, 10만 병사들의 안위와 천하의 안정을 구할 수 있도록 도와주게. 그 대신 그대의 식솔들은 평생 잘 돌보아 주도록 천지신명께 약속하겠네."

조조의 말에 하염없이 눈물을 흘리며 가족의 미래를 부탁하며 죽음을 택하는 군량담당관에게 조조는 거듭거듭 굳게 약조하고, 그를 군막 밖으로 끌어내어 군사들 앞에서 죄를 물어 효수한다. 평범한 사람은 도저히 시행할 수 없는 영웅답게 비겁한 영웅의 행위로서, 조조는 이런 임기응변으로 자신에게 다가온 위기를 영웅답게 피해 나간다.

조조는 이대도강(李代桃僵:대를 위해 소를 희생시킴) 계책으로 위기를 모면한 후, 군량담당관의 이마에 죄명을 붙인 방문을 군영의 곳곳에 내걸도록 지시한다.

"이 작자는 사리사욕을 위해, 고의로 곡(斛)을 줄여 관곡을 횡령하였기에 군법에 의해 처벌한다. 향후에는 이런 일이 발생하지 않도록 철저히 감시하겠노라."

조조가 내건 방문을 본 병사들의 분위기가 다소 진정되는 것을 확인한 조조는 황급히 손책에게 사자를 보내 군량을 조속히 운송할 것을 촉구한다. 며칠 후, 손책이 조조에게 사자를 통해 반가운 소식을 전한다.

"사공께서 부탁하신 양곡 10만석이 내일 오후까지는 도착할 것입니다."

조조는 병사들의 사기를 올리는 동시에 최후의 결전을 위한 결의를 다지기 위해, 전 병력을 불러 모아 대단위로 단합 연회를 개최하여 말한다.

"오늘부터 전 병사들에게는 풍족한 양곡이 배급될 것이고, 수춘성 함락에 큰 공이 있는 병사들에게는 평생을 풍족히 지낼 만큼의 상을 내릴 테니, 병사들은 혼신을 다하여 성을 함락시키도록 노력하라."

조조는 하루 종일 단합연회를 열어 병사들을 위무한 후, 이튿날 아침부터 솔선수범하여 군사들과 함께 맹렬하게 공성에 몰입한다.

"제1군은 조인장군이 이끌고, 근처 야산에서 흙을 퍼내어 성의 앞 해자를 메우도록 하라. 병력은 3만을 배정한다. 제2군은 우금장군이 이끌고, 제1군이 해자를 흙으로 메우는 동안, 적군이 날리는 궁노를 방패와 엄폐물을 총동원하여 1군의 군사를 최대한 보호하도록 하라. 제3군은 예주목 유비가 군사 2만을 이끌고, 마른 집단과 발화물질을 준비하고, 제1군이 작업한 해자가 메워지는 대로 선봉군으로 나서, 성문을 불지르고 성벽을 타오르는 등으로 수단과 방법을 가리지 말고 수춘성을 공략하라."

조조는 각각 장군들에게 임무를 분장하고, 자신은 우발적으로 발생하는 상황에 유연하게 대처하기로 한다.

그날 저녁해가 질 무렵이 되어 성 앞의 해자가 거의 메워지자, 관우와 장비는 빗발치는 수춘성의 화살을 막아내면서, 성벽에 달라붙어 성벽을 기어오르고, 중장보병을 동원하여 거세게 성문을 몰아붙인다. 원술의 군사들은 사다리를 타고 기어오르는 유비의 군사를 향해 성 위에서 뜨거운 물을 쏟아내고, 돌을 떨어뜨리며 기름을 부어 성벽 아래에 있는 관우, 장비의 병사들을 상대로 격렬하게 저항한다.

원술 군사의 격렬한 반격으로 인해 유비의 군사들이 많은 사상자를 내자, 유비와 교대하여 이번에는 제1군의 조인이 군사를 총동원하여 거센 공성을 이어간다. 제1군이 지칠만하면 제2군을 이끌고 우금이 줄기차게 성문을 두드리고, 끊임없이 성벽을 기어오른다. 조조가 쉴 틈조차 주지 않고 파상적 공격을 펼쳐 수춘성이 함락의 위기에 몰리게 되자, 원술은 긴급히 대책회의를 개최한다.

"이런 상태로는 수성이 어려울 것 같소. 우리가 어떤 방법을 취하는 것이 최선의 방법이 되겠소?"

장사 양홍이 급히 입을 연다.

"처음에는 우리 계획대로 수춘성을 굳게 지켜, 조조의 군사들이 식량의 어려움으로 고통을 겪었습니다. 그들이 스스로 물러날 기미도 있었으나, 손책이 배신하여 조조에게 식량을 제공하는 바람에 우리의 의도가 더는 효과를 보기는 어렵게 되었습니다. 이런 상황에서는 아무리 우리가 수성을 잘하더라도 궁극에는 우리에게 식량의 공급이 끊기게 되어, 잘못하면 아군이 성안에서 아사하게 될 지경으로 몰립니다. 이제라도 폐하께서는 수춘성을 떠나 회수 남강을 건너 합비를 경유하여 강동으로 피하도록 하십시오. 지금 남서쪽으로는 공성이 거세지 않고, 여포가 벌판에서 아군이 성을 빠져나오기만을 기다리고 있을 것입니다. 폐하께서는 장훈 대장군과 진기장군의 보호를 받으며 남서문을 빠져나간 후, 진기장군이 여포와 대적하는 사이에 장훈 대장군의 호위를 받으며, 회수 남강을 건너 합비 방향으로 이어하십시오. 폐하께서는 성을 떠나면서 청야전략(淸野戰略)으로 수춘성은 불을 질러 수춘성을 폐허로 만들어야만 합니다."

원술은 양홍의 조언대로 수춘성에 불을 지르게 하고, 장훈과 진기의 보호를 받으며 남서문으로 이동하여 탈출을 감행한다. 원술이 병사들을 이끌고 남서문을 빠져나오자, 벌판에서 원술이 출성하기를 눈이 빠지게 기다리던 여포가 군사를 몰고 원술에게로 내달려온다.

"이 어리석은 천자야! 황제를 표방하는 순간에 그대는 천하의 공적이 된 것을 이제야 알겠느냐?"

여포가 큰소리로 외치며 원술에게 달려들자, 원술은 여포를 한심하다는 듯이 쳐다보며 꾸짖는다.

"이 어리석은 인간아! 내가 조조에게 당하면 그다음 순서는 바로 너, 여포라는 사실을 아직도 깨닫지 못하겠느냐? 진기장군은 저 어리석은 여포를 당장 주살하라." 하고는 진기를 여포와 대적하도록 명령하고 장훈의 호위를 받으며 회남으로 황급히 도주한다.

성에 남아서 수성에 임하던 장수와 병사들은 원술이 강동으로 도주했다는 소식을 듣고는 성문을 열어 투항하고 만다.

수춘에 입성한 조조는 원술이 펼친 청야전략(淸野戰略)으로 인해 수춘성이 사방에서 타오르는 불길로 폐허가 되다시피 하자, 곧바로 수춘성을 버리고 성을 빠져나와 원술을 추격하려고, 제장과 책사들을 소집하여 다음 행동강령을 내린다.

"수춘성이 함락된 지금 원술을 척살하는 것은 이제 시간문제일 뿐이다. 군사를 총동원하여 잠시도 쉬지 말고 끈질기게 원술을 추격하도록 하라."

조조가 수춘성을 장악한 다음의 계획을 밝히자마자, 손욱이 긴급히 나서며 조조의 용병에 이의를 제기한다.

"사공께서 이 이상 원술을 추적한다면, 오랜 원정으로 지칠대로 지친 군사들의 불만과 기아에 허덕이는 백성들의 원성을 주공께서 모두 뒤집어쓸 수도 있습니다. 게다가 자칫 잘못하면 군량의 보급문제로 아군이 궁지에 빠지게 됩니다. 결정적 패배를 당한 원술은 한동안 재기하기가 어려울 것이니, 주공께서는 허도로 군사를 돌려 잠시 군사들을 쉬게 하고 논공행상을 펼쳐 이들의 사기를 진작시킨 다음, 내년 봄 보리수확을 통해 군량이 넉넉해진 후, 다시 원술을 도모해도 늦지 않을 것입니다."

조조는 순욱의 자문이 옳다고 생각했으나, 거의 다 잡은 원술을 여기에서 포기하기에는 아깝다는 생각에 결정을 내리지 못한다. 조조가 며칠을 숙고하며 결단을 내리지 못하고 고심하던 중, 관중에서 급박한 보고가 조조에게 전해진다.

16.
조조의 남양 정벌전 - 양성전투

16. 조조의 남양 정벌전 - 양성전투

"조홍장군이 남양과 장릉에서 유표와 장기간 대치하던 중, 장수가 유표와 손을 잡고 협공하여 조홍장군이 위기에 빠져 있습니다."

조조는 며칠 밤낮을 숙고하며 원술에 대한 처리 문제로 고심하여 피골이 상접하여 있는 상태에서 남양에서 온 전령이 급보를 전하자 깜짝 놀란다.

조조가 황제를 참칭하는 원술과 수춘에서 격렬히 싸우느라 여념이 없을 때, 유표는 수차례에 걸쳐 남양과 장릉을 공격했었다. 조조는 조홍을 선봉장으로 하여 유표를 도모하도록 파견했었는데, 유표는 장수를 내세워 남양과 장릉에서 조홍을 협공한 탓에 조홍이 대패하여 완성을 빼앗겼다는 것이다.

남양은 남으로는 한수를 경계로 형주의 본토와 맞닿고, 북으로는 허도와 지근거리에 놓여있다. 조조는 남양이 유표에게 넘어가면, 곧바로 허도로 연결되는 통로를 내어주게 되는 관계로 극도로 위기의식을 느끼고, 회남으로 도망친 원술을 토벌하러 회남으로 출격시키려던 군사를 돌려, 남양으로 출정하기로 결정하고 손책에게 사자를 보낸다.

이 당시 손책은 원술의 의탁에서 벗어나 헌제에게 방물을 헌납하고 황실에 충의를 표하는 등 독립된 군웅의 길을 걷기 시작하고 있었다.

"태수 손책은 강동의 모든 배를 총동원하여 장강에 띄우고, 암암리에 유표에 대한 견제를 가하여 주시게. 나는 남양의 장수와 등제를 제거하고 유표를 도모하여, 손책장군의 부친에 대한 한을 풀어주겠네."

조조는 손책을 회유하여 유표의 배후를 견제시키고, 남양을 도모하기 위한 계책을 구체화한 후, 197년(건안2년) 11월, 친히 대군을 이끌고 서진하여 남양군 호양현에서 유표의 부장 등제와 대치하다가 호양을 3면 포위하자, 조조의 대군을 보고 겁을 먹은 유표의 군사들은 싸우기도 전 무기를 버리고 도주하고 등제는 사로잡힌다. 조조는 호양현을 정복한 데 이어 곧바로 무음을 공격하여 성을 함락시킨 후, 남양의 일부 땅을 수중에 넣고 허도로 되돌아온다.

조조가 남양을 공략하고 형주의 유표에게 타격을 가해 중원이 다소 진정되는 듯할 즈음, 한동안 조조의 화해로 서로 속내를 숨기고 지난 1년간을 냉전 상태로 유지하고 있던 여포와 유비의 긴장 관계는 드디어 폭발단계에 이르게 된다.

198년(건안3년) 봄, 여포는 패국에서 조조의 객장으로 있는 유비가 그 일대에서 세력을 급속히 불리기 시작하자 유비를 의식하게 되면서, 조조에게 반감을 사지 않으면서도 유비를 제거할 방법을 찾기에 골몰한다.

반면, 유비는 일전에 조조가 수춘을 정벌한 후에 자신에게 일러둔 말을 늘 염두에 두어 대비하고 있었다.

"유공은 패성에서 여포를 잘 견제하시오. 여포는 승냥이와 같은 자로서 흑심을 품고 있어서, 언젠가는 그대와 나를 물어뜯으려고 할 것이오. 여포를 적당한 시기에 굴항대호(堀坑待虎:호랑이를 잡기 위해 함정을 파고 기다림)의 계략으로 도모할 것이니, 유공은 그때를 대비하시오."

유비는 잠시도 조조의 말을 잊지 않고 반추하던 중, 늘어나는 병력에 비해 군마가 터무니없이 부족해지자, 장비에게 지시하여 사례주 하내군에서 군마를 확보하도록 명하고, 장비는 군마를 확보하는 과정에서 여포가 보낸 송헌의 일행이 획득하려는 군마를 전부 차지해 버린다.

장비 때문에 확보해 놓은 군마를 모두 빼앗긴 송헌은 사비성으로 돌아가서 여포에게 상황에 대해 이실직고한다.

"저희가 군마 3백필을 확보해 놓고 이튿날 값을 지불하고 찾아갔는데, 그 직전에 장비가 우리보다 더 높은 가격을 지불하고 우리가 확보해 놓은 군마를 새치기해서 달아났습니다."

여포는 송헌에게 호된 질책을 가한다.

"이 한심한 위인아! 너희들은 그 중요한 사명을 잊고 엉뚱한 짓들을 하고 있었겠지."

"군마에 대한 흥정이 끝나 안심하고 휴식을 취하던 것뿐 딴 짓은 없었습니다."

송헌은 여포의 질책을 받으면서도 억울하다는 변명을 늘어놓을 뿐, 명령을 이행하지 못한 처지에서 다른 말은 전혀 할 수가 없었다.

여포는 송헌에게 고함을 지른다.

"닥치지 못하겠는가? 군마를 탈취한 자가 장비라는 것은 어찌 알았느냐?"

"말 장수에게서 말을 탈취한 자의 인상착의를 듣고 장비라는 것을 알았습니다."

여포는 곧바로 군사를 일으킬 것을 명한다.

"오히려 이 일이 나에게는 잘된 일인지도 모르겠다. 그동안 사공 조조의 견제로 유비를 도모하지 못하고 있었는데, 이제야말로 유비를 제거할 명분 찾았노라. 사공께는 우리가 확보한 군마를 유비가 약탈했다는 이유를 빌미로 유비를 공격하겠노라. 북지태수 장료, 중랑장 고순은 군사 3만을 이끌고 패국을 공격하여 유비를 척결하라."

하비성을 출발한 고순은 소패에 주둔하고 있는 장료와 합류하여 패국으로 진격한다. 그동안 유비는 조조에게 의탁하여 패성에서 조조의 재정적 지원을 받으며 군세를 확충하고는 있었으나, 갑자기 밀어닥치는 여포의 3만 군사를 상대하기에는 아직 중과부적이었다. 유비는 관우에게 좌군을, 장비에게 우군을 맡기고, 자신은 중군을 맡아 장료와 고순의 3만 군사를 마주하여 장료와 고순을 상대로 심하게 꾸짖는다.

"그대들은 어인 이유로 대군을 이끌고 패성을 공격하시오? 조 사공께서 여 장군과 이 사람에게 화합하여 천하를 안정시키는 일에 힘을 합치라며 당부까지 했는데, 이런 사실을 조 사공이 알게 되면, 우리들의 기업에 폐가 될까 두렵소이다."

이에 장료가 답답하다는 듯이 대꾸한다.

"예주목께서는 신의가 있는 인사로 알고 있었거늘, 어찌 서주자사께서 확보해 놓은 군마를 탈취하셔서, 이런 황당한 일을 벌이시는지요."

이때 송헌이 사이에 끼어들며 격분을 토로한다.

"고슴도치 장비가 남의 군마를 탈취하여, 내가 서주자사에게 신망을 잃게 되었다. 당장 탈취해간 군마를 돌려주고 패성에서 떠나거라."

장비가 고순의 질타에 분격하여 궁노수에게 화살 공세를 퍼붓도록 지시한다.

"여포가 무엇이기에 여포가 점을 찍어놓으면, 다른 군벌들은 여포가 두려워서 필요한 군수품을 평생 충당할 수 없다는 것이냐? 저 무뢰한 여포의 하수인들에게 화살 공세를 펼쳐 단번에 쓰러뜨려라."

유비가 이를 제지하기도 전에 장비의 궁노수들이 화살을 퍼붓기 시작하여 타협의 여지는 뒷전으로 물러나고, 전투가 시작되면서 고순도 즉시 대응하여 쌍방 간 전투가 격해진다.

"병사들은 총력을 다해서 고슴도치 장비의 우군을 공격하고, 장비에게 화살을 퍼부어 진짜 고슴도치로 만들어주어라."

이와 동시에 장료는 부장 송헌과 위속에게 명하여, 군을 이끌고 관우의 좌군을 공격하게 한다. 양측의 군사가 어우러져 싸우는 사이, 관우가 청룡언월도를 휘두르며 송헌과 위속의 군사들을 추풍낙엽 쓸듯이 휘몰아치고, 군사들이 어우러져 난전을 벌이는 중에 송헌을 마주한다.

송헌은 관우의 위세에 눌려 위기에 몰렸으나, 옆에서 관우의 병사들을 주살하던 위속이 관우를 향해 달려들어 송헌과 함께 공세를 펼친다. 관우는 송헌과 위속을 맞아 만인지적(萬人之敵) 최고의 무용을 잔뜩 뽐내며 이들을 멋지게 몰아붙이자, 후방에서 이를 지켜보던 장료가 1만의 병력을 이끌고 관우를 공격한다. 관우는 능수능란하게 병사들을 용병하는 장료의 무용과 기지에 반해서 마음속으로 깊은 찬사를 보낸다.

관우가 장료, 송헌, 위속 등 세 장수의 협공을 받으며 이들을 상대로 잘 대적했지만, 관우의 5천의 군세가 이들 2만의 병력을 상대하기에는 현격한 군사적 열세에 놓인다. 관우는 눈물을 머금고 병사들에게 퇴각을 명한다.

장비는 고순을 상대로 선전을 하고 있었으나, 관우를 물리친 장료, 송헌, 위속의 군사들이 세를 모아 일시에 달려들자, 장비 또한 중과부적으로 성안으로 물러서게 된다. 유비는 2차례에 걸친 전투에서 패배하고, 패성 안에서 군사들을 재정비하여 힘겹게 수성에 전념한다.

유비가 힘겹게 수성에 임하지만, 시간이 지날수록 군량과 군수물자의 어려움을 겪게 되면서 수성이 어려워지자, 198년(건안3년) 6월 자신의 빈객으로 합류한 손건을 미축과 함께 조조에게 보내 상황을 설명하고 긴급지원을 요청했다.

그러나 유비가 조조에게 긴급히 지원을 요청할 때는 조조가 이미 장수를 토벌하러 남양으로 원정을 떠나 있었던 시기여서, 허도에서는 유비에게 힘을 실어주지 못하여 유비는 성 안에서 악전고투하며 겨우겨우 패성을 지킬 수밖에 없었다.

유비가 조조에게 긴급지원을 요청하기 불과 1달 전인 198년(건안3년) 5월, 그때는 유비가 패성에서 여포와 격전을 벌이기 직전인데, 조조는 순욱과 하후돈에게 허도의 치안을 맡기고 장수를 토벌하기 위한 남양 원정길에 오르고 있었다.

더위가 한창 기승을 부리는 5월 이때는 보리가 잘 익어가는 계절이다. 원정군을 보고 보리밭에서 일하던 농부들이 겁을 먹고 달아나는 것을 보자, 조조는 급히 졸백에게 명하여 지역의 촌장과 촌로들을 소집한다.

"지금은 군민들이 애써 키운 보리를 수확할 무렵이지만, 내가 천자의 명을 받아 어쩔 도리없이 형주자사 유표와 남양태수 장수를 토벌하는 길에 나서게 되었소이다. 이들을 토벌하러 나서게 된 것은 이들이 허도의 길목에서 우리 백성들의 안위를 위협하고 있기 때문이오. 여러 어른께서는 나의 진정성을 이해하고 아무런 걱정을 하지 마시오. 군사들에게 군령을 내려 지위의 고하를 막론하고 보리밭을 손상시키거나, 양민을 약탈하고 괴롭히는 자는 사형에 처한다고 표명하겠소. 그러하니 어른들께서는 나의 진심을 농부들에게 전해, 모두가 안심하고 보리 작업을 계속하도록 권하시오."

조조의 확고한 의지를 접한 촌장과 촌로들은 조조에게 감사드리고, 보리를 추수하던 농부들에게 조조의 확고한 뜻을 전하자, 보리 작업을 하던 농부들이 다시 보리밭으로 몰려나와 조조의 세심한 배려에 감사를 올린다.

이때 조조가 촌장과 촌로, 농부들이 있는 앞에서 전 병사들에게 엄히 명령을 내린다.

"군사들은 보리밭을 지날 때, 털끝만큼의 보리도 손상하지 않도록 조심하라. 이를 어기는 자는 단칼에 목을 베겠노라."

조조의 엄명을 받은 보병들은 초긴장하여 조심조심 보리밭의 도랑둑을 걷고, 기병들은 모두 말에서 내려 말고삐를 꽉 재고, 한쪽 손으로는 보릿대를 헤치며 조심조심 앞으로 나아간다. 이렇게 한참을 이동하던 중 조조의 애마가 좁은 도랑길을 지날 때, 보리 숲에 있던 들새 한 마리가 '푸드득' 날갯짓을 하며 애마의 앞을 스쳐 지나간다. 깜짝 놀란 말이 보리밭으로 뛰어들어 길길이 날뛰며, 주변의 보리밭을 쑥대밭으로 만드는 사태가 발생한다.

"모든 병사들은 행군을 멈추어라."

조조가 군사들의 행군을 멈추고 곧바로 행군주부를 부른다.

"방금 나의 애마가 보리밭을 망가뜨렸다. 내가 지은 죄는 군법의 무엇에 해당하는가?"

행군주부는 난감한 표정을 지으며 대답한다.

"춘추의 뜻으로 볼 때, 군법은 존귀한 사람에게는 적용되지 않습니다."

"그렇지 않다. 군법을 스스로 제정하고 고(孤) 스스로가 어겼으니, 어찌 수하들을 통솔할 수 있겠는가?"

조조가 칼을 빼들고 스스로 목을 베려고 하자, 장수들이 깜짝 놀라며 급히 달려와서 말린다.

"사공께서 친히 군사를 이끌고 원정길에 올랐는데, 어찌 스스로 몸을 상하려 하십니까?"

장수들의 애원에도 조조는 물러서지 않자, 곽가가 황급히 다가와서 조조에게 간언을 올린다.

"사공, 춘추는 수백 년 동안을 전해온 중국의 역사입니다. 춘추를 따름이 결코 비겁한 처신이 아닙니다. 승상께서 작은 군법을 지키려다 큰 천하를 혼돈으로 빠뜨린다면, 과연 이것이 백성들에 대한 정의입니까?"

조조는 곽가의 말을 듣고 잠시 생각에 잠기더니 비로소 입을 연다.

"알겠네. 수백 년의 전례와 천하의 안위를 위해 자진은 하지 않겠지만, 스스로 형벌을 받고자 한다. 공자께서도 '신체

발부 수지부모(身體髮膚 受之父母)'라고, 나의 몸과 피부, 머리털까지 부모님께 받자온 것이라, 함부로 헐하지 아니하는 것이 효도의 시작이라고 하셨다. 고(孤), 부모님께서 물려주신 머리카락을 잘라 군법의 지엄함에 순종하는 증표로 삼겠노라."

조조는 스스로 자신의 머리카락을 잘라 행군주부에게 내어주며 땅에 묻게 한다. 이런 조조의 비장한 의지를 보고 원정길에 오른 전 군사들이 숙연해진다. 물론 조조도 자신이 목숨을 끊을 생각도 없었고, 또한 장수들도 자신이 자진하도록 그대로 놓아두지 않으리라고는 생각했으나, 군사를 통솔하기 위해 어쩔 수 없는 고도의 연출을 자행한 것이다.

이후 병사들은 군법의 지엄함을 각인하고 모두 조심한 덕에 한 포기의 보리도 손상을 입지 않고 벌판을 지나간다.

출정은 한달 가까이 이어지고 병사들은 한여름 6월의 폭염에 내몰리는데, 엎친 데 덮친 격으로 군사들이 하남의 복우산맥에 들어선 후, 길을 잘못 들어 이리저리 헤매다가 배정된 식수가 모두 고갈되자, 방향을 잃고 한참을 헤매던 조조의 병사들은 견딜 수 없는 갈증에 시달린다.

산맥에서의 해는 평지보다 빨리 떨어져서 어둠이 평지보다 일찍 찾아온다. 조조는 심한 갈증으로 군사들의 행군이 예정보다 한참 늦춰지자, 어두운 산속에서 겪게 될 병사들의 심한 갈증과 굶주림, 공포로 인한 기강의 문란을 우려하게 된다.

어떻게 하든 빨리 군사들을 산맥에서 벗어나게 해야 한다는 생각으로 한참을 궁리하다가 임기응변을 생각해낸다.

"조금만 더 힘을 내라. 재를 넘으면 얼마 멀지 않은 곳에 매화나무 숲이 있도다. 그곳에서 마음대로 매실을 따먹고 휴식을 취할 수 있으며, 그곳에는 마음껏 마시고도 남을 만큼 식수도 풍부하다. 모두 힘을 내어 서둘러서 산정을 넘어 매화나무 숲으로 가도록 하자."

심한 갈증에 시달려 행군을 제대로 할 수 없었던 병사들은 매실나무 소리를 듣자, 입속에 군침이 돌면서 침이 생성되어 마른 목을 축이며 행군에 속도를 낼 수 있게 된다. 조조는 지난날 고전을 공부하던 시절에 읽었던 '매산(梅酸)은 갈증을 멎게 한다'라는 문구가 문득 떠올라, 이것을 용병에 써먹는 임기응변의 기지를 발휘한 것이다.

조조는 망매지갈(望梅止渴)이라는 사자성어를 만들어내며, 오직 매실이라는 과일의 용어 하나로 병사들의 견딜 수 없는 갈증을 해소시키는 융통성을 통해 위기를 극복하는 용병술을 발휘했으니, 이런 것들이 조조가 천하를 제패하게 하는 저력인 것은 더 말할 여지가 없으리라.

조조는 순발력 있는 기지로 어둠이 깔리기 전에 복우산맥을 빠져나와 넓은 벌판에 진지를 구축하고, 병사들을 하룻밤 편히 쉬게 하여 원정의 피로를 말끔히 씻게 함으로써 앞으로 전개될 전투에 박차를 가할 수 있게 된다.

한편, 남양태수 장수는 조조의 대군이 남양의 완성 앞 벌판에 발 디딜 틈도 없이 꾸려놓은 군막을 굽어보며 심각한 위기의식을 느낀다. 장수는 급히 유표에게 원군을 요청하고 완성의 성문을 굳게 닫아 수성에 전념한다.

장수가 완성에서 꼼짝도 하지 않고 수성에 임하자, 조조는 대군이라는 수적인 장점을 이용하여 장수들에게 완성 앞의 해자 구덩이를 메우도록 지시하고, 흙포대와 나무, 짚단 등을 얹어 층계처럼 쌓아 그 위에 사다리를 높이 걸고 성안을 내려 볼 수 있도록 하는 통상적인 공성 전술을 명한다.

그리고 허저로 하여금 성을 철저히 포위하여, 장수의 사자가 유표와 전통을 교류하지 못하도록 완벽한 통제를 주문한다. 허저는 지난 197년(건안2년) 초국의 자경단 수천 명을 이끌고 조조에게 귀순하였는데, 조조는 전위가 몇해 이전 완성 전투에서 사망한 이후 허저를 도위로 삼아 자신의 호위를 맡겼다가, 이번 전투에서는 교위로 삼아 선봉을 맡긴 것이다.

허저는 오랜 시간에 걸친 고된 작업으로 해자가 메워지자, 모퉁이에 장작을 쌓고 장작더미로 층계를 삼아 군사들이 올라가게 한다. 군사들은 지대가 높은 서문에 흙산을 쌓고 장작 층계를 올린 후, 그 위로 기어올라 짚단과 마른 풀 더미를 성안으로 던지며 불화살을 쏘아대자, 완성은 불바다가 되어 성안의 불을 끄려고 성안의 백성들과 병사들이 좌충우돌하는 사이, 선봉장 허저는 방비가 느슨해진 성벽을 타고 올라, 성위를 지키던 장수의 군사들을 주살하고 성문을 연다.

　선봉에 나선 군사들이 성안으로 침입하자, 장수는 가후 등을 호위하여 공격이 느슨한 남문을 통해 도주한다. 조조는 우금과 허저에게 양양으로 통하는 길을 봉쇄시키고, 장수를 한쪽으로 공격하여 양현으로 보내고자 토끼몰이를 시도한다.

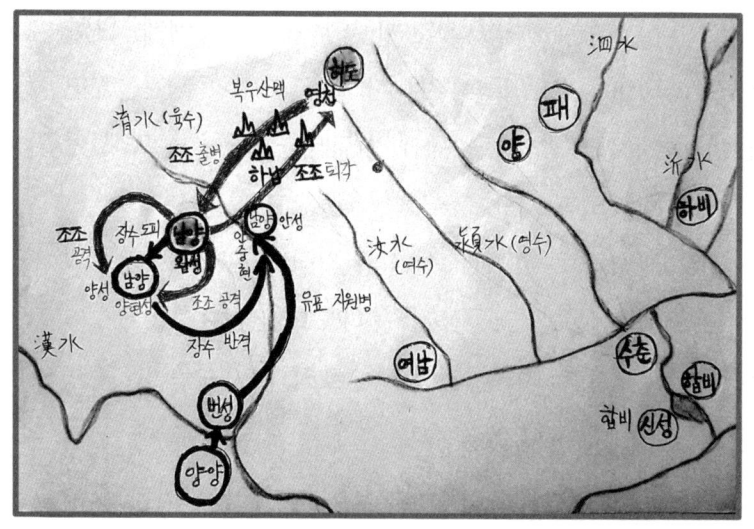

　조조는 여러 차례 장수를 토끼몰이로 공략한 끝에 마침내 장수를 양현으로 몰아넣고 양성을 포위하고, 군사회의를 개최하여 효율적으로 양성을 공성할 방안을 논의한다.

　선봉장 허저와 우금이 얼마 전에 완성을 공략하여 완성을 함락시키는 데 성공한 전술과 패기로 경험담을 말한다.

　"사공께서 완성을 공성할 때 썼던 방책을 양현성에서 다시 한번 활용하신다면, 이번에는 며칠도 걸리지 않고 양현성을 함락시킬 수 있을 것입니다."

조조가 깜짝 놀라며 이들을 타이른다.

"완성을 함락시킨 전략을 양성에서도 다시 활용한다는 것은 하수일세. 병법에서는 한번 사용한 것을 다시 쓰는 것은 절대적으로 막고 있다네. 이번에는 기존의 전술과 전혀 다른 전술을 구사해야 할 것일세."

조조는 양성의 앞 벌판에 진지를 구축하고 경계병을 제외한 모든 병사에게 휴식을 명하자, 장수는 조조의 포위가 느슨한 틈을 타서 유표에게 신속히 원병을 파병하도록 요청한다.

"자사께서 많은 지원을 해 주신 덕분에 남양에서의 입지를 굳건히 세우고 있었으나, 조조가 워낙 대군을 몰고 오는 바람에 남양 완성을 빼앗겼습니다. 자사께서 구원병을 보내실 때까지 버티지 못한 점에 대해서는 벌을 받겠으나, 소신이 양성을 확실하게 수성하고 조조를 격퇴한 후에 벌을 받고자 합니다. 만일 양성이 위급한 상황에 몰리게 되면, 신속히 구원병을 보내 조조를 격퇴할 수 있도록 힘을 실어주십시오."

유표는 장수의 간곡한 요청에 따라 원병을 집결시킨다. 조조가 완성을 공략했던 방식을 그대로 양성에도 적용하려는 듯한 군사적 용병을 시행하자, 장수는 급히 가후를 모시고 와서 장수들에게 전투지침을 내리도록 간청한다.

"조조의 군사적 배치를 관찰해보니, 먼저 완성을 공략하던 때와 비슷한 용병을 꾀하고 있는데, 이에 대한 대책을 기탄없이 말씀해 주십시오."

가후가 가소롭다는 듯이 조조를 비웃으며 말한다.

"지금 행하는 조조의 전략은 위계일세. 조조는 한번 쓴 병법을 다시 쓰지 않네. 무엇인가 다른 속셈이 분명히 있을 것이지만, 지금 당장은 알 수 없으나 조만간 그 계략을 찾아낼 수 있을 것이니, 태수는 현재 수성에 온 힘을 쏟는 것이 최선일 것이네."

장수는 가후의 조언을 받들어 수성에 전념한다.

장수가 성문을 단단히 닫아걸고 해자의 물길을 높이며 성벽의 방비를 철저히 할 때, 조조는 공성을 위한 전술을 찾으려고 매일 성의 주위를 돌면서 성벽을 살핀다. 조조가 며칠 동안 성의 주위를 둘러본 후, 어느 날 갑자기 서문 쪽으로 병력의 태반을 배치한다.

조조가 쉬지 않고 서문 쪽을 집중적으로 공략하여, 서문 방면의 성벽과 성문이 엄청나게 심한 손상을 입게 될 때, 장수가 가후에게 달려가서 긴히 조언을 구한다.

"조조가 서쪽 방면만을 집중적으로 공략하여, 서문과 서쪽 성벽이 많이 파손되고 있습니다. 어떻게 해야 하겠습니까?"

"견고한 서쪽 성벽의 파손은 성안의 백성들과 군사로 얼마든지 수리를 할 수 있네. 조조의 진짜 의도는 옹벽이 딴딴한 서쪽 방면을 공격하여 이곳으로 아군의 관심을 끌게 한 연후, 실제로는 성벽이 낮고 부실한 동쪽을 기습하려고 할 것이네."

장수가 가후의 말에 의아해하며 묻는다.

"조조는 서쪽을 줄기차게 공략하고 있는데, 정작 대인께서는 조조가 동문을 공격할 것이라고 말씀하시는 근거가 어디에 있습니까?"

"성동격서(聲東擊西)의 전략일세. 조조는 일부의 병력으로 서쪽을 공격하면서 성안의 주력을 그쪽으로 쏠리게 하고, 대다수 병력으로 갑자기 동쪽을 기습하고자 하는 전략이네. 내가 망루에서 조조의 일거수일투족에 대해 세심히 관찰했는데, 조조는 서쪽 방면을 공격하기 전에는 며칠 동안이나 용병을 꾀하지 않고, 성의 주위를 유심히 관찰하며 순회를 했네. 그러더니 뜬금없이 성벽이 가장 견고한 서쪽 방면을 집중적으로 공격하는 것을 보고, 분명히 조조는 성벽이 낮고 부실한 동문과 동쪽 방면을 기습할 것이라는 생각을 했네. 그래서 조금 더 신중히 조조의 의도를 살피고자 조조가 배치한 병사의 분포를 분석했는데 무언가 석연치 않은 점이 있었네. 애초에 조조가 이끌고 온 병사가 10만에 육박한다고 했는데, 서쪽 방면에 배치된 병사는 원정을 온 병사의 4할 정도이고, 남문에는 1만의 병사가, 북문에도 1만 정도의 병사가, 동문에는 5천의 병사가 배치되었으나, 나머지 군사의 행방은 묘연했다네. 행방을 감춘 병사의 대부분은 기병이외다. 나는 여기에서 조조가 기병을 아군의 눈에 띄지 않는 먼 동산에 은폐시켰다가, 야밤에 신속히 동쪽으로 이동시켜 야간에 기습적으로 공격하려는 의도를 파악했다네."

"그렇다면 우리가 어떤 전략을 취해야 하겠습니까?"

"조조의 위계를 역으로 이용하는 장계취계(將計就計)의 전략을 구사하면 될 것일세. 적병의 태반이 몰려있는 서쪽 방면으로 아녀자까지 포함한 모든 군민에게 군복을 입혀, 수만의 병사가 서쪽 방면에 몰려 있는 것처럼 위장하고, 일부 병사를 남쪽과 북쪽 방면에 배치하시게. 조조는 남문 쪽으로는 공략을 아니 할 것이네. 왜냐고 하면 교활한 조조는 남문 방면으로는 유표가 있는 양양이 연결되어 만에 하나라도 형주자사 유표가 구원병을 몰고 오면, 양쪽으로 협공당할 것을 우려하기 때문이라네. 그대는 1만의 정예병을 동문의 성가퀴와 주변에 은폐시켜두었다가 이들이 동문을 통해 입성하면, 숨어있던 강노수들이 일제히 일어나 성가퀴와 성벽 주위에서 궁노를 날리고, 미리 쌓아둔 발화물질에 불화살을 날려 이들을 포위하면, 조조를 생포할 수도 있을 것이네. 동시에 형주자사에게 원군을 보내 조조의 후방 진입로와 보급로를 끊어 달라고 요청을 하여 놓으면, 조조는 독 안의 쥐 신세가 될 것이야."

장수는 유표에게 원군을 요청하고, 가후의 전략대로 군사를 배치한다. 이때 조조는 허저에게 서문에 있는 장수 군사들의 동태를 관찰하도록 지시한다.

"장수의 거의 모든 병력이 서문과 서쪽 성벽을 지키고자, 그곳에 수만의 병력을 배치하고, 남과 북측에 일부 병사를 배치하여 동문 쪽은 방비가 허술합니다."

허저의 보고를 받고 며칠이 지나 조조는 동문을 공격하는 날짜를 결정한 후, 더욱 격렬하게 서문을 공략하는 위계를 부리지만, 가후는 바로 오늘 저녁이 조조가 동문 방면을 공략하는 날이라는 확신을 가지고, 장수의 군사들에게 행동강령을 철저히 주지시킨다.

그날 밤 어둠이 깊어지자, 조조는 멀리 숨겨두었던 기병장 여건에게 기병을 이끌고 신속히 동문으로 이동하도록 명령하고, 자신은 보병을 이끌고 경계가 부실한 동쪽 성문과 성벽을 공략하여, 수비병이 많지 않은 동문 쪽 성벽을 어렵지 않게 부수고 동문을 열어젖힌다. 조조가 친히 병사들을 이끌고 성 안으로 들어가자, 장수의 동문을 지키던 장수의 병사들이 짐짓 두려움을 느끼고 도망치는 척한다.

조조가 큰 저항을 받지 않고 동문에 있는 장수의 군사들을 물리치고, 남문 쪽으로 군사를 이동시키려는 순간, 갑자기 화약이 터지는 소리와 함께 북소리, 징소리가 성안을 뒤흔든다. 화약이 터지는 소리를 신호로 하여, 동문 주변의 성가퀴와 성벽, 높은 지형에 숨어있던 병사들이 일제히 화살과 쇠뇌를 날리고 잠시 후 조조의 주변으로 불화살이 쏟아지기 시작한다.

조조는 대경실색하여 소리를 지른다.

"복병이다. 모두 퇴각하라."

"붉은 말을 탄 놈이 조조인 것 같다. 조조를 잡아라."

장수 군사들의 격렬한 공격으로 조조 군사들의 대오가 무너지자, 조조는 황급히 말머리를 돌려 달아난다. 승세를 잡았다고 생각한 장수는 정예병을 이끌고 조조를 추적한다.

조조는 뒤도 돌아보지 못하고 황망히 말을 몰고 수십 리를 달아난다. 장수가 조조의 패잔병을 주살하면서 조조를 추격하지만, 서문 방면의 허저와 남문 방면의 우금이 조조를 구원하러 동쪽으로 온다는 전갈을 받고, 장수는 군사를 수습해 양성으로 되돌아간다.

본영으로 돌아와서 군을 수습한 조조는 수많은 병사가 사상하고, 우금과 여건마저 깊은 상처를 입고 군량미도 약탈당했다는 사실을 확인하자 깊은 고민에 빠진다.

이때 척후의 보고가 들어온다.

"유표가 원병을 이끌고 안중으로 진군하여 오고 있습니다."

유표가 지원군을 보내 조조의 후방 진입로와 보급로를 끊으려고 하자, 조조는 허저에게 남은 군사를 재정비하여, 유표가 후방의 보급로를 막지 못하게 총공세를 취하도록 지시할 때, 허도에서 순욱으로부터 뜻하지 않은 급보가 전해진다.

"장수와의 전투가 장기화하면서, 공손찬을 역경의 역성으로 몰아넣고 북방의 패권을 거의 장악한 원소가 협천자인 사공을 경계하여 허도를 노린다고 합니다."

순욱의 급보를 받은 조조는 황급히 퇴각을 결정한다. 조조는 군사를 물려 돌아가면서 양성을 피해 육수(淯水)를 지나게 될 때, 구슬프게 굽이쳐 흐르는 육수의 물결을 바라보더니 갑자기 대성통곡을 한다. 조조의 뒤를 따르던 장수들이 깜짝 놀라서 이유를 묻는다.

"사공께서는 무슨 연유를 그리 슬피 우십니까?"

"지난해, 이곳에서 장수에게 역습을 당해 전위를 잃었소. 그때를 생각하니 어찌 설움이 복받치지 않겠소?"

조조는 군사들을 멈춰 세운 후, 즉석에서 제단을 만들고 소와 말을 잡아 전위의 혼백을 위무하는 제례를 지낸다. 조조는 몸소 제단 앞에 나아가 향을 올리고 절을 하더니 흐느끼기 시작한다. 조조는 전위를 잃은 설움에 더하여 두 번씩이나 장수에게 참패한 자신의 신세가 스스로 처량해 보이던 중, 구슬프게 흐르는 육수(淯水)의 물결을 보자 설움과 울분이 함께 겹쳐 통곡을 시작한 것이다.

조조의 애간장을 끓이는 통곡소리에 장수들도 눈시울을 붉히며 전위의 혼백을 달랜다. 곧이어 조조는 장남 조앙, 종질 조안민과 전사한 병사들의 혼백도 함께 달랜다. 조조는 변변치 않은 장수에게 두 차례나 패배하여 군사들의 사기가 떨어지자, 손오병법에서 오자가 논한 부자지병(父子之兵)을 활용하여, 조조가 병사를 자식처럼 아낀다는 인식을 보여줄 필요성을 느끼고 임기응변의 기지를 펼친 것이리라.

조조의 추상같은 군령집행, 여름의 땡볕을 받으며 망매지갈(望梅止渴), 성동격서(聲東擊西) 등 수많은 사자성어를 만들어내며, 기세 드높게 원정길을 올랐다가 어이없는 참패를 당한 조조의 군사들은 사기가 땅으로 추락했었는데, 회군하는 길에 천하 제2의 권력자가 이름도 없는 병졸들의 죽음까지 슬퍼하며 추도하는 것을 보고는 조조에 대한 충성심을 다지게 된다. 제례를 마친 조조가 허도로 급히 퇴각을 서두르자, 장수는 조조가 유표와 자신의 협공을 두려워하여 급히 퇴각하는 것으로 착각하고, 조조의 후미를 추격하여 조조의 군사를 궤멸시키고자 한다.

이때 가후가 장수에게 진언한다.

"지금 적군을 추적하는 것은 스스로 패하는 길이네."

"대인께서 너무 신중하시어 때를 놓칠까 우려됩니다. 조조는 형주자사 유표 어른과 우리 군대에게 포위될 것을 우려하여, 빨리 안중을 벗어나려고 서두는 것입니다."

조조의 대군을 상대로 두 번씩이나 대승을 거둔 장수는 조조의 용병을 비웃으며 여유만만하게 조조의 후미를 추적한다. 장수가 군사를 이끌고 20여 리 추적했을 때 비로소 퇴각하는 조조 군사의 후미가 나타난다. 장수의 병사들이 퇴각하는 조조 군사의 후미를 공략하려고 근접한 거리까지 접근하자, 구릉에 매복하여 조조의 후미를 지키던 정예병이 매복에서 튀어나와 장수의 군사들을 거세게 반격한다. 추적에만 혈안이 되어 무작정 말을 몰아온 장수의 기병들은 조조의 복병에게 속수무책으로 당하고 만다. 장수는 양성으로 돌아와서 가후에게 면목이 없어 사죄하듯이 말한다.

"대인의 말씀을 아니 듣고 패기만을 가지고 추적했다가 낭패를 당했습니다. 면목이 없습니다."

"태수, 크게 신경을 쓰지 마시게. 병법에 일패병가지상사(一敗兵家之常事)라고 했네. 이제 다시 추적하여 적의 후미를 공격해 보시게. 이번에는 대승을 이룰 것이네."

장수가 다시 의아해하며 묻는다.

"대인의 말씀을 아니 듣고 추적했다가 큰 낭패를 입었는데, 이제 다시 적을 공격하라 하시니 도대체 무슨 연유입니까?"

가후는 큰 소리로 웃으면서 대답한다.

"속는 셈을 치고 한번 다시 시도해 보시게. 이번에는 대승을 이룰 것이네."

가후가 장수에게 자신 있게 권하자, 가후에 대한 무한한 신뢰를 지니고 있는 장수는 그의 뜻을 따른다. 장수가 40여 리를 추적하여 조조의 후미를 공격하자, 이번에는 조조의 군사들이 맥없이 무너지며 대오가 일순간에 뭉그러지기 시작한다.

장수는 신바람이 나서 도주하는 조조 군사의 후미를 세차게 공격하여 퇴각하는 조조의 군마, 치중, 군량을 빼앗는다. 조조는 조금 전에 장수가 자신의 후미에 있는 군사를 공략하려다가 크게 패하여 돌아갔기에, 다시는 추격하지 않으리라 여기고 후미의 경계를 풀고 급히 회군을 서둘렀다가, 장수가 다시 추격하여 후미를 타격하자 크게 당한 것이다.

조조는 선두에서 있던 허저에게 정예병을 이끌고 장수의 추격을 물리치도록 명한다. 신바람이 난 장수는 계속 후미의 대오를 붕괴시키며 공략하다가, 허저가 정예병을 이끌고 장수에게로 몰려오자 당황한다. 장수는 허저의 거센 저항으로 큰 타격을 입은 탓에 이 이상의 추적은 어렵다고 판단하고, 이 정도의 성과를 올린 것도 기대 이상의 성과를 얻은 것이라는 자위를 하며 군사를 돌린다. 장수는 양성으로 돌아와서는 신기하다는 듯이 가후에게 묻는다.

"소장이 앞서 조조를 추적할 때에는 '실패할 테니, 추적을 삼가라.'고 하셨습니다. 이번에는 '대승할 테니 추적해 보라'고 하셨습니다. 모두 대인의 예측대로 되었습니다. 똑같은 상황에서 어떻게 이같이 다른 결과를 미리 짐작하셨습니까?"

가후가 웃으며 대답한다.

"병법에 지피지기 백전백승(知彼知己 百戰百勝)이라 했네. 조조는 용병에 빈틈이 없어서 퇴각할 때에도 금선탈각에 의한 전술로 철저한 대비를 하네. 그런데, 아군은 퇴각하는 적군을 추적하는 것에만 정신을 팔아, 미리 대비하고 있는 조조의 계책을 모르고 조조의 함정에 빠지게 되어있지. 그러나 이번에 조조가 허도로 돌아갈 때는 다른 원정에서와는 전혀 다른 점을 발견했네. 다른 때보다 서둘러 급히 허도로 회군하는 양태를 보고, 허도에 무언지 모를 급박한 사정이 생겼으리라는 짐작을 했네. 그렇다면 빨리 군사를 독려하여 회군해야 하는데, 이때에는 시간적으로 금선탈각(金蟬脫殼)에 의한 단계적 퇴각이 어려워서 후미에 대한 방비를 철저히 하기가 어렵게 될 것으로 생각했네. 그러나 상대편은 당연히 퇴각하는 병사의 후미를 공략하러 올 것이고 해서, 임시로 후미에 정예병과 복병을 심어두어 철저한 대비를 통해 추격병을 혼내면, 다시는 추격병을 보내지 않으리라고 판단했던 것이네. 바로 조금 전에 조조는 추적하는 우리 추격병을 매복과 정병의 전술로 격퇴한 관계로 다시는 적군이 추적하지 못하리라 판단하고, 이번에는 모든 경계를 풀어 서둘러 회군하려 했기 때문에, 나는 그 허를 찔러 이번에는 태수가 조조를 혼낼 수 있었던 것이네."

장수는 가후의 뛰어난 안목에 감탄하며 향후 자신이 향해야 할 방향을 묻는다.

"다음은 소장이 어떻게 용병을 시행해야 하겠습니까?"

"지금 형주자사께서 안중현에서 조조의 퇴로를 막고 전투를 대비하고 있으니, 장군도 군사를 이끌고 안중으로 가서 조조와 대치하게 될 자사 어른과 협심해서 조조를 공략하시게."

유표가 안중 주변에서 대군을 이끌고 포진해 있고, 장수가 후미에서 추적하여 조조는 앞뒤로 포위될 형국에 이르자, 안중에서 유표의 대군을 부딪치지 않으려고, 안중을 피하여 허도로 통하는 길을 찾아 이동하던 중 험지에 이르게 된다.

이곳에도 이미 유표의 군사들이 길목을 지키고 있었던 탓에, 조조는 더 이상 나아가지 못하고 이들의 공격을 받게 되는데, 후미에서는 장수가 군사를 몰고 쳐들어와서, 조조의 군사는 밤늦게까지 이들을 대적하느라 심신이 극도로 피곤해진 탓에 군사들은 두려움에 떨기 시작한다. 이때 여남을 지키던 진위중랑장 이통이 지원군을 이끌고 조조의 본진에 합류하자, 조조는 용기백배하여 군사들에게 전술적 명령을 내린다.

"우금장군은 험지를 뚫어 땅굴을 만들고, 치중을 안전하게 이동시키도록 하라. 허저장군은 매복병을 거느리고 계곡에 숨어 있다가 방심하는 적병을 공략하고, 중랑장 이통은 장수의 추격병이 더는 추적하지 못하게 저지하라."

이튿날 유표의 군사들이 조조의 본진이 있던 곳으로 몰려 왔으나, 현장에는 개미 새끼 한 마리도 보이지 않자, 조조의 군사들이 험지를 뚫고 모두 도주했다고 간주하여 허탈해할 때, 허저는 복병을 풀어 유표의 추적 군을 공격하여 이들의 대열을 붕괴시킨다.

곧이어 험지를 벗어났던 군사들이 유표의 군사들을 협공하여 격파하고, 이통은 장수의 추격 군을 기습적으로 공격하여 대파한다. 그 후에도 조조는 많은 난관을 뚫고 겨우 허도로 돌아와서, 원소의 동태를 상세히 관찰하도록 지시하고 오랜만에 조정의 대신들과 담론을 나눈다.

"비록 내가 남양을 정복하지는 못했지만, 장수와 유표의 협공을 무력화시킬 수 있었소. 유표가 후방의 통행로와 군수보급로를 막아서 나는 한때 안중의 험지에서 큰 어려움에 봉착했으나, 범인들이 생각하지 못하는 역발상을 펼쳐 험지에서 대승을 거둘 수 있었소이다. 대장군 원소가 허도를 넘보지 않았다면, 얼마든지 이들을 정벌할 수 있었는데 원소의 움직임 때문에 성과도 없이 회군하게 된 것이 아쉬울 뿐이오."

협천자 조조는 무명의 장수에게 농락당한 것이 내내 면구스러워 후기를 쏟아낸다. 조조가 면구함을 감추려고 자신의 능력을 과시하는 발언을 했으나, 원래의 출정목적은 허도의 길목에 있는 군사요충지 남양을 완전히 점령하여 장강 이북 유표의 세력을 몰아내고, 유표가 허도를 노리려는 배후 위협을 사전에 차단하는 것이었으므로 실제로는 유표와 장수의 승리로 볼 수밖에는 없는 전쟁이었다. 이때 조조의 심리를 파악한 순욱이 조조를 치켜세우며 말한다.

"주군께서 원정길에서 보여주신 보리밭에서의 군령확립이나, 망매지갈과 성동격서, 안중의 험지에서의 대승 등 일련의 상황을 돌아보면, 주군이야말로 진정 손자의 병법을 탐닉한 영웅이십니다."

순욱이 조조의 자존심을 세워주기 위해 인물됨을 추켜세우자, 조조는 만면에 웃음을 띠더니 허탈하게 웃는다.

17.
거대 군웅의 천하를 향한 발걸음

17. 거대 군웅의 천하를 향한 발걸음

1) 원소, 천하를 움켜쥘 야심을 품다

협천자의 위치에서 조정을 장악하게 된 조조가 원소에게 각종 특전을 부여한 이후, 원소는 그야말로 자신의 관할권 내에서는 무엇이든 할 수 있는 권한을 갖게 되었다.

이것은 조조와 순욱이 노린 소탐대실(小貪大失)계책으로 원소는 실리는 얻었지만, 궁극적으로는 황실의 권위를 인정하는 틀의 안으로 들어오지 않을 수 없게 만든 것이다. 과연 원소가 조조와 순욱의 계책을 알았다면 이를 받아들였을까 하고 의문을 갖게 하는 고도의 묘책이다.

동시에 조조는 이웅제웅(以雄制雄:영웅으로 영웅을 제어) 계책을 펼치기 위해, 지난 장안조정의 이각 4인방 연립정권이 공손찬에게 부여한 기주,청주,병주,유주의 가절과 똑같은 권한을 원소에게도 주면서, 원소와 공손찬이 서로 정통성 다툼을 일으키게 함으로써, 화북 최고의 군웅끼리 불꽃 튀기는 혈전을 통해 양측의 군세를 결판내고, 최종적으로 이들이 힘이 빠질 때를 기다리는 계책을 구사했다.

이 묘책이 성과를 보였는지 헌제로부터 구절을 받은 원소가 한동안은 별다른 반응이 없었으나, 과거 자신의 객장이었던 조조가 황명을 빙자하여 자신보다 훨씬 위에서 조정을 쥐고 흔드는 것을 본 후, 심배와 전풍 등이 권유한 협천자의 길을 받아들이지 않은 대가로 그동안 자신이 도도하게 지켜 온 권위에 상처를 입은 듯하여 이에 대해 깊이 통탄해왔었다.

"내가 심배, 전풍 등 책사의 권유를 받아들이지 않아, 맹덕의 손바닥 안에서 희롱을 당하게 되었는데, 이를 만회할 만한 기책이 있으면 기탄없이 자문해 주시오."

심배가 만시지탄이라는 표정을 지으며 원소를 쳐다보더니, 잠시 후 새로운 구상을 제시한 적이 있었다.

"주공께서 지금이라도 천자를 끌어 앉을 마음의 준비가 되어 있다면, 즉시 조조에게 전서를 보내 업성으로 천도할 것을 종용해 보십시오."

원소는 기주 책사들의 조언을 받아들여 197년(건안2년) 3월, 정국의 주도권을 뒤집을 구상을 마치자마자, 조조에게 사신을 보내 업으로의 천도를 권유했었다.

"허창은 기후가 습하고, 토질이 거칠며, 지반이 낮아 침수의 위험이 극히 높소이다. 그래서 한 번쯤 천도를 고려해야 할 시점이 되지 않았나 생각이 드오. 내 생각으로는 업현이 재정적으로도 넉넉하고, 인구가 많아 인재도 넘쳐나고 동시에 옥토가 많아 곡물의 생산 또한 풍족한 관계로 천도할 장소로 가장 입지가 좋을 듯한데, 조 사공은 어떻게 생각하시오?"

조조는 일언지하에 원소의 권유를 거부했었다.

"황제 폐하께서 허도를 천혜의 수도라고 합니다."

조조의 전서가 곧바로 원소에게 전해지자, 원소의 책사들이 크게 반발했었다.

"조조가 무례하게도 대장군의 제안을 일언지하(一言之下)에 거부하다니, 대장군의 권위를 무시한 조조의 행위를 용인해서는 결코 아니 됩니다."

전풍이 이를 계기로 조조를 공략할 것을 건의했었으나, 원소는 한참을 생각하다가 책사들 앞에서 자신의 주장을 설파하곤 했었다.

"조조가 천도를 거절했다고 공격하는 것은 명분상으로도 맞지 않고, 실리상으로도 이익을 얻을 것이 없소. 조조는 그동안 나와 크게 적대한 적도 없는데 조조를 공격했다가 공손찬이 침략해 오면, 서와 북의 양면으로 전선을 확대하게 되는 관계로 우리에게 이로울 것이 없소이다. 지금은 공손찬을 토벌하는 것이 최우선 과제이외다."

이와 같은 논리를 세우며 원소가 한동안 조조와의 반목을 피해 왔었는데, 자신이 공손찬과 대치하는 1년여 동안, 조조가 그 1년 정도를 남양과 서주 등 주변의 군벌을 진무하면서 정국의 주도권을 장악해 나가자, 최근 원소가 조조를 바라보는 시각과 대응이 다소 미묘해지기 시작한다.

이를 간파한 조조가 원소의 움직임에 큰 관심을 가지고 순욱에게 북방의 정세를 묻자, 순욱은 다소 심각한 표정을 지으며 자신의 생각을 정리한다.

"조만간 북방에서는 큰 변화가 생길 것입니다."

"큰 변화라니?"

조조가 궁금하다는 듯이 묻자, 순욱이 즉시 대답한다.

"대장군 원소가 백마장사와 일대결전(一大決戰)을 벌일 것으로 보입니다. 지금 역경에 은둔하고 있는 백마장사 공손찬은 과거의 기백이 있는 백마장사가 아니라는 말이 파다한데, 이를 원소가 이미 간파하여 조만간 북방을 평정하고자 출정할 것입니다. 원소 대장군이 북방을 평정한 이후에는 우리에게 큰 위기가 봉착할 것입니다."

"우리에게 큰 위기가 닥칠 것이라고?"

조조가 눈을 크게 뜨고 순욱을 쳐다보며 묻는다.

"원소 대장군이 북방을 평정하게 되면, 청천자(靑天子)를 물리치고 신천자(新天子)를 주창하려고 할 것입니다. 이에 대한 대비를 미리 철저히 해 놓아야 할 것입니다."

"이미 나도 예비하고 있었소이다."

한편, 지난 흥평2년, 북방에서는 공손찬이 유주자사 유우를 죽인 이후, 북방의 백성과 이민족의 민심이 공손찬에게서 완전히 떠나자, 원소는 이때를 기회로 여겨 공손찬에게 죽은 유주자사 유우의 아들 유화를 앞세우고, 오환과 선비, 흉노를 비롯한 북방의 이민족을 유화책으로 끌어들여 동맹을 맺었다.

원소가 국의, 유화로 하여금 수십만 병사들을 이끌고 공손찬을 공략하게 하여 포구수에서 공손찬을 대파하고, 공손찬은 2만여 명의 병사를 잃고 역경의 요새로 들어간 후, 주변의 자신의 관할지 여러 군현에서 공손찬에게 구원을 요청하는 것도 묵살한 채 수비에만 전념하고 있었다.

자신의 관할권에 있는 백성을 보호하지 않고, 일신의 안위만을 추구하는 지도자를 백성들이 따르지 않는 것은 자명한 일이리라. 북방의 각 지역에서는 원소의 압력에 굴해, 자신들을 돌보지 않는 공손찬에게서 등을 돌리기 시작했다.

이런 정세를 편승하여 국의는 유화와 함께 공손찬과 선우보를 대파하고 2만 명의 수급을 얻어, 공손찬을 역경에 몰아넣는 일등공신이기는 했으나, 천혜의 요충지 역경을 포위한 국의가 1년간에 걸친 공성을 성공적으로 이끌지 못하고 군량마저 바닥이 나자, 굶주린 국의의 병사들이 탈영을 자행하면서 군율과 군령이 삽시간에 무너진다.

공손찬은 국의 군영에 균열이 생긴 빈틈을 노려 국의를 우회적으로 공격하자, 국의는 공손찬의 기습작전에 속수무책으로 대패하여 치중을 모두 빼앗기고, 이에 원소는 그동안 모든 결정적인 전쟁에서 자신에게 승리를 이끌어준 국의를 인정사정없이 몰아붙였다.

국의는 원소로부터 혹독하게 책임추궁을 당한 이후, 주변 사람들에게 '원소는 나 자신이 과거에 세운 공로는 조금도 인정하지 않고, 나와 같은 장수가 실패한 단 한 차례의 패배도 용납하지 않는 용렬한 사람이다'라며 원소를 원망했었다.

원소는 국의가 자신을 원망한다는 말을 듣고, 국의가 독자적 세력을 구축하고도 필요성에 의해 자신에게 의탁하고 있는 것을 항상 염두에 두고 있었기에 극도로 국의를 두려워하다가, 결국은 197년(건안2년) 국의를 속임수로 업성으로 불러내 주살한다.

이로써, 가장 유능한 장수 국의를 잃은 원소는 이후 총력을 다해 공손찬과 패권 다툼을 벌이지만, 이후 벌어지는 모든 전투가 결코 쉽지 않은 양상으로 펼쳐진다. 이와 같은 정황이기 때문에 원소는 아직 조조에게 자신의 야욕을 공개적으로 드러내지는 않고 있었으나, 조조와 핵심 책사들은 원소의 의도를 이미 간파하고 있었다.

2) 손책은 원술을 대신하여 강동의 주인을 꿈꾸다

원술에게 패하여 하비로 피신해 있던 前남양주자사 진우는 종질 진등이 조조에게 추천한 덕에 198년(건안3년) 오군태수 겸 안동장군이 되어 오군으로 내려간다. 그러나 진우는 손책의 격렬한 저항을 받아, 손책의 지배하에 있는 오군에는 부임하지 못하고 광릉 해서현에 머물게 된다.

조조는 다소 불편한 관계에 있는 회계태수 손책을 아우르기 위해 손책에게 기도위와 오정후를 봉한 후, 자신과의 관계를 다소 개선한 이후, 손책과 여포에게 오군태수 진우를 도와 역적 원술을 토벌하도록 명하는 칙서를 내린다.

진우는 조정에서 임명된 오군태수라고는 하나, 손책이 강동을 모두 장악한 채 자신을 견제하고 있어, 진우는 제대로 된 오군태수의 역할을 할 수가 없었고, 손책은 손책대로 불편한 입장이 되어 장소에게 현황을 타개할 묘책을 묻는다.

"조정에서 나에게 기도위와 오정후 겸 임시장군을 제수하여 원술의 토벌에 나서도록 명했으나, 우리는 원술과 전면전을 펼치기에는 군사적으로 열세에 놓여있습니다. 그뿐만 아니라 원술과의 전투에서 손상을 크게 입을 경우는 향후, 우리가 독자적 세력을 구축하는 데 큰 차질이 빚어질 것입니다. 달리 이를 피할 방법이 없겠습니까?"

장소가 골똘히 생각에 잠기다가 타개할 현책을 제시한다.

"이 모든 전개가 조조의 이웅제웅(以雄制雄)계책에서 기인합니다. 조조가 장군과 여포에게 호의를 베푸는 것은 여포와 장군을 활용해서 원술을 제거하려는 것이오. 전공이 필요한 여포는 죽기 살기로 전공을 세우려 할 테니, 여포에게 큰 전투를 모두 떠넘기고, 장군은 전공이라는 허명보다는 실리를 취하기 위해, 후방에서 지원업무와 구원병 역할로 임무를 수행하는 것이 낫겠소."

손책은 장소의 진언을 받아 원술을 토벌하는 일에 소극적으로 임한다. 이즈음, 오군태수 진우는 수하 만연과 함께 역으로 손책을 도모할 계책을 꾸민다.

"그대는 '동오의 덕왕'이라 칭하는 엄백호, 조랑 등 30여 명에게 30여 개의 인수를 전달하고, 나의 전통이 전달될 때까지 내부에서 대기하도록 연통을 보내시오. 손책이 조 사공의 명으로 원술을 토벌하러 떠날 때, 그들은 미리 나와 내통하여 함께 손책을 공격할 수 있도록 준비시키면 될 것이오."

오군태수 진우가 손책을 제거할 계획을 은밀히 추진하고 있을 때, 손책이 진우를 감시하기 위해 진우에게 침투시켰던 밀정에 의해 거사는 사전에 손책에게 누설된다.

"진우는 내가 조정의 명을 받아 즉각 원술의 토벌에 나설 것으로 짐작하고, 이때를 노려 나를 제거하려 계획하고 있다고 합니다. 나는 나 자신을 보호하기 위해 원술과의 전면전을 피하고, 후방에서 군수지원과 지원병 충원 등의 임무를 수행하며 전투에 소극적으로 참여하기로 했습니다. 그 대신 원술과의 전투에 휩쓸리기 이전에 엄백호를 먼저 토벌할 것이니, 부장 여범과 서일은 즉시 광릉 해서로 출동하여, 엄백호를 원격 조정하는 진우를 공략하고 해서를 장악하시오."

손책은 엄백호를 토벌하러 먼저 떠나면서, 부장 여범과 서일을 광릉 해서로 보내 오군태수 진우를 정벌하게 한다. 거사 계획이 누설된 것을 알게 된 진우는 장수 진목을 파병하여 여범과 서일을 대적하도록 하지만, 여범과 서일에게 협공을 당한 진목은 주살되고 진우는 원소에게로 도주하여 의탁을 청한다. 이때 진우의 측근과 처자식 4천여 명이 포로로 잡혀 손책에게 가혹한 핍박을 받고 죽임을 당한다.

이후, 손책은 조조와의 관계를 더욱 공고히 하여 강동에 뿌리를 깊이 내리려 하지만, 점령지에서 가혹하게 군민을 학살하고 잔혹한 행위를 일삼은 탓에 점점 민심을 잃기 시작한다. 평시 손책은 학식과 덕망이 높은 명사에 대해서는 열등감과 시기심으로 적대하는 바람에 이들에게도 반감을 사고 있었기에 손책에 대한 천하의 여론은 악화 일로를 걷기 시작한다.

부　록
후한의 관료 조직도

1. 중앙 조정의 관직

내조(內朝)

상서(尙書)- 육조(六曹)로 나뉘어 각각의 기능을 행함
　　　　1) 상서령(尙書令):상서(尙書)조직의 수장
　　　　2) 상서복야(尙書僕射)
　　　　3) 상서시랑(尙書侍郞):황실 문서를 담당
　　　　4) 상서좌승상(尙書左丞相):대(臺)내를 총괄함
　　　　5) 상서우승상(尙書右丞相):대(臺)외를 총괄함
시중(侍中): 황제의 자문에 응하고 항상 황제를 수행함
　　　　(현대로서는 대통령 비서실장 격)
산기(散騎): 말을 타고 천자를 경호하는 역할을 함
중상시(中常侍): 황제의 수발을 드는 환관의 수장
급사중(給事中): 황제에게 잘못을 간(諫)하는 역할을 맡음

외조(外朝)- 삼공(三公)

승상(丞相): 국정의 수장으로 대사도(大司徒)로도 불림
　　(권한이 비대해지면 상국(相國)으로 격상할 경우도 있음)
　　　　1) 승상사직(丞相司直)
　　　　2) 승상장사(丞相長史)
　　　　3) 승상미사(丞相微史)
　　　　4) 승상사(丞相史)
　　　　5) 소사(小史)
　　　　6) 승상속(丞相屬)
　　　　7) 승상속사(丞相屬史)
　　　　8) 연(掾): 십조(十曹)의 행정을 관장하는 수장
태위(太尉): 군사의 수장으로 대사마(大司馬)로도 불림
　　　　(현대에서는 국방장관 격)
어사대부(御史大夫): 왕명 출납과 백관(百官)을 감찰하는
　　　　　　　수장으로 대사공(大司空)으로도 불림
　　　　(뒷날 백관의 감찰은 시어사(侍御史)가 담당)

경(卿)- 구경(九卿): 행정 각 부처의 수장

  1) 태상:종묘사직을 관리

  2) 광록훈(光祿勳):조회, 연회 등 시어(侍御)를 지휘

  3) 위위(僞位):궁문을 지키는 군사를 지휘하고 관리

  4) 태복(太僕):황실의 수레와 말 등을 관리함

  5) 정위(廷尉):형법과 징벌을 지휘, 감독

  6) 대홍로(大鴻臚):외교 등 대외 업무를 관장

  7) 종정(宗正):황족에 관한 제반사를 관장

  8) 대사농(大司農):중앙 정부의 농업, 재정, 상공업

  9) 소부(小府):전매품(專賣品)과 국세를 징수, 관리

열경(列卿)

  1) 삼보(三輔): 수도 장안을 다스리던 3개의 관직

        경조윤- 수도 장안과 그 동부를 관장

        좌풍익- 수도 장안의 장릉 북쪽을 관장

        우부풍- 수도 장안의 위성 서쪽을 관장

  2) 집금오(執金吾): 수도의 치안과 안전을 담당

  3) 장작대장(將作大匠): 궁궐의 건축, 보수를 관장

  4) 첨사(詹事): 황궁의 태후, 태자의 가사를 담당

 기타- 삼사(三師: 태사, 태부, 태보): 황제의 고문

2. 지방 행정조직의 관직: 지방 행정조직은 주(州),군(郡), 현(縣)의 삼등급(三等級) 단위로 되어있으며, 주(州)의 하부 조직은 군(郡)과 국(國)으로 후한 시대에 이르러서는 일국일군 (一國一郡)이 되면서, 군(郡)과 국(國)의 구별이 없이 하나의 군(郡)으로 통칭된다. 태수가 파견되는 지방을 군이라 하고, 황족이 왕으로 책봉되어 파견되는 지방을 국이라 하며, 국(國)의 실질적 행정책임관은 상(相)이다.

  1) 주(州) - 자사(刺史):각 군(郡)과 국(國)을 감찰하는 직책인데, 유사시는 관할지역의 태수를 직접 지휘하고 감독한다. 주(州) 최고의 행정책임관은 목(牧)인데, 일반적으로 자사(刺史)가 겸임한다.

  2) 군(郡) - 태수(太守): 군(郡)행정의 책임수장
            도위(都尉):속국(屬國)의 군사(軍事)
            장사(長史):주,군에 속한 군사와 치안
            승(丞): 태수의 일반행정을 보좌
            독우(督郵):군에 속한 현(縣)을 감독

국(國)- 왕국(王國):왕도(王都)가 있는 내군의
　　　　　　수장은 내사(內史)라 하며, 왕도(王
　　　　　　都)외 왕국(王國)의 수장은 상이라 하
　　　　　　고, 태수에 준하는 지위
　　　　　속국(屬國):이민족이 생활하는 군(郡)
3) 현(縣)- 현령(縣令): 1만호 이상의 현을 관장
　　　　　현장(懸長): 1만호 이상의 현을 관장
　　　　　현위(縣尉): 현(縣)의 군사(軍事)관장
　　　　　현승(縣丞): 현(縣)의 문서(文書)관장
　　국(國)- 후국(侯國): 통상 하나의 현(縣)으로
　　　　　열후(列侯)가 봉해진 국(國)으로서, 수
　　　　　장은 상(相)이라 하며 현령 또는 현장
　　　　　의 지위
　　　　　공국(公國): 통상 하나의 현(縣)으로
　　　　　이루어진 국(國)으로서 수장은 상(相)

　　　현(縣)의 하부 구조는 향(鄕:유질(有秩)
이 관장)- 정(亭:정장(亭長)이 관장)-
리(里:리괴(里魁)가 관장)- 십(什):십장
이 관리- 오(伍):오장이 관리. 이들은
모두 향리 출신으로 임명되었음

발 행 일	2021년 10월 30일
저 자	강 영 원
발 행 처	도서출판 생각하는 사람
발 행 인	강 영 원
출 판 등 록	2007년 3월 19일
주 소	서울시 서대문구 홍연8길 32-15(연희동)
전 화	010-5873-9139

값 12,000원
04810

ISBN 979-11-976209-2-8
ISBN 979-11-976209-0-4 (세트)

ⓒ 강영원 2021

본 책 내용의 전부 또는 일부를 재사용하려면
반드시 저작권자의 동의를 받으셔야 합니다.